HANNIBAL

MITOS BOLSILLO

Thomas Harris
HANNIBAL

Traducción de José Antonio Soriano

grijalbo mondadori

Título original: Hannibal
Traducido de la edición original de Delacorte Press, Nueva York, 1999
© 1999 Yazoo Fabrications, Inc.
© 1999 de la edición en castellano para todo el mundo:
  GRIJALBO MONDADORI, S.A.
  Aragó, 385. 08013 Barcelona
  www.grijalbo.com
© 1999, José Antonio Soriano, por la traducción
Diseño de la cubierta: Luz de la Mora
Fotografía de la cubierta: © 2001 Universal Studios Publishing Rights,
una división de Universal Studios Inc. Todos los derechos reservados
Primera edición en Mitos Bolsillo
Los versos de la página 91 han sido traducidos de «Burnt Norton»,
de Cuatro Cuartetos, T. S. Eliot. © 1943, T. S. Eliot; © 1971, renovado,
Esme Valerie Eliot.
El texto de la página 496 ha sido traducido de la canción «Swinging on a
Star», de Johnny Burke y Jimmy van Heusen. © 1944, Bourne Co.
y Dorsey Bros. Music Inc., renovado
ISBN: 84-397-0772-X
Depósito legal: B. 19.223-2001
Impreso en España
2001. – Novoprint, S.A., Energia, 53
08740 Sant Andreu de la Barca (Barcelona)

I

WASHINGTON, D. C.

1

*De días como aquel podría decirse
que tiemblan por empezar...*

El Mustang de Clarice Starling rugió al subir la rampa de entrada al edificio del BATF* en la avenida Massachusetts, cuartel general alquilado al reverendo Sun Myung Moon por razones de economía.

En el interior del cavernoso garaje, con los motores encendidos y sus respectivas dotaciones de agentes, esperaban tres vehículos: una vieja furgoneta camuflada, que abriría la marcha, y otras dos negras de operaciones especiales, que la seguirían.

Starling sacó del coche la bolsa que contenía su equipo y corrió hacia la sucia furgoneta blanca, cuyos costados anunciaban «MARISQUERÍA MARCELL, LA CASA DEL CANGREJO».

Desde la parte trasera del vehículo, cuatro hombres la observaron acercarse con rapidez bajo el peso del equipo. El traje de faena resaltaba su constitución atlética, y el pelo le brillaba a la pálida luz de los fluorescentes.

–Mujeres. Siempre tarde –dijo el oficial de policía.

---

* *Bureau of Alcohol, Tobacco and Firearms* (Oficina para la represión del tráfico de alcohol, tabaco y armas de fuego). (*N. del t.*)

El agente especial del BATF John Brigham, que estaba al mando de la operación, se volvió hacia él.

—No llega tarde. No la avisé hasta que nos dieron el chivatazo —dijo Brigham—. Ha tenido que mover el culo desde Quantico… ¿Qué hay, Starling? Échame la bolsa.

La mujer lo saludó levantando la mano abierta.

—¿Qué tal, John?

Brigham dio una orden al oficial de paisano sentado al volante de la furgoneta, que se puso en marcha sin dar tiempo a que cerraran las puertas traseras y condujo el vehículo hacia la agradable tarde otoñal.

Clarice Starling, veterana de las furgonetas de vigilancia, se agachó para pasar bajo el visor del periscopio y se sentó al fondo, tan cerca como pudo del bloque de setenta kilos de nieve carbónica que hacía las veces de aire acondicionado cuando tenían que permanecer al acecho con el motor apagado.

El miedo y el sudor habían impregnado el cochambroso vehículo de un olor semejante al de una jaula para monos, imposible de eliminar por mucho que se fregara. En su larga trayectoria, la furgoneta había llevado una retahíla de rótulos. Los de ahora, sucios y borrosos, no tenían más de media hora de antigüedad. Los agujeros de bala, taponados con masilla, eran más viejos.

Por la parte exterior las ventanillas traseras eran espejos, convenientemente sucios. A través de ellas, Starling podía ver las dos enormes furgonetas de operaciones especiales que los seguían. Ojalá no tuvieran que pasar horas encerrados allí dentro.

Los agentes masculinos la recorrían con la mirada en cuanto volvía la vista hacia la ventanilla.

La agente especial del FBI Clarice Starling tenía treinta y dos años y los aparentaba de una forma que hacía parecer estupenda esa edad, incluso en traje de faena.

Brigham recogió su libreta del asiento del acompañante.

—¿Cómo es que siempre te toca esta mierda de misiones, Starling? —le preguntó con una sonrisa.

—Porque siempre me llamas —contestó ella.

—Para esta te necesitaba. Pero siempre te veo ejecutando órdenes de arresto con brigadas de choque, por Dios santo. Ya sé que no es asunto mío, pero me parece que alguien de Buzzard's Point te odia. Deberías venirte a trabajar conmigo. Estos son mis hombres, los agentes Marquez Burke y John Hare, y aquel es el oficial Bolton, del Departamento de Policía de Washington.

Una fuerza de intervención rápida compuesta por agentes del BATF, los de operaciones especiales de la DEA y el FBI era el resultado previsible de las restricciones de presupuesto de una época en que hasta la Academia del FBI estaba cerrada por falta de dinero.

Burke y Hare tenían aspecto de agentes. El policía, Bolton, parecía más bien un alguacil. Tenía más de cuarenta y cinco años, pesaba más de la cuenta y era un mamarracho.

El alcalde de Washington, que quería aparentar firmeza en la lucha contra la droga después de su propia condena por consumo, se había empeñado en que la policía de la ciudad tomara parte en cualquier acción importante. Y ahí estaba Bolton.

—Hoy cocinan los chicos de la Drumgo —dijo Brigham.

—Evelda Drumgo, me lo imaginaba —dijo Starling sin entusiasmo.

Brigham asintió.

—Ha abierto una planta de *ice* junto al mercado de pescado de Feliciana, a la orilla del río. Nuestro informador dice que hoy va a preparar una remesa de cristal. Y tiene pasajes para volar a Gran Caimán esta misma noche. No podíamos esperar.

La metanfetamina en cristales, conocida como *ice* en las calles, provoca un cuelgue breve pero intenso y una adicción letal.

—La droga es competencia de la DEA, pero tenemos cargos contra Evelda por transportar armas de clase tres de un estado a otro. La orden de arresto especifica un par de subfusiles Beretta y unos cuantos MAC 10, y Evelda sabe dónde hay un montón más. Quiero que te concentres en ella, Starling. Ya os habéis visto las caras otras veces. Estos hombres te cubrirán las espaldas.

—Nos ha tocado lo fácil —dijo el oficial Bolton con una mezcla de ironía y satisfacción.

—Creo que deberías hablarles de Evelda, Starling —le sugirió Brigham.

La agente especial esperó a que la furgoneta dejara de traquetear al cruzar unas vías.

—Evelda nos plantará cara —les dijo—, aunque nadie lo diría por su aspecto. Fue modelo, pero no le temblará el pulso. Es la viuda de Dijon Drumgo. La he arrestado dos veces ejecutando órdenes RICO,* la primera de ellas con Dijon. La segunda llevaba una nueve milímetros con tres cargadores y un aerosol irritante en el bolso, y una navaja automática en el sujetador. A saber lo que puede llevar ahora. En aquella ocasión le pedí que se rindiera y lo hizo muy tranquila. Luego, en el calabozo de la comisaría, mató a otra detenida llamada Marsha Valentine con el mango de una cuchara. Así que ya lo saben, no hay que fiarse de su apariencia. El gran jurado sentenció defensa propia.

---

* *Racketeer-Influenced and Corrupt Organizations* (Organizaciones fraudulentas y corruptas). Ley de 1970 utilizada por las fuerzas del orden para conseguir por medios indirectos la condena de los cabecillas del crimen organizado. (*N. del t.*)

»La primera vez se desestimaron los cargos y la segunda, ganó el juicio. Algunos cargos por posesión de armas se retiraron porque tenía hijos pequeños y acababan de acribillar a su marido desde un coche en la avenida Pleasant, probablemente la banda de los Fumetas.

»Le pediré que se entregue y espero que lo haga. Vamos a darle una oportunidad. Pero, escúchenme; si tenemos que enfrentarnos a Evelda Drumgo, quiero ayuda de verdad. No se queden mirándome el culo, quiero que vayan a por ella. Caballeros, no esperen vernos practicar lucha libre en el barro.

En otro tiempo Starling hubiera gastado más cumplidos con sus compañeros. Sabía que no les gustaba lo que les decía, pero había visto demasiadas cosas para que le importara.

—Evelda Drumgo está relacionada a través de Dijon con los Tullidos —dijo Brigham—. Según nuestra fuente, le hacen de guardaespaldas, y son sus distribuidores en la costa. La protegen principalmente contra los Fumetas. No sé qué harán los Tullidos cuando vean que somos nosotros. No quieren problemas con los federales si pueden evitarlos.

—Conviene que sepan que Evelda es seropositiva —dijo Starling—. Contrajo el virus compartiendo las agujas con Dijon. Se enteró en el calabozo de la comisaría y no le hizo ninguna gracia. Fue el día que mató a Marsha Valentine y se enfrentó a los funcionarios de la prisión. Si no va armada y les planta cara, pueden esperar que les eche encima cualquier fluido de que disponga. Les escupirá y les morderá, les meará o defecará encima si intentan reducirla cuerpo a cuerpo; así que los guantes y las mascarillas son imprescindibles. Si tienen que meterla en el coche patrulla, antes de ponerle la mano en la cabeza asegúrense de que no lleva una aguja escondida entre el pelo, e inmovilícenle los pies.

Burke y Hare ponían cara de circunstancias. El oficial Bolton tampoco parecía muy feliz. Indicó con la papada la desgastada Colt 45 de reglamento con cinta adhesiva alrededor de las cachas que Starling llevaba en una cartuchera yaqui tras la cadera derecha.

—¿Va siempre por ahí con esa cosa amartillada? —quiso saber.

—Amartillada y con el cerrojo echado, cada minuto del día —le contestó Starling.

—Eso es peligroso —opinó Bolton.

—Salga a la calle de vez en cuando y se lo explicaré, oficial —replicó Starling.

Brigham cortó la discusión.

—Bolton, entrené a Starling cuando fue campeona de tiro con pistola de combate de todos los servicios tres años seguidos, así que no te preocupes por su arma. ¿Cómo te llamaban los del equipo de rescate de rehenes, los vaqueros de velcro, después de que les dieras una paliza, Starling? ¿Annie Oakley?*

—Oakley la Letal —dijo ella, y miró por la ventanilla.

Starling se sentía sola y deprimida compartiendo con aquellos hombres la maloliente furgoneta de vigilancia. Chaps, Brut, Old Spice, sudor y cuero. El miedo sabía como un penique bajo su lengua. Una imagen mental: su padre, que olía a tabaco y jabón fuerte, en la cocina, pelando una naranja con la navaja, que había desmochado, y compartiendo los gajos con ella. Las luces traseras de la camioneta de su padre desapareciendo la noche que salió de patrulla para no volver nunca. Su ropa en el armario. La camisa que se ponía para ir al baile. Unas cuantas prendas buenas que ahora estaban en su propio armario y que ella nunca se había puesto.

---

* Famosa tiradora estadounidense que formó parte del espectáculo de Buffalo Bill. (N. del e.)

Tristes ropas de fiesta en las perchas, como juguetes en el desván.

—Llegaremos en unos diez minutos —dijo el conductor, volviéndose.

Brigham echó un vistazo por el parabrisas y miró su reloj.

—Este es el plan —dijo. Tenía un diagrama dibujado a toda prisa con rotulador y un plano borroso que el Departamento de Inmuebles le había enviado por fax—. El edificio del mercado de pescado está en una manzana de almacenes y naves a lo largo del río. La calle Parcell muere en la avenida Riverside formando una placita frente al mercado. La parte trasera del edificio da al río. Hay un embarcadero que tiene la anchura del edificio, justo aquí. Además del mercado, que ocupa la planta baja, está el laboratorio de Evelda. Se entra por esta puerta, al lado de la marquesina del mercado. Evelda tendrá hombres vigilando mientras prepara la droga, por lo menos en las tres manzanas de alrededor. Ya le han avisado otras veces a tiempo para deshacerse del material. Así que el equipo de la DEA que va en la tercera furgoneta llegará en una barca de pesca al muelle a las quince horas. Podemos acercarnos más que nadie con esta furgoneta, hasta situarnos delante de la puerta, un par de minutos antes de la incursión. Si Evelda intenta escapar por delante, la atraparemos. Si se queda dentro, derribaremos esa puerta en cuanto los otros entren por detrás. La segunda furgoneta es nuestro apoyo, siete agentes que entrarán a las quince horas, a no ser que los llamemos antes.

—¿Y cómo nos las vamos a arreglar con la puerta? —preguntó Starling.

Burke habló por primera vez.

—Si la cosa parece tranquila, con el ariete. Si oímos disparos, entonces «Avon llama a su puerta» —dijo, dando unas palmaditas a su escopeta.

Starling sabía de qué hablaba; «Avon llama a su puerta» era un casquillo de escopeta Magnum de tres pulgadas, lleno de fino polvo de plomo, que reventaba la cerradura sin herir a quienes estuvieran en el interior.

—¿Y los hijos de Evelda? ¿Sabemos dónde están?

—Nuestro informador la ha visto dejarlos en la guardería —le explicó Brigham—. Ese tío está al tanto de la vida familiar de Evelda. Tan al tanto como se puede estar tirándosela con condón.

Los auriculares de la radio de Brigham produjeron un chirrido y él observó el trozo de cielo visible desde la ventanilla trasera.

—Puede que estén informando sobre el tráfico —comunicó a través del micrófono que llevaba al cuello. Luego se dirigió al conductor—: Fuerza Dos ha visto un helicóptero de noticias hace un minuto. ¿Ves algo tú?

—No.

—Más vale que esté ahí por el tráfico. Vamos a atarnos los machos.

Setenta kilos de nieve carbónica no mantienen frescas a cinco personas dentro de una furgoneta de metal un día caluroso, especialmente cuando se están poniendo chalecos antibalas. Cuando Bolton alzó los brazos, quedó claro que unas gotas de Canoe no son lo mismo que una ducha.

Clarice Starling se había cosido hombreras en la camisa del traje de faena para soportar el peso del chaleco de kevlar, en teoría a prueba de balas. El chaleco, pesado por sí mismo, llevaba una placa de cerámica en la parte de delante y otra en la espalda.

Trágicas experiencias habían demostrado la necesidad de la placa dorsal. Echar una puerta abajo y dirigir una batida con un equipo al que no conoces, compuesto por individuos con diferentes niveles de entrenamiento, es una empresa más peligrosa de lo que cabría suponer. El fuego amigo te puede destrozar la columna mientras encabezas un grupo de asustados novatos.

A tres kilómetros del río, la tercera furgoneta se separó para llevar al equipo de la DEA a su cita con la barca pesquera, mientras que la segunda se mantuvo a discreta distancia del vehículo blanco camuflado.

El barrio se deterioraba a ojos vista. Un tercio de los edificios estaban condenados con tablones, y coches calcinados descansaban sobre cajas junto al bordillo de la acera. Los jóvenes holgazaneaban por las esquinas, delante de los bares y los pequeños supermercados. Un grupo de chicos jugaba alrededor de un colchón que ardía en la acera.

Si Evelda había puesto vigías, era imposible distinguirlos entre los merodeadores habituales. Cerca de las licorerías y en el aparcamiento del supermercado había hombres conversando en el interior de los coches.

Un Impala descapotable con cuatro jóvenes afroamericanos apareció en el escaso tráfico y se colocó tras la furgoneta. Los amortiguadores hacían brincar la parte delantera del coche, como en homenaje a las chicas con las que se cruzaban, y el retumbar del estéreo hacía vibrar las paredes de la furgoneta.

A través de las ventanillas traseras, Starling comprobó que los chicos del descapotable no suponían ninguna amenaza. Los Tullidos solían utilizar un sedán grande o una ranchera lo bastante viejos como para pasar inadvertidos en el vecindario, con las ventanillas traseras completamente bajadas, y dentro, tres o a veces cuatro de ellos. Hasta un equipo de baloncesto en un Buick puede resultarle siniestro a cualquiera incapaz de mantener la sangre fría.

Mientras esperaban ante un semáforo, Brigham destapó el visor del periscopio y le dio una palmada en la rodilla a Bolton.

—Echa un vistazo, a ver si reconoces a alguna celebridad local en la acera —le ordenó.

El objetivo del periscopio estaba disimulado en el ventilador del techo, y solo permitía la visión lateral.

Bolton hizo girar el periscopio y se apartó frotándose los ojos.

—Esta cosa se mueve demasiado con el motor en marcha —dijo.

Brigham se puso en contacto por radio con el equipo de la barca.

—Están a cuatrocientos metros y siguen acercándose al muelle —informó a los demás.

La furgoneta se detuvo ante un semáforo en rojo en la calle Parcell, a una manzana del mercado, y permaneció frente a él lo que les pareció un buen rato. El conductor se inclinó como para comprobar el retrovisor de la derecha y habló a Brigham de medio lado.

—Parece que no hay mucha gente comprando pescado. Allá vamos.

El semáforo cambió y, a las dos cincuenta y siete, exactamente tres minutos antes de la hora cero, la destartalada furgoneta se detuvo frente al mercado de Feliciana, en un hueco perfecto junto al bordillo.

Los de atrás oyeron la queja del engranaje cuando el conductor echó el freno de mano.

Brigham apartó la vista del periscopio y se lo ofreció a Starling.

—Echa un vistazo.

Starling barrió la fachada del edificio con el objetivo. Los puestos de pescado conservado en hielo brillaban al otro lado del toldo de lona de la entrada. Las cuberas de la costa de Carolina estaban dispuestas ordenadamente en el hielo picado, los cangrejos agitaban las patas en las cajas abiertas y las langostas se subían unas encima de otras en un acuario. El astuto pescadero había puesto trapos húmedos en los ojos de los peces más grandes para mantenerlos brillantes a la espera de la avalancha de exigentes amas de casa de origen caribeño que vendrían por la tarde a olisquear y toquetear.

En el exterior, el sol dibujaba un arco iris en el chorro de agua de la mesa donde se limpiaba el pescado, ante la que un individuo de aspecto latino y enormes antebrazos cortaba en rodajas un tiburón azul con diestros tajos de su cuchillo curvo y lavaba el enorme pez con una manguera de mano. El agua sanguinolenta caía por el bordillo; Starling la oía correr bajo la furgoneta.

La agente observó al conductor acercarse al pescadero y hacerle una pregunta. El hombre se miró el reloj, se encogió de hombros y señaló en dirección a un bar de comidas. El conductor curioseó por el mercado durante un minuto, encendió un cigarrillo y se dirigió hacia el bar.

Un radiocasete gigante hacía que *Macarena* sonara en el mercado lo bastante fuerte como para que Starling la oyera con toda claridad desde dentro de la furgoneta; no volvería a ser capaz de soportar aquella canción en toda su vida.

La puerta de marras estaba a la derecha: dos hojas de metal en un marco también metálico, a las que daba acceso un único peldaño de hormigón.

Starling iba a soltar el periscopio cuando se abrió la puerta. Un hombre enorme de raza blanca, vestido con camisa hawaiana y sandalias bajó a la acera. Sostenía contra el pecho una mochila pequeña, tras la que la otra mano permanecía oculta. A continuación apareció un negro nervudo que sostenía una gabardina.

—Ahí están —advirtió Starling.

Tras los hombros de los dos individuos se hicieron visibles el esbelto cuello de Nefertiti y el agraciado rostro de Evelda Drumgo.

—Evelda acaba de salir detrás de dos tíos, y parece que ambos van cargados —informó Starling.

No soltó el periscopio lo bastante deprisa como para evitar que Brigham chocara con ella. Starling se puso el casco.

Brigham habló por la radio.

—Fuerza Uno a todas las unidades. Adelante. Adelante. Han salido por nuestro lado, vamos a entrar en acción. —Acto seguido, al tiempo que montaba la escopeta recortada, se dirigió a su equipo—: Al suelo con ellos tan rápido como podáis. La barca llegará en treinta segundos, vamos a hacerlo.

Starling fue la primera en salir. Las trencillas de Evelda volaron al volver la cabeza hacia la agente. Starling no perdía de vista a los dos guardaespaldas, que habían sacado las armas y ladraban «Al suelo, al suelo».

Pero Evelda se abrió paso entre los dos hombres.

Llevaba una criatura en un arnés que le colgaba del cuello.

—¡Quietos, quietos, no quiero problemas! —dijo a sus hombres—. ¡Quietos!

Dio unos pasos adelante, digna como una reina, sosteniendo al bebé ante sí a la distancia que permitía el arnés, con la toquilla colgando.

«Dadle una oportunidad.» Starling enfundó su arma a tientas y extendió los brazos con las manos abiertas.

—¡Déjalo, Evelda! Ven hacia mí.

De pronto, a su espalda, el rugido de un ocho cilindros grande y el chirrido de neumáticos. No podía darse la vuelta. «Cubridme las espaldas.»

Evelda, sin hacerle caso, avanza hacia Brigham, la toquilla que se agita cuando el MAC 10 aparece entre los pliegues, y Brigham que se desploma, con el frente del casco lleno de sangre.

El hombretón blanco dejó caer la mochila. Burke vio

20

su pistola ametralladora y disparó la inofensiva nube de plomo del «Avon llama a su puerta». Tiró del cerrojo, pero ya era tarde. El gorila disparó una andanada y alcanzó a Burke a lo largo de la ingle, por debajo del chaleco; después se volvió hacia Starling, que había sacado el arma de la funda y le acertó dos veces en medio de la camisa hawaiana antes de que pudiera volver a disparar.

Disparos a sus espaldas. El negro dejó que la gabardina se deslizara sobre su arma y retrocedió hasta el interior del edificio, al tiempo que un impacto como un fuerte puñetazo en la espalda lanzaba a Starling hacia delante dejándola sin resuello. Rodó sobre la acera y vio el coche de los Tullidos atravesado en medio de la calle, un Cadillac sedán con las ventanillas abiertas y dos tiradores sentados al estilo cheyenne en las ventanillas del otro lado, disparando por encima del techo, mientras un tercero lo hacía desde la parte de atrás. Fuego y humo escupidos desde tres cañones, las balas silbando en el aire alrededor de ella.

Starling se arrastró entre dos coches aparcados y vio a Burke retorciéndose en la calzada. Brigham yacía inmóvil, con el casco en medio de un charco cada vez mayor. Hare y Bolton disparaban parapetados tras los coches del otro lado de la calle. Los cristales llovían sobre la calzada y se oyó explotar un neumático mientras el fuego de las armas automáticas procedente del Cadillac obligaba a los dos agentes a apretarse contra el suelo. Starling, con un pie en el agua que corría junto al bordillo, asomó la cabeza.

Dos tiradores disparaban por encima del techo del Cadillac, sentados en las ventanillas, y el conductor utilizaba la pistola con la mano libre. En la parte de atrás, un cuarto individuo había abierto la puerta y estaba metiendo dentro a Evelda y a su criatura. La mujer llevaba la mochila. Sin que sus ocupantes dejaran de hacer llover plomo sobre Bolton y Hare, las ruedas traseras chirriaron y el coche empezó a moverse. Starling se levantó, corrió al lado del vehículo y disparó al conductor en la cabeza. Después disparó dos veces al tipo sentado en la ventanilla de delante, que cayó de espaldas a la calzada. Hizo saltar el tambor de su 45 y, sin apartar los ojos del coche, encajó otro antes de que el vacío llegara al suelo.

El Cadillac arañó los coches aparcados al otro lado de la calle y se detuvo, rechinando.

Starling avanzó hacia el vehículo. El pistolero de la ventanilla trasera seguía sentado, con los ojos desorbitados y las manos empujando la carrocería del techo, tratando de liberar el torso comprimido contra un coche aparcado. Su arma se deslizó por el techo y cayó al suelo. En el otro lado, unas manos vacías aparecieron por la ventanilla. Un individuo con un pañuelo azul en la cabeza salió del coche con las manos en alto y se echó a correr. Starling no le hizo caso.

Oyó disparos a su derecha y vio al que huía caer hacia delante, arrastrarse boca abajo e intentar esconderse debajo de un coche. Las hélices de un helicóptero batían el aire por encima de Starling.

Alguien gritaba en la puerta del mercado.

—¡Estese quieto, no intente levantarse!

La gente seguía escondida bajo los mostradores, y la manguera, abandonada, regaba el aire desde la mesa de limpiar el pescado.

Starling se acercó al Cadillac. Percibió movimiento en la parte de atrás. El coche se mecía. La criatura lloraba en el interior. Se oyeron unos disparos y la ventanilla posterior, hecha añicos, cayó dentro.

Starling levantó el brazo y lanzó un grito sin volverse.

—¡Alto! ¡Dejad de disparar! Atentos a la puerta. Detrás de mí. Vigilad la puerta del edificio. —Movimientos en el interior del coche, donde el niño seguía chillando—. Evelda... Evelda, saca las manos por la ventanilla.

Evelda Drumgo empezó a salir. La criatura berreaba. *Macarena* retumbaba en los altavoces del mercado. Evelda estaba fuera y avanzaba hacia Starling con la hermosa cabeza baja y los brazos alrededor de su hijo.

Burke se estremecía en la calzada, entre ambas mujeres. Los espasmos eran más débiles ahora que prácticamente se había desangrado, y la insufrible canción parecía ponerles música. Alguien se acercó agachándose, se puso en cuclillas a su lado y trató de cortar la hemorragia.

Starling apuntaba el arma al suelo, delante de Evelda.

—Enséñame las manos, Evelda, vamos, por favor, enséñame las manos.

Un bulto en la toquilla. La mujer levantó la cabeza y la miró entre las trencillas de pelo con sus oscuros ojos de egipcia.

—Vaya, Starling, eres tú…

—Evelda, no lo hagas, piensa en el niño…

—Vamos a intercambiar fluidos, zorra.

La toquilla se agitó y un estallido llenó el aire. Starling alcanzó a Evelda Drumgo bajo la nariz y le reventó la nuca.

Tuvo que sentarse. Sentía una aguda quemazón en un lado de la cabeza y le costaba respirar. También Evelda había quedado sentada, doblada sobre las piernas y sangrando por la boca sobre el niño, cuyo llanto se ahogaba contra el cuerpo de la madre. Starling se arrastró hasta ellos y bregó con las pegajosas hebillas del arnés. Sacó la navaja del sujetador de Evelda, hizo saltar el resorte sin mirarla y cortó el correaje. El bebé estaba rojo y resbaladizo, y a Starling le resultaba difícil sujetarlo.

Lo sostuvo contra el pecho y miró angustiada a su alrededor. Vio la lluvia procedente de la entrada del mercado y corrió hacia ella abrazada al cuerpecillo ensangrentado. Barrió con un brazo los cuchillos y las tripas de pescado, depositó al niño en la tabla de cortar y dirigió hacia él el chorro de la manguera. El cuerpecillo moreno yacía sobre la blanca tabla de cortar, entre cuchillos, entrañas de pescado y la cabeza del tiburón, mientras Starling procuraba quitarle de encima la sangre contaminada de su madre y la suya propia, que se iban juntas formando una sola corriente tan salada como el mismo mar.

En la cortina de agua, el pequeño arco iris, que parecía burlarse de la promesa bíblica, ondulaba como una bandera sobre la obra del ciego azote del Señor. Aquel hombrecito no tenía agujeros, que Starling pudiera ver. Desde los altavoces *Macarena* seguía atronando al ritmo de unos fogonazos que no cesaron hasta que Hare alejó al fotógrafo a empujones.

2

Un callejón sin salida en un barrio obrero de Arlington, Virginia, poco después de medianoche. Acaba de caer un chaparrón, pero la noche otoñal es cálida. El aire se mueve inquieto anunciando un frente frío. Huele a tierra y hojas húmedas, y se oye el cri-cri de un grillo. El insecto enmudece al percibir una vibración poderosa, el zumbido sordo de un Mustang de cinco litros con válvulas de tubo de acero, que se mete en el callejón seguido por el coche de un *marshal* federal. Los dos vehículos suben por el camino de acceso a un par de casitas adosadas y se detienen. El Mustang vibra unos instantes en punto muerto. Cuando el motor se para, el grillo espera un momento y reanuda su cantinela, la última antes de la helada, la última de su vida.

Un agente de uniforme sale del Mustang por la puerta del conductor. Da la vuelta al coche y abre la puerta del pasajero. Clarice Starling pone los pies en el suelo. Una cinta blanca le sujeta un vendaje por encima de la oreja. Tiene el cuello manchado de Betadine rojo anaranjado por encima de la bata hospitalaria de color verde que lleva en lugar de camisa.

En la mano lleva una bolsa de plástico con cierre de cremallera que contiene sus objetos personales: monedas, llaves, su carnet de agente especial del FBI, un cargador rápido con cinco tandas de munición y un aerosol irritante. Además de la bolsa, un cinturón y la pistolera, vacía.

El agente le entrega las llaves del coche.

—Gracias, Bobby.

—¿Quieres que Pharon y yo entremos y nos quedemos un rato? ¿O prefieres que llame a Sandra? Estará levantada, esperándome. La traeré para que te haga un poco de compañía. Te conviene…

—No. Prefiero estar sola. Ardelia no tardará en llegar. Pero te lo agradezco, Bobby.

El policía entra en el otro coche y espera con su compañero hasta verla entrar en casa; luego, el vehículo federal abandona el lugar.

El cuarto de la lavadora está caliente y huele a suavizante. Los tubos de la lavadora y de la secadora están sujetos con manillas de plástico. Starling vacía sus cosas sobre la lavadora y la llaves resuenan contra el metal. Saca la ropa húmeda de la lavadora y llena con ella la secadora. Se quita los pantalones de faena y los mete en la lavadora; luego hace otro tanto con la bata del hospital y con el sujetador manchado de sangre, y pone en marcha el aparato. Se queda en calcetines, bragas y la sobaquera con un 38 especial con el percutor envuelto en esparadrapo. Tiene moratones en la espalda y en las costillas, y un codo en carne viva. Lleva hinchados el ojo y la mejilla izquierdos.

La lavadora se llena de agua y empieza a girar. Starling se envuelve en una gran toalla playera y va al comedor. Vuelve con dos dedos de Jack Daniel's puro en un vaso largo. Se sienta a oscuras en la alfombrilla de caucho que hay delante de la lavadora y apoya la espalda contra el aparato caliente, que vibra y chapalea. Levanta la cara hacia el techo y solloza en seco unos instantes, hasta que por fin las lágrimas le afloran a los ojos. Lágrimas ardientes, que se deslizan por las mejillas y ruedan barbilla abajo.

Ardelia Mapp llegó a su casa alrededor de la una menos cuarto, después de un largo trayecto en coche desde el cabo May; el hombre la acompañó hasta la puerta, donde se dieron las buenas noches. Mapp estaba en su cuarto de baño cuando oyó correr el agua y la sacudida de las cañerías al cambiar de ciclo la lavadora.

Fue hasta la parte trasera de la casa y dio la luz de la cocina que compartía con Starling. Era suficiente para ver el interior del cuarto de la lavadora. Starling estaba sentada en el suelo y tenía la cabeza envuelta en un vendaje.

—¡Clarice! ¡Pero, cariño…! —La chica se arrodilló a su lado—. ¿Qué te ha pasado?

—Me han disparado encima de la oreja, Ardelia. Me han curado en el Walter Reed. No des la luz, ¿vale?

—Vale. Te prepararé alguna cosa. No me he enterado. En el coche hemos venido escuchando música. Cuéntame…

—John ha muerto, Ardelia.

—¿John? ¿John Brigham?

Tanto Mapp como Starling habían tenido sus más y sus menos con Brigham cuando el agente especial era instructor de tiro en la Academia del FBI. Las dos amigas se habían empeñado en descifrar un tatuaje que se le adivinaba bajo la manga de la camisa.

Starling asintió y se secó los ojos con el dorso de la mano, como una niña.

–Evelda Drumgo y un puñado de Tullidos. Evelda le disparó. También ha muerto Burke, Marquez Burke, del BATF. Era una operación conjunta. A Evelda le dieron el soplo y los de las noticias llegaron al mismo tiempo que nosotros. Evelda era mía. No quiso entregarse, Ardelia. No quiso rendirse ni con el niño en los brazos. Intercambiamos unos disparos y ahora ella está muerta.

Era la primera vez que Mapp la veía llorar.

–Hoy he matado a cinco personas, Ardelia.

Mapp se sentó en el suelo al lado de Starling y le pasó un brazo por los hombros. Se quedaron con las espaldas apoyadas contra la lavadora, que seguía girando.

–¿Y el hijo de Evelda?

–Le limpié la sangre de su madre. No tenía rasguños en la piel, al menos yo no los vi. En el hospital dicen que físicamente está bien. Se lo entregarán a la madre de Evelda dentro de un par de días. ¿Sabes qué fue lo último que me dijo Evelda, Ardelia? «Vamos a intercambiar fluidos, zorra.»

–Déjame prepararte algo –le dijo Mapp.

–¿Qué? –preguntó Starling.

3

Con la luz gris del amanecer llegaron los periódicos y el primer noticiario de las cadenas de televisión.

Mapp, que había oído a Starling andar por la casa, se presentó con unos panecillos, y las dos se pusieron a mirar la pantalla.

Tanto la CNN como las demás cadenas habían comprado la grabación hecha desde el helicóptero de la WFUL. Eran unas imágenes extraordinarias, tomadas justo encima de la acción.

Starling quería verlas una sola vez. Tenía que estar segura de que Evelda había disparado primero. Luego miró a Mapp y vio la ira dibujada en su oscuro rostro.

A continuación se levantó y fue a vomitar.

—Es duro verlo —dijo al volver, pálida y con las piernas temblorosas.

Como de costumbre, Mapp no se anduvo con rodeos.

—Lo que te estás preguntando es cómo me siento después de verte matar a una mujer afroamericana con una criatura en los brazos. Esta es mi respuesta: ella te disparó primero. Y me alegro de que estés viva. Pero, Starling, piensa un poco en quién tiene la responsabilidad de estas operaciones demenciales. ¿Qué clase de tarado os metió a ti y a Evelda en esa ratonera para que resolvierais el problema de la droga a tiros? ¿Te parece el plan de un genio? Lo único que quiero es que pienses si quieres seguir siendo el payaso de las bofetadas. —Mapp sirvió té a guisa de puntuación—. ¿Quieres que me quede? Puedo pedir un permiso.

—Gracias. No hace falta. Llámame luego.

El *National Tattler*, principal beneficiario del auge de la prensa amarilla en los noventa, había lanzado un número especial que se salía de lo corriente incluso para los cánones de la publicación. Alguien lo arrojó contra la puerta a media mañana. Starling lo encontró al abrirla para averiguar la causa del ruido. Se esperaba lo peor, y no se sintió decepcionada.

«EL ÁNGEL DE LA MUERTE: CLARICE STARLING, LA MÁQUINA ASESINA DEL FBI», voceaba el titular en Railroad Gothic de setenta y dos puntos. Las tres fotografías de la portada mostraban las siguientes imágenes: Clarice

Starling en traje de faena disparando una pistola del calibre 45 en una competición; Evelda Drumgo doblada sobre su criatura en la calzada, con la cabeza caída como la de una Madonna de Cimabue y los sesos desparramados; y otra vez Starling, depositando a un niño moreno sobre una tabla de cortar entre un amasijo de cuchillos, tripas de pescado y una cabeza de tiburón.

El pie de las fotos decía: «La agente especial del FBI Clarice Starling, verdugo del asesino en serie Jame Gumb, añade al menos cinco muescas a su revólver. Una madre con su niño de pecho y dos oficiales de policía entre los muertos tras una calamitosa operación antidroga».

La historia principal incluía las carreras completas de los traficantes Evelda y Dijon Drumgo, y la aparición de los Tullidos en el paisaje desgarrado por la guerra de bandas de Washington, D.C. Se mencionaba brevemente la hoja de servicio del agente John Brigham y las condecoraciones que había recibido a lo largo de su carrera.

A Starling le dedicaban toda una columna lateral bajo una inocente foto de la joven en un restaurante con el rostro sonriente sobre un vestido de escotado cuello redondo.

Clarice Starling, agente especial del FBI, obtuvo sus quince minutos de fama cuando hace siete años hirió de muerte al asesino en serie Jame Gumb, alias Buffalo Bill, *en el sótano del propio criminal. Ahora podría enfrentarse a cargos departamentales y responsabilidad civil por la muerte el miércoles de una madre de Washington acusada de la fabricación de anfetaminas ilegales. (Véase el reportaje de la página 1.)*

«Este puede ser el final de su carrera —ha declarado una fuente del BATF, agencia hermana del FBI—. No conocemos todos los detalles de lo sucedido; pero no hay duda de que John Brigham no debería haber muerto. Este es el tipo de

cosas que el FBI menos necesita después del asunto de Ruby Ridge», añadió la misma fuente, que declinó identificarse.

La pintoresca carrera de Clarice Starling despegó poco después de su ingreso como aspirante en la Academia del FBI. Licenciada en Psicología y Criminología por la Universidad de Virginia con excelentes calificaciones, fue elegida para entrevistar al desequilibrado y letal doctor Hannibal Lecter, bautizado por este mismo periódico como «Hannibal el Caníbal», del que obtuvo informaciones que resultaron decisivas para localizar el escondite de Jame Gumb y liberar a su rehén, Catherine Martin, hija de la conocida ex senadora de Estados Unidos por Tennessee.

La agente Starling fue campeona absoluta de tiro con pistola durante tres años seguidos, tras los cuales abandonó la competición. No deja de resultar irónico que el oficial Brigham, muerto al lado de la agente, fuera instructor de tiro en Quantico en la época en que Starling recibió su preparación y su entrenador durante los campeonatos.

Un portavoz del FBI ha declarado que la agente Starling será suspendida de empleo y sueldo mientras dure la investigación interna del Bureau sobre lo ocurrido. Se espera una vista para esta misma semana ante la Oficina de Responsabilidades Profesionales, la temida inquisición del propio FBI.

Familiares de la difunta Evelda Drumgo han asegurado que pedirán daños y perjuicios civiles al gobierno de Estados Unidos y a la propia Clarice Starling, a la que acusan de homicidio voluntario.

El hijo de tres meses de Evelda Drumgo, que puede verse en brazos de su madre en las trágicas imágenes del tiroteo, no sufrió heridas físicas.

El abogado Telford Higgings, que ha defendido a la familia Drumgo en numerosos procedimientos penales, ha declarado que el arma empleada por la agente especial Starling, una pistola semiautomática Colt 45 modificada, carece de aproba-

ción para su uso en acciones policiales en la ciudad de Wash-ington. «Es un instrumento peligroso e inadecuado para su uso por las fuerzas del orden», ha afirmado el letrado. «El simple hecho de portarlo constituye un temerario atentado contra la vida humana», ha añadido el mencionado abogado.

El *Tattler* había pagado a un informador de Starling para conseguir el número de teléfono de su domicilio particular; el aparato no dejó de sonar hasta que Clarice lo descolgó. A continuación, usó el teléfono celular del FBI para llamar a la oficina.

El dolor en la oreja y la mitad hinchada de la cara era soportable si no se tocaba el vendaje. Al menos, ya no sentía la cabeza a punto de estallarle. Los dos Tylenoles habían hecho efecto. Prefería no tomar el Percocet que le había recetado el médico. Se quedó dormida con la espalda apoyada en la cabecera de la cama; el *Washington Post* se deslizó colcha abajo y cayó al suelo. Tenía restos de pólvora en las manos y rastro de lágrimas secas en las mejillas.

4

> *Puedes enamorarte del Bureau, pero no esperes que el Bureau se enamore de ti.*
>
> Máxima de la asesoría para separados del servicio

El gimnasio del FBI en el edificio J. Edgar Hoover estaba casi vacío a primera hora. Dos hombres maduros daban cansinas vueltas en la pista cubierta. El ruido de una máquina de pesas en una de las esquinas y los gritos y los impactos de la pelota en la sala de squash resonaban en el enorme recinto.

Los corredores hablaban de forma entrecortada. Tunberry, el director del FBI, había pedido a Jack Crawford que corriera con él. Habían hecho tres kilómetros y se estaban quedando sin fuelle.

—Blaylock, del BATF, se ha quedado con el culo al aire después de lo de Waco. No será de la noche a la mañana, pero está acabado y lo sabe —dijo el director—. Ya puede ir avisando al reverendo Moon para que se busque otro inquilino.

El hecho de que el BAFT alquilara su sede en Washington al reverendo Sun Myung Moon era motivo de todo tipo de chistes en el FBI.

—Y a Farriday le van a dar con la puerta en las narices por lo de Ruby Ridge —añadió Tunberry.

—No lo entiendo —confesó Crawford. Había servido en Nueva York a las órdenes de Farriday en los setenta, cuando la muchedumbre se manifestaba ante el centro de operaciones del FBI en la Tercera Avenida con la calle Sesenta y nueve—. Farriday es un buen hombre. No fue él quien estableció el sistema de contratación.

—Se lo comuniqué ayer por la mañana.

—¿Y se va a ir así, sin decir esta boca es mía? —preguntó Crawford.

—Digamos que no pierde los derechos adquiridos. Vivimos tiempos peligrosos, Jack.

Ambos corrían con la cabeza echada hacia atrás. El ritmo de sus zancadas aumentó levemente. Crawford miró al director por el rabillo del ojo y se dio cuenta de que estaba intentando poner a prueba su resistencia.

—¿Cuántos años tienes, Jack? ¿Cincuenta y seis?

—Justos.

—Te falta un año para el retiro obligatorio. Muchos se van a los cuarenta y ocho, cincuenta… cuando aún están en condiciones de encontrar otro trabajo. Pero tú no has querido. Preferiste mantenerte ocupado después de la muerte de Bella.

Al ver que Crawford no contestaba durante media vuelta, el director comprendió que había hablado más de la cuenta.

—No quería hablar a la ligera, Jack. Doreen me decía el otro día lo mucho que…

—Quedan algunas cosas por hacer en Quantico. Queremos lanzar el VICAP* en Internet, para que cualquier policía pueda usarlo; ya lo habrás visto en el presupuesto.

—¿Has querido ser director alguna vez, Jack?

—Nunca he creído que fuera el tipo de trabajo adecuado para mí.

—No lo es, Jack. Tú no tienes madera de político. No hubieras podido ser director en la vida. No hubieras sido un Eisenhower, Jack, o un Omar Bradley. —Hizo un gesto a Crawford para que se detuviera, y se quedaron resollando al borde de la pista—. Sin embargo, sí hubieras podido ser un Patton, Jack. Tú puedes hacer atravesar el infierno a un grupo de hombres y conseguir que te sigan queriendo. Es un don que yo no tengo. Yo tengo que obligarlos.

Tunberry echó un rápido vistazo a su alrededor, recogió la toalla del banco y se la echó por los hombros como si fuera la toga del juez de la horca. Le brillaban los ojos.

Hay quien tiene que echar mano de la ira para ser duro, reflexionó Crawford mientras veía moverse los labios de Tunberry.

—En cuanto al asunto de la difunta señora Drumgo, la del MAC 10 y el laboratorio de meta, muerta a tiros

* *Violent Criminal Apprehension Program* (Programa para la Captura de los Criminales Violentos). (*N. del t.*)

33

mientras llevaba en brazos a su hijo, la Comisión de Vigilancia Judicial quiere un sacrificio humano. La carne y la sangre del cordero. Y lo mismo los medios de comunicación. La DEA tendrá que soltarles carnaza. El BATF, ídem de ídem. Pero en nuestro caso, puede que se conformen con una gallina. Krendler dice que si les damos a Clarice Starling nos dejarán tranquilos. Y yo pienso lo mismo. El BATF y la DEA la cagaron al planear la operación. Y Starling, al apretar el gatillo.

—Sobre una asesina de policías que, además, le disparó primero.

—Son las fotos, Jack. No lo entiendes, ¿verdad? El público no vio a Evelda Drumgo disparar a John Brigham. No vio a Evelda disparar a Starling en primer lugar. No lo ves si no sabes lo que estás mirando. Doscientos millones de personas, de las que una décima parte votan, vieron a Evelda Drumgo sentada en la calle en una postura que parecía la más a propósito para proteger a su hijo, con los sesos desparramados por los alrededores. No, Jack, no lo digas; ya sé que hubo un tiempo en que pensaste en Starling como en tu protegida. Pero tiene la boca demasiado grande, Jack, y empezó con mal pie para alguna gente…

—Krendler es un mierda.

—Escucha lo que voy a decirte y no me interrumpas hasta que haya acabado. La carrera de Starling estaba en el dique seco de todas formas. Le caerá un despido administrativo sin detrimento de sus derechos adquiridos, el papeleo no tendrá peor aspecto que una suspensión de empleo y sueldo; podrá conseguir otro trabajo. Jack, has hecho una labor extraordinaria en el FBI, la Unidad de Ciencias del Comportamiento ha sido obra tuya. Hay quien opina que, si hubieras puesto por delante tus propios intereses, hoy serías mucho más que un simple jefe de unidad, que te mereces mucho más que eso. Y yo seré el primero en afirmarlo. Jack, puedes jubilarte como director adjunto. Te lo garantizo yo mismo.

—Es decir, ¿si no me meto en esto?

—Quiero decir si los acontecimientos siguen su curso normal, Jack. Con todo el reino en paz eso es lo que sucedería. Jack, mírame.

—Sí, señor director.

—No te lo estoy pidiendo, te estoy dando una orden directa. Mantente al margen. No la cagues, Jack. A veces no hay más remedio que mirar a otro lado. Yo lo he tenido que hacer más de una vez. Oye, sé que es duro, créeme si te digo que sé perfectamente cómo te sientes.

—¿Cómo me siento? Me siento como alguien que necesita ducharse —dijo Crawford.

5

Starling era un ama de casa eficiente, aunque no meticulosa. Tenía su mitad del dúplex limpia y no le costaba localizar las cosas, que sin embargo tendían a formar montones: ropa limpia que había que ordenar, más revistas que lugares donde colocarlas… Era una planchadora fuera de serie, pero no cogía la plancha hasta el último minuto; como no necesitaba acicalarse, salía adelante sin problemas.

Cuando quería orden, atravesaba el territorio neutral de la cocina y entraba en la zona de Ardelia Mapp. Si su compañera de piso estaba en casa, podía pedirle algún consejo, que solía ser acertado, aunque a veces más sincero de lo que hubiera deseado. Si no estaba, se sobreentendía que Starling podía sentarse en medio del orden absoluto de aquellas habitaciones para pensar, siempre que lo dejara todo como estaba. Es lo que hizo ese día.

Aquel era uno de esos espacios que parece contener a su ocupante incluso cuando está ausente.

Starling se sentó y posó la mirada sobre la póliza del seguro de vida de la abuela de Mapp, colgada en la pared en un marco de artesanía, después de haberlo estado en la granja que la abuela había habitado como aparcera y en el pisito de protección oficial de los Mapp cuando Ardelia era una niña. Su abuela vendía verduras y flores, y pagaba la prima con las ganancias; usando la póliza como garantía una vez saldada, había pedido un préstamo para ayudar a su nieta a acabar la universidad. También había una foto de la diminuta anciana, que no se había esforzado en sonreír por encima del cuello blanco almidonado, pero cuyos negros ojos brillaban con una sabiduría ancestral bajo el ala plana del rígido sombrero de paja.

Ardelia no había olvidado sus raíces, de las que sacaba fuerzas a diario. Starling procuró serenarse y sacarlas de las suyas. El Hogar Luterano de Bozeman le había proporcionado alimento, vestido y un adecuado modelo de conducta; pero, para lo que necesitaba en aquellos momentos, tenía que consultar a su propia sangre.

¿De qué puede presumir alguien que procede de una familia blanca de la clase trabajadora, y de un lugar en el que las heridas de la guerra de Secesión no acabaron de cicatrizar hasta los años cincuenta? ¿El retoño de una gente a la que en los campus consideraban un hatajo de patanes muertos de hambre y racistas o, de forma más condescendiente, de peones blancos y pelagatos de los Apalaches? Si hasta la dudosa aristocracia sureña, que no reconoce la menor dignidad al trabajo manual, se refiere a tu gente como ganapanes, ¿a qué tradición puedes acudir en busca de un modelo? ¿Que les zurramos la badana aquella primera vez en Bull Run? ¿Que el tatarabuelo se portó como un hombre en Vicksburg? ¿Que un rincón de Shiloh será para siempre Yazoo City?

Se puede sentir legítimo orgullo por haber salido adelante con el propio esfuerzo, sacando partido de las malditas quince hectáreas y la jodida mula, pero hay que ser capaz de darse cuenta. Porque nadie te lo enseñará.

Starling había salido adelante en la Academia porque no tenía dónde caerse muerta. Había pasado la mayor parte de su vida en instituciones públicas, cuyas reglas había respetado al tiempo que las aprovechaba para jugar limpio pero fuerte. Siempre había progresado, hasta obtener la beca y estar entre los mejores. Su incapacidad para ascender dentro del FBI después de unos comienzos brillantes era una experiencia nueva y dolorosa para ella. Zumbaba contra los muros de cristal como una mosca en una botella.

Había tenido cuatro días para llorar a John Brigham, abatido a tiros ante sus ojos. Tiempo atrás Brigham le había preguntado algo a lo que Clarice había contestado que no. Entonces, el hombre le había preguntado si podían ser amigos, con evidente sinceridad, y ella le había contestado, con no menos sinceridad, que sí.

Tenía que digerir el hecho de que ella misma había matado a cinco personas en el mercado de Feliciana. Veía una y otra vez al Tullido con el pecho atrapado entre los dos coches, arañando el techo del Cadillac mientras la pistola resbalaba fuera de su alcance.

En busca de alivio, había acudido al hospital para ver al hijo de Evelda. La madre de la mujer estaba allí, sosteniendo en los brazos a su nieto, al que se disponía a llevarse a casa. Reconoció a Starling por las fotografías de los periódicos, le dio el niño a la enfermera y, antes de que Starling comprendiera sus intenciones, la abofeteó con toda su fuerza en la parte vendada.

Starling no devolvió el golpe, pero inmovilizó a la anciana contra la ventana de la sala de maternidad doblándole el brazo hasta que dejó de debatirse, con la cara contorsionada contra el cristal manchado de saliva. La sangre resbalaba por el cuello de Starling y el dolor hacía que la cabeza le diera vueltas. Le volvieron a coser la oreja en la sala de urgencias, pero no quiso poner una denuncia. Un auxiliar de urgencias dio el soplo al *Tattler* y recibió trescientos dólares.

Había tenido que salir otras dos veces. Para cumplir las últimas voluntades de John Brigham y para asistir a su entierro en el Cementerio Nacional de Arlington. Brigham tenía poca familia, que además vivía lejos, y había dejado constancia escrita de que quería que Starling se ocupara de sus exequias.

El estado de su rostro había hecho necesario un ataúd cerrado, pero Starling se había preocupado de que tuviera el mejor aspecto posible. Lo había vestido con su inmaculado uniforme azul de infantería de marina, con la estrella de plata y el resto de sus condecoraciones.

Tras la ceremonia, el oficial superior de Brigham entregó a Starling una caja que contenía las armas del agente, sus insignias y otros objetos de su caótico escritorio, incluido el absurdo pájaro del tiempo que bebía de un vaso.

Faltaban cinco días para que Starling tuviera que presentarse ante una comisión que podía arruinar su carrera. Aparte de la llamada de Jack Crawford, el teléfono celular había permanecido mudo. Ya no había ningún Brigham a quien pedir consejo.

Llamó a su representante en la Asociación de Agentes del FBI. Su consejo fue que no se pusiera pendientes llamativos ni zapatos que dejaran los dedos al descubierto.

Cada día la televisión y los periódicos cogían el asunto de Evelda Drumgo y lo sacudían como si fuera una rata.

En el orden absoluto de la sala de estar de Ardelia, Starling intentaba pensar.

El gusano que te corroe es la tentación de dar la razón a tus críticos, de querer obtener su aprobación.

Un ruido la molestaba.

Starling intentó recordar sus palabras exactas mientras estaba en la furgoneta. ¿Había hablado más de la cuenta? El ruido la seguía molestando.

Brigham le había dicho que pusiera al corriente a los demás. ¿Dejó entrever cierta hostilidad? ¿Soltó alguna inconveniencia...?

El ruido, molesto, impidiéndole pensar.

Bajó de las nubes y cayó en la cuenta de que estaba sonando el timbre de la puerta de al lado. Seguro que era un periodista. También esperaba una citación civil. Apartó los visillos de la ventana que daba al frente y vio al cartero, que volvía a su furgoneta. Abrió la puerta del apartamento de Mapp a tiempo para alcanzarlo, y permaneció con la espalda vuelta hacia al coche de prensa aparcado al otro lado de la calle y a su teleobjetivo, mientras firmaba el recibo de la carta certificada. Era un sobre malva con fibras de seda en el papel de fino hilo. A pesar de su estado de aturdimiento, le recordó alguna cosa. Una vez dentro y a cubierto del resplandor, miró la dirección. Una pulcra letra redonda.

Sobre el monótono temor que zumbaba en su cabeza, saltó la alarma. Sintió un estremecimiento en la piel del estómago, como si gotas heladas le resbalaran por el cuerpo.

Starling sostuvo el sobre por las puntas y se dirigió a la cocina. Sacó del bolso los omnipresentes guantes blancos para manipulación de pruebas. Apretó el sobre contra el tablero de la mesa y pasó la mano por su superficie con cuidado. Aunque el papel era grueso, hubiera podido notar el bulto de una pila de reloj lista para hacer explotar una hoja de C-4. Sabía que lo mejor era que lo examinaran con el fluoroscopio. Si la abría podía tener problemas. Problemas. Por supuesto. A la mierda.

Abrió el sobre con un cuchillo de cocina y sacó la única hoja de papel sedoso que contenía. Sin necesidad de mirar la firma, supo de inmediato quién le había escrito:

Querida Clarice:

He seguido con entusiasmo el desarrollo de los acontecimientos que han provocado tu caída en desgracia y pública vergüenza. Las mías nunca me molestaron, salvo por el inconveniente de que me llevaron a la cárcel; pero es muy probable que a ti te falte la necesaria perspectiva.

Durante nuestras conversaciones en la mazmorra, me resultó evidente que tu padre, el difunto vigilante nocturno, es una de las vigas maestras de tu sistema de valores. Estoy convencido de que tu éxito en poner fin a la carrera de sastre de Jame Gumb te satisfizo, sobre todo porque te permitió imaginar a tu padre haciéndolo.

Ahora estás en malos términos con el FBI. ¿Te has imaginado alguna vez a tu padre como superior tuyo en el Bureau, como jefe de sección o, mejor aún que Jack Crawford, como DIRECTOR ADJUNTO, viéndote progresar lleno de orgullo? ¿Lo ves ahora avergonzado y hundido por tu desgracia? ¿Por tu fracaso? ¿Por el lamentable y mediocre final de una prometedora carrera? ¿Te ves haciendo las mismas tareas humildes que tu madre cuando los drogadictos le reventaron la cabeza a tu PAPÁ? ¿Eh? ¿Se reflejará en ellos tu fracaso, pensará la gente injusta y definitivamente que tus padres eran basura blanca, carne de patio de remolques? Sincérate conmigo, agente especial Starling.

Piensa un poco en ello antes de que entremos en materia.

Ahora voy a señalarte una virtud que te ayudará en este trance: las lágrimas no te ciegan, tienes suficientes redaños para seguir leyendo.

Y a continuación, un ejercicio que puede resultarte útil. Quiero que hagas esto conmigo, como terapia:

¿Tienes una sartén de hierro negro? Eres una muchachi-
ta de las montañas sureñas, así que no puedo imaginar que
la respuesta sea no. Ponla sobre la mesa de la cocina. En-
ciende la luz del techo.

Mapp había heredado una de aquellas sartenes de su
abuela y la usaba a menudo. Tenía una superficie negra y
lustrosa que el jabón no había conseguido eliminar. Starling la puso en la mesa, ante sí.

Mira dentro de la sartén, Clarice. Inclínate y mira el in-
terior. Si fuera la sartén de tu madre, y bien podría serlo, sus
moléculas conservarían las vibraciones de todas las conver-
saciones que se desarrollaron en su presencia. Todas las discu-
siones, los enfados insignificantes, las revelaciones mortíferas,
los indistintos presagios de desastre, los gruñidos y la poesía
del amor.

Siéntate a la mesa, Clarice. Mira dentro de la sartén.
Si está bien curada, será como un pozo negro, ¿no es así?
Es como mirar al fondo de un pozo. Tu reflejo no está en
el fondo, pero estás allí arriba, ¿verdad? La luz te llega de
detrás y tu rostro está oscuro, con un halo de luz, como si
te ardiera el pelo.

Somos combinaciones de carbono, Clarice. Tú, la sartén,
tu padre muerto y enterrado, tan frío como la sartén. Todo
sigue ahí. Escucha. Cómo hablaban, cómo vivían realmente
tus padres, que tanto se afanaron. Los recuerdos concretos, no
los fantasmas que habitan tu corazón.

¿Por qué no llegó tu padre a ayudante del sheriff, ni a
codearse con la piara de los juzgados? ¿Por qué tuvo tu ma-
dre que limpiar moteles para manteneros, aunque no consi-
guió evitar que os desperdigarais antes de ser mayores?

¿Cuál es tu recuerdo más vívido de la cocina? No del
hospital, de la cocina.

Mi madre lavando el sombrero ensangrentado de mi padre.

¿Cuál es tu mejor recuerdo de la cocina?

Mi padre pelando naranjas con su vieja navaja, que tenía la punta partida, y repartiendo los gajos entre nosotros.

Tu padre, Clarice, era un vigilante nocturno. Tu madre, una fregona.

Hacer carrera en el FBI, ¿era tu ilusión o la de ellos? ¿Cuánto se hubiera rebajado tu padre para medrar en una burocracia que apesta? ¿Cuántos culos hubiera lamido? ¿Lo viste alguna vez hacer la pelota o ser rastrero?

¿Han mostrado tus superiores tener alguna clase de valores, Clarice? Y tus padres, ¿te enseñaron alguno? Si fue así, ¿son los mismos?

Mira dentro de la sartén, que no engaña, y respóndeme. ¿Les has fallado a tus muertos? ¿Querrían ellos que se la chuparas a tus jefes? ¿Cuál era su punto de vista respecto a la fortaleza de carácter? Tú puedes ser tan fuerte como lo desees.

Eres una guerrera, Clarice. El enemigo ha muerto, la criatura está a salvo. Eres una guerrera.

Los elementos más estables, Clarice, aparecen en el centro de la tabla periódica, más o menos entre el hierro y la plata.

Entre el hierro y la plata. Creo que eso te cuadra a la perfección.

Hannibal Lecter

PD. Sigues debiéndome cierta información, ¿recuerdas? Cuéntame si aún te despiertas oyendo a los corderos. Cualquier domingo pon un anuncio en la sección de contactos del Times, *el* International Herald–Tribune *y el* China Mail. *Dirígelo a A. A. Aaron, así irá en primer lugar, y firma Hannah.*

Mientras leía, Starling tuvo la sensación de estar oyendo la misma voz que se había burlado de ella y la había desgarrado, que había hurgado en su pasado y la había iluminado sobre sí misma en la celda de máxima seguridad del hospital psiquiátrico, cuando tuvo que comerciar con sus recuerdos más dolorosos a cambio de los insustituibles conocimientos de Hannibal Lecter sobre *Buffalo Bill*. La aspereza metálica de aquella voz que tan poco se prodigaba seguía persiguiéndola en sueños.

Había una telaraña nueva en una esquina del techo de la cocina. Starling fijó la vista en ella mientras sus pensamientos se atropellaban. Contenta y triste. Triste y contenta. Contenta por la ayuda, contenta al vislumbrar lo que podía sanarla. Contenta y triste porque el servicio de reenvío de Los Ángeles que había empleado el doctor Lecter parecía poco cuidadoso en la selección de su personal; esta vez habían utilizado una máquina de franqueo automático. Jack Crawford se frotaría las manos al ver la carta, lo mismo que las autoridades postales y el laboratorio.

6

La habitación en que Mason pasaba los días era silenciosa, pero tenía su propio, suave pulso, los siseos y suspiros del respirador que le proporcionaba oxígeno. Era oscura excepto por el resplandor del enorme acuario, en cuyo interior una exótica anguila daba vueltas y más vueltas, trazando continuos ochos que parecían siempre el mismo y haciendo ondular su sombra como una cinta por las paredes del cuarto.

El pelo trenzado de Mason formaba una gruesa rosca sobre el caparazón del respirador que cubría su pecho en la cama elevada. Suspendido ante él, había un sistema de tubos semejante a una flauta de Pan.

La larga lengua de Mason asomó entre los dientes. La pasó alrededor del final del tubo del extremo y sopló aprovechando un suspiro del respirador.

Al instante, una voz procedente de un altavoz de la pared le respondió.

—¿Sí, señor?

—El *Tattler*. —La te inicial se había perdido, pero la voz era profunda y resonante como la de un locutor de radio.

—En portada viene…

—No quiero que me lo leas. Ponlo en el monitor. —Las emes y la pe también habían desaparecido de las frases de Mason.

Se oyó crepitar la amplia pantalla del monitor elevado. El resplandor verde azulado se volvió rosa conforme iba apareciendo la roja cabecera del *Tattler*.

—«EL ÁNGEL DE LA MUERTE: CLARICE STARLING, LA MÁQUINA ASESINA DEL FBI» —leyó Mason entre tres lentas exhalaciones del respirador.

El aparato permitía ampliar las fotografías. Mason tenía un brazo fuera de la colcha, y esa mano conservaba algo de movimiento. Como una araña de mar blancuzca, avanzó arrastrada por los dedos más que gracias a la fuerza del brazo contrahecho. Como apenas podía girar la cabeza para mirar, el índice y el corazón tantearon como si fueran antenas, mientras pulgar, anular y meñique tiraron con fuerza de la mano por la ropa de la cama. Por fin, encontró el mando a distancia, con el que podía ampliar y pasar las páginas.

Mason leyó despacio. El protector de cristal que cubría su único ojo producía un siseo dos veces por minuto, al vaporizar humedad sobre el globo ocular, que no tenía párpado, y a menudo empañaba la lente. Necesitó veinte minutos para leer el artículo principal y la columna lateral.

—Pon las radiografías —ordenó, acabada la lectura.

Hubo que esperar unos instantes. Había que colocar la ancha placa de rayos X sobre una mesa luminosa para que pudiera verse adecuadamente en el monitor. La primera radiografía mostraba una mano, al parecer dañada. La otra, la misma mano y todo el brazo. Una flecha dibujada en la placa señalaba una antigua fractura de húmero a medio camino entre el codo y el hombro.

Mason la contempló durante muchas inhalaciones.

—Pon la carta —ordenó al fin.

La elegante letra redonda apareció en el monitor, absurdamente magnificada.

—«*Querida Clarice* —leyó Mason—: *He seguido con entusiasmo el desarrollo de los acontecimientos que han provocado tu caída en desgracia y pública vergüenza…*» —El ritmo de su propia voz despertó viejos pensamientos que hicieron girar su cabeza, la cama, la habitación, arrancaron la costra que cubría sus sueños más ocultos y dieron a su corazón un ritmo más rápido que el de la respiración. La máquina detectó su agitación y bombeó oxígeno a sus pulmones aún más deprisa.

Leyó la carta de cabo a rabo a un ritmo penoso por encima de los movimientos de la máquina, como si leyera a lomos de un caballo. Mason no podía cerrar el ojo, pero cuando acabó la lectura su mente se retiró unos instantes para poder pensar. El respirador funcionó más despacio. Al cabo de un rato, Mason sopló en el tubo.

—Dígame, señor.

—Pégale un toque al congresista Vellmore. Tráeme los auriculares del teléfono. Cierra el altavoz.

—Clarice Starling —dijo con la siguiente inhalación que le concedió la máquina.

Aquel nombre no tenía sonidos implosivos, así que pudo emitirlo completo. Fonema tras fonema. Mientras esperaba que le trajeran el teléfono, dormitó unos instantes, con la sombra de la anguila deslizándose por la colcha, por su rostro, por el pelo enroscado.

7

Buzzard's Point, el centro de operaciones del FBI para Washington y el Distrito de Columbia, recibe ese nombre a causa de una reunión de buitres celebrada en el hospital que se alzaba en ese lugar durante la guerra de la Secesión.

La reunión de ese día estaría constituida por burócratas de la DEA, el BATF y el FBI, dispuestos a decidir la suerte de Clarice Starling.

Starling estaba sola, de pie sobre la espesa alfombra del despacho de su jefe. La sangre le palpitaba contra el vendaje de la cabeza. Por encima de los latidos, le llegaban las voces de los hombres, amortiguadas por la puerta de cristal esmerilado de la sala de reuniones contigua.

Sobre el cristal, en estilizado pan de oro, destacaba el emblema del FBI, con su divisa de «Fidelidad, Bravura, Integridad».

Tras el emblema, el tono de las voces subía y bajaba con cierta pasión; Starling oía su nombre a menudo, aunque no pudiera entender otra cosa.

El despacho ofrecía una hermosa vista sobre la dársena para yates; al fondo se distinguía Fort McNair, donde fueron ahorcados los acusados de conspirar para el asesinato de Lincoln.

Starling recordó haber visto las fotos de Mary Surratt pasando al lado de su propio ataúd camino del patíbulo levantado en el fuerte; de pie sobre la trampilla, con una capucha sobre la cabeza y la falda atada sobre las piernas para evitar un espectáculo indecoroso cuando cayera con el cuello roto hacia la oscuridad total.

Starling oyó ruido de sillas al otro lado de la puerta; los hombres se estaban levantando. Al cabo de un instante empezaron a entrar en el despacho y pudo reconocer algunas de las caras. Dios, allí estaba Noonan, el director adjunto de toda la división de investigación.

Y allí estaba su Némesis particular, Paul Krendler, del Departamento de Justicia, cuellilargo y con orejas de asa que le nacían más arriba de lo normal y le daban aspecto de hiena. Krendler era un trepa, la eminencia gris detrás del hombro del inspector general. Desde que Starling se le adelantó en atrapar al asesino en serie *Buffalo Bill* en un caso que se había hecho célebre siete años atrás, Krendler no había perdido ocasión de verter veneno en la ficha personal de Starling, ni dejado de cuchichear en su contra en los oídos del Comité de Ascensos.

Ninguno de aquellos individuos había participado con ella en ninguna operación, ni había ejecutado con ella una orden de arresto, ni se había arrojado al suelo para protegerse de las mismas balas, ni se había quitado del pelo las esquirlas de la misma lluvia de cristales.

No la miraron hasta que todos levantaron la vista al mismo tiempo, como la manada que clava los ojos de repente en el animal enfermo.

—Siéntese, agente Starling —le indicó su jefe, el agente especial Clint Pearsall, que se frotaba la gruesa muñeca como si le hiciera daño el reloj.

Sin mirarla a los ojos, le señaló un sillón encarado al ventanal. La silla del interrogado nunca es el lugar de honor.

Los siete hombres permanecieron de pie, con sus siluetas negras recortadas contra las ventanas. Starling no podía distinguir las facciones, pero veía sus piernas y sus pies por debajo de la línea de luz. Cinco de ellos calzaban los mocasines de suela gruesa con borlas que suelen llevar los charlatanes de pueblo que han conseguido llegar a Washington. Un par de Thom McAn con puntera en forma de ala y suelas Corfam y unos Florsheim con idéntica puntera completaban la hilera de pies. El aire olía a betún recalentado por pies sudados.

—Por si no conoce a alguno de los presentes, agente Starling, este es el director adjunto Noonan, estoy seguro de que no necesita presentación; este es John Eldredge de la DEA; Bob Sneed, del BATF; Benny Holcomb, ayudante del alcalde; y Larkin Wainwright, inspector de nuestra Oficina de Responsabilidades Profesionales. Paul Krendler, lo conoce, ¿verdad?, está aquí de forma oficiosa en representación del inspector general del Departamento de Justicia. Paul está y no está aquí, ha venido para hacernos un favor, para ayudarnos a atajar los problemas, no sé si me entiende.

Starling sabía lo que decían en el servicio: un inspector federal es alguien que llega al campo de batalla cuando la batalla ha acabado para rematar a los heridos.

Las cabezas de algunas siluetas se movieron a guisa de saludo. Aquellos individuos estiraron los cuellos y escrutaron a la joven a cuyo alrededor se habían congregado. Durante unos instantes nadie dijo nada.

Bob Sneed rompió el silencio. Starling lo recordaba como el mago de la oficina de prensa del BATF que intentó desodorizar el desastre de los davidianos en Waco. Era un compinche de Krendler y todo el mundo lo consideraba un lameculos.

—Agente Starling, imagino que es usted consciente de la cobertura que los periódicos y la televisión han dado a este asunto. Se la ha identificado sin la menor duda como la persona que acabó con la vida de Evelda Drumgo. Por desgracia, los medios de comunicación han decidido poco menos que demonizarla.

Starling no replicó.

—¿Agente Starling?

—No tengo nada que ver con la prensa, señor Sneed.

—La mujer tenía a una criatura en brazos; no es difícil comprender el problema que ello nos crea.

—No lo llevaba en brazos, sino en un arnés cruzado sobre el pecho, con los brazos y las manos ocultos y sujetando un MAC 10 debajo de una toquilla.

—¿Ha visto usted el informe de la autopsia? —le preguntó Sneed.

—No.

—Pero nunca ha negado que fue usted quien le disparó…

—¿Creía que lo iba a negar porque ustedes no han encontrado la bala? —Starling se giró hacia su jefe—. Señor Pearsall, esta es una reunión informal, ¿me equivoco?

—En absoluto.

—Entonces, ¿por qué el señor Sneed lleva un micrófono? La División de Electrónica dejó de fabricar esos micrófonos de alfiler hace años. Lleva un F-Bird en el bolsillo de la americana y está grabándome. ¿Es una moda nueva eso de ir con micrófonos ocultos a los despachos de los demás?

Pearsall se puso de todos los colores. Si aquello era verdad, se trataba de una vileza de lo más chapucera; pero nadie estaba dispuesto a que lo grabaran diciendo a Sneed que apagara aquel cacharro.

—No es el momento para salidas de tono ni acusaciones —dijo Sneed, pálido de ira—. Todos estamos aquí para ayudarla.

—¿Para ayudarme a qué? Fue su gente la que llamó a este despacho y consiguió que me asignaran a la operación para que yo les ayudara a ustedes. Le di a Evelda Drumgo dos oportunidades para entregarse. Empuñaba un MAC 10 por debajo de la toquilla del bebé. Acababa de dispararle a John Brigham. Ojalá se hubiera rendido. Pero no lo hizo. En vez de eso, me disparó. Fue entonces cuando disparé yo. Y ahora está muerta. ¿No quiere comprobar el contador de su casete, señor Sneed?

—¿Sabía de antemano que Evelda Drumgo estaría allí? —quiso averiguar Eldredge.

—¿De antemano? Una vez dentro de la furgoneta, el agente Brigham me explicó que Evelda Drumgo estaba preparando la droga en un laboratorio de metanfetaminas vigilado por sus hombres. Y me encargó que me ocupara de ella.

—No olvide que Brigham está muerto —intervino Krendler—, y también Burke, ambos magníficos agentes. Ya no tienen la posibilidad de confirmar o negar nada.

Oír el nombre de John Brigham en labios de Krendler le revolvía el estómago.

—No hay muchas posibilidades de que olvide que John Brigham está muerto, señor Krendler. Y, en efecto, era un magnífico agente, y un magnífico amigo. Y es un hecho que me ordenó encargarme de Evelda.

—Brigham le encargó semejante cosa a pesar de que usted y Evelda Drumgo ya se habían tirado de los pelos con anterioridad, ¿no es eso? —ironizó Krendler.

—Vamos, Paul… —terció Clint Pearsall.

—Fue un arresto pacífico —dijo Starling—. Se había resistido a otros agentes en anteriores ocasiones. Pero aquella vez no ofreció resistencia, e incluso hablamos un poco… No era ninguna idiota. Nos comportamos como dos personas. Ojalá hubiéramos hecho lo mismo el otro día.

—¿No es cierto que sus palabras textuales fueron «déjala de mi cuenta»? —preguntó Sneed.

—Me limité a darme por enterada de la orden.

Holcomb, el hombre de la oficina del alcalde, y Sneed acercaron las cabezas para conferenciar *en petit comité*.

Sneed se estiró las mangas de la camisa.

—Señorita Starling, tenemos declaraciones del oficial Bolton, del Departamento de Policía de Washington, según las cuales usted hizo gala de notable hostilidad verbal hacia Evelda Drumgo en la furgoneta que los conducía al lugar de autos. ¿Qué tiene que alegar a eso?

—A indicación del agente Brigham, expliqué a los demás agentes que Evelda tenía un amplio historial de violencia, que solía ir armada y que era seropositiva. Añadí que le daríamos la oportunidad de entregarse pacíficamente. Y pedí su apoyo en caso de que fuera necesario reducirla. No hubo muchos voluntarios para hacer ese trabajo, se lo puedo asegurar.

Clint Pearsall hizo de tripas corazón:

—Después de que el coche de los Tullidos chocara y uno de los delincuentes saliera huyendo, ¿pudo ver que el coche se agitaba y oír a la criatura llorando en su interior?

—Chillando —puntualizó Starling—. Levanté la mano y ordené a todo el mundo que dejara de disparar; luego me acerqué sin ninguna protección.

—Eso va contra las normas —cortó Eldredge.

Starling no se molestó en replicar.

—Avancé hacia el coche en posición de alerta, con los brazos extendidos y el cañón apuntando al suelo. Marquez Burke agonizaba en la calzada a unos pasos de mí. Alguien se acercó corriendo y trató de pararle la hemorragia. Evelda salió del coche con el niño. Le pedí que me enseñara las manos; dije algo como «Evelda, no lo hagas».

—Ella disparó y usted lo hizo a continuación. ¿Cayó al suelo enseguida?

Starling asintió.

—Se le doblaron las piernas y quedó sentada en la calle, inclinada sobre el niño. Estaba muerta.

—Usted cogió al niño y corrió hacia la manguera. Su angustia era evidente —afirmó Pearsall.

—No sé si era o no era evidente. La criatura estaba cubierta de sangre. Yo no sabía si era o no seropositivo. Pero sí que lo era su madre.

—Y pensó que su disparo podía haber herido al niño… —le apuntó Krendler.

—No. Sabía adónde había disparado. ¿Puedo hablar claramente, señor Pearsall? —Como el hombre rehuía su mirada, Starling continuó—: La operación fue una auténtica chapuza. Me vi abocada a una situación en la que la alternativa era dejarme matar o disparar a una mujer con un niño. Elegí, y lo que me vi obligada a hacer me está quemando las entrañas. Disparé a una madre que tenía a su hijo en brazos. Ni los que llamamos «animales» hacen una cosa semejante. Señor Sneed, puede que quiera volver a asegurarse de que le queda cinta, ahora que estoy admitiendo esto. Estoy pasando un infierno por lo que ocurrió. No pueden imaginarse cómo me siento… —Vio la imagen de Brigham boca abajo en la acera, y no pudo contenerse—: Los veo a todos ustedes intentando escurrir el bulto, y me dan ganas de vomitar.

—Starling… —Pearsall, visiblemente nervioso, la miró a la cara por primera vez.

—Sabemos que todavía no ha tenido ocasión de redactar su 302 —dijo Larkin Wainwright—. Cuando podamos estu…

—Sí, señor, la he tenido —lo atajó Starling—. Ya he enviado una copia a la Oficina de Responsabilidades Profesionales, y llevo otra encima por si no quieren esperar. En ella consta todo lo que vi e hice durante la operación. Ya ve, señor Sneed, que no hacía falta grabarme.

Starling veía las cosas con claridad meridiana, una señal de peligro que no le costó reconocer, y bajó la voz consciente de que lo hacía:

—La operación se fue al garete por un par de motivos. El informador del BATF mintió sobre el niño porque estaba desesperado por que la operación se llevara a cabo antes de presentarse ante un gran jurado federal en Illinois. Y, además, Evelda Drumgo sabía que íbamos a por ella. Salió con el dinero en una bolsa y la droga en otra. Su busca seguía teniendo el número de la cadena de televisión WFUL. Le dieron el chivatazo cinco minutos antes de que llegáramos. El helicóptero de la WFUL llegó al mismo tiempo que nosotros. Pidan una orden para requisar las grabaciones telefónicas de la cadena y sabrán el origen de la filtración. Es alguien con intereses locales, caballeros. Si hubiera sido el BATF, como en Waco, o la DEA, lo habrían filtrado a los medios nacionales, no a la televisión local.

Benny Holcomb salió en defensa de la ciudad.

—No hay la más mínima evidencia de que nadie del Ayuntamiento o del Departamento de Policía de Washington filtrara absolutamente nada.

—Pidan la orden y lo sabrán —insistió Starling.

—¿Tiene usted el busca de la Drumgo? —le preguntó Pearsall.

—Está registrado en el depósito de pruebas de Quantico.

El busca del propio director adjunto Noonan empezó a pitar. Arrugó la nariz al ver el número y salió del despacho tras pedir que lo disculparan. Al cabo de un instante, requirió a Pearsall para que se reuniera fuera con él.

Wainwright, Eldredge y Holcomb se pusieron a mirar por el ventanal hacia Fort McNair con las manos en los bolsillos. Viéndolos cualquiera habría dicho que estaban esperando en la sala de urgencias de un hospital. Paul Krendler captó la atención de Sneed y le señaló a Starling.

Sneed apoyó una mano en el respaldo del sillón de la agente y se inclinó sobre ella.

—Si su testimonio en una audiencia es que, mientras estaba cedida por el FBI para una operación concreta, su arma mató a Evelda Drumgo, el BATF está dispuesto a firmar una declaración en la que conste que John Brigham le pidió que… prestara una atención especial a Evelda con el fin de detenerla de forma pacífica. Fue su arma la que acabó con ella, y su servicio es el que tiene que cargar con la responsabilidad. No habrá intercambio de mierda entre las agencias sobre las respectivas responsabilidades, y no nos veremos obligados a sacar a la luz sus declaraciones hostiles en la furgoneta sobre Evelda.

Starling vio a Evelda por un instante, saliendo por la puerta del mercado, saliendo del coche, con la cabeza erguida y, a despecho de los desatinos y la nulidad de su vida, dispuesta a defender a su hijo y a hacer frente a sus enemigos en vez de huir de ellos.

Starling se inclinó a la altura del micrófono clavado en la corbata de Sneed y dijo alto y claro:

—No tengo ningún reparo en declarar qué clase de persona era, señor Sneed; era bastante mejor que usted.

Pearsall volvió al despacho solo y cerró la puerta.

—El director adjunto ha tenido que volver a su despacho. Caballeros, voy a declarar concluida esta reunión. Me pondré en contacto con ustedes individualmente, por teléfono —les informó.

Krendler levantó la cabeza. Husmeó la intervención de alguna instancia política.

—Aún tenemos que tomar algunas decisiones —repuso Sneed.

—No, no tenemos.

—Pero…

—Bob, créeme, no tenemos que tomar ninguna decisión. Me pondré en contacto contigo. Y Bob…

—¿Sí? —Pearsall cogió el hilo por detrás de la corbata de Sneed y tiró hacia abajo con fuerza; saltaron los botones de la camisa y se oyó la cinta adhesiva al despegarse de la piel–. Vuelve a entrar en mi despacho con un micrófono y te juro que te lo meto por el culo.

Ninguno miró a Starling al salir, excepto Krendler. Mientras avanzaba hacia la puerta arrastrando los pies para no tener que mirar dónde los ponía, hizo girar su largo cuello, como una hiena que recorre un rebaño con la vista hasta localizar su presa, y le clavó los ojos. En su rostro se mezclaban los deseos; su ambigua naturaleza le permitía admirar las piernas de Starling al tiempo que pensaba en cómo desjarretarlas.

8

Ciencias del Comportamiento es la unidad del FBI que investiga los asesinatos en serie. En sus dependencias, situadas en los sótanos del edificio, el aire está quieto y fresco. Los decoradores con sus muestrarios de colores han intentado en los últimos años iluminar ese espacio subterráneo. El resultado no ha sido mejor que el de los cosméticos que emplean las empresas de pompas fúnebres.

El despacho del jefe de unidad conserva los tonos marrones y canela originales, y las cortinas a cuadros de color café en sus altas ventanas. Allí, rodeado de sus infernales archivos, estaba sentado Jack Crawford, escribiendo sobre la mesa.

Oyó un golpe de nudillos en la puerta y, al levantar los ojos, se encontró con una vista que siempre le resultaba agradable; Clarice Starling estaba en el umbral.

Crawford sonrió y se puso en pie. Starling y él hablaban de pie a menudo; era una de las formalidades tácitas que habían acabado por imponer a su relación. No necesitaban estrecharse la mano.

—Me han dicho que fue al hospital —dijo Starling—. Me hubiera gustado verlo.

—Me alegro de que te soltaran tan pronto —contestó Crawford—. Y la oreja, ¿cómo va?

—Estupendamente, si le gusta la coliflor. Me han dicho que la mayor parte se me caerá.

El cabello se la cubría y Starling no se ofreció a enseñársela. Se produjo un momento de silencio.

—Querían que cargara con el muerto por lo de la operación, señor. Lo de Evelda Drumgo, para mí solita. Se estaban comportando como un hatajo de hienas y de pronto todo acabó y se fueron con el rabo entre las piernas. Algo o alguien les quitó la idea de la cabeza.

—Puede que tengas un ángel de la guarda, Starling.

—Puede que sí. ¿Qué tuvo que hacer, Jack?

Crawford meneó la cabeza.

—Por favor, Starling, cierra la puerta —encontró un kleenex arrugado en el bolsillo y se limpió las gafas con él—. Habría hecho algo si hubiera podido. Pero no tenía suficiente fuerza por mí mismo. Si el senador Martin siguiera en activo, te habría conseguido apoyo… Se cepillaron a John Brigham en esa operación. Como si lo hubieran tirado a la basura. Hubiera sido una vergüenza que hicieran lo mismo contigo. Me he sentido como si os estuviera cargando en un jeep a John y a ti.

Las mejillas de Crawford enrojecieron y la mujer se acordó de su rostro al viento cortante que soplaba sobre la tumba de John Brigham. Crawford nunca le había hablado de su experiencia de guerra.

—Usted ha hecho algo, Jack.

Él asintió.

—Algo he hecho. Pero no sé si te vas a alegrar. Es un trabajo.

Un trabajo. «Trabajo» era una palabra positiva en sus respectivos diccionarios. Significaba una actividad inmediata y específica, y servía para despejar el aire. Si podían evitarlo, no solían hablar de la turbia burocracia central del FBI. Crawford y Starling eran como los médicos de una misión, con poca paciencia para la teología, concentrados en el niño que tienen delante, sabedores, por más que se lo callen, de que Dios no moverá un puto dedo para ayudarlos. Que no se molestará en hacer que llueva ni para salvar las vidas de cincuenta mil niños nigerianos.

—Aunque de forma indirecta, Starling, tu benefactor ha sido tu reciente corresponsal.

—El doctor Lecter.

Starling se había dado cuenta desde hacía tiempo de la repugnancia de su superior a pronunciar aquel nombre.

—Sí, el mismo. Nos ha eludido durante todos estos años, parecía que se lo hubiera tragado la tierra y ahora te escribe una carta. ¿Por qué?

Habían pasado siete años desde que el doctor Hannibal Lecter, verdugo de al menos diez seres humanos, había burlado las medidas de seguridad en Memphis y acabado con otras cinco vidas durante su huida.

Era como si se hubiera volatilizado. El FBI mantenía abierto el caso, y lo mantendría abierto por los siglos de los siglos, o hasta que lograran capturarlo. Lo mismo ocurría en Tennessee y otras jurisdicciones; pero ya no había ningún efectivo asignado a su búsqueda, aunque los familiares de las víctimas habían llorado lágrimas de rabia ante las autoridades del estado de Tennessee pidiendo que se emprendieran acciones.

Al cabo de los años, se disponía de toda una biblioteca de monografías académicas que intentaban desentrañar los entresijos de la mente del doctor, la mayor parte escritas por psicólogos que nunca se habían visto las caras con el hombre de carne y hueso. Unas cuantas se debían a psiquiatras que Lecter había ridiculizado en las publicaciones profesionales, al parecer convencidos de que ahora podían alzar la voz sin peligro. Algunos de ellos afirmaban que sus aberraciones lo conducirían ineluctablemente al suicidio y que era posible que ya estuviera muerto.

El interés por el doctor no había decaído, al menos en el ciberespacio. Las teorías sobre Lecter brotaban en el terreno abonado de Internet como champiñones, y los que afirmaban haberlo visto en los sitios más peregrinos rivalizaban en número con los que decían otro tanto de Elvis. Los impostores plagaban los chats, y en la ciénaga fosforescente que constituía el lado oscuro de la Red los coleccionistas de rarezas siniestras podían adquirir ilegalmente las fotografías policiales de sus aberraciones. Solo las superaba en popularidad la ejecución de Fou-Tchou-Li.

El único rastro del doctor en siete años había sido la carta recibida por Starling en plena crucifixión mediática.

A pesar de no haber encontrado huellas digitales en la misiva, el FBI se sentía razonablemente seguro de que era auténtica. Clarice Starling no tenía la menor duda.

—¿Por qué lo ha hecho, Starling? —Crawford parecía casi enfadado con ella—. Nunca he pretendido comprenderlo más de lo que lo comprenden esos psiquiatras burriciegos. Pero tú puedes explicármelo.

—Lecter pensaba que lo ocurrido podía desengañarme... desilusionarme respecto al Bureau, y él disfruta contemplando la destrucción de la fe, es su pasatiempo favorito. Es como las fotos de iglesias desplomadas que coleccionaba. La montaña de escombros de aquella iglesia de Italia que se vino abajo sobre las abuelas que asistían a una misa especial, y el árbol de Navidad que después colocó alguien encima de ellos... Aquello lo entusiasmó. Le divierte mi situación, juega conmigo. Cuando lo entrevistaba, le gustaba señalar las lagunas de mi educación; está convencido de que soy una ingenua.

Crawford habló desde la experiencia que le proporcionaban sus años y su soledad:

—¿Se te ha ocurrido pensar alguna vez que quizá le gustes, Starling?

—Simplemente le divierto. Las cosas lo divierten o no. Y si no…

—¿Has «sentido» alguna vez que le gustabas? —Crawford insistía en la diferencia entre pensar y sentir como un baptista hubiera insistido en la inmersión integral.

—Basándose en unos pocos encuentros, fue capaz de descubrirme un puñado de verdades sobre mí misma. En mi opinión es muy fácil confundir la perspicacia con la simpatía, por la desesperada necesidad de simpatía que todos sentimos. Puede que aprender a distinguirlas forme parte del proceso de hacerse adulto. Es duro y desagradable darse cuenta de que alguien puede comprenderte sin que ni siquiera le gustes. Y cuando ves la comprensión usada como arma por un depredador, no te queda por ver nada peor. Yo… yo no tengo la menor idea de qué sentimientos le inspiro al doctor Lecter.

—Pero ¿qué tipo de cosas te dijo, si no te molesta la pregunta?

—Me dijo que era una paleta ambiciosa y testaruda y que mis ojos brillaban como quincalla. Que calzaba zapatos baratos, pero que tenía algo de gusto, una pizca de buen gusto.

—¿Y esa fue la verdad que tanto te sorprendió?

—Pues sí. Y quizá sigue siéndolo. Aunque he mejorado en lo de los zapatos.

—En tu opinión, ¿podría estar interesado en saber si lo delatarías después de enviarte una carta de ánimo?

—Él ya sabía que lo iba a delatar, más vale que lo supiera.

—Mató a seis personas después de que el tribunal lo mandara encerrar —dijo Crawford—. Se cargó a Miggs en el manicomio por echarte esperma a la cara, y a otros cinco en la huida. En el actual clima político, si lo cogen no se librará de la inyección.

La idea hizo sonreír a Crawford. Había sido un pionero en el estudio de los asesinos en serie. Ahora se enfrentaba a la jubilación forzosa, mientras el monstruo que lo había llevado por el camino de la amargura seguía en libertad. La perspectiva de ver muerto al doctor Lecter lo regocijaba sin paliativos.

Starling sabía que Crawford había mencionado el incidente con Miggs para sacudir su atención, para hacerla retroceder a aquellos días terribles en que intentaba interrogar a Hannibal el Caníbal en los calabozos del Hospital Psiquiátrico Penitenciario de Baltimore. Cuando Lecter jugaba con ella al gato y al ratón mientras una muchacha aterrorizada se agazapaba en el pozo del sótano de Jame Gumb esperando a que la mataran. Crawford solía provocar a su interlocutor para galvanizar su atención cuando estaba llegando al meollo de la cuestión, como ocurrió en aquella oportunidad.

—¿Sabías, Starling, que una de las primeras víctimas de Lecter sigue viva?

—El chico rico. La familia ofreció una recompensa.

—Sí. Mason Verger. Vive conectado a un pulmón artificial en Maryland. Su padre ha muerto este año y le ha dejado una fortuna amasada en el negocio de la carne. También ha heredado un congresista y un miembro del Comité de Supervisión Judicial que no sabían ni atarse los cordones de los zapatos sin pedir permiso al viejo Verger. Mason dice tener algo que puede ayudarnos a atrapar a Lecter. Quiere hablar contigo.

—¿Conmigo?

—Contigo. Eso es lo que quiere, y de repente todo el mundo está de acuerdo en que es una idea estupenda.

—Es lo que quiere… después de que usted se lo sugiriera, ¿me equivoco?

—Estaban dispuestos a acabar contigo, Starling, iban a lavarse las manos y a tirarte como si fueras un trapo. Te hubieras sacrificado en vano, igual que John Brigham. Solo para salvar a un puñado de burócratas del BATF. Miedo. Presión. Ya no entienden otro lenguaje. Mandé a alguien a que hiciera una visita a Verger y le explicara lo mucho que perjudicaría a la caza de Lecter que te dieran el pasaporte. Lo que pasó a continuación, a quién llamó Verger después, ni lo sé ni me importa. Supongo que le dio un toque a nuestro representante en el Congreso, el señor Vellmore.

Un año antes, Crawford no hubiera jugado aquella carta. Starling escrutó el rostro de su superior en busca de alguno de los signos de la demencia temporal que suele asaltar a los jubilados en ciernes. No percibió ninguno, pero Crawford parecía hastiado.

—Verger no es agradable, Starling, y no me refiero solo a su cara. Averigua lo que sabe y vuelve con la información. Trabajaremos sobre ella. Por fin.

Starling sabía que durante años, desde que se graduó en la Academia del FBI, Crawford había intentado que la destinaran a Ciencias del Comportamiento.

Ahora que era una agente veterana, veterana en muchas misiones de segunda categoría, se daba cuenta de que su temprano éxito en capturar al asesino en serie Jame Gumb era el origen de sus problemas en el Bureau. Había sido una estrella en alza que se partió la crisma a media ascensión. En las semanas previas a la captura de Gumb, se había ganado al menos un enemigo poderoso y los celos de buen número de sus colegas masculinos.

Eso, y una cierta falta de mano izquierda, la habían reducido a pasar años en brigadas de choque, brigadas de intervención rápida en atracos a bancos y brigadas encargadas de ejecutar órdenes de arresto, viendo Newark por encima del cañón de una escopeta. Al final, considerada demasiado irascible para trabajar en grupo, la habían convertido en agente técnica encargada de pinchar teléfonos y poner micrófonos en los coches de gángsteres y traficantes de pornografía infantil, y se había visto obligada a pasar noches de solitaria vigilancia atendiendo escuchas telefónicas autorizadas por el título tercero. Y en cuanto una agencia hermana solicitaba a alguien competente para una operación, la cedían. Tenía una fuerza sorprendente y era rápida y segura con el arma.

Crawford veía aquello como una oportunidad para Starling. Estaba seguro de que la agente siempre había querido atrapar a Lecter. Pero la verdad era bastante más complicada.

El hombre la miraba con curiosidad.

—Sigues teniendo la cara manchada de pólvora.

Los granos de pólvora quemada del revólver del difunto Jame Gumb le habían dejado una marca negra en la mejilla.

—No he tenido tiempo de quitármelo —le respondió Starling.

—¿Sabes cómo llaman los franceses a un lunar así, una *mouche* como ésa, en la parte superior de la mejilla? ¿Sabes lo que simboliza?

Crawford tenía toda una biblioteca sobre tatuajes, simbología, mutilación ritual…

Starling negó con la cabeza.

—La llaman «coraje» —le explicó Crawford—. Tú puedes llevarla. Yo que tú no me la quitaría.

9

Muskrat Farm, la propiedad de los Verger en el norte de Maryland, cerca del río Susquehanna, es de una belleza inquietante. La dinastía familiar la adquirió en los años treinta, cuando sus miembros decidieron trasladarse al este desde Chicago para estar más cerca de Washington, mudanza que bien podían permitirse. La aptitud para los negocios y el olfato político de los Verger les habían permitido llenarse los bolsillos suministrando carne al ejército desde los tiempos de la guerra de Secesión.

El escándalo de «la ternera embalsamada» durante la guerra con España apenas los salpicó. Cuando Upton Sinclair y otros metomentodo como él investigaron las peligrosas condiciones de trabajo en las plantas de empaquetado de carne de Chicago, descubrieron que varios empleados de los Verger, convertidos en tocino por inadvertencia, habían sido enlatados y vendidos como pura manteca de cerdo Durham, la favorita de los panaderos. Pero las averiguaciones exculparon a los Verger, que no perdieron ni un solo contrato con el gobierno.

Los Verger evitaron aquellos atolladeros potenciales y otros muchos comprando políticos; de hecho, su único tropiezo serio se produjo en 1906, cuando tuvieron que pasar el Acta de Inspección de la Carne.

En la actualidad el imperio familiar sacrifica ochenta y seis mil vacunos y aproximadamente treinta y seis mil cerdos al día, cantidades que oscilan levemente dependiendo de la temporada.

El césped recién podado de Muskrat Farm y los arriates cuajados de lilas mecidas por el viento despiden un olor que no se parece en nada al de los mataderos. No hay más animales que los ponis adiestrados para que los monten los grupos de niños, y simpáticos grupos de gansos que picotean la hierba contoneando el trasero. No hay perros. La casa, el granero y los terrenos ocupan el centro de un parque nacional de quince kilómetros cuadrados de bosque, y seguirán allí a perpetuidad gracias a una dispensa especial otorgada por el Departamento de Interior.

Como muchos enclaves de los muy ricos, Muskrat Farm no es fácil de encontrar la primera vez que uno la visita. Clarice Starling abandonó la autopista una salida más allá de la que correspondía. Al volver por la carretera de servicio, encontró en primer lugar la entrada de los proveedores, una gran verja asegurada con cadena y candado en la alta valla que rodeaba el bosque. Al otro lado, un camino forestal desaparecía bajo el arco que formaban los árboles. No había interfono. Tres kilómetros más adelante vio la entrada principal, situada al final de un cuidado camino de acceso de unos cien metros de longitud y flanqueada por una caseta. El guarda uniformado tenía apuntado su nombre en una tablilla con sujetapapeles.

Otros tres kilómetros a lo largo de una carretera irreprochable la condujeron hasta la granja.

Starling detuvo el ruidoso Mustang para dejar que un grupo de gansos cruzara el camino. Vio una hilera de niños montados en rechonchos Shetlands que salían de un hermoso granero a unos trescientos metros de la casa. El edificio principal era una mansión magnífica diseñada por Stanford White que se alzaba entre colinas bajas. El lugar rebosaba solidez y abundancia, como un reino de hermosos sueños. Starling no pudo evitar que el espectáculo la impresionara.

Los Verger habían tenido el buen gusto de conservar la casa tal como era originalmente, con la excepción de un añadido que Starling no podía ver aún, una moderna ala que salía de la parte superior de la fachada este, como un apéndice extra injertado en un grotesco experimento médico.

Starling aparcó bajo el pórtico central. Cuando apagó el motor, pudo oír su propia respiración. Por el retrovisor vio que alguien se acercaba a caballo. Las herraduras resonaron contra el pavimento cercano al coche cuando Starling salió de él.

Un jinete de anchos hombros y corto pelo rubio saltó de la silla y entregó las riendas a un mozo de cuadra sin mirarlo.

—Llévalo a las cuadras —ordenó con voz profunda y áspera—. Soy Margot Verger.

Vista de cerca, era evidente que se trataba de una mujer. Margot Verger le tendió la mano con el brazo rígido desde el hombro. Estaba claro que practicaba el culturismo. Bajo el cuello nervudo, los hombros y los brazos macizos tensaban el tejido de su polo de tenis. Los ojos tenían un brillo seco y parecían irritados, como si padeciera escasez de lágrimas. Llevaba pantalones de montar de sarga y botas sin espuelas.

—¿Qué coche es ese? —preguntó—. ¿Un viejo Mustang?

—Del ochenta y ocho.

—¿De los de cinco litros? Parece como si se agachara sobre las ruedas.

—Sí. Es un Mustang Roush.

—¿Y le gusta?

—Mucho.

—¿A cuánto se pone?

—No lo sé. A bastante, creo.

—¿Le da miedo comprobarlo?

—Más bien respeto. Yo diría que lo uso con respeto —explicó Starling.

—¿Sabía lo que hacía cuando lo compró?

—Sabía lo bastante cuando lo vi en una subasta de objetos incautados a unos traficantes. Y aprendí más después.

—¿Cree que podría con mi Porsche?

—Depende del Porsche. Señorita Verger, necesito hablar con su hermano.

—Habrán acabado de arreglarlo en cinco minutos. Podemos empezar a subir.

Los enormes muslos de Margot Verger hacían sisear la sarga de sus pantalones mientras subía la escalera. Su pelo trigueño era lo bastante ralo como para que Starling se preguntara si tomaría esteroides y tendría que sujetarse el clítoris con cinta adhesiva.

A Starling, que había pasado la mayor parte de su infancia en un orfanato luterano, la vastedad de los espacios, las vigas pintadas de los techos y las paredes llenas de retratos de muertos de aspecto importante le hicieron pensar en un museo. En los rellanos había jarrones chinos y los pasillos estaban cubiertos por largas alfombras marroquíes.

Al llegar al ala nueva de la casa se producía un corte brusco en el estilo. Tras cruzar una puerta de dos hojas de cristal esmerilado, que desentonaba con el vestíbulo abovedado, se accedía a un anexo moderno y funcional.

Margot Verger se detuvo ante la puerta y dirigió a Starling una de sus miradas brillantes e irritadas.

—Hay personas a las que les cuesta hablar con Mason —le advirtió—. Si se siente incómoda, o no puede soportarlo, yo puedo informarle más tarde de lo que se le haya olvidado preguntarle.

Existe una emoción que todos conocemos pero a la que nadie ha sabido dar nombre: el regocijo que experimentamos cuando creemos inminente una ocasión de despreciar al prójimo. Starling percibió aquello en el rostro de Margot Verger.

—Gracias —fue todo lo que contestó.

Para sorpresa de Starling, la primera habitación del ala era una sala de juegos enorme y bien equipada. Dos niños afroamericanos jugaban entre animales de peluche de tamaño gigante, uno montado en una pequeña noria y el otro empujando un camión por el suelo. En las esquinas había todos los triciclos y coches imaginables, y en el centro, un amplio parque infantil con el suelo acolchado.

En una esquina de la sala, un individuo alto vestido de enfermero leía el *Vogue* sentado en un confidente. En las paredes había un buen número de cámaras, unas por encima de la cabeza y otras a la altura de los ojos. La situada en lo alto de la esquina más próxima siguió los pasos de Starling y Margot Verger mientras las lentes giraban para enfocarlas.

Starling ya había dejado de sufrir cada vez que veía a un niño de color, pero no podía apartar la vista de aquellos dos. Su alegre afán en torno a los juguetes la conmovió mientras cruzaba la sala siguiendo a Margot Verger.

—A Mason le gusta mirarlos —le explicó la mujer—. Y como a ellos les asusta verlo, a todos menos a los muy pequeños, ha ideado este sistema. Luego montan los ponis. Son niños de la guardería de los servicios sociales de Baltimore.

Solo era posible llegar a la habitación de Mason Verger atravesando su cuarto de baño, una estancia que ocupaba todo el ancho del ala y no desmerecía de un balneario. El acero, el cromo y la alfombra industrial le daban un aire institucional, y estaba llena de duchas con puertas correderas, bañeras de acero inoxidable sobre las que pendían poleas, mangueras enrolladas de color naranja, saunas y enormes armarios de cristal llenos de ungüentos de la farmacia de Santa Maria Novella de Florencia. El aire del cuarto de baño conservaba el vaho de un uso reciente y olía a bálsamo y a linimento de gaulteria.

Starling vio luz bajo la puerta de la habitación de Mason Verger. Se apagó en cuanto su hermana puso la mano sobre el pomo.

Un sofá situado en una esquina recibía una luz cruda procedente del techo. Sobre él colgaba una aceptable reproducción del grabado *El anciano de los días*, de William Blake, que representa a Dios midiendo con un compás. La imagen estaba orlada de negro en memoria del reciente fallecimiento del patriarca de los Verger. El resto de la habitación estaba a oscuras.

De la oscuridad llegaba el sonido de una máquina que se movía rítmicamente, silbando y suspirando a compás.

—Buenas tardes, agente Starling —resonó una voz amplificada electrónicamente. La be se había esfumado.

—Buenas tardes, señor Verger —dijo Starling a la oscuridad, con el calor de la luz cayéndole sobre la cabeza.

Pero la tarde estaba en otra parte. La tarde no entraba en aquel reducto.

—Siéntese, por favor.

«Tengo que hacerlo. Es lo mejor. Es lo que toca.»

—Señor Verger, la conversación que mantendremos será una declaración formal y tendré que grabarla. ¿Tiene algún inconveniente?

—En absoluto. —Las palabras sonaron entre dos suspiros de la máquina, expurgadas de la be y la ese—. Margot, creo que ya puedes dejarnos solos.

Sin mirar a Starling, Margot Verger dejó la habitación haciendo sisear sus pantalones de amazona.

—Señor Verger, si no le importa, quisiera ponerle este micrófono en la ropa o en el almohadón, o puedo ir en busca del enfermero si lo prefiere.

—No es necesario —dijo, a excepción de las dos eses. Esperó a recibir oxígeno de la siguiente exhalación mecánica—. Hágalo usted misma, agente Starling. ¿Puede ver dónde estoy?

Starling no consiguió encontrar ningún interruptor. Pensó que vería mejor si salía del resplandor y se internó en la zona oscura con una mano por delante, guiándose por el olor a bálsamo y linimento.

Estaba más cerca de la cama de lo que había creído cuando el hombre encendió la luz.

El rostro de Starling permaneció impasible. La mano que sostenía el micrófono hizo un amago de retroceder, apenas un par de centímetros.

Lo primero que pensó no tenía relación con lo que sentía en pecho y estómago; se dio cuenta de que las anomalías de su forma de hablar se debían a que no tenía labios. Después, comprendió que no estaba ciego. Su único ojo azul la miraba a través de una especie de monóculo al que estaba conectado un tubo que mantenía húmedo el globo sin párpado. En cuanto al resto, años atrás los cirujanos habían hecho todo lo humanamente posible aplicando amplios injertos de piel sobre los huesos.

Mason Verger, sin labios ni nariz, sin tejido blando en el rostro, era todo dientes, como una criatura de las profundidades marinas. Acostumbrados como estamos a las máscaras, la conmoción ante semejante vista no es inmediata. La sacudida solo llega cuando comprendemos que aquel es un rostro humano tras el cual hay un ser pensante. Nos produce escalofríos con sus movimientos, con la articulación de la mandíbula, con el girar del ojo para mirarnos. Para mirar una cara normal.

El cabello de Mason Verger era hermoso y, sin embargo, era lo que más difícil resultaba mirar. Moreno con mechones grises, estaba trenzado formando una cola de caballo lo bastante larga como para alcanzar el suelo si se la pasaran por detrás del almohadón. En ese momento estaba enroscada sobre su pecho encima del respirador en forma de caparazón de tortuga. Cabello humano creciendo de un cráneo arruinado, con las vueltas brillando como escamas superpuestas.

Bajo la sábana, el cuerpo completamente paralizado de Mason Verger se consumía como una vela en la cama elevada de hospital.

Ante el rostro tenía los controles, que parecían una zampoña o una armónica de plástico blanco. Enroscó la lengua alrededor del extremo de uno de los tubos y sopló aprovechando el siguiente golpe de aire del respirador. La cama respondió con un zumbido, giró ligeramente dejándolo frente a Starling y aumentó la elevación de su cabeza.

—Agradezco a Dios lo que pasó —dijo Verger—. Fue mi salvación. ¿Ha aceptado usted a Jesús? ¿Tiene usted fe?

—Me eduqué en un ambiente de estricta religiosidad, señor Verger. Supongo que algo me habrá quedado —le contestó Starling—. Ahora, si no tiene inconveniente, voy a fijar esto en la funda del almohadón. Aquí no le molesta, ¿verdad? —La voz sonó demasiado vivaz y maternal para ser la suya.

Tener la mano junto a la cabeza del hombre, ver las dos carnes casi en contacto, no ayudaba a Starling, como tampoco lo hacía el latido de las venas injertadas sobre los huesos de la cara; su rítmica dilatación hacía que parecieran gusanos engullendo.

Aliviada, soltó cable y anduvo de espaldas hacia la mesa, donde tenía la grabadora y otro micrófono independiente.

—Habla la agente especial Clarice M. Starling, número del FBI 5143690, recogiendo la declaración de Mason R. Verger, número de la Seguridad Social 475989823, en su domicilio y en la fecha que figura en la etiqueta, bajo juramento y en forma de atestado. El señor Verger está al tanto de que se le garantiza inmunidad por parte del fiscal del distrito treinta y seis, y por las autoridades locales en un memorando adjunto, bajo juramento y en la forma establecida. Y ahora, señor Verger…

—Quiero hablarle del campamento —la interrumpió aprovechando una exhalación de la máquina—. Fue una maravillosa experiencia de mi infancia, a la que en esencia he vuelto.

—Hablaremos de ello más adelante, señor Verger, primero…

—Vamos a hablar de ello ahora, señorita Starling. ¿Sabe?, en esta vida todo consiste en aguantar. Así fue como encontré a Jesús, y nada que pudiera contarle sería más importante que eso. —Hizo una pausa a la espera de que la máquina le bombeara oxígeno—. Era un campamento cristiano pagado por mi padre. Lo pagaba todo, los gastos de ciento veinticinco campistas a orillas del lago Michigan. Algunos de ellos eran unos muertos de hambre que hubieran hecho cualquier cosa por un pirulí. Tal vez me aproveché de esa circunstancia, quizá fui grosero con ellos cuando no querían aceptar el chocolate y hacer lo que les decía; ya no tengo interés en ocultar nada, ahora todo está en regla.

—Señor Verger, discutamos ciertas cuestiones con la misma…

Pero Verger no la escuchaba; tan solo esperaba que la máquina volviera a proporcionarle oxígeno.

—Tengo inmunidad, señorita Starling, todo está en regla. Jesús me garantiza inmunidad, el fiscal del distrito me garantiza inmunidad, las autoridades de Owings Mills me garantizan inmunidad, aleluya… Soy libre, señorita Starling, todo está en regla. Estoy en paz con el Señor, todo en regla. Él es Nuestro Redentor, y en el campamento lo llamábamos Red. Nadie puede con Red. Lo convertimos en un contemporáneo, ¿se da cuenta? Lo serví en África, aleluya, lo serví en Chicago, alabado sea, y lo sirvo ahora, y Él me elevará sobre esta cama y vencerá a mis enemigos y los pondrá ante mí, y oiré el llanto de sus mujeres. Y todo estará en regla.

Empezó a tragar saliva y calló, con las venas de la cara oscuras e hinchadas.

Starling se levantó para ir a buscar al enfermero, pero la voz del hombre la detuvo antes de que llegara a la puerta.

—Estoy bien, todo arreglado.

Starling pensó que quizá una pregunta directa surtiera más efecto que intentar dirigir el rumbo de la conversación.

—Señor Verger, ¿había visto usted al doctor Lecter alguna vez, antes de que el tribunal se lo asignara como terapeuta? ¿Tenían trato social?

—No.

—Sin embargo, los dos formaban parte del patronato de la Filarmónica de Boston.

—No. Tenía un asiento en el consejo por la contribución económica de mi familia. Pero cuando había que votar algo, enviaba a mi abogado.

—Usted no declaró en el juicio contra el doctor Lecter. ¿Por qué?

Estaba aprendiendo a espaciar las preguntas para acompasarlas al ritmo del respirador.

—Dijeron que tenían más que suficiente para condenarlo seis veces, nueve veces. Y los engañó recurriendo y declarándose enfermo mental.

—Fue el tribunal el que lo declaró enfermo mental. El doctor Lecter no recurrió.

—¿Le parece importante la distinción? —le preguntó Mason.

Aquella pregunta permitió a Starling vislumbrar el funcionamiento de su cerebro, prensil y tortuoso, que se compadecía mal con el vocabulario que utilizaba con ella.

Acostumbrada a la luz, una enorme anguila de la especie de las morenas salió de las rocas del acuario e inició su incansable danza circular; parecía una cimbreante cinta marrón con un hermoso diseño de manchas claras distribuidas irregularmente.

Starling era consciente de su presencia en todo momento, pues se movía en la periferia de su campo de visión.

—Es una *Muraena kidako* —dijo Mason—. Hay una todavía mayor en cautividad, en Tokio. Esta es la segunda en tamaño. Su nombre vulgar es «murena asesina». ¿Le gustaría ver por qué?

—No —dijo Starling, y pasó la hoja de su libreta—. De forma que, mientras seguía la terapia decretada por el juez, señor Verger, invitó al doctor Lecter a su casa.

—Ya no me avergüenzo de nada. Estoy dispuesto a contárselo todo. Ahora todo está en regla. Me libraría de todos aquellos cargos amañados por abusos si hacía quinientas horas de servicios a la comunidad, trabajaba en la perrera municipal y asistía a las sesiones de terapia del doctor Lecter. Pensé que si conseguía complicar al doctor de alguna manera, él haría la vista gorda con la terapia y no me delataría si faltaba de vez en cuando o si cuando iba estaba un poco distraído.

—Fue entonces cuando compró la casa en Owings Mills.

—Sí. Le había contado al doctor Lecter todo lo referente a África, Idi y lo demás, y le había prometido enseñarle algunas cosas.

—¿Algunas cosas?

—Parafernalia. Juguetes. En aquel rincón está la guillotina portátil que usábamos Idi Amín y yo. Se puede cargar en un jeep y llevarla a cualquier parte, al poblado más remoto. Se monta en quince minutos. El condenado tarda diez minutos en tensarla con un torno, un poco más si es una mujer o un niño. Ya no me avergüenza todo aquello, porque ahora estoy purificado.

—El doctor Lecter fue a su casa.

–Sí. Le abrí la puerta vestido de cuero, ya me entiende. Lo observé esperando descubrir alguna reacción, pero no vi ninguna. Me preocupaba que pudiera asustarse, pero no parecía asustado en absoluto. Asustarse de mí… Qué divertido suena eso ahora. Lo invité a acompañarme arriba. Le enseñé los perros que había adoptado en el depósito. Había encerrado en la misma jaula a dos que eran muy amigos, con agua fresca en abundancia pero sin comida. Sentía curiosidad por ver lo que acabaría pasando.

»Luego, le enseñé mi instalación de lazos corredizos, ya sabe, asfixia autoerótica; uno se ahorca, pero no en serio, es estupendo mientras… ¿Me sigue?

–Lo sigo.

–Bien, pues él no parecía seguirme. Me preguntó cómo funcionaba y yo le contesté que era un psiquiatra un tanto raro si no lo sabía; y él dijo, y nunca olvidaré su sonrisa: «Enséñemelo». Entonces pensé: «Ya eres mío».

–Y se lo enseñó.

–No me avergüenzo de nada de ello. Nuestros errores nos hacen crecer. Ahora estoy purificado.

–Por favor, señor Verger, continúe.

–Bajé la horca a la altura del enorme espejo y me la pasé por el cuello. Tenía el trinquete en una mano mientras me la meneaba con la otra, y observaba su reacción, pero no podía adivinar lo que pensaba. Por lo general soy bueno leyendo la mente de los demás. Él estaba sentado en una silla, en una esquina del cuarto. Tenía las piernas cruzadas y las manos entrelazadas alrededor de la rodilla. De pronto se levantó y se metió la mano en el bolsillo, todo elegancia, como James Mason buscando el encendedor, y dijo: «¿Quieres una cápsula de amilo?». Y yo pensé: «Guau, si me da una ahora, tendrá que seguir dándomelas siempre, si no quiere perder la licencia. Esto va a ser el paraíso de las recetas». Si ha leído el informe, sabrá que había mucho más que nitrato de amilo.

—Polvo de ángel, metanfetaminas, ácidos… —recitó Starling.

—Una pasada, créame. Se acercó al espejo al que me estaba mirando, le pegó una patada y cogió una esquirla. Yo flipaba en colores. Se me acercó y me dio el trozo de cristal. Me miró a los ojos y me preguntó si no me apetecía rebanarme la cara con el cristal. Soltó a los perros. Les di trozos de mi cara. Pasó un buen rato hasta que me la vacié del todo, según dijeron. Yo no me acuerdo. Lecter me partió el cuello con el lazo. Recuperaron mi nariz cuando les lavaron el estómago a los perros en la perrera, pero el injerto no agarró.

Starling empleó más tiempo del necesario en ordenar los papeles sobre la mesa.

—Señor Verger, su familia ofreció una recompensa después de que el doctor Lecter escapara de Memphis.

—Sí, un millón. Un millón de dólares. Lo anunciamos en todo el mundo.

—Y además ustedes ofrecieron pagar por cualquier información relevante, no solo por la captura y condena. Se suponía que compartirían esa información con nosotros. ¿Lo han hecho siempre?

—No exactamente, pero nunca hubo nada lo bastante bueno para compartirlo.

—¿Cómo lo sabe? ¿Es que siguieron ustedes mismos algunas de las pistas?

—Solo para comprobar que no tenían valor. ¿Por qué no íbamos a hacerlo? Ustedes nunca nos contaron nada. Conseguimos una pista sobre Creta que resultó falsa, y otra sobre Uruguay que nunca pudimos comprobar. Quiero que comprenda que no se trata de una venganza, señorita Starling. He perdonado al doctor Lecter, lo mismo que Nuestro Señor perdonó a los soldados romanos.

—Señor Verger, usted informó a mis superiores de que ahora podría tener algo.

—Mire en el cajón de la mesa del fondo.

Starling sacó de su bolso los guantes blancos de algodón y se los puso. En el cajón había un gran sobre de papel manila. Era rígido y pesado. Sacó una radiografía y la puso contra la luz procedente del techo. Contó los dedos. Cuatro más el pulgar.

—Fíjese en los metacarpianos, ¿sabe a qué me refiero?

—Sí.

—Cuente los nudillos.

Cinco.

—Contando el pulgar, esa persona tenía seis dedos en su mano izquierda. Como el doctor Lecter.

—Como el doctor Lecter.

La esquina donde debían aparecer el número del paciente y el origen de la radiografía había sido recortada.

—¿De dónde procede, señor Verger?

—De Río de Janeiro. Para averiguar más tendré que pagar. Una fortuna. ¿Puede decirme si es el doctor Lecter? Tengo que saber si merece la pena pagar.

—De acuerdo, lo intentaré, señor Verger. Haremos todo lo que podamos. ¿Tiene el sobre en el que llegó la radiografía?

—Margot lo ha guardado en una bolsa de plástico, ella se lo dará. Si no le importa, señorita Starling, estoy un poco cansado y necesito atenciones.

—Nos pondremos en contacto con usted, señor Verger.

Apenas había salido Starling, cuando Mason Verger sopló en el tubo del extremo y llamó a Cordell. El enfermero llegó de la sala de juegos y le leyó el contenido de una carpeta rotulada «DEPARTAMENTO DE TUTELA INFANTIL DE LA CIUDAD DE BALTIMORE».

—Se llama Franklin, ¿eh? Tráemelo —ordenó Mason, y apagó su luz.

El niño se quedó de pie, solo bajo la brillante luz que se derramaba desde el techo sobre el sofá, intentando penetrar con la vista la jadeante oscuridad.

—¿Eres Franklin? —preguntó la profunda voz.

—Franklin —dijo el niño.

—¿Con quién vives, Franklin?

—Con mamá, con Shirley y con Stringbeam.

—Y Stringbeam ¿siempre está con vosotros?

—Viene y va.

—¿Has dicho «Viene y va»?

—Sí.

—Mamá no es tu verdadera mamá, ¿verdad, Franklin?

—Es mi mamá adoptiva.

—Pero no es la primera que has tenido, ¿a que no?

—No.

—¿Te gusta tu casa, Franklin?

La cara del niño se iluminó.

—Tenemos un minino. Y mamá hace pasteles en el horno.

—¿Y cuánto tiempo hace que vives allí, en casa de mamá?

—No sé.

—¿Has celebrado algún cumpleaños allí?

—Una vez. Shirley hizo polos.

—¿Te gustan los polos?

—Los de fresa.

—¿Quieres a mamá y a Shirley?

—Ajá, sí que las quiero. Y al minino, también.

—¿Te gusta vivir allí? ¿Tienes miedo cuando te vas a la cama?

—Ajá. Duermo en el cuarto con Shirley. Shirley es grande.

—Franklin, ya no puedes vivir allí, con mamá, Shirley y el minino. Tienes que irte.

—¿Quién dice eso?

—Lo dice el gobierno. Mamá ha perdido su trabajo y el derecho a adoptar. La policía encontró un cigarrillo de marihuana en tu casa. Cuando acabe esta semana ya no volverás a ver a mamá. Tampoco a Shirley ni al minino.

—No —dijo Franklin.

—O a lo mejor es que ya no te quieren, Franklin. ¿Tienes alguna cosa mala? ¿Tienes alguna llaga o algo sucio? ¿Crees que tu piel es demasiado oscura para que ellos te quieran?

Franklin se tiró de la camisa y se miró la tripilla morena. Sacudió la cabeza. Estaba llorando.

—¿Sabes lo que le pasará al minino? ¿Cómo se llama el minino?

—Se llama *Minino*, ese es su nombre.

—¿Sabes lo que le pasará al minino? Los policías lo llevarán al depósito y el médico que hay allí le pondrá una inyección. ¿Te han puesto alguna inyección en la guardería? ¿Te ha pinchado la enfermera? ¿Con una aguja muy brillante? Pues al minino le pondrán una inyección. Cuando vea la aguja se asustará mucho, mucho. Le pincharán y le dolerá, y luego el minino se morirá.

Franklin cogió la falda de la camisa y se la llevó a la cara. Se metió el dedo gordo en la boca, algo que no había hecho en un año, desde que mamá le pidió que dejara de hacerlo.

—Ven aquí —dijo la voz desde la oscuridad—. Acércate y te diré lo que puedes hacer para que no le pongan una inyección al minino. ¿Tú quieres que le pinchen? ¿No? Entonces, ven, Franklin.

Franklin, llorando a moco tendido y chupándose el dedo, avanzó despacio hacia la oscuridad. Cuando estaba a cinco metros de la cama, Mason sopló en su armónica y la luz se hizo.

Por un coraje innato, o por sus ganas de salvar al minino, o porque intuía que no le quedaba ningún sitio al que huir, Franklin no hizo el menor movimiento. No corrió. Se quedó donde estaba, mirando el rostro de Mason.

Mason hubiera arqueado las cejas, si las hubiera tenido, ante semejante decepción.

—Puedes salvar al minino de la inyección dándole tú mismo veneno para las ratas —le dijo Mason. La uve se había perdido, pero el niño comprendió perfectamente, y se sacó el dedo de la boca.

—Eres un viejo malo —le soltó—. Y también feo.

Dio media vuelta y salió de la habitación, atravesó la sala de las mangueras enrolladas y volvió a la sala de juegos.

Mason lo observó en la pantalla de vídeo.

El enfermero levantó la vista y se quedó vigilando al niño mientras hacía como que hojeaba el *Vogue*.

Franklin había perdido el interés por los juguetes. Fue hacia un extremo de la sala y se sentó bajo la jirafa, de cara a la pared. Era todo lo que podía hacer para no chuparse el dedo.

Cordell lo observó atentamente a la espera de que empezara a llorar. Cuando vio que los hombros del niño empezaban a sacudirse, fue hacia él y le enjugó las lágrimas con gasas estériles. Luego puso las gasas húmedas en la copa de martini de Mason, que se enfriaba en el frigorífico de la sala de juegos, junto al zumo de naranja y las Coca-Colas.

10

Encontrar información médica sobre el doctor Hannibal Lecter no era fácil. Si se considera su absoluto desprecio por el estamento médico y por la mayor parte de sus miembros, no sorprende que nunca tuviera un médico de cabecera.

El Hospital Psiquiátrico Penitenciario de Baltimore, en el que el doctor Lecter permaneció bajo custodia hasta su trágico traslado a Memphis, había cerrado sus puertas y ya no era más que otro edificio abandonado a la espera de ser demolido.

La policía estatal de Tennessee fue la última fuerza encargada de la vigilancia del doctor Lecter antes de su huida, pero en sus dependencias afirmaban no haber recibido nunca el historial médico del doctor. Los agentes que lo condujeron de Baltimore a Memphis, muertos en la actualidad, habían firmado el recibo del recluso, pero no el de ninguna documentación sanitaria.

Starling pasó todo un día al teléfono y delante del ordenador; después se puso a buscar en persona en los depósitos de pruebas de Quantico y del edificio J. Edgar Hoover. Perdió una mañana trepando por las atestadas estanterías del polvoriento y maloliente depósito de pruebas del Departamento de Policía de Baltimore, así como una tarde desquiciada viéndoselas con la colección sin catalogar de pertenencias de Hannibal Lecter en la Biblioteca Fitzhugh de Historia Legal, donde el tiempo pareció detenerse mientras los empleados intentaban dar con las llaves.

Al final, todo lo que consiguió fue una sola hoja de papel: el escueto reconocimiento médico a que se sometió al doctor Lecter cuando la policía estatal de Maryland lo arrestó por primera vez. Pero ni rastro de un historial médico adjunto.

Inelle Corey había sobrevivido a la desaparición del Hospital Psiquiátrico Penitenciario de Baltimore y pasado a mejor vida en el Departamento de Sanidad del Estado de Maryland. No quería entrevistarse con Starling en su despacho, así que se citó con ella en la cafetería de la planta baja.

Starling tenía la costumbre de llegar con antelación y estudiar el lugar de la cita desde cierta distancia. Corey fue escrupulosamente puntual. Era una mujer pálida y maciza de unos treinta y cinco años, y no llevaba maquillaje ni joyas. La melena casi le llegaba a la cintura, tal como la había llevado en el instituto, y calzaba sandalias blancas con calcetines.

Starling cogió bolsitas de azúcar en el aparador de los condimentos y observó a Corey mientras se sentaba en la mesa convenida.

Suele pensarse que todos los protestantes tienen el mismo aspecto. Nada más alejado de la verdad. Del mismo modo que algunos caribeños son capaces de adivinar la isla concreta de la que procede otro, Starling, educada por luteranos, contempló a aquella mujer y se dijo a sí misma: «Iglesia de Cristo, puede que con un Nazareno en el exterior».

Starling se quitó las joyas, un sencillo brazalete y un aro de oro en la oreja buena, y se los guardó en el bolso. El reloj era de plástico, así que daba igual. No podía hacer nada respecto al resto de su apariencia.

—¿Inelle Corey? ¿Un café? —Starling traía dos tazas.

—Se pronuncia «Ainel». No tomo café.

—Entonces me tomaré yo los dos. ¿Quiere otra cosa? Me llamo Clarice Starling.

—No quiero nada. ¿Le importa enseñarme su identificación?

—Claro que no —respondió Starling—. Señorita Corey... ¿Puedo llamarla Inelle? —La mujer se encogió de hombros—. Inelle, necesito ayuda en un asunto que no le afecta a usted personalmente. Solo le pido que me oriente para encontrar cierta documentación de los archivos del Hospital Psiquiátrico Penitenciario de Baltimore.

Inelle Corey exageraba la precisión cuando quería expresar indignación o cólera.

—Ya pasamos por esto con el Departamento de Sanidad en el momento del cierre, señorita...

—Starling.

—Señorita Starling. Si investiga, descubrirá que ningún paciente salió del hospital sin su carpeta. Que ninguna carpeta salió del hospital sin recibir el visto bueno de un supervisor. Y en cuanto a los fallecidos, el Departamento de Sanidad no necesitaba sus carpetas, la Oficina de Estadísticas Vitales no las quiso, y por lo que yo sé, las carpetas de los internos fallecidos se quedaron en el Hospital de Baltimore después de mi traslado, y yo fui una de los últimos en dejar el centro. Las fugas fueron al Departamento de Policía y a la oficina del sheriff.

—¿Las... fugas?

—Me refiero a los que se marchaban por su cuenta y riesgo. Los presos de confianza lo hicieron alguna que otra vez.

—¿Podría ser el caso del doctor Lecter? En su opinión, ¿su historial podría haber ido a parar a los archivos de la policía?

—Lo suyo no fue una fuga. Nunca se nos podrá reprochar su desaparición. Cuando huyó ya no estaba bajo nuestra custodia. Fui allá abajo en una ocasión y lo vi, se lo enseñé a mi hermana cuando vino de visita con sus hijos. Siento algo así como frío y asco cuando lo recuerdo.

Provocó a uno de los otros para que nos arrojara… –la mujer bajó la voz– su leche. ¿Sabe a qué me refiero?

–He oído la expresión –dijo Starling–. Por casualidad, ¿no sería el señor Miggs?

–Lo he borrado de mi cabeza. Pero me acuerdo de usted. Vino al hospital y habló con Fred… con el doctor Chilton, y bajó al sótano a hablar con Lecter, ¿no fue así?

–Sí.

El doctor Frederick Chilton, director del Hospital Psiquiátrico Penitenciario de Baltimore, había desaparecido durante sus vacaciones, después de la huida del doctor Lecter.

–Supongo que se enteró de la desaparición de Fred.

–Sí, eso me dijeron.

La señorita Corey vertió unas lágrimas rápidas y relucientes.

–Estábamos prometidos –explicó–. Desapareció y al poco tiempo el hospital cerró. Fue como si se me cayera encima el techo. Si no hubiera sido por mi iglesia no habría salido adelante.

–Lo siento –dijo Starling–. Ahora tiene un buen trabajo.

–Pero no tengo a Fred. Era un hombre extraordinario. Compartíamos un amor de los que no se encuentran todos los días. Lo eligieron Alumno del Año cuando estaba en el instituto en Canton.

–Entiendo. Permítame preguntarle algo, Inelle: ¿guardaba Fred los informes en su despacho o estaban fuera, en recepción, donde usted atendía el mostrador?

–Se guardaban en los archivadores de su despacho; pero llegó a haber tantos que colocamos archivadores grandes en recepción. Siempre estaban cerrados con llave, por supuesto. Después del cierre, los trasladaron temporalmente al dispensario de metadona, pero mucha documentación fue a otros sitios.

—¿Vio y manejó alguna vez el informe del doctor Lecter?

—Claro.

—¿Recuerda que contuviera alguna radiografía? Las radiografías, ¿se guardaban con las historias clínicas o aparte?

—Con ellas. Se archivaban juntas. Eran mayores que los archivadores, lo que suponía un engorro. Teníamos un aparato de rayos X, pero no un radiólogo fijo, de forma que no tenía su propio archivo. Si he de serle sincera, no recuerdo si su historia contenía alguna radiografía. Lo que sí había era la grabación de un electrocardiograma, que Fred solía enseñar a la gente. El doctor Lecter, aunque no sé por qué le llamo «doctor», estaba conectado al electrocardiógrafo cuando atrapó a la enfermera. Le aseguro que fue espantoso. Su pulso apenas se alteró mientras la atacaba. Le dislocaron un hombro entre todos los celadores cuando lo agarraron y tiraron de él para separarlo de la chica. Lo lógico es que después le hicieran alguna radiografía. Yo le habría dislocado algo más que el hombro.

—Si se acuerda de alguna cosa más, cualquier otro lugar donde pudiera estar el archivo, ¿me llamará?

—Haremos lo que llaman una búsqueda global —respondió la señorita Corey saboreando la expresión—; pero dudo mucho que encontremos nada. Muchos de los papeles quedaron abandonados, no por nosotros, sino por los del dispensario de metadona.

Los gruesos tazones de café eran de esos que hacen que las gotas resbalen por el borde exterior. Starling observó a Inelle Corey mientras se alejaba pesadamente como una pecadora más y se bebió media taza con una servilleta bajo la barbilla.

Starling volvía a ser la misma de siempre poco a poco. Sabía que estaba harta de alguna cosa. Puede que se tratara de la vulgaridad, o peor que eso, de la falta de estilo.

Indiferencia a las cosas que halagan la vista. Puede que estuviera hambrienta de un poco de estilo. Hasta el estilo de una meapilas era mejor que nada, era una afirmación, quisieras escucharla o no.

Starling hizo examen de conciencia en busca de signos de esnobismo y acabó decidiendo que tenía pocos motivos para ser esnob. A continuación, pensando en lo del estilo, se acordó de Evelda Drumgo, que andaba sobrada. El recuerdo le hizo desear fervientemente volver a ser capaz de salir de sí misma.

11

Y así, Starling regresó al lugar donde todo había empezado para ella, el Hospital Psiquiátrico Penitenciario de Baltimore, ya difunto. El viejo edificio marrón, antigua casa del dolor, tenía las puertas encadenadas y las ventanas protegidas con barrotes; sus muros cubiertos de graffiti esperaban la piqueta.

La institución llevaba años languideciendo antes de que su director, el doctor Frederick Chilton, desapareciera durante sus vacaciones. El subsiguiente descubrimiento de despilfarros y mala gestión, unido a la decrepitud del edificio, indujeron a las autoridades sanitarias a cortar el suministro de fondos. Algunos pacientes fueron trasladados a otras instituciones públicas, otros murieron, y unos cuantos vagaron por las calles de Baltimore como zombis colocados de Thorazine gracias a un programa para pacientes externos mal concebido, que consiguió que más de uno muriera congelado.

Mientras esperaba ante la fachada del caserón, Clarice Starling comprendió que había preferido agotar antes las otras líneas de investigación para no tener que volver a aquel sitio.

El encargado llegó con cuarenta y cinco minutos de retraso. Era un viejo rechoncho con un zapato ortopédico que resonaba contra el suelo, y el pelo cortado al estilo de Europa oriental, probablemente en casa. La condujo resollando hacia una puerta lateral, separada de la acera por unos cuantos peldaños. Los traperos habían forzado la cerradura, y la puerta estaba asegurada con cadena y dos candados. Las telarañas habían cubierto los eslabones de una especie de pelusa. Mientras el hombre revolvía el manojo de llaves, las hierbas que crecían en las grietas de los escalones cosquilleaban las pantorrillas de Starling. La tarde estaba nublada y la luz granulosa no producía sombras.

—No estoy conociendo esto edificio bien, yo solo chequeo los alarmas de fuego —dijo el encargado.

—¿Sabe si hay papeles guardados en algún sitio? ¿Archivadores, registros…?

El encargado se encogió de hombros.

—Después de hospital, aquí hay la dispensario de metadona, pocos meses. Ponen todo en los sótanos, unos camas, unos ropas, no sé qué sea. Es malo aquí para mi asma, moho, muy malo moho. Las colchones de los camas son mohosos, moho malo en los camas. No puedo respirar aquí. Los escaleras, malos para mi pierna. Yo enseñaría, pero…

Starling hubiera preferido bajar acompañada, incluso por él, pero solo serviría para entorpecerla.

—No. Usted haga lo suyo. ¿Dónde está su garita?

—A final del manzana, donde el viejo oficina de carnets conducir.

—Si no he vuelto dentro de una hora…

El hombre se miró el reloj.

—Yo acabo media hora.

«Esta sí que es buena…»

—Lo que va a hacer usted, señor, es esperarse en su garita a que le devuelva sus llaves. Si no he vuelto dentro de una hora, llame al número que hay en esta tarjeta y acompáñeles aquí. Si no está cuando salga, si ha cerrado el chiringuito y se ha marchado a casa, iré personalmente a ver a su supervisor por la mañana para informarle. Además haré que el Servicio Interno de Rentas investigue sus ingresos, y que estudien su situación en la Oficina de Inmigración y… y de Naturalización. ¿Me ha entendido? Conteste.

—Pensaba esperarlo. No falta decirme esos cosas.

—Bueno. Así me gusta —respondió Starling.

El encargado aferró la barandilla con sus manazas para ayudarse a alcanzar el nivel de la acera, y Starling oyó arrastrarse sus pasos desiguales, cada vez más lejanos. Empujó la puerta y se encontró en un descansillo de la escalera de incendios. Las ventanas del hueco de la escalera, altas y con barrotes, dejaban entrar la luz gris. Dudó si echar un candado por la parte interior de la puerta, pero acabó optando por hacer un nudo a la cadena de la puerta, por si perdía la llave.

Las veces que Starling había acudido al manicomio para entrevistarse con el doctor Lecter había entrado por la puerta principal. Ahora necesitó unos instantes para orientarse.

Ascendió por la escalera de incendios hasta la planta baja. Las ventanas de cristal esmerilado apenas dejaban entrar la luz mortecina del exterior y el vestíbulo estaba en penumbra. Starling encendió la potente linterna y dio con un interruptor, que encendió las luces del techo, tres bombillas aún útiles en un plafón roto. Los extremos cortados de los cables telefónicos colgaban del mostrador de recepción.

Vándalos provistos de aerosoles de pintura habían llegado al interior del edificio. Un falo de tres metros con sus testículos decoraba la pared de la recepción, acompañado de la siguiente leyenda: «LA MADRE DE FARON ME LA MENEA».

La puerta del despacho del director estaba abierta. Starling se quedó en el umbral. Allí se había presentado para cumplir su primera misión con el FBI, cuando aún era cadete, cuando aún se lo creía todo, que si una era capaz de hacer el trabajo, de demostrar su valía, sería aceptada, sin que importara su raza, credo, color, origen nacional o si era o no era «uno de los chicos». De todo aquello no le quedaba más que un solo artículo de fe. Seguía creyendo que era capaz de hacer el trabajo.

En aquel mismo despacho, el doctor Chilton, director del hospital, se había acercado a recibirla y le había ofrecido una mano sudada. Entre aquellas cuatro paredes, el director había traicionado confidencias y escuchado a escondidas, y, creyéndose más listo que Hannibal Lecter, había tomado la decisión que permitiría al doctor escaparse en medio de un baño de sangre.

El escritorio de Chilton seguía en su sitio, pero faltaba la silla, lo bastante pequeña para que la robaran. Los cajones estaban vacíos, aparte de un Alka-Seltzer espachurrado. Había dos archivadores. Las cerraduras eran sencillas, y la antigua agente técnica Starling consiguió abrirlos en un abrir y cerrar de ojos. El cajón inferior contenía un sándwich momificado en su envoltorio de papel y varios formularios del dispensario de metadona, además de desodorante para el aliento, un frasco de tónico capilar, un peine y un puñado de condones.

Starling recordó el sótano del manicomio, cuyas celdas lo asemejaban más a una mazmorra, donde el doctor Lecter había pasado ocho años. No quería bajar allí. Podía hacer uso del teléfono celular y solicitar una unidad de la policía para que bajara con ella. O llamar al centro de operaciones de Baltimore y pedir otro agente del FBI. La tarde gris iba transcurriendo y, aunque saliera en ese mismo instante, ya no habría forma de evitar la peor hora del tráfico en Washington. Cuanto más tardara, sería peor.

Se apoyó en el escritorio de Chilton haciendo caso omiso del polvo y trató de tomar una decisión. ¿Pensaba realmente que podía haber ficheros en el sótano, o es que se sentía atraída hacia el lugar en que vio a Hannibal Lecter por primera vez?

Si su carrera en las fuerzas del orden le había enseñado algo sobre sí misma, era que no la volvían loca las emociones fuertes ni hubiera echado de menos no volver a sentir miedo. Pero cabía la posibilidad de que hubiera archivos en el sótano. Le bastaban cinco minutos para salir de dudas.

Recordaba el estrépito de las puertas de alta seguridad a sus espaldas cuando descendió a aquel sótano años atrás. En previsión de que algo, o alguien, las cerrara, llamó al centro de operaciones de Baltimore, les dijo dónde estaba y quedó de acuerdo con ellos en que volvería a llamar al cabo de una hora informando de que ya había salido.

Las luces de la escalera interior, por la que Chilton la había conducido abajo, seguían funcionando. Mientras descendían, el director del hospital le había explicado el procedimiento de seguridad que debería seguir para tratar con el recluso; luego, había sacado de su cartera la foto de la enfermera a la que Lecter le había comido la lengua en un reconocimiento médico. Si le habían dislocado un hombro al reducirlo, tenía que existir alguna radiografía.

Una ráfaga de aire le rozó el cuello, como si hubiera una ventana abierta en alguna parte.

En un rellano había una cajita para hamburguesas de McDonald's y servilletas desparramadas. Un recipiente manchado que había contenido judías. Más comida basura. Excrementos secos y servilletas de papel manchadas en un rincón. La luz llegaba apenas hasta el sótano, y cesaba ante la enorme puerta metálica de la sección para presos violentos, que ahora estaba abierta de par en par y sujeta al muro por un gancho. Starling enfocó la linterna hacia las celdas en forma de D e iluminó cinco de ellas con toda la potencia del rayo.

El haz recorrió el largo corredor de la antigua sección de máxima seguridad. Había un bulto en el extremo más alejado. Era inquietante ver las celdas abiertas de par en par. El suelo estaba lleno de envoltorios de comida y vasos de papel, y sobre la mesa del celador había un bote de refresco, ennegrecido por su uso como pipa de crack.

Starling accionó los interruptores de la luz que había tras la mesa del celador. Nada. Sacó el teléfono celular. El rojo del piloto brillaba en la semioscuridad. Sabía que el aparato no funcionaba en los subterráneos, pero se puso a dar voces por el auricular:

—Barry, da marcha atrás y acerca la furgoneta a la entrada lateral. Trae un reflector. Necesitarás una plataforma con ruedas para bajarlo todo por las escaleras… Sí, ven ahora. —A continuación, Starling alzó la voz hacia la oscuridad—: Escúcheme con atención quien esté ahí. Soy una agente federal. Si viven aquí de forma ilegal, pueden marcharse sin problemas. No los arrestaré. No estoy aquí por ustedes. Pueden volver cuando yo haya acabado aquí, me es exactamente igual. Ahora, empiecen a salir. Si intentan cualquier cosa, me veré en la necesidad de meterles la pistola por el culo. Gracias por su atención.

La voz resonó a lo largo del corredor donde tantas otras se habían desgañitado convertidas en berridos inhumanos, mientras sus dueños, ya sin dientes, chupaban los barrotes.

Starling echaba de menos la presencia tranquilizadora del enorme celador, Barney, que la había recibido en las ocasiones en que se entrevistó con el doctor Lecter. Recordó la extraña cortesía con la que aquel hombre y el doctor se trataban. Pero ahora no había ningún Barney. Un sonsonete de sus tiempos de escolar le rondaba por la cabeza y, como disciplina, se obligó a recordarlo.

> Las pisadas hacen eco en el recuerdo
> del pasillo que no quisimos tomar,
> hacia la puerta que nunca abrimos
> y, tras ella, el jardín y su rosal.

Claro, «El jardín del rosal». Pero aquel jodido sitio no era precisamente el jardín del rosal.

Starling, a quien los recientes editoriales de los periódicos hubieran debido incitar a odiar su pistola tanto como a sí misma, seguía encontrando reconfortante el tacto de su arma en situaciones como aquélla. Sostuvo la 45 contra la pierna y penetró en el corredor precedida por el haz de la linterna. Es difícil cubrir ambos flancos al mismo tiempo, y vital asegurarse de que no se deja a nadie a nuestras espaldas. Se oía gotear agua.

En algunas celdas había armazones de camas desmontados y amontonados. En otras, pilas de colchones. En el centro del corredor se había acumulado el agua, y Starling, preocupada como siempre por sus zapatos, avanzaba sorteando el estrecho charco. Se acordó de la advertencia de Barney hacía ocho años, cuando todas las celdas estaban ocupadas. «Una vez dentro, vaya por en medio.»

Estupendo, archivadores. Al final del corredor, en el centro, color verde oliva mate a la luz de la linterna.

Ahí estaba la celda que ocupara *Múltiple* Miggs, aquella a cuyo lado más había odiado tener que pasar. Miggs, que le susurraba obscenidades y le arrojaba sus inmundicias. Miggs, al que mató el doctor Lecter convenciéndolo para que se tragara su sucia lengua. Y cuando Miggs murió, Sammie ocupó su celda. Sammie, a quien Lecter animaba en sus esfuerzos por escribir poesía, con resultados soprendentes. Incluso ahora le parecía oírlo aullando aquel poema:

> YO QUIERO UNIRME A CRISTO,
> QUIERO IR CON EL SEÑOR
> PODRÉ UNIRME A CRISTO
> SI SOY MUCHO MEJOR.

Starling aún conservaba el texto, laboriosamente escrito con lápices de colores, en algún sitio.

La celda estaba llena de colchones y balas de ropa de cama atadas con sábanas.

Y, por fin, la celda del doctor Lecter.

La pesada mesa en la que leía seguía atornillada al suelo en medio del recinto. Habían desaparecido los estantes donde ponía sus libros, pero las palomillas aún sobresalían de la pared.

Starling se había olvidado de los archivadores y parecía incapaz de apartar los ojos de aquella celda. Allí había tenido lugar el encuentro más importante de su vida. Allí se había sentido asombrada, confundida, sobrecogida.

En aquel lugar había escuchado cosas sobre sí misma tan terriblemente ciertas que el corazón le había retumbado como una enorme y grave campana.

Quería entrar. Su deseo de penetrar en aquella celda era semejante al que nos incita a arrojarnos de un balcón, a la atracción que el brillo de los raíles ejerce sobre nosotros cuando sabemos que se está acercando un tren.

Starling paseó el haz de la linterna a su alrededor, miró detrás de la hilera de archivadores y enfocó la luz al interior de las celdas próximas.

La curiosidad la empujó a cruzar el umbral. Se quedó en el centro de aquel reducto donde Hannibal Lecter había vivido ocho años. Ocupó el espacio que había pertenecido al doctor, donde lo había visto, de pie, por primera vez, esperando sentir unos escalofríos que no se produjeron. Dejó sobre la mesa la pistola y la linterna, procurando que esta no rodara, y apoyó las palmas de las manos en el tablero. Solo sintió la rugosidad de unas migas.

Sobre cualquier otro, prevaleció un sentimiento de decepción. La celda estaba tan vacía de su antiguo ocupante como la muda abandonada por una serpiente. Starling se dio cuenta en ese momento de algo en lo que apenas había reparado: el peligro y la muerte no tienen por qué llegar embozados en un manto terrible. Pueden alcanzarlo a uno en el aliento perfumado de un amante. O en una tarde soleada junto a un mercado de pescado, mientras *Macarena* retumba en un estéreo.

Manos a la obra. Había cuatro archivadores en total, que le llegaban a la altura de la barbilla y ocupaban tres metros. Cada uno tenía cinco cajones, asegurados con una sola cerradura de cuatro muescas en la parte superior. Ninguna estaba echada. Todos los cajones estaban llenos de expedientes guardados en carpetas, algunas bastante abultadas. Viejas carpetas de papel plastificado que se había reblandecido con el paso de los años, y otras más nuevas de papel manila. Las fichas que describían el estado de salud de individuos, muertos en su mayoría, desde la apertura del hospital en 1932. Seguían un orden más o menos alfabético, aunque algunos papeles estaban apilados al fondo de los cajones, tras las carpetas. Starling las fue pasando rápidamente, con la pesada linterna sobre el hombro, moviendo los dedos de la mano libre con agilidad y arrepintiéndose de no haber traído una linterna pequeña, que habría podido sostener entre los dientes. En cuanto pudo hacerse una idea de la distribución de las carpetas en los archivadores, pudo saltarse cajones enteros. Las fichas de la jota, las pocas de la ka y, ¡bingo!, la ele: Lecter, Hannibal.

Starling extrajo la ancha carpeta de papel manila, la palpó antes de abrirla para saber si había una radiografía, la puso encima de las otras y, al abrirla, descubrió que contenía la historia médica del difunto I. J. Miggs. Maldita sea. Miggs la seguía jorobando desde la tumba. Puso la carpeta sobre el archivador y buscó en la eme. Allí estaba la carpeta de Miggs, donde le correspondía por orden alfabético. Vacía. ¿Error de clasificación? ¿Metió alguien sin darse cuenta la documentación de Miggs en la carpeta de Lecter? Siguió mirando entre las carpetas de la eme en busca de un expediente sin carpeta. Volvió a la jota. Era consciente de que su irritación iba en aumento. El olor de aquel sitio la asqueaba cada vez más. El encargado tenía razón, allí abajo costaba respirar. Había mirado la mitad de las jotas cuando se percató de que el hedor… aumentaba rápidamente.

Un breve chapoteo a su espalda, y Starling giró en redondo con la linterna empuñada para asestar un golpe y la otra mano metida bajo la chaqueta, en busca de la culata del revólver. En medio del haz de luz apareció un individuo alto cubierto de mugrientos harapos y con uno de los pies deformados por la hinchazón metido en un charco. Tenía una mano separada del costado. La otra sostenía un trozo de plato roto. Llevaba una de las piernas y ambos pies envueltos en jirones de sábana.

—Hola —dijo, enseñando la lengua hinchada por los hongos.

Starling podía oler su aliento a pesar de los tres metros que los separaban. Bajo la chaqueta, su mano soltó la pistola y buscó el aerosol.

—Hola —contestó Starling—. Haga el favor de ponerse junto a los barrotes.

El hombre no se movió.

—¿Eres Cristo? —le preguntó.

—No —respondió Starling—. No soy Cristo.

La voz. Starling recordaba aquella voz.

—¡Sí, eres Cristo!

El rostro del hombre gesticulaba.

«Esa voz… Vamos, piensa.»

—Hola, Sammie —dijo Starling—. ¿Cómo estás? Precisamente acabo de acordarme de ti.

¿Qué sabía de Sammie? La información le llegaba a ráfagas, desordenadamente. «Puso la cabeza de su madre en la bandeja de la colecta mientras la congregación cantaba *Da lo mejor a tu Señor*. Dijo que era lo mejor que tenía. La Iglesia Baptista de la Recta Vía, no recordaba dónde. El doctor Lecter explicó que estaba cabreado porque Cristo se retrasaba.»

—¿Eres Cristo? —dijo, quejumbroso esta vez.

Se metió la mano en el bolsillo y sacó una colilla, una de las buenas, de casi cinco centímetros. La puso en el trozo de plato y se la ofreció.

—Sammie, lo siento, pero no lo soy. Soy…

Sammie, lívido de pronto, furioso porque aquella mujer no era Cristo, hizo retumbar los muros del húmedo corredor:

YO QUIERO UNIRME A CRISTO,
QUIERO IR CON EL SEÑOR

Levantó el trozo de plato, afilado como una hoz por el extremo roto, y dio un paso hacia Starling, con los dos pies en el charco y el rostro congestionado, mientras la mano libre parecía querer hacer presa en el aire que los separaba.

Starling sintió la dureza de los archivadores contra la espalda.

—PODRÁS UNIRTE A CRISTO... SI TE PORTAS MEJOR —recitó Starling alto y claro, como si el hombre se encontrara a mucha distancia.

—Sí, sí... —dijo Sammie más tranquilo, y se detuvo.

Starling buscó en su bolso y encontró una barra de caramelo.

—Sammie, tengo un caramelo. ¿Te gustan los caramelos?

El hombre no respondió.

Puso el dulce en una carpeta y se la alargó igual que él había hecho con el trozo de plato.

Le pegó un mordisco sin quitar el envoltorio, escupió el celofán y de otra dentellada se llevó la mitad del caramelo.

—Sammie, ¿ha venido alguien más a verte?

El hombre no hizo caso de la pregunta, dejó lo que quedaba del caramelo en el trozo de plato y desapareció detrás de una pila de colchones en su antigua celda.

—¿Qué coño es esto? —exclamó una voz de mujer—. Muchas gracias, Sammie.

—¿Quién hay ahí? —preguntó Starling.

—A ti qué coño te importa.

—¿Vive aquí con Sammie?

—Claro que no. He venido a una cita. ¿Qué tal si te largas?

—De acuerdo. Pero antes contésteme a una pregunta. ¿Cuánto hace que está aquí?

—Dos semanas.

—¿Ha venido alguien más?

—Unos vagabundos, que Sammie echó.

—¿Sammie la protege?

—Métete conmigo y te enterarás. Yo puedo andar bien. Consigo comida y él tiene este sitio, que es seguro para comer. Todo el mundo tiene arreglos parecidos.

—¿Alguno de los dos está en algún programa? ¿Quieren entrar en uno? Yo puedo ayudarles...

–Él estuvo en uno. Sale uno ahí afuera a hacer toda esa mierda y acaba volviendo a lo que conoce. ¿Qué buscas aquí? ¿Qué coño quieres?

–Unos archivos.

–Pues si no están ahí, será que se los habrá llevado alguien. No hace falta ser muy listo para darse cuenta, ¿no?

–¿Sammie? –llamó Starling–. ¿Sammie?

Sammie no respondió.

–Sammie se ha dormido –dijo su amiga.

–Si dejo algo de dinero, ¿comprará comida? –ofreció Starling.

–No. Compraré bebida. La comida se encuentra. La bebida, no. Ten cuidado al salir, no te metas el mango de la puerta en el culo.

–Dejaré el dinero en la mesa –dijo Starling.

Le dieron ganas de echarse a correr y se acordó de su primera visita a Lecter, cuando se alejó de su celda intentando guardar la calma, impaciente por llegar a la isla de calma que era el puesto del celador Barney.

A la luz de la escalera, Starling buscó en su monedero un billete de veinte dólares. Dejó el dinero en el escritorio roñoso y arañado de Barney y le puso encima una botella de vino vacía. Desplegó una bolsa de plástico e introdujo en ella la carpeta de Lecter, que contenía la historia médica de Miggs, y la carpeta vacía de este.

–Adiós. Hasta luego, Sammie –dijo alzando la voz hacia el hombre que después de dar tumbos por el mundo había regresado al infierno que conocía.

Le hubiera gustado decirle que esperaba que Cristo llegara pronto, pero le pareció que sonaría ridículo.

Starling ascendió hacia la luz para seguir dando sus propios tumbos por el mundo.

12

Si en el camino al infierno hay estaciones, deben de parecerse a la entrada de ambulancias del Hospital General de la Misericordia, en Baltimore. Por encima del fúnebre lamento de las sirenas, de las ansias de los agonizantes, del chirrido de las ruedas de las camillas empapadas, de los gritos y alaridos, las columnas de vapor que despiden las bocas de alcantarilla, teñidas de rojo por un gran letrero de neón que dice EMERGENCIAS, ascienden como la columna que guió a Moisés, de fuego en la oscuridad, de nube a la luz del día.

Barney surgió de entre el vapor embutiendo los poderosos hombros en la chaqueta y, bajando la cabeza, redonda y rapada, avanzó por el agrietado pavimento a grandes zancadas en dirección este, por donde empezaba a amanecer.

Salía del trabajo veinticinco minutos tarde; la policía había traído a un chulo, al que le gustaba pegar a las mujeres, colocado y herido de bala, y la enfermera jefe le había pedido que se quedara. Siempre se lo pedían cuando llegaba algún paciente violento.

Clarice Starling observó a Barney bajo la profunda capucha de su chaqueta y dejó que se le adelantara media manzana por la otra acera antes de colgarse al hombro el capazo y seguirlo. Cuando el hombre pasó de largo ante el aparcamiento y la parada de autobús, Starling se sintió aliviada. Le sería más fácil seguirlo si iba a pie. No estaba segura de dónde vivía y necesitaba averiguarlo antes de que la viera.

El barrio de detrás del hospital era tranquilo, obrero y multirracial. Uno de esos barrios en los que conviene ponerle una cerradura especial al coche, pero no hace falta llevarse la batería a casa por la noche, y en el que los niños pueden jugar en la calle.

Después de recorrer tres manzanas, Barney dejó pasar una furgoneta y cruzó el paso de cebra en dirección norte, hacia una calle de edificios estrechos, algunos con peldaños de mármol y cuidados jardines delanteros. Los pocos locales comerciales vacíos tenían las lunas intactas y limpias. Las tiendas estaban abriendo y empezaba a verse gente. Los camiones que habían permanecido aparcados durante la noche a ambos lados de la calle impidieron a Starling ver al hombre durante medio minuto y, al no advertir que se había detenido, se encontró a su altura. Estaba justo al otro lado de la calle. Quizá también él la hubiera visto, pero no estaba segura.

Barney se había quedado inmóvil con las manos en los bolsillos de la chaqueta y la cabeza adelantada, mirando con los ojos entornados algo que se movía en mitad de la calzada. Sobre el asfalto yacía una paloma muerta, cuyas plumas se agitaban movidas por el aire de los coches que pasaban a su lado. Su compañera daba una y más vueltas a su alrededor mirándola con uno de los ojillos y agitando la cabeza a cada salto de sus patas rosáceas. Gira que gira, sin dejar de arrullar con el suave zureo de su especie. Pasaron varios coches y una furgoneta, que la atribulada viuda sorteaba en el último instante con cortos vuelos.

Era posible que Barney hubiera levantado la vista un segundo y la hubiera visto; Clarice no podía afirmarlo. Pero tenía que moverse, o la descubriría. Cuando miró hacia atrás por encima del hombro, vio a Barney en cuclillas en medio de la calzada, con un brazo levantado para detener el tráfico.

Torció en la primera esquina, se quitó la chaqueta y sacó del capazo un jersey de chándal, una gorra de béisbol y una bolsa de deporte; se cambió a toda prisa, metió la chaqueta y el capazo en la bolsa de deporte, y se encasquetó la gorra. Se cruzó con varias mujeres de la limpieza que volvían a sus casas, y volvió a doblar la esquina hacia la calle donde había dejado a Barney.

El celador había recogido el cadáver de la paloma y lo sostenía entre las manos. La compañera del ave voló hasta los cables del teléfono y lo observó desde allí. Barney depositó la paloma en la hierba de un parterre y le alisó las plumas. Alzó el ancho rostro hacia los cables y dijo algo. Cuando el hombre continuó su camino, la paloma descendió al césped y volvió a merodear en torno a su pareja, dando saltitos por la hierba. Barney no miró atrás. Cuando subió los escalones de una casa de apartamentos cien metros más adelante y se puso a buscar las llaves en su bolsillo, Starling, que estaba a media manzana de distancia, echó a correr para alcanzarlo antes de que abriera la puerta.

—Barney... Hola.

El hombre se dio la vuelta sin prisa y la miró. Starling había olvidado que Barney tenía los ojos más separados de lo normal. Vio brillar en ellos una mirada de inteligencia y sintió como el pequeño clic de una conexión.

Se quitó la gorra y dejó que el cabello le resbalara por los hombros.

—Soy Clarice Starling. ¿Te acuerdas de mí? Soy...

—La novata —dijo, sin cambiar de expresión.

Starling juntó las palmas de las manos y asintió.

—Pues, sí, soy la novata. Barney, necesito hablar contigo. No es oficial, solo quiero hacerte unas preguntas.

Barney bajó los escalones. Cuando estuvo en la acera, frente a ella, Starling tuvo que seguir levantando la vista. No se sentía amenazada por su tamaño, como le hubiera ocurrido a un hombre.

—Agente Starling, ¿reconoce usted oficialmente que no me ha leído mis derechos? —Tenía una voz áspera y fuerte, como la de Tarzán, versión Johnny Weissmuller.

—Por supuesto. No te he aplicado la ley Miranda. Estamos de acuerdo.

—¿Qué tal si se lo dices a tu bolsa de deporte?

Starling abrió la bolsa, metió la cara y habló en voz alta, como si dentro llevara un enano.

—No he leído sus derechos a Barney ni le he ofrecido hacer una llamada.

—Al final de la calle hay un sitio donde preparan un café estupendo —dijo Barney—. ¿Cuántas gorras llevas en la bolsa? —le preguntó cuando se pusieron en marcha.

—Tres —contestó Starling.

Cuando el microbús matriculado como transporte para minusválidos pasó ante ellos, Starling se dio cuenta de que los ocupantes la miraban; pero los desdichados se ponen cachondos a menudo, derecho que nadie puede negarles. Los jóvenes que ocupaban un coche parado ante el siguiente semáforo también se la quedaron mirando, aunque, como iba con Barney, no le dijeron nada. Cualquier cosa que hubiera asomado por las ventanillas habría captado la atención instantánea de Starling, prevenida contra la venganza de los Tullidos, pero no le quedaba más remedio que aguantar las miradas silenciosas de los babosos.

Cuando entraron en la cafetería, el microbús dio marcha atrás, entró en una calleja y volvió por donde había venido.

El establecimiento, especializado en almuerzos de jamón y huevos, estaba abarrotado y esperaron a que quedara libre un reservado, mientras el camarero le gritaba en hindi al cocinero, que manejaba la carne con unas largas pinzas y expresión culpable.

—Comamos algo —propuso Starling, cuando por fin pudieron sentarse—. Paga el tío Sam. ¿Cómo te van las cosas, Barney?

—Tengo un buen trabajo.

—¿Qué haces?

—Celador. Bueno, auxiliar de enfermería.

—Pensaba que serías ya un enfermero diplomado, o que estarías en la facultad de medicina.

Barney se encogió de hombros y alargó la mano hacia la jarrita de la crema. Alzó la vista y miró a Starling.

—¿Te están apretando por lo de Evelda?

—Ya veremos. ¿La conocías?

—La vi una vez, cuando trajeron a su marido, Dijon. Estaba muerto, se desangró antes de que pudieran meterlo en la ambulancia. Cuando llegó al hospital no le quedaba una gota de sangre. Ella no quería soltarlo y les pegó a las enfermeras. Tuve que… Ya sabes… Era guapa. Y fuerte. No la trajeron cuando tú…

—No, la declararon muerta oficialmente allí mismo, en la escena del tiroteo.

—Ya me lo imaginé.

—Barney, cuando entregaste al doctor Lecter a los de Tennessee…

—No lo trataron con educación.

—Cuando tú…

—Y ahora están todos muertos.

—Sí. No duraron vivos ni tres días. Tú en cambio fuiste su guardián durante ocho años.

—Solo seis. Él ya llevaba allí dos cuando yo llegué.

—¿Cómo lo hacías, Barney? Si no te molesta la pregunta, ¿cómo conseguiste aguantarlo tanto tiempo? No bastaba con tratarlo con educación.

Barney miró su reflejo en la cuchara, primero convexo y luego cóncavo, y pensó durante un instante.

—El doctor Lecter tenía unas maneras exquisitas, nada estiradas, sino naturales y elegantes. Yo estaba estudiando por correspondencia y él me ayudaba. Eso no quita que me hubiera matado en cuestión de segundos a la menor oportunidad. En las personas, una cualidad no anula las otras. Pueden coexistir unas con otras, las buenas con las terribles. Sócrates lo dijo mucho mejor que yo. Si trabajas en máxima seguridad, no puedes permitirte olvidarlo en ningún momento. Si procuras recordarlo, todo irá bien. Puede que el doctor Lecter llegara a lamentar haberme explicado lo de Sócrates. —Para Barney, libre del lastre de una formación académica, Sócrates había sido una experiencia de primera mano, que había tenido la inmediatez de un encuentro personal—. La seguridad y la conversación eran dos cosas totalmente independientes —prosiguió—. La seguridad no era algo personal, ni siquiera cuando tenía que suprimirle el correo o ponerle las correas.

—¿Hablabas a menudo con él?

—A veces se pasaba meses sin abrir la boca, y otras veces hablábamos por las noches, cuando los otros dejaban de gritar. De hecho, yo seguía esos cursos por correspondencia y no entendía una mierda; fue él quien me abrió los ojos a todo un mundo de cosas que desconocía: Suetonio, Gibbon, cosas así.

Barney cogió la taza. Tenía un trazo naranja de yodo en un rasguño reciente que le cruzaba el dorso de la mano.

—Cuando se escapó, ¿pensaste alguna vez que iría a por ti?

Barney meneó la cabezota.

—Una vez me dijo que, siempre que fuera «factible», prefería comerse a los maleducados. «Maleducados en sentido amplio», los llamó.

Barney rió, cosa rara en él. Tenía los dientes pequeños como los de un niño, y en su regocijo había algo de perverso, como en la alegría de un bebé cuando embadurna de papilla la cara de un familiar embelesado.

Starling se preguntó si no habría estado encerrado con los majaras más tiempo de la cuenta.

—Y tú, ¿qué? ¿Tuviste miedo cuando se escapó? ¿Pensaste que iría a buscarte? —le preguntó Barney.

—No.

—¿Por qué?

—Porque me dijo que no lo haría.

Por extraño que parezca, ambos encontraban la respuesta completamente satisfactoria.

Les trajeron los huevos. Los dos estaban hambrientos y comieron sin decir palabra durante unos minutos. Luego, Starling decidió ir al grano.

—Barney, cuando trasladaron a Memphis al doctor Lecter, te pedí que me dieras sus dibujos y tú me los trajiste de la celda. ¿Qué pasó con el resto, libros, papeles…? En el hospital ni siquiera tienen su historial médico.

—Hubo un follón de mil pares de cojones —Barney hizo una pausa para golpear la base del salero contra la palma de la mano—. Ya sabes la que se armó en el hospital. Me despidieron. Despidieron a un montón de gente, y todo se desperdigó por ahí. Cualquiera sabe…

—¿Perdona? —dijo Starling—. Con todo este jaleo creo que no te he oído bien. Anoche descubrí que el ejemplar del *Dictionnaire de cuisine* de Alejandro Dumas con anotaciones del doctor Lecter fue vendido en una casa de subastas de Nueva York hace dos años. Lo adquirió un coleccionista particular por dieciséis mil dólares. La declaración jurada de propiedad que presentó el vendedor estaba firmada por un tal Cary Phlox. ¿Conoces a Cary Phlox, Barney? Espero que sí, porque tiene la misma letra que quien redactó tu solicitud de ingreso en el hospital en el que ahora trabajas, solo que firma «Barney». Ese Cary también hizo tu declaración de la renta. Perdona que no oyera lo que has dicho antes. ¿Puedes repetirlo, por favor? ¿Cuánto te dieron por el libro, Barney?

—Unos diez —respondió él mirándola fijamente.

Starling asintió.

—El recibo dice que fueron diez quinientos. Y por la entrevista con el *Tattler* cuando Lecter se escapó, ¿cuánto conseguiste?

—Quince de los grandes.

—Vale. Me alegro por ti. Toda la mierda que les contaste era pura invención.

—Sabía que a él no le importaría. Se habría sentido decepcionado si no los hubiera puteado un poco.

—El ataque a aquella enfermera, ¿fue antes de que trabajaras en el hospital?

—Sí.

—Le dislocaron un hombro.

—Eso creo.

—¿Le hicieron alguna radiografía?

—Es de suponer que sí.

—Quiero esa radiografía.

—Hummm.

—He descubierto que los autógrafos de Lecter están divididos en dos grupos. Los escritos con tinta, anteriores a su encarcelamiento, y los hechos con lápices de colores o rotulador en el manicomio. Los hechos con lápices son los que más valen, pero supongo que ya lo sabes. Barney, creo que tú tienes todo ese material y piensas sacarlo al mercado de los coleccionistas poco a poco, durante años.

Barney se encogió de hombros, pero no soltó prenda.

—Creo que estás esperando a que el doctor vuelva a estar en el candelero. ¿Qué pretendes, Barney?

—Ver todos los Vermeer del mundo antes de morirme.

—¿Hace falta que te pregunte quién te inició en Vermeer?

—Hablábamos de muchas cosas en plena noche.

—¿Hablasteis de lo que le hubiera gustado hacer de estar libre?

—No. Al doctor Lecter no le interesan las hipótesis. No cree en los silogismos, en las síntesis, ni en lo absoluto.

—¿En qué cree?

—En el caos. Tiene la ventaja de que no necesitas tener fe. Es evidente por sí mismo.

Starling prefirió seguirle la corriente por el momento.

—Lo dices como si creyeras en ello —le dijo—, pero tu trabajo en el Hospital Psiquiátrico de Baltimore consistía precisamente en mantener el orden. Eras el celador jefe. Tú y yo estamos en el negocio del orden. De hecho el doctor Lecter nunca escapó a tu vigilancia.

—Eso ya te lo he explicado.

—Porque nunca bajaste la guardia. Aunque, en cierto sentido, fraternizaríais…

—No fraternicé con él —la cortó Barney—. Él no es hermano de nadie. Hablábamos de temas que nos interesaban a los dos. Por lo menos, me interesaron a mí cuando empecé a descubrirlos.

—Dime, ¿alguna vez se burló de ti porque no sabías algo?

—No. ¿Se burló de ti?

—No —respondió para no herir a Barney, al comprender por primera vez que, si el monstruo la había ridiculizado, debía tomárselo en parte como un cumplido—. Y habría podido burlarse de mí si hubiera querido. ¿Sabes dónde están todas esas cosas, Barney?

—¿Dan alguna recompensa al que las encuentre?

Starling dobló su servilleta de papel y la puso bajo el borde del plato.

—La recompensa es que no te acusaré de obstrucción a la justicia. Ya te di una oportunidad cuando pusiste un micrófono en mi escritorio del hospital.

—Aquel micrófono era del difunto doctor Chilton.

—¿Difunto? ¿Cómo sabes que Chilton es un «difunto»?

—Si no es eso, es que lleva siete años de retraso —dijo Barney—. Y yo no lo esperaría para la hora de la cena.

Déjame preguntarte algo: ¿con qué te conformarías, agente especial Starling?

—Quiero ver la radiografía. Necesito la radiografía. Si hay libros de Lecter, quiero echarles un vistazo.

—Supongamos que diéramos con el material. ¿Qué pasaría después?

—Bueno, la verdad es que no estoy segura. El fiscal podría incautarse de todo y considerar los objetos pruebas en la investigación de la huida. Luego criarían moho en su enorme depósito de pruebas. Si examino el material y no descubro nada útil en los libros, y lo hago constar, tú podrías alegar que te los regaló el propio doctor Lecter. Ha permanecido *in absentia* siete años, de forma que podrías reclamarlos por la vía civil. No tiene parientes conocidos. Y yo recomendaría que cualquier material inocuo te fuera devuelto. Debes saber que mi recomendación estaría al final de la cola. Y es poco probable que te devolvieran la radiografía o el historial médico, puesto que el doctor Lecter no era quién para dártelos.

—¿Y si te dijera que no tengo ese material?

—A quien lo tuviera le costaría horrores venderlo, porque expediríamos una orden de búsqueda y haríamos saber al mercado que requisaríamos cualquier objeto y perseguiríamos a quien fuera por recepción y posesión. Y yo pediría una orden de registro de tu casa.

—Ahora que has averiguado dónde está mi casa.

—Lo que puedo asegurarte es que si devuelves el material, nadie te reprochará haberlo cogido, sobre todo teniendo en cuenta lo que le habría ocurrido si lo hubieras dejado en su sitio. Ahora, prometerte que te lo devolverán, no, eso no puedo hacerlo. —A modo de puntuación, Starling se puso a rebuscar en su bolso—. ¿Sabes, Barney?, tengo la sensación de que no has conseguido un título porque quizá lleves algo arrastrando. No sé, tal vez tengas unos antecedentes rodando por ahí. ¿Lo miramos?

Pero quiero que sepas una cosa: nunca he intentado averiguar si tenías una ficha, ni me he puesto a husmear en tu pasado.

—No, solo has estado fisgando en mi declaración de la renta y mi solicitud de ingreso en el hospital, nada más. Estoy conmovido.

—Si tienes antecedentes, el fiscal de esta jurisdicción podría hablar en tu favor, y conseguir que se haga tabla rasa de tu historial.

—¿Has acabado? —dijo Barney rebañando el plato con un trozo de pan—. Vamos a dar una vuelta.

—He visto a Sammie, ¿te acuerdas, el que ocupó la celda de Miggs? Sigue viviendo en ella —dijo Starling una vez en la calle.

—Creía que el hospital estaba condenado.

—Lo está.

—¿Y está siguiendo algún programa?

—No, simplemente vive allí, a oscuras.

—Creo que deberías avisar. Es diabético crónico, no aguantará mucho. ¿Sabes por qué hizo Lecter que Miggs se tragara su propia lengua?

—Tengo una ligera idea.

—Lo mató por haberte ofendido. Ese fue el motivo inmediato. Pero no te sientas mal, hubiera acabado haciéndolo de todos modos.

Dejaron atrás el edificio de apartamentos donde vivía Barney y llegaron al jardín, donde la paloma seguía dando vueltas alrededor del cadáver de su compañera. Barney procuró espantarla haciendo aspavientos con las manos.

—Vete de una vez —le dijo al pájaro—. Ya has guardado bastante luto. Si sigues dando vueltas, acabará cazándote un gato.

La paloma alzó el vuelo. No pudieron ver dónde se posaba.

Barney recogió el cadáver de la otra. El cuerpo cubierto de suaves plumas se deslizó fácilmente en su bolsillo.

—¿Sabes?, una vez el doctor Lecter habló de ti un poco. Puede que fuera la última vez que hablé con él, o una de las últimas. Me lo ha recordado el pájaro. ¿Te gustaría saber lo que dijo?

—Cómo no —dijo Starling. El desayuno se le revolvió en el estómago, pero no estaba dispuesta a dejarse acobardar.

—Estábamos hablando de los comportamientos hereditarios, que no tienen vuelta de hoja. Puso como ejemplo los experimentos genéticos en un tipo de pichones que giran sobre sí mismos durante el cortejo. Vuelan bien alto y luego giran y giran hacia atrás, mientras se dejan caer hacia el suelo. Los hay que hacen piruetas muy cerradas, y otros que las dan más abiertas. No puedes cruzar dos de los primeros, porque las crías darían vueltas cayendo en picado hasta estrellarse contra el suelo. Lo que dijo el doctor Lecter fue esto: «La agente Starling es uno de esos pichones que giran como locos, Barney. Esperemos que alguno de sus progenitores no lo fuera».

Starling tenía que rumiar aquello.

—¿Qué harás con el pájaro? —le preguntó.

—Desplumarlo y comérmelo —contestó Barney—. Sube a casa y te daré la radiografía y los libros.

Cuando regresaba cargada con el enorme paquete hacia el hospital y el coche, Starling oyó entre los árboles la patética llamada de la paloma viuda.

13

Gracias a la delicadeza de un loco y a la obsesión de otro, Starling había obtenido por el momento lo que siempre había deseado, un despacho en el famoso pasillo subterráneo de la Unidad de Ciencias del Comportamiento. Conseguirlo de aquel modo resultaba amargo.

Starling nunca había imaginado que la fueran a destinar a la elitista Unidad de Ciencias del Comportamiento nada más graduarse en la Academia del FBI; pero siempre tuvo la convicción de que acabaría ganándose la plaza. Sin embargo, sabía que debería pasar años en centros operativos antes de conseguirlo.

La agente especial era buena en su trabajo, pero le faltaba mano izquierda para los cabildeos de despacho; hasta pasados unos años no se dio cuenta de que nunca llegaría a Ciencias del Comportamiento, por más que el jefe de la unidad, Jack Crawford, también lo deseara.

El motivo fundamental no se le hizo evidente hasta que, como un astrónomo que localiza un agujero negro, descubrió la existencia de Paul Krendler, ayudante del inspector general, por su influencia en los hombres que lo rodeaban. Aquel hombre nunca le había perdonado que encontrara al asesino en serie Jame Gumb antes que él, y no podía soportar la atención que la prensa había dedicado a la novata.

En cierta ocasión, Krendler la llamó a casa una lluviosa noche de invierno. Starling cogió el teléfono envuelta en un albornoz, calzada con zapatillas de Bugs Bunny y con el pelo envuelto en una toalla. Siempre se acordaría de la fecha, porque era la primera semana de la operación «Tormenta del desierto». Starling trabajaba por entonces como agente técnico y acababa de volver de

Nueva York, donde había dado el cambiazo a la radio de la limusina de la delegación iraquí en las Naciones Unidas. La nueva era idéntica a la anterior, salvo por el hecho de que las conversaciones mantenidas en el interior del vehículo eran captadas por un satélite del Departamento de Defensa. Había sido una jugada comprometida en el interior de un garaje privado, y Starling todavía tenía los nervios de punta.

Por un segundo, se le ocurrió la loca idea de que Krendler la llamaba para felicitarla por haber hecho un buen trabajo.

Recordaba la lluvia tamborileando en los cristales y la voz de Krendler en el auricular, un tanto farfullante sobre un fondo de ruidos de bar.

Le preguntó si podían verse y añadió que podía llegar en media hora. Krendler estaba casado.

–Me parece que no, señor Krendler –respondió Starling al tiempo que pulsaba el botón de grabación del contestador automático. El aparato produjo el pitido que exige la ley, y la comunicación se cortó.

Ahora, pasados los años y sentada en el despacho que siempre había querido ganarse, Starling escribió su nombre en un trozo de papel y lo pegó con celo en la puerta. Como el rótulo no parecía serio, lo arrancó y lo arrojó a la papelera.

Había una carta en su bandeja para el correo. Se trataba de un cuestionario del *Libro Guinness de los récords*, que quería incluirla en sus páginas como el agente del orden de sexo femenino que más criminales había matado en la historia de Estados Unidos. Empleaban el término «criminales», le explicaba el editor, con todas las de la ley, dado que todos los fallecidos habían cometido múltiples delitos mayores, y sobre tres de ellos pesaban órdenes de busca y captura que se salían de lo habitual. El cuestionario fue a hacer compañía al rótulo con su nombre.

Llevaba dos horas tecleando en la mesa auxiliar del ordenador y apartándose mechones sueltos de la cara cuando Crawford llamó a la puerta con los nudillos y asomó la cabeza al interior del despacho.

—Ha llamado Brian desde el laboratorio, Starling. La radiografía de Mason y la que conseguiste de Barney coinciden. Es el brazo de Lecter. Van a digitalizarlas y compararlas, pero según él no hay duda posible. Incluiremos los datos en el archivo VICAP de Lecter.

—¿Qué hacemos con Mason Verger?

—Le diremos la verdad —dijo Crawford—. Los dos sabemos que él no compartirá nada más con nosotros a no ser que le demos algo que no puede conseguir por sus propios medios. Y si intentamos tomarle la delantera en Brasil en este momento, lo echaremos todo a perder.

—Usted me dijo que no hiciera nada, y eso he hecho.

—Entonces, ¿qué estabas haciendo, jugando con el ordenador?

—La radiografía le llegó a Mason por DHL Express. La mensajería retuvo el código de barras, la etiqueta de información y el lugar en que se hicieron cargo del envío. El hotel Ibarra, en Río de Janeiro. —Starling levantó una mano para adelantarse a una interrupción—. Hasta ahora solo he utilizado fuentes de Nueva York. No he hecho ninguna pesquisa en Brasil.

»Mason hace sus llamadas telefónicas, o muchas de ellas, a través de la centralita de una agencia de apuestas deportivas de Las Vegas. Imagínese la cantidad de llamadas que mueven.

—No sé si atreverme a preguntar cómo has averiguado todo eso.

—Sin salirme de la legalidad —respondió Starling—. Bueno, casi. Pero no dejé ningún micrófono en su casa. Tengo los códigos para acceder a su cuenta telefónica, eso es todo. Todos los agentes técnicos los tienen. Mire, podríamos acusarlo de obstrucción a la justicia. Con sus influencias, ¿cuánto tiempo tendríamos que suplicar hasta conseguir una orden que nos permitiera tenderle una trampa? Y en caso de que lo condenaran, ¿de qué nos serviría? Ahora bien, está usando una correduría de apuestas deportivas.

–Comprendo –dijo Crawford–. La Comisión para el Juego de Nevada podría pinchar el teléfono o apretarles las tuercas a los de la correduría de apuestas para que nos dieran la información que necesitamos, o sea, a quién van dirigidas las llamadas.

Starling asintió.

–Ya ve que he dejado tranquilo a Mason, tal como me ordenó.

–Sí, ya lo veo –dijo Crawford–. Puedes decirle a Mason que esperamos ayuda de la Interpol y de la embajada brasileña. Dile que necesitamos mandar gente allí y empezar a organizar la extradición. Lo más probable es que Lecter haya cometido crímenes en Sudamérica, así que más vale que pidamos la extradición antes de que la policía de Río empiece a hojear sus propios ficheros empezando por la ce de «canibalismo». Si es que está en Sudamérica. Starling, ¿no te enferma hablar con Mason?

–No tengo más remedio que acostumbrarme. Usted me proporcionó una buena introducción a la materia cuando encontramos aquel «flotador» en Virginia Occidental. ¿Cómo puedo hablar así, «aquel flotador»? Era un ser humano, y se llamaba Fredericka Bimmel; y sí, Mason me enferma. Hay un montón de cosas que me enferman últimamente, Jack.

Sorprendida de sí misma, Starling se quedó callada. Hasta aquel momento nunca se había dirigido al jefe de unidad Jack Crawford por su nombre de pila ni había tenido intención de llamarlo «Jack», y haberlo hecho la asombraba. Estudió el rostro del hombre, un rostro que tenía fama de inescrutable.

Crawford asintió con una sonrisa triste que más parecía una mueca.

—A mí también, Starling. ¿Quieres un par de tabletas de Pepto-Bismol para tomártelas antes de hablar con Mason?

Mason Verger no se molestó en ponerse al teléfono. Un secretario agradeció a Starling el mensaje y dijo que su jefe le devolvería la llamada. Pero Verger no se puso en contacto con ella personalmente. Para aquel hombre, que estaba varios puestos por encima de Starling en la lista de notificaciones, la comprobación de la radiografía ya no era una novedad.

14

Mason supo que su placa radiográfica correspondía al brazo del doctor Lecter bastante antes que Starling, porque sus fuentes del Departamento de Justicia eran mejores que las de la agente especial.

Mason recibió un *e-mail* firmado «Token287». Era la segunda contraseña empleada por el ayudante para el Comité Judicial de la Cámara de Representantes del congresista Parton Vellmore. A su vez, en la oficina de Vellmore se había recibido un *e-mail* procedente de Cassius199, la segunda contraseña de Paul Krendler en el Departamento de Justicia.

La confirmación había puesto a Mason en un estado de gran agitación. Aunque no creía que Lecter estuviera en Brasil, la radiografía probaba que el doctor tenía en la actualidad el número normal de dedos en la mano izquierda. Ese dato corroboraba una nueva pista sobre su paradero procedente de Europa. Mason estaba convencido de que la información provenía de alguien que trabajaba en las fuerzas del orden italianas, y era el rastro más sólido de Lecter en los últimos años.

Mason no tenía intención de compartir aquella pista con el FBI. Gracias a siete años de esfuerzos sostenidos, acceso a archivos federales reservados, distribución exhaustiva de pasquines, libertad respecto a restricciones internacionales y enormes sumas de dinero, Mason había tomado la delantera al FBI en la persecución de Lecter. Solo compartía información con el Bureau cuando necesitaba explotar sus recursos.

Para guardar las apariencias, ordenó a su secretario que atosigara a Starling con llamadas para interesarse por el desarrollo de la investigación. La agenda informática de Mason obligó al secretario a llamarla al menos tres veces al día.

Mason giró inmediatamente cinco mil dólares a su informante de Brasil para que siguiera la pista de la radiografía. El fondo para gastos que envió a Suiza era mucho mayor, y estaba dispuesto a aumentarlo en cuanto recibiera informes consistentes.

Estaba casi seguro de que su fuente europea había localizado a Lecter, pero le habían dado gato por liebre muchas veces y estaba escarmentado. Pronto tendría pruebas tangibles. Hasta entonces, para aliviar la agonía de la espera, Mason se ocupó de lo que ocurriría cuando el doctor estuviera en su poder. Las disposiciones necesarias también habían requerido su tiempo, porque Mason era un estudioso del sufrimiento…

Las elecciones de Dios a la hora de infligir dolor no nos resultan satisfactorias ni comprensibles, a no ser que aceptemos que la inocencia lo ofende. Es evidente que necesita ayuda para encauzar la furia ciega con que flagela a la Humanidad.

Mason acabó comprendiendo el papel que le correspondía en el plan divino durante el duodécimo año de su parálisis, cuando ya no era más que una piltrafa que apenas abultaba bajo las sábanas y supo que no volvería a levantarse. Su anexo en la mansión de Muskrat Farm estaba acabado y disponía de medios, aunque no ilimitados, porque el patriarca de la familia, Molson Verger, seguía llevando las riendas.

Eran las Navidades del año en que Lecter escapó. Vulnerable a los sentimientos que suelen provocar las Navidades, Mason lamentaba con amargura no haber dispuesto lo necesario para que Lecter fuera asesinado en el manicomio. Sabía que, dondequiera que se encontrara, el doctor Lecter estaría moviéndose a su antojo y, casi con toda seguridad, pasándoselo en grande.

Mientras tanto, él yacía bajo un respirador, cubierto de los pies a la cabeza con una manta suave y vigilado por una enfermera que se moría de ganas por sentarse. Le habían traído en autobús a un grupo de niños pobres para que cantaran villancicos. Con permiso del médico, le abrieron brevemente las ventanas al aire fresco y, bajo ellas, con velas en la mano, los niños cantaron.

En la habitación de Mason, las luces estaban apagadas y, en el cielo oscuro sobre la granja, las estrellas parecían muy cercanas.

> *Pueblecito de Belén, ¡qué tranquilo pareces!*
> *Qué tranquilo pareces,*
> *qué tranquilo pareces.*

La letra del villancico parecía burlarse de Mason. «¡Qué tranquilo pareces, Mason!»

Asomadas a su ventana, las estrellas navideñas guardaban un silencio opresivo. Las estrellas no le contestaban cuando alzaba hacia ellas su ojo encapsulado y suplicante, ni cuando intentaba hacer un gesto en su dirección con los dedos que podía mover. Mason se sentía incapaz de respirar. Si se estuviera asfixiando en el espacio, pensó, lo último que vería serían esas mismas estrellas, hermosas pero mudas y sin atmósfera. Se estaba ahogando, pensó, su respirador no conseguía mantener el ritmo, tenía que esperar para respirar las líneas de sus constantes vitales, verdes como el árbol de Navidad, pequeños y puntiagudos abetos en el bosque nocturno de los monitores. Las agujas de sus latidos, las agujas de la sístole, las agujas de la diástole.

La enfermera se asustó, y a punto estuvo de pulsar el timbre de la alarma y administrarle adrenalina.

La burla del villancico, «Qué tranquilo pareces, Mason».

Aquellas Navidades recibió la iluminación. Antes de que la enfermera pulsara el timbre o le aplicara medicación, las primeras y ásperas cerdas de su venganza rozaron su pálida mano, que buscaba ansiosa como el fantasma de un cangrejo, y consiguieron calmarlo poco a poco.

En las comuniones navideñas de todo el mundo, los fieles creen que, a través del milagro de la transubstanciación, toman la sangre y la carne del propio Cristo. Mason empezó a hacer los preparativos para una ceremonia aún más impresionante, en la que la transubstanciación sería innecesaria. Comenzó los preparativos que permitirían comerse vivo al doctor Hannibal Lecter.

15

Mason había recibido una educación insólita, pero perfecta para el futuro al que su padre lo destinaba y para la tarea que ahora tenía ante sí.

De niño lo matricularon en un internado al que su padre hacía generosas aportaciones de dinero y en el que hacían la vista gorda ante las frecuentes ausencias de Mason. Durante semanas era Verger padre quien se ocupaba de la educación de su hijo, que lo acompañaba a los corrales y mataderos sobre los que la familia había cimentado su fortuna.

Molson Verger había sido un pionero en varias áreas del negocio de la carne, en especial en la económica. Sus primeros experimentos para abaratar la alimentación de los animales eran comparables a los de Batterham cincuenta años antes. Molson Verger adulteraba la comida de los cerdos con piensos fabricados a partir de las cerdas de los propios animales, plumas de pollo y estiércol en una medida insólita para aquella época. Muchos pensaron que era un soñador chiflado cuando en los años cuarenta suprimió el agua fresca a sus cerdos y la sustituyó por «licor de cloaca», un líquido elaborado con residuos fermentados de los animales, para acelerar el engorde. Las risas se helaron al ver cómo se multiplicaban sus beneficios, y sus competidores se apresuraron a imitarlo.

El liderazgo de Molson Verger en la industria de la carne no se detuvo ahí. Combatió con arrojo y con sus propios fondos el Acta de Derechos de los Animales, ateniéndose siempre al punto de vista estrictamente económico, y consiguió que el marcaje en la cara siguiera siendo legal, aunque le costó caro en cuanto a compensaciones legislativas. Con Mason a su lado, supervisó experimentos a gran escala para resolver los problemas de estabulación, y consiguió determinar cuánto tiempo se podía mantener a los animales sin agua ni comida antes de sacrificarlos sin pérdidas de peso significativas.

Fueron investigaciones genéticas patrocinadas por los Verger las que consiguieron que las crías de cerdo belga nacieran con doble musculatura, salvando al mismo tiempo el inconveniente de la pérdida de líquidos que había hecho fracasar a los belgas. Molson Verger compraba sementales en todo el mundo, y patrocinaba varios programas de cría en el extranjero.

Pero los mataderos son básicamente un negocio humano, cosa que nadie comprendía mejor que Molson. Consiguió meter en cintura a los líderes de los sindicatos cuando pretendieron participar en los beneficios con reivindicaciones sobre aumentos de sueldo y mejoras en la seguridad. En este terreno, sus sólidas relaciones con el crimen organizado le fueron muy útiles durante treinta años.

En aquella época Mason era muy parecido a su padre. Las mismas cejas negras y brillantes sobre unos ojos azul pálido de carnicero, y la misma línea baja en el nacimiento del cabello, ligeramente oblicua de derecha a izquierda. Molson Verger solía coger afectuosamente la cabeza de su hijo y sopesarla entre las manos, como si quisiera confirmar su paternidad a través de los rasgos fisonómicos, del mismo modo que hubiera cogido la cabeza de un cerdo para averiguar, por la simple estructura de los huesos, su dotación genética.

Mason fue un alumno aventajado e, incluso después de que sus lesiones lo redujeran a permanecer en la cama, era capaz de tomar atinadas decisiones empresariales que sus subordinados convertían en hechos. Fue idea de Mason hijo conseguir que el gobierno de Estados Unidos y las Naciones Unidas hicieran sacrificar todos los cerdos nativos de Haití, alegando el peligro de que propagaran la peste porcina africana. A continuación, vendió al gobierno haitiano magníficos cerdos blancos americanos para reemplazar a los autóctonos. Los enormes y delicados animales, enfrentados a las condiciones de vida de Haití, murieron en un visto y no visto, y hubieron de ser reemplazados una y otra vez con ejemplares de las pocilgas de Mason, hasta que los haitianos optaron por importar los pequeños y resistentes chanchos de la República Dominicana.

Ahora, tras una vida de aprendizaje y experiencia, mientras ideaba los instrumentos de su venganza, Mason se sentía como debió de sentirse Stradivarius al acercarse a su mesa de trabajo.

¡Qué tesoros de información y recursos atesoraba Mason en aquella calavera sin rostro! Acostado en su cama, componiendo mentalmente como Beethoven, el sordo genial, recordaba sus visitas a las ferias porcinas acompañando a su padre para estudiar a la competencia. Se acordaba de la pequeña navaja de plata de Molson Verger, siempre dispuesto a sacarla del chaleco y clavarla en el culo de un ejemplar para comprobar la profundidad de la grasa, tras lo cual se alejaba de los chillidos ultrajados del animal como si tal cosa, demasiado digno para que nadie se atreviera a echárselo en cara, con la navaja abierta en el bolsillo y el pulgar marcando la medida en la hoja.

Si hubiera tenido labios, Mason habría sonreído al recordar a su padre apuñalando a un cerdo de concurso que creía que todo el mundo era amigo, y haciendo llorar al hijo de su dueño. El padre había aparecido hecho una furia, y los matones de Molson se lo habían llevado fuera de la carpa. Sí, aquellos habían sido buenos tiempos, llenos de diversión.

En las ferias, Mason había visto cerdos de lo más exótico, procedentes de todos los rincones del mundo. Para su propósito actual, había hecho una selección de lo mejor que conocía.

Mason inició su programa de cría inmediatamente después de su iluminación navideña, y eligió para llevarlo a cabo una pequeña granja de cría que los Verger poseían en Cerdeña. Había elegido aquel lugar por su lejanía y porque se encontraba en Europa.

Mason creía, y no se equivocaba, que la primera escala del doctor Lecter tras su huida de Estados Unidos había sido Sudamérica. Sin embargo, estaba convencido de que un hombre con los gustos de Lecter acabaría por asentarse en Europa; por ese motivo, ningún año dejaba de mandar investigadores al Festival de Salzburgo y a otros acontecimientos culturales.

Esto es lo que Mason envió a sus empleados de Cerdeña para que pusieran a punto el escenario de la muerte del doctor Lecter:

El cerdo gigante de los bosques, *Hylochoerus meinertz-hageni*, con seis tetas y treinta y ocho cromosomas, es un omnívoro oportunista que, como el hombre, no hace ascos a ningún manjar. Alcanza los dos metros de largo en las familias de las tierras altas y pesa alrededor de doscientos setenta y cinco kilos. Este animal aportaría la nota básica al experimento genético de Mason.

El clásico jabalí europeo, *Sus scrofa scrofa*, con treinta y seis cromosomas en su forma más pura, sin verrugas faciales, todo cerdas y enormes colmillos adaptados para desgarrar es un animal rápido y feroz capaz de matar una víbora con sus afiladas pezuñas y comérsela como si fuera una longaniza. Cuando se siente hostigado, está en celo o tiene que proteger a sus jabatos, carga contra cualquier cosa que considere una amenaza. Las hembras tienen doce tetas y son unas madres excelentes. En el *S. scrofa scrofa*, Mason había encontrado el tema principal de su sinfonía y el aspecto facial apropiado para proporcionar al doctor Lecter una última e infernal visión de su propia muerte. (Véase Harris, *Sobre el cerdo*, 1881.)

Había adquirido el cerdo de la isla de Ossabaw por su agresividad, y el Jiaxing negro por sus altos niveles de estradiol.

Incurrió en una nota falsa al incluir al babirusa, *Babyrussa babyrussa*, oriundo de Indonesia oriental y conocido como «cerdo-ciervo» por la extraordinaria longitud de sus colmillos. Se reproduce con lentitud, tiene tan solo dos tetas y, con sus cien kilos de peso, supuso una reducción inadmisible del tamaño. Pero el experimento no sufrió retrasos, pues había lechigadas paralelas en las que el babirusa no había tenido participación.

En cuanto a la dentición, Mason no tenía mucho donde elegir. Casi todas las clases tenían dientes adecuados para el cometido que deberían cumplir: tres pares de afilados incisivos, un par de bien desarrollados caninos, cuatro pares de premolares y tres pares de trituradores molares, tanto arriba como abajo, lo que hacía un total de cuarenta y cuatro piezas dentales.

Cualquier cerdo es capaz de devorar el cadáver de un hombre, pero para conseguir que se lo coma vivo es necesario cierto adiestramiento. Los sardos de Mason estaban a la altura de la tarea.

Al cabo de siete años de esfuerzos y un sinnúmero de ventregadas, los resultados eran… notables.

16

Con todos los actores excepto el doctor Lecter presentes en las montañas sardas de Gennargentu, Mason se ocupó a continuación de aprestar los medios que le permitirían dejar constancia de la muerte del doctor para la posteridad y para su propio placer visual. Había tomado las disposiciones fundamentales hacía tiempo; ahora bastaba con dar la voz de alerta.

Llevó a cabo tan delicadas gestiones por teléfono, a través de la centralita de la agencia legal de apuestas cercana al Castaways de Las Vegas. Sus llamadas eran diminutos hilos imperceptibles en el entramado de febril actividad que se apoderaba de aquel sitio durante los fines de semana.

La profunda voz de Mason, despojada de oclusivas y fricativas, viajó desde la reserva forestal próxima a la costa de Chesapeake hasta el desierto, y desde allí atravesó el Atlántico para hacer una primera escala en Roma.

En un apartamento del séptimo piso de un edificio de la Via Archimede, detrás del hotel del mismo nombre, sonó el áspero ring-ring de un teléfono italiano. En la oscuridad, voces soñolientas:

—*Cosa? Cosa c'è?*

—*Accendi la luce, idiota.*

La lámpara de la mesilla iluminó el cuarto. En la cama había tres personas. El joven que estaba en el lado del teléfono levantó el auricular y se lo pasó al grueso hombre maduro acostado en el centro. En el otro lado de la cama una rubia veinteañera alzó la cara soñolienta hacia la luz y volvió a hundirla en el almohadón.

—*Pronto, chi? Chi parla?*

—Oreste, querido, soy Mason.

El individuo obeso se espabiló del todo y le señaló al joven un vaso de agua mineral.

—¡Ah, Mason, amigo mío! Perdóname, estaba dormido. ¿Qué hora es ahí?

—Es tarde en todas partes, Oreste. ¿Recuerdas lo que dije que haría por ti y lo que tú tenías que hacer por mí?

—Sí, sí… Claro.

—Pues ha llegado el momento. Ya sabes lo que quiero. Quiero dos cámaras, quiero mejor calidad de sonido que

123

la de tus películas porno, y tienes que conseguir tu propia electricidad, porque quiero que el generador esté bien lejos del lugar de rodaje. Quiero unos planos bonitos de naturaleza para cuando hagamos el montaje, y cantos de pájaros. Quiero que te encargues de la localización de exteriores mañana mismo y que lo tengas todo a punto. Puedes dejar el equipo allí, yo me encargo de la seguridad. Luego vuelves a Roma hasta el momento del rodaje. Pero estate listo para salir cagando leches antes de dos horas en cuanto te avise. ¿Lo has entendido todo, Oreste? Tienes un cheque esperándote en el Citibank. ¿De acuerdo?

—Mason, en estos momentos estoy rodando…

—¿Quieres hacer esto, Oreste? ¿No dijiste que estabas harto de hacer películas de folleteo, *snuff* y rollos históricos para la RAI? ¿Es que ya no quieres hacer una película de las de verdad, Oreste?

—Claro que sí, Mason.

—Entonces, sal por la mañana. El dinero está en el Citibank. Quiero que vayas allí.

—¿Adónde, Mason?

—A Cerdeña. Volarás a Cagliari, allí irán a recogerte.

La siguiente llamada fue a Porto Torres, en la costa oriental de Cerdeña. La comunicación fue escueta. No había gran cosa que decir, puesto que la maquinaria de aquel lugar estaba lista hacía tiempo y era tan eficaz como la guillotina portátil de Mason. También era más higiénica, ecológicamente hablando, aunque no tan rápida.

II

FLORENCIA

17

Es de noche y los focos, hábilmente dispuestos, iluminan los edificios y monumentos del casco antiguo de Florencia.

En la oscura Piazza della Signoria, el Palazzo Vecchio se eleva inundado de luz, majestuoso y medieval con sus parteluces góticos, sus almenas como dientes de una calabaza de Halloween, y el campanario clavándose en el cielo negro.

Los murciélagos cazarán los mosquitos atraídos por la resplandeciente cara del reloj hasta el amanecer, cuando las golondrinas alcen el vuelo sobresaltadas por las campanas.

Rinaldo Pazzi, inspector jefe de la Questura, con la negra gabardina contra las estatuas de mármol congeladas en el acto de violar o asesinar, emergió de las sombras de la Loggia y cruzó la plaza volviendo el pálido rostro como un girasol hacia el palacio iluminado. Se detuvo en el lugar en que el reformador religioso Savonarola había ardido en la hoguera y alzó la vista hacia las ventanas bajo las que su propio antepasado sufriera martirio.

De una de aquellas altas ventanas habían arrojado a Francesco de' Pazzi, desnudo y con un nudo corredizo en torno al cuello, para que muriera contorsionándose y girando como un pelele contra los rugosos muros del palacio. El arzobispo que pendía a su lado revestido con todos sus sagrados atavíos no supo proporcionarle consuelo espiritual; con los ojos saliéndosele de las órbitas y en el paroxismo de la asfixia, el santo varón clavó sus dientes en la carne de Pazzi.

Toda la familia Pazzi cayó en desgracia aquel domingo 26 de abril de 1478 por el asesinato de Giuliano de' Medici y el intento de hacer lo mismo con Lorenzo el Magnífico durante la misa en la catedral.

Ahora, Rinaldo Pazzi, de aquellos famosos Pazzi, que odiaba al gobierno tanto como hubiera podido odiarlo su antepasado, igualmente caído en desgracia y abandonado por la fortuna, y esperando oír el silbido del hacha en cualquier momento, se había acercado a aquel lugar para decidir la mejor manera de aprovechar un singular golpe de suerte.

El inspector jefe Pazzi creía haber descubierto que Hannibal Lecter vivía en Florencia. Se le presentaba la oportunidad de recuperar su prestigio y recibir todos los honores de su profesión capturando a aquel demonio. También podía vendérselo a Mason Verger por más dinero del que nunca hubiera podido imaginar. Si el sospechoso era realmente Lecter. Por supuesto, de hacer aquello, Pazzi sabía que vendería también los últimos jirones de su honor.

Pazzi no dirigía la división de investigación de la Questura por casualidad. Era un individuo capacitado para su trabajo, y en otros tiempos un hambre de lobo lo había empujado en pos del éxito profesional. También ostentaba las cicatrices de un hombre que, cegado por la prisa y una ambición desmedida, había aferrado su propio talento por el filo.

Había elegido aquel lugar para decidir su propia suerte porque tiempo atrás había experimentado en él unos instantes de iluminación que lo habían llevado a la fama y arruinado después.

Pazzi compartía el sentido de la ironía propio de sus compatriotas. Qué a propósito resultó que la funesta revelación se hubiera producido bajo aquella ventana de la cual el furioso fantasma de su antepasado quizá siguiera colgando, balanceándose contra el muro. En aquel lugar siempre cabría la posibilidad de cambiar el destino de los Pazzi.

Fue la cacería de otro asesino en serie, *Il Mostro*, lo que hizo célebre a Pazzi, para convertirse más tarde en la causa de que los cuervos le picotearan el corazón. La experiencia adquirida entonces había hecho posible su reciente descubrimiento. Pero las últimas consecuencias del caso de *Il Mostro* habían dejado un regusto a ceniza en la boca del inspector jefe y estaban a punto de empujarlo a una caza llena de peligros a espaldas de la ley.

Il Mostro, el monstruo de Florencia, había hecho estragos entre las parejas toscanas durante diecisiete años, en las décadas de los ochenta y los noventa. Asaltaba a los amantes en cualquiera de los muchos nidos de amor al aire libre de la región. Su pauta era matarlos con una pistola de pequeño calibre, formar con sus cuerpos un meticuloso cuadro adornado con flores y dejar al descubierto el seno izquierdo de la mujer. De sus composiciones se desprendía un aire extrañamente familiar, una sensación de *déjà vu*.

El Monstruo se llevaba de la escena del crimen ciertos trofeos anatómicos, excepto la vez en que asesinó a una pareja de melenudos homosexuales alemanes, al parecer por error.

La presión de la opinión pública sobre la Questura se hizo insoportable y provocó el cese del predecesor de Rinaldo Pazzi. Cuando este ocupó el puesto de inspector jefe, se sintió como un hombre enfrentado a un enjambre de abejas, con la prensa invadiendo su despacho al menor descuido y los fotógrafos apostados en Via Zara, detrás de la central de la Questura, en el lugar por donde no tenía más remedio que salir con su coche.

Los turistas que visitaron Florencia en aquella época nunca olvidarían los omnipresentes carteles en que un único ojo advertía a las parejas contra el Monstruo.

Pazzi trabajó como un poseso.

Se puso en contacto con la Unidad de Ciencias del Comportamiento del FBI para que le ayudaran a establecer el perfil psicológico del asesino, y leyó todo lo que pudo conseguir sobre los métodos utilizados por el Bureau.

Puso en marcha medidas preventivas, y así, en muchos de los escondites favoritos de las parejas y en los lugares de citas de los cementerios había más policías que enamorados en el interior de los coches. No había suficientes agentes femeninos para cubrir los turnos de vigilancia. En la época calurosa las parejas de agentes masculinos se turnaban para llevar peluca, y muchos tuvieron que sacrificar el bigote. Pazzi predicó con el ejemplo y fue el primero en afeitárselo.

El Monstruo era cauteloso. Seguía golpeando, pero al parecer no necesitaba hacerlo a menudo.

Pazzi se dio cuenta de que el Monstruo había permanecido inactivo durante largos periodos, el más prolongado de los cuales había durado ocho años, y se concentró en ese hecho. Penosa, laboriosamente, exigiendo ayuda oficinesca de cualquier departamento al que pudiera amenazar, confiscando el ordenador a su sobrino para usarlo con el único de que disponían en la Questura, Pazzi elaboró una lista de todos los delincuentes del norte de Italia cuyos periodos de encarcelamiento coincidieran con los lapsos de inactividad criminal del Monstruo. Eran noventa y siete.

El inspector jefe se adueñó del viejo pero rápido Alfa Romeo GTV de un atracador de bancos encarcelado y, haciendo más de cinco mil kilómetros en un mes, vio personalmente a noventa y cuatro de los sospechosos e hizo que los interrogaran. Los otros estaban incapacitados o muertos.

En los escenarios de los crímenes apenas se habían recogido pruebas que permitieran ir descartando sospechosos. Ni fluidos corporales ni huellas dactilares del asesino.

Tan solo se había encontrado un casquillo de bala, en la escena del crimen cometido en Impruneta. Era munición Winchester-Western del calibre 22 con el fulminante alrededor de la base y marcas de extractor que encajaban con una pistola Colt semiautomática, posiblemente una Woodsman. Las balas extraídas de todos los cadáveres eran del mismo calibre y procedían de la misma pistola. No había marcas que indicaran el empleo de un silenciador, pero tal posibilidad no podía descartarse por completo.

Como buen Pazzi, el inspector jefe era sobre todo ambicioso, y tenía una joven y encantadora esposa con una boquita que no se cansaba de pedir. Los esfuerzos de su marido arrebataron cinco kilos a su ya magra humanidad. Los miembros más jóvenes de la Questura comentaban a sus espaldas su creciente parecido con el Coyote de los dibujos animados.

Cuando alguno de aquellos listillos manipuló el ordenador de la Questura para conseguir que los rostros de los Tres Tenores se convirtieran en las jetas de un burro, un cerdo y una cabra, Pazzi se quedó mirando la pantalla durante un buen rato y le pareció que su propia cara se transformaba una y otra vez en la del burro.

La ventana del laboratorio de la Questura estaba adornada con una ristra de ajos para mantener alejados a los malos espíritus. Después de haber visitado y encerrado al último de los sospechosos sin obtener resultados, Pazzi se quedó apoyado en el alféizar mirando al patio interior con desesperación.

. Pensó en su mujer, con la que había contraído matrimonio hacía poco, en sus esbeltos y firmes tobillos y en el antojo que tenía en el nacimiento de la espalda. Pensó en la forma en que sus pechos temblaban y se agitaban cuando se lavaba los dientes, y en cómo se reía cuando lo sorprendía mirándola. Pensó en las cosas que quería darle. La imaginó abriendo los regalos. Pensaba en su mujer en términos visuales; aunque también era fragante y maravillosamente suave, lo visual siempre acudía a su mente en primer lugar.

Consideró la forma en que deseaba aparecer a sus ojos. Ciertamente no como el pelele de la prensa que era en esos momentos. La central de la Questura en Florencia ocupa un antiguo hospital psiquiátrico, y los caricaturistas estaban sacando todo el partido posible a semejante circunstancia.

Pazzi estaba convencido de que el éxito llega como resultado de la inspiración. Su memoria visual era excelente y, como mucha gente cuyo sentido más agudo es la vista, se imaginaba la iluminación como el desarrollo de una imagen que aparecería borrosa al principio y se iría perfilando poco a poco. Reflexionaba sobre la manera en que la mayoría de las personas buscamos los objetos perdidos. Evocamos su imagen mental y la comparamos con lo que vemos a nuestro alrededor, mientras renovamos la imagen muchas veces por minuto y la hacemos girar en el espacio.

Al cabo de unos días, un atentado terrorista con bomba detrás de la Galería de los Uffizi reclamó la atención del público y la dedicación exclusiva de Pazzi por un corto periodo.

Sin embargo, aunque el importante caso de la bomba del museo exigía toda su atención, las imágenes relacionadas con el Monstruo no se le iban de la cabeza. Las veía periféricamente, como se mira alrededor de un objeto para distinguirlo en la oscuridad. Su imaginación se detenía especialmente en la pareja asesinada en la plataforma de un camión en Impruneta. El asesino había dispuesto los cuerpos con esmero, cubriéndolos de pétalos y enmarcándolos con una guirnalda de flores, y la chica tenía el pecho izquierdo al descubierto.

Cierta tarde, Pazzi acababa de salir de la Galería de los Uffizi y estaba cruzando la Piazza della Signoria cuando algo le llamó la atención al pasar junto al tenderete de un vendedor de postales.

No muy seguro del origen de la imagen, se detuvo justo en el lugar donde había ardido Savonarola. Se dio la vuelta y miró a su alrededor. Los turistas abarrotaban la plaza. Pazzi sintió un escalofrío recorrerle la espalda. Puede que todo estuviera tan solo en su cabeza, la imagen, la sacudida... Volvió sobre sus pasos e hizo el mismo recorrido.

Allí estaba: un pequeño póster, cubierto de moscas y acartonado por la lluvia, de *La Primavera* de Botticelli. El cuadro original se exponía a sus espaldas, en el museo. La Primavera. La ninfa enguirnaldada a la derecha, con el pecho izquierdo al desnudo y flores asomándole por la boca, mientras el pálido Céfiro alarga una mano hacia ella desde el bosque.

Allí estaba. La imagen de la pareja muerta en la plataforma del camión, con la guirnalda de flores, con flores en la boca de la chica. Exacto. Exacto.

Allí, en el mismo lugar donde su antepasado se había asfixiado chocando contra el muro, le iluminó la idea, la imagen maestra que andaba buscando, una imagen creada quinientos años antes por Sandro Botticelli, el mismo artista que había pintado por cuarenta florines el ahorcamiento de Francesco de'Pazzi en el muro de la prisión de Bargello. ¿Cómo hubiera podido Pazzi resistirse a semejante inspiración, teniendo un origen tan delicioso?

Necesitaba sentarse. Todos los bancos estaban llenos. Se vio obligado a enseñar su placa y hacer levantarse a un viejo cuyas muletas no vio hasta que el veterano de guerra se alzó sobre su único pie y armó un escándalo de mil demonios.

La agitación de Pazzi tenía dos motivos. Haber descubierto la imagen en que se inspiraba el Monstruo era todo un éxito; pero había algo mucho más importante: el inspector jefe había visto una reproducción de *La Primavera* durante los interrogatorios a los sospechosos.

Sabía que era mejor no forzar la memoria; se recostó en el banco y dejó pasar los minutos, invitando al recuerdo. Volvió a los Uffizi y se puso delante del cuadro, pero no demasiado tiempo. Caminó hasta el mercado de la paja y acarició el morro del jabalí de bronce conocido como *Il Porcellino*. Cogió el coche, condujo hasta el Ippocampo y, apoyado contra la capota del polvoriento Alfa Romeo, con el olor del aceite caliente del motor en la nariz, quedó mirando a los chavales que jugaban al fútbol.

Lo primero que vio mentalmente fue la escalera y el rellano del primer piso, luego la parte superior de la reproducción de *La Primavera* apareciendo conforme subía los peldaños; se dio la vuelta mentalmente y vio el marco del portal, pero nada de la calle, ningún rostro.

Experto en los trucos de interrogatorio, se interrogó a sí mismo, procurando sacar partido de sus cinco sentidos.

«Cuando viste el póster, ¿qué oíste?... Pucheros hirviendo en una cocina de la planta baja. Cuando llegaste al rellano y te paraste ante el póster, ¿qué oíste? La televisión. Una televisión en una sala de estar. Robert Stack interpretando a Eliot Ness en *Los intocables*. ¿Olía a comida? Sí, a comida. Vi el póster... No, no me cuentes lo que viste, lo que viste no me importa. ¿Oliste algo más? Seguía oliendo el Alfa, el interior recalentado, tenía pegado a la nariz el olor a aceite caliente, caliente porque...

Raccordo, iba a toda velocidad por la autopista de Raccordo... Pero ¿adónde? San Casciano. También oí ladrar a un perro, en San Casciano... Un ladrón y violador que se llamaba Girolamo no sé qué.»

El momento en que se establece la conexión, ese espasmo sináptico de plenitud en que el pensamiento hace saltar los fusibles, es el placer más intenso a que se pueda aspirar. Rinaldo Pazzi acababa de disfrutar el mejor momento de su vida.

En hora y media Pazzi tuvo a Girolamo Tocca bajo custodia. La mujer de Tocca apedreó el pequeño convoy que se llevó a su marido.

18

Tocca era el sospechoso ideal. De joven había cumplido una condena de nueve años por el asesinato de un hombre al que encontró abrazando a su novia al aire libre. También había sido juzgado por abusos deshonestos a sus hijas y por violencia doméstica, y había estado en la cárcel por violación.

La Questura casi destrozó la vivienda de Tocca intentando encontrar pruebas. Al final fue el propio Pazzi quien, buscando por los alrededores de la casa, halló la caja de munición, una de las pocas pruebas físicas que pudo presentar el fiscal.

El juicio causó sensación. Tuvo lugar en un edificio de alta seguridad llamado «el búnker» donde se celebraban los juicios a los terroristas en los años setenta, frente a las oficinas locales del periódico *La Nazione*. Los miembros del jurado, cinco hombres y cinco mujeres sentados tras el cristal antibalas, condenaron a Tocca basándose, no en las pruebas físicas, prácticamente inexistentes, sino en la personalidad del acusado. La mayor parte del público lo creía inocente, pero muchos opinaban que Tocca era un sinvergüenza cuyo sitio estaba en la cárcel. A sus sesenta y cinco años, recibió una sentencia de cuarenta años en Volterra.

Los siguientes meses fueron un sueño. Un Pazzi no había sido tan festejado en Florencia desde hacía quinientos años, cuando Pazzo de' Pazzi regresó de la primera cruzada trayendo piedras del Santo Sepulcro.

En compañía del arzobispo, Rinaldo Pazzi y su hermosa mujer presenciaron desde el Duomo la ceremonia tradicional del día de Pascua en la que aquellas mismas piedras sagradas se usan para encender la mecha de la paloma-cohete que, volando desde la catedral a lo largo de un alambre, hacía explotar un carro de fuegos artificiales en medio del entusiasmo popular.

Los periódicos se hicieron eco de las palabras con las que Pazzi atribuyó parte del mérito a sus subordinados, que habían llevado a cabo un trabajo ímprobo. Se entrevistaba a la señora Pazzi, espléndida con los modelos que los diseñadores la animaban a ponerse, para pedirle consejo sobre la moda. Los invitaban a tomar el té en las aburridas mansiones de los poderosos, y compartieron mesa con un conde en su castillo lleno de armaduras.

Lo animaron a emprender una carrera política, recibió elogios en el vocinglero parlamento italiano y se le encomendó la tarea de encabezar los esfuerzos italianos en la cooperación con el FBI norteamericano contra la Mafia.

Este encargo, y una beca para estudiar y tomar parte en seminarios de criminología en la Universidad de Georgetown, condujo a los Pazzi a Washington, D.C. El inspector jefe pasó muchas horas en la Unidad de Ciencias del Comportamiento de Quantico, y soñaba con crear una división similar en Roma.

Y de pronto, al cabo de dos años, el desastre. En una atmósfera más calmada, un tribunal de apelación exento de la presión del público aceptó revisar la sentencia de Tocca. Pazzi tuvo que volver a casa para hacer frente a la investigación. Los antiguos colegas que había dejado atrás lo esperaban con las navajas abiertas.

Un tribunal de apelación revocó la condena de Tocca y amonestó a Pazzi por considerar verosímil que el policía hubiera manipulado las pruebas.

Sus antiguos apoyos en las altas esferas le dieron la espalda como a un apestado. Seguía ocupando un cargo importante en la Questura, pero estaba acabado y todos lo sabían. El gobierno italiano es lento de reflejos, pero más pronto que tarde el hacha silbaría sobre su cuello.

19

Durante la época amarga en que Pazzi esperaba la inminente caída del hacha, este vio por primera vez al hombre que los eruditos florentinos conocían como doctor Fell...

Rinaldo Pazzi ascendía por las escaleras del Palazzo Vecchio para cumplir una tarea rutinaria, una de tantas que alguno de sus antiguos subordinados en la Questura le encomendaba regodeándose al verlo humillado por la adversidad. Mientras subía los peldaños a lo largo del muro cubierto de frescos, Pazzi no veía más que las puntas de sus propios zapatos sobre el gastado mármol, indiferente a las maravillas artísticas que lo rodeaban. Quinientos años antes, su antepasado había subido, a rastras y sangrando, por aquella misma escalinata.

Al llegar a un rellano, enderezó los hombros y se obligó a mirar los ojos de los personajes que poblaban los frescos, algunos pertenecientes a su propia familia. Podía oír el alboroto de las discusiones en el Salón de los Lirios del piso superior, donde los directores de la Galería de los Uffizi y del Comitato delle Belle Arti estaban reunidos en sesión plenaria.

La misión de Pazzi para aquel día era la siguiente: había desaparecido el veterano conservador del Palazzo Capponi. La opinión general era que el viejo se había fugado con una mujer, con el dinero de alguien o con ambas cosas. Había faltado a las cuatro últimas reuniones que la junta de la que dependía celebraba una vez al mes en el Palazzo Vecchio.

Se había designado a Pazzi para proseguir la investigación del caso. El inspector jefe, que tras el atentado terrorista había sermoneado agriamente a aquellos malencarados directores de los Uffizi y miembros del rival Comitato delle Belle Arti por las deficiencias en la seguridad, se veía obligado en esa ocasión a hacer acto de presencia en circunstancias muy distintas para interrogarlos sobre la vida amorosa de un conservador. No era, desde luego, plato de su gusto.

Los dos comités formaban una asamblea desaforada y suspicaz; durante años ni siquiera habían sido capaces de ponerse de acuerdo sobre un lugar de reunión, ya que ambas partes se mostraban reacias a jugar en campo contrario. Como solución intermedia, habían optado por juntarse en el magnífico Salón de los Lirios del Palazzo Vecchio, convencidos de que la hermosa sala era el marco apropiado para su propia eminencia y distinción. Una vez establecidos allí, se negaron a reunirse en ningún otro sitio, incluso a pesar de que el Palazzo Vecchio estaba sufriendo una de sus innumerables reformas y había andamios, lonas y maquinaria por todas partes.

El profesor Ricci, antiguo compañero de colegio de Rinaldo Pazzi, estaba en el vestíbulo inmediato al salón con un ataque de estornudos provocado por el polvo de la escayola. Cuando se recuperó lo suficiente, puso los llorosos ojos en blanco y señaló hacia el salón.

–*La solita arringa* –dijo–. Están discutiendo, para no perder la costumbre. ¿Has venido por lo del conservador del Capponi? Pues justamente están peleándose por el puesto. Sogliato lo quiere para su sobrino. Pero los especialistas están impresionados con el interino que contrataron hace unos meses, el doctor Fell. Están empeñados en que se quede.

Pazzi dejó a su amigo tanteándose los bolsillos en busca de pañuelos de papel y entró en el histórico salón, famoso por su techo de lirios de oro. Dos de los muros estaban cubiertos con lonas, lo que reducía el eco de la trifulca.

El nepotista, Sogliato, tenía la palabra, y la estaba usando a pleno pulmón:

–La correspondencia de los Capponi se remonta al siglo XIII. El doctor Fell podría sostener entre las manos, entre sus manos extranjeras, una nota del propio Dante Alighieri. ¿La reconocería? Yo creo que no. Ustedes han examinado sus conocimientos de italiano medieval, y no seré yo quien niegue que su dominio del idioma es admirable. Para un *straniero*. Pero ¿está familiarizado con las personalidades de la Florencia del prerrenacimiento? Yo creo que no. ¿Qué ocurriría si diera con un escrito de... de Guido Cavalcanti, por poner un ejemplo? ¿Lo reconocería? Yo creo que no. ¿Le importaría responder a eso, doctor Fell?

Rinaldo Pazzi recorrió el salón con la mirada y no vio a nadie en quien pudiera reconocer al doctor Fell, aunque había observado con detalle una fotografía del individuo en cuestión hacía menos de una hora. Y no lo veía, porque el doctor no estaba sentado con los demás. Primeró oyó su voz y al cabo de un momento consiguió localizarlo.

El doctor Fell estaba de pie, completamente inmóvil junto a la gran escultura en bronce de Judith y Holofernes, de espaldas al orador y al público. Empezó a hablar sin darse la vuelta, de forma que era difícil decir de qué figura procedía la voz: si de Judith, con la espada siempre a punto de abatirse sobre el cuello del monarca ebrio; de Holofernes, cuya cabeza aferra la mujer por los cabellos; o del doctor Fell, esbelto e inmóvil junto a las criaturas esculpidas por Donatello. Su voz horadó la algarabía como un láser atravesando el humo, y el académico gallinero acabó por guardar silencio.

—Cavalcanti replicó públicamente al primer soneto de *La vita nuova*, donde Dante describe el extraño sueño en que se le apareció Beatrice Portinari —dijo el doctor Fell—. Es posible que también lo comentara en privado. Si escribió a un Capponi, tuvo que ser a Andrea, a quien la literatura interesaba mucho más que a sus hermanos. —El erudito consideró oportuno volverse hacia su público, después de haber hecho que todos salvo él mismo se sintieran incómodos—. ¿Conoce ese soneto de Dante, profesor Sogliato? ¿Sabe a qué soneto me refiero? Fascinaba a Cavalcanti, y merece que le robe un poco de su tiempo. Dice así:

> *Alma cautiva y corazón gentil*
> *dignos de esta razón, vuestro avisado*
> *consejo solicito y os saludo*
> *en el nombre de Amor, que es nuestro dueño.*
> *Pasado casi un tercio de las horas*
> *fijadas a la luz de las estrellas,*
> *Amor me visitó súbitamente,*
> *cuya esencia nombrar aún me aterra.*
> *Alegre me sentí al ver en sus manos*
> *mi corazón desnudo, y en sus brazos*
> *a mi dama dormida bajo un lienzo.*

> *Al fin la despertó y del corazón*
> *ardiente, humilde y trémula comía;*
> *luego se la llevó y quedé llorando.*

—Preste atención a la naturalidad con que transforma el italiano coloquial en instrumento poético, lo que él llamó *vulgari eloquentia*:

> *Allegro mi sembrava Amor tenendo*
> *meo core in mano, e ne le braccia avea*
> *madonna involta in un drappo dormendo.*
> *Poi la svegliava, e d'esto core ardendo*
> *lei paventosa umilmente pascea:*
> *appresso gir lo ne vedea piangendo.*

Ni el más testarudo de los florentinos hubiera podido resistirse a los versos de Dante repercutiendo en los frescos de aquellos muros en el melodioso toscano del doctor Fell. Primero con aplausos, luego con lacrimosos vítores, los congregados proclamaron al erudito dueño y señor del Palazzo Capponi, mientras Sogliato echaba chispas. Pazzi no hubiera sabido decir si la victoria complacía al doctor, pues Fell había vuelto a darles la espalda. Pero Sogliato no había dicho su última palabra.

—Si nuestro querido colega es tan versado en Dante, que hable de Dante. Pero ante el Studiolo —Sogliato musitó el nombre como si se tratara de la Inquisición—. Que hable ante ellos *extempore*, el próximo viernes, si es que puede.

El Studiolo, así llamado por el pequeño y decorado estudio del Palazzo Vecchio donde celebraba sus reuniones, era un reducido y feroz grupo de eruditos que había arruinado buen número de reputaciones académicas. Prepararse para aparecer ante ellos se consideraba una tarea hercúlea, y disertar en su presencia, un riesgo que pocos estaban dispuestos a arrostrar. Un tío de Sogliato secundó la moción, un cuñado propuso que se votara y su hermana se aprestó a registrar el resultado en las actas. Fue aprobada. En principio, el puesto quedaba adjudicado al doctor Fell, que, no obstante, debería obtener el visto bueno del Studiolo para conservarlo.

Los profesores contaban al fin con un nuevo conservador para el Palazzo Capponi y no echaban de menos al antiguo, de modo que las preguntas del desventurado Pazzi sobre el desaparecido obtuvieron respuestas escuetas y desabridas. Pazzi aguantó el tipo de forma admirable.

Como buen investigador, Pazzi había considerado todas las circunstancias tratando de descubrir un móvil. ¿Quién sacaba provecho de la desaparición del viejo conservador? Se trataba de un solterón, un sabio tranquilo y respetado que llevaba una vida ordenada. Tenía algunos ahorros, nada del otro mundo. Su única posesión valiosa era su trabajo, que le concedía el privilegio de habitar el ático del Palazzo Capponi.

Ahí tenía al sustituto, recién elegido por la asamblea después de un escrupuloso examen de sus conocimientos sobre historia de Florencia e italiano medieval. Pazzi había estudiado su solicitud para el cargo y su ficha del Ministerio de Sanidad.

Lo abordó mientras los eruditos cerraban sus carteras y se disponían a marcharse a sus casas.

—Doctor Fell…

—¿Sí, *commendatore*?

El flamante conservador era un individuo pequeño y pulcro. Llevaba unas gafas con la mitad superior de las lentes ahumada, y un traje de excelente corte incluso para Italia.

—Me preguntaba si llegó usted a conocer a su predecesor.

Un policía experimentado siempre tiene las antenas bien orientadas para captar la longitud de onda del miedo. Pazzi, que observaba a Fell detenidamente, registró una calma absoluta.

—No llegué a conocerlo. He leído varias monografías suyas publicadas en la *Nuova Antologia*.

El toscano coloquial del doctor era tan fluido como el de su recitación. Si había algún rastro de acento, Pazzi fue incapaz de identificarlo.

—Los agentes que investigaron el caso con anterioridad registraron el palacio en busca de cualquier nota, una carta de despedida, o de suicidio, pero no encontraron nada. Si apareciera algo entre los papeles, cualquier cosa personal, aunque le parezca insignificante, ¿tendrá la amabilidad de llamarme?

—Por supuesto, *commendatore* Pazzi.

—Sus efectos personales, ¿siguen en el palacio?

—Guardados en dos maletas, con un inventario.

—Mandaré… Me pasaré por allí y los recogeré.

—¿Le importaría llamarme antes, *commendatore*? Así podré desactivar el sistema de seguridad antes de que llegue y ahorrarle tiempo.

«Este tío está demasiado tranquilo. Lo normal es que yo le impusiera un poco de respeto. Y quiere que le avise antes de ir.»

Los miembros de la junta lo habían tratado con suficiencia. Eso ya no tenía remedio. Pero la suficiencia de aquel individuo lo irritaba. Procuró pagarle con la misma moneda.

—Doctor Fell, ¿puedo hacerle una pregunta personal?

—Siempre que su deber se lo exija, *commendatore*.

—Tiene usted una cicatriz relativamente reciente en el dorso de la mano izquierda.

—Y usted un anillo de casado relativamente nuevo en la suya. ¿La *vita nuova*? —el doctor Fell sonrió. Sus dientes

eran pequeños y muy blancos. En el instante de descon-
cierto de Pazzi, que intentaba decidir si debía sentirse
ofendido, el erudito alzó la mano izquierda y añadió—:
Síndrome del túnel carpiano, *commendatore*. La Historia
es una profesión peligrosa.

—¿Por qué no figura ese síndrome en el informe sanitario que presentó para trabajar aquí?

—Tenía la impresión, *commendatore*, de que las lesiones
solo son relevantes si se perciben ingresos por invalidez;
no es mi caso. Tampoco soy un inválido.

—Entonces lo operaron en Brasil, su país de origen…

—No ha sido en Italia, ni he recibido nada del gobierno italiano —respondió el doctor Fell, como si creyera que
esa respuesta era concluyente.

Se habían quedado solos en el Salón de los Lirios.
Pazzi se disponía a salir cuando el doctor Fell lo llamó.

—*Commendatore* Pazzi…

El nuevo conservador era una silueta negra contra los
altos ventanales. Tras él, en lontananza, se alzaba la cúpula del Duomo.

—¿Sí?

—Usted es un Pazzi, de los famosos Pazzi, ¿me equivoco?

—No. ¿Cómo lo ha sabido?

Pazzi hubiera considerado en extremo impropia cualquier alusión a las recientes noticias de los periódicos.

—Se parece usted a uno de los rostros de los medallo-
nes de Della Robbia en la capilla de su familia en Santa
Croce.

—Sí, es Andrea de' Pazzi retratado como Juan el Bau-
tista —dijo Rinaldo, con un punto de orgullo en su corazón amargado.

Cuando Pazzi abandonó el salón, su última imagen fue
la extraordinaria quietud del doctor Fell.

Muy pronto tendría motivos para confirmarla.

20

En los tiempos que corren, cuando una exposición constante a la vulgaridad y la lujuria han acabado por insensibilizarnos, resulta muy instructivo comprobar qué nos sigue pareciendo perverso. ¿Qué puede golpear la costra purulenta que cubre nuestras sumisas conciencias lo bastante fuertemente como para despabilar nuestra atención?

En Florencia cumplió este cometido la exposición llamada «Atroces instrumentos de tortura», donde Rinaldo Pazzi volvió a encontrar al doctor Fell.

La muestra, que presentaba más de veinte artilugios clásicos acompañados de una documentación exhaustiva, había sido montada en el Forte di Belvedere, una sobrecogedora fortaleza del siglo XVI construida por los Médicis para guardar la muralla meridional de la ciudad. El acontecimiento atrajo a una muchedumbre insólita; la excitación saltaba como una trucha en los pantalones de la concurrencia.

La duración prevista inicialmente era de un mes; pero los «Atroces instrumentos de tortura» permanecieron en cartel seis, durante los que igualaron la concurrencia a los Uffizi y sobrepasaron la del museo del Palazzo Pitti.

Los promotores, dos taxidermistas fracasados que habían sobrevivido hasta entonces comiéndose las vísceras de los animales que disecaban, se hicieron millonarios y recorrieron Europa en triunfo con su espectáculo, embutidos en flamantes trajes de etiqueta.

Los visitantes acudieron de toda Europa, sobre todo en parejas, y aprovecharon la amplitud del horario para desfilar entre los artefactos del dolor leyendo de cabo a rabo su procedencia y funcionamiento en alguno de los cuatro idiomas de los rótulos. Ilustraciones de Durero y otros artistas, así como documentación de la época, ilustraron a las masas sobre materias como las excelencias del suplicio de la rueda.

La leyenda correspondiente rezaba así:

Los príncipes italianos preferían fracturar los huesos de la víctima mientras esta se encontraba todavía en el suelo, colocando bloques de madera bajo los miembros, tal como muestra la imagen, y haciendo pasar la rueda sobre las articulaciones. En cambio, en el norte de Europa el método más habitual era atar al condenado o condenada a la rueda, romperle los huesos con una barra de hierro y, finalmente, ensartar los miembros en las púas que recorrían la circunferencia exterior de la rueda; las fracturas proporcionaban la necesaria flexibilidad; la cabeza, que seguía aullando, y el tronco se colocaban en el centro. Este sistema resultaba más apropiado como espectáculo, pero la diversión podía acabar demasiado pronto si algún hueso astillado alcanzaba el corazón del reo.

La exposición no podía menos de interesar a cualquier especialista en lo peor que ha dado el género humano. Pero la esencia de lo peor, el auténtico estiércol del diablo de la Humanidad, no se encuentra en la doncella de hierro o en el potro; el horror elemental se encuentra en el rostro de la multitud.

En la semioscuridad del enorme recinto de piedra, bajo las jaulas iluminadas que colgaban del techo, el doctor Fell, experto degustador de rasgos faciales, con las gafas en la mano operada y una de las patillas metida en la boca, contemplaba el desfile del público con una expresión de éxtasis.

Rinaldo Pazzi lo sorprendió en semejante actitud.

Pazzi cumplía su segunda investigación rutinaria de aquella jornada. En lugar de comer con su mujer, se veía obligado a abrirse paso entre aquella gente para colocar avisos previniendo a las parejas contra el Monstruo de Florencia, que el inspector jefe había sido incapaz de capturar. Se trataba del mismo cartel que presidía su propio escritorio por orden de sus nuevos superiores, junto a órdenes de busca y captura procedentes de todo el mundo.

Los taxidermistas, que vigilaban la taquilla, estuvieron encantados de añadir un poco de horror contemporáneo a su espectáculo; no obstante, indicaron a Pazzi que colocara los carteles él mismo, pues ninguno de los dos estaba dispuesto a dejar al otro a solas con la recaudación. Algunos florentinos reconocieron al inspector jefe entre los rostros anónimos y murmuraron su nombre entre sí.

Pazzi clavó chinchetas en las esquinas del cartel, azul con un gran ojo amenazador en el centro, sobre un tablón de anuncios que colgaba junto a la salida, donde captaría la atención de un mayor número de visitantes, y encendió el foco que pendía encima. Mientras observaba a las parejas que salían, Pazzi advirtió que muchas estaban excitadas y se frotaban al amparo de la muchedumbre. No le apetecía contemplar otro «cuadro», más flores, ni más sangre.

Pazzi decidió hablar con el doctor Fell. Aprovechando que estaba cerca del Palazzo Capponi, pasaría a recoger los efectos personales del conservador desaparecido. Pero cuando se alejó del tablón de anuncios, el doctor había desaparecido. No estaba entre el torrente humano que desfilaba hacia la salida. En el lugar donde había permanecido de pie no quedaba más que el muro desnudo bajo la jaula de un muerto por inanición, cuyo esqueleto en posición fetal parecía seguir suplicando comida.

Pazzi sintió rabia. Se abrió paso entre la gente hasta el exterior, pero no dio con el erudito.

El vigilante de la salida reconoció al inspector jefe y no le dijo nada cuando pasó por encima del cordón y abandonó el camino para perderse en la oscuridad de los terrenos que rodean el fuerte. Llegó al parapeto y miró hacia el norte por encima del río Arno. A sus pies, la Florencia vieja, la antigua joroba del Duomo, la torre del Palazzo Vecchio erguida como una fuente de luz.

Pazzi se sintió como un alma en pena, retorciéndose en un espetón de ridículo. Su propia ciudad le hacía burla.

El FBI había acabado de hundir el puñal en la espalda del inspector jefe al declarar a la prensa que el perfil de *Il Mostro* elaborado por el Bureau no tenía el menor parecido con el del hombre al que Pazzi había detenido. *La Nazione* añadía que el policía «había encarrilado a Tocca hacia su celda».

La última vez que Pazzi había pegado el cartel azul de *Il Mostro* había sido en Estados Unidos. En aquella ocasión, lo había colocado lleno de orgullo, como si fuera un trofeo, en una pared de la Unidad de Ciencias del Comportamiento, y había estampado su firma en él a petición de los agentes federales. Lo sabían todo sobre él, lo admiraban, lo agasajaban. Su esposa y él habían pasado unos días como invitados en la costa de Maryland.

Mientras permanecía apoyado en el parapeto del fuerte con la ciudad a sus pies, volvía a oler el aire salino de Chesapeake y veía a su mujer andando por la playa con unas deportivas blancas recién estrenadas.

En la Unidad de Quantico tenían una imagen de Florencia, que le enseñaron como curiosidad. Era la misma vista que contemplaba en esos momentos, la Florencia vieja desde el Belvedere, la mejor perspectiva posible. Pero no era en color. No, se trataba de un dibujo a lápiz, esfumado al carboncillo. El dibujo estaba en una fotografía, sobre el fondo de una fotografía. Era un retrato del asesino en serie norteamericano doctor Hannibal Lecter. Hannibal el Caníbal. Lecter había dibujado Florencia de memoria, y el paisaje había colgado en su celda del hospital psiquiátrico, un lugar tan siniestro como el fuerte.

¿En qué momento se hizo la luz en la mente de Pazzi? Dos imágenes, la Florencia real que tenía ante sus ojos y el dibujo que veía con los del recuerdo. El cartel de *Il Mostro* que había clavado hacía apenas unos minutos. El de Mason Verger ofreciendo una fuerte recompensa por Hannibal Lecter y algunas pistas, colgado en la pared de su propio despacho:

EL DOCTOR LECTER SE VERÁ OBLIGADO A DISIMULAR SU MANO IZQUIERDA Y PUEDE INTENTAR OPERÁRSELA, YA QUE EL TIPO DE POLIDACTILISMO QUE PRESENTA, CON PERFECTO DESARROLLO DE LOS DEDOS, ES EXTREMADAMENTE RARO Y FÁCILMENTE IDENTIFICABLE.

El doctor Fell llevándose las gafas a los labios con la mano atravesada por una cicatriz.

El minucioso boceto de aquella vista en el muro de la celda de Hannibal Lecter.

¿Tuvo Pazzi la inspiración mientras contemplaba la ciudad a sus pies, o le llegó de la preñada oscuridad que se cernía sobre las luces? Y ¿por qué fue su heraldo el aroma de la brisa salina de la bahía de Chesapeake?

Por insólito que parezca tratándose de alguien con tan acusada memoria visual, la conexión se produjo como un sonido, el que haría una gota al caer en un charco cada vez más grande.

«Hannibal Lecter había huido a Florencia.»
¡Plop!
«Hannibal Lecter era el doctor Fell.»

Su voz interior le dijo que tal vez había perdido el juicio en el espetón de su ridículo; su cerebro desesperado podía estar partiéndose los dientes en los barrotes, como el esqueleto muerto de hambre en la jaula de la exposición.

Sin tener conciencia de haberse movido, Pazzi se encontró en la puerta del Renacimiento, que abre el Belvedere a la pronunciada Costa di San Giorgio, una calleja tortuosa que en menos de un kilómetro desciende hasta el corazón de la Florencia vieja. Sus pasos parecían arrastrarlo contra su voluntad por el pavimento de cantos rodados, bajaba más deprisa de lo que hubiera querido, sin apartar la vista del frente en busca de aquel hombre que se hacía llamar doctor Fell, cuyo camino de vuelta a casa estaba siguiendo. A mitad de la calle torció por la Costa Scarpuccia y siguió descendiendo hasta desembocar en la Via de' Bardi, cerca del río. Junto al Palazzo Capponi, hogar del doctor Fell.

Pazzi, resollando por la carrera, buscó un lugar a resguardo de las luces, la entrada a un edificio de apartamentos en la acera contraria al palacio. Si pasaba alguien, podía volverse y hacer como que llamaba a un timbre.

El palacio estaba a oscuras. Sobre la enorme puerta de dos hojas, Pazzi distinguió el piloto rojo de una cámara de vigilancia. No sabía si funcionaba continuamente o solo cuando alguien llamaba. Estaba instalada bajo la marquesina de la entrada. Pazzi supuso que no podía captar la extensión de la fachada.

Esperó media hora oyendo su propia respiración, pero el doctor no apareció. Tal vez estaba dentro con todas las luces apagadas.

La calle estaba desierta. Pazzi la cruzó deprisa y se apretó contra el muro.

Llegaba, muy débil, apenas perceptible, un sonido procedente del otro lado del paramento. Pazzi apoyó la cabeza contra los fríos barrotes de un ventanal. Un clavicodio, las *Variaciones Goldberg* de Bach, interpretadas con destreza.

Pazzi tenía que esperar, seguir oculto y pensar. Era demasiado pronto para levantar la caza. Tenía que decidir una línea de acción. No estaba dispuesto a ser el hazmerreír público por segunda vez. Mientras retrocedía hacia las sombras del otro lado de la calle, su nariz fue lo último en desaparecer.

21

El mártir cristiano san Miniato recogió su cabeza recién cortada de la arena del anfiteatro romano de Florencia, se la puso bajo el brazo y se fue a vivir a la ladera de una montaña del otro lado del río, donde yace enterrado en su espléndida iglesia, según cuenta la tradición.

Lo hiciera por su propio pie o llevado en andas, lo cierto es que el cuerpo de san Miniato no tuvo más remedio que pasar por la vieja calle en que ahora nos encontramos, la Via de' Bardi. Ha caído la tarde y en la calle desierta una llovizna invernal, no lo bastante fría para anular el olor a gato, hace relucir el dibujo en forma de abanico de los cantos. Nos rodean palacios erigidos hace seiscientos años por los príncipes mercaderes, los hacedores de reyes y los conspiradores de la Florencia renacentista. Al otro lado del Arno, a tiro de arco, se yerguen las crueles agujas de la Signoria, donde ahorcaron y quemaron al monje Savonarola, y ese enorme matadero de Cristos crucificados que es la Galería de los Uffizi.

Los palacios de las grandes familias, apretados en la histórica calle, congelados por la moderna burocracia italiana, son arquitectura carcelaria en su exterior, pero encierran espacios amplios y etéreos, altos salones silenciosos en los que nadie penetra, ocultos tras cortinajes de seda que la lluvia ha ido pudriendo y de cuyas paredes obras menores de los grandes maestros del Renacimiento penden durante años en la oscuridad, iluminadas tan solo por los relámpagos cuando las colgaduras se desploman.

Ante ti se alza el palacio de los Capponi, una familia ilustre durante mil años, que hizo trizas el ultimátum de un rey francés ante sus propias narices y dio un papa a la Iglesia.

Tras sus rejas de hierro, las ventanas del Palazzo Capponi permanecen a oscuras. Los soportes de las antorchas están vacíos. En aquella ventana el viejo cristal cuarteado tiene un agujero de bala de los años cuarenta. Acércate más. Apoya la cabeza en el frío hierro, como ha hecho el policía, y escucha. Aunque con dificultad, puedes oír un clavicordio. Las *Variaciones Goldberg* de Bach tocadas, si no a la perfección, extraordinariamente bien, con una conmovedora comprensión de la partitura. Tocadas, si no a la perfección, extraordinariamente bien; tal vez con una ligera rigidez de la mano izquierda.

Si te creyeras a salvo de todo peligro, ¿entrarías en el edificio? ¿Penetrarías en este palacio tan pródigo en sangre y gloria, seguirías a tu rostro a través de la extendida maraña de tinieblas hacia las exquisitas notas del clavicordio? Las alarmas no pueden detectarnos. El policía empapado que acecha en el quicio de una puerta no puede vernos. Ven…

En el vestíbulo reina una oscuridad casi completa. Una larga escalinata de piedra, sobre cuya gélida balaustrada deslizamos las manos, con los escalones desgastados por las pisadas de cientos de años, desiguales bajo los pies, que nos conducen hacia la música.

Las altas hojas de la puerta del salón principal chirriarían y se quejarían si tuviéramos que abrirlas. En atención a ti, están abiertas. La música procede del rincón más alejado, el mismo del que llega la única luz, una claridad producida por muchas velas, que enrojece al atravesar la pequeña puerta de una capilla, en el ángulo del salón.

Vayamos hacia la música. Somos vagamente conscientes de pasar al lado de grandes grupos de muebles cubiertos con telas, formas ambiguas que parecen alentar a la luz de las velas, como un rebaño dormido. Sobre nuestras cabezas, el alto techo desaparece en la oscuridad.

La luz rojiza cae sobre un clavicordio ornamentado y sobre el hombre que los especialistas en el Renacimiento conocen como doctor Fell, elegante, absorto en la música que interpreta con la espalda erguida, mientras la luz se refleja en su pelo y en el dorso de su bata de seda, lustrosa como piel.

La cubierta del clavicordio está decorada con una bulliciosa escena de bacanal, y los diminutos personajes parecen revolotear sobre las cuerdas a la luz de las velas. El hombre toca con los ojos cerrados. No necesita partitura. En su lugar, sobre el atril en forma de lira del instrumento, hay un ejemplar del diario sensacionalista norteamericano *National Tattler*. Está doblado de forma que solo se ve la foto de la portada, que muestra el rostro de Clarice Starling.

Nuestro músico sonríe, finaliza la interpretación de la pieza, repite la zarabanda por puro placer y, mientras aún vibra la última cuerda golpeada por el macillo, abre los ojos, en cuyas pupilas brilla una luz roja, minúscula como la punta de un alfiler. Ladea la cabeza y mira el periódico que tiene ante sí.

Se levanta sin hacer ruido y se lleva el periódico norteamericano a la diminuta y decorada capilla, construida antes del descubrimiento de América. Cuando lo sostiene a la luz de las velas y lo despliega, los santos que presiden el altar parecen leerlo por encima de su hombro, como harían en la cola del supermercado. El tipo del titular es Railroad Gothic de setenta y dos puntos. Dice lo siguiente: «EL ÁNGEL DE LA MUERTE: CLARICE STARLING, LA MÁQUINA ASESINA DEL FBI».

Cuando sopla las velas, la oscuridad se traga los rostros pintados, en agonía o en éxtasis, alrededor del altar. No necesita luz para cruzar el enorme salón. Una brizna de aire nos acaricia cuando el doctor pasa a nuestro lado. La enorme puerta rechina y se cierra con un golpe que repercute bajo nuestros pies. Silencio.

Pisadas que entran en otra habitación. Los ecos de la estancia permiten adivinar un espacio más reducido, aunque el techo debe de ser igual de alto, pues los sonidos agudos tardan en rebotar desde arriba; el aire inmóvil guarda olores a vitela, pergamino y cabos de vela consumidos.

El crujido de papeles en la oscuridad, el rechinar de un asiento al ser arrastrado. El doctor Lecter se sienta en un gran sillón de la fabulosa Biblioteca Capponi. Es cierto que la luz adquiere un tono rojizo cuando la reflejan sus ojos, que sin embargo no emiten un resplandor rojo en la oscuridad, como muchos de sus guardianes han asegurado. La oscuridad es completa. El doctor medita…

No puede negarse que el doctor Lecter ha creado la vacante del Palazzo Capponi haciendo desaparecer al antiguo conservador, proceso sencillo para el que bastaron unos segundos de trabajo físico con el anciano y un modesto desembolso en la adquisición de dos sacos de cemento; sin embargo, una vez despejado el camino, se ha ganado el puesto por méritos propios demostrando al Comitato delle Belle Arti una extraordinaria competencia lingüística, al traducir sin titubeos el latín y el italiano medieval de manuscritos redactados con la letra gótica más enrevesada.

En este lugar ha encontrado una paz que está decidido a conservar; desde su llegada a Florencia, aparte de a su predecesor, apenas ha matado a nadie.

Considera su elección como conservador y bibliotecario del Palazzo Capponi un premio nada desdeñable por varias razones.

La amplitud y la altura de las estancias del palacio son primordiales para el doctor Lecter tras años de entumecedor cautiverio. Y, lo que es más importante, siente una extraordinaria afinidad con este lugar, el único edificio privado que conoce cercano en dimensiones y detalles al palacio de la memoria que ha ido construyendo desde su juventud.

En la biblioteca, colección única de manuscritos y correspondencia que se remontan a principios del siglo XIII, puede permitirse cierta curiosidad sobre sí mismo.

El doctor Lecter, basándose en documentos familiares fragmentarios, creía ser descendiente de un cierto Giuliano Bevisangue, terrible personaje del siglo XII toscano, así como de los Maquiavelo y los Visconti. Este era el lugar ideal para confirmarlo. Aunque sentía una cierta curiosidad abstracta por el hecho, no guardaba relación con su ego. El doctor Lecter no necesita avales vulgares. Su ego, como su coeficiente intelectual y su grado de racionalidad, no pueden medirse con instrumentos convencionales.

De hecho, no existe consenso en la comunidad psiquiátrica respecto a si el doctor Lecter puede ser considerado un ser humano. Durante mucho tiempo, sus pares en la profesión, muchos de los cuales temen su acerada pluma en las publicaciones especializadas, le han atribuido una absoluta alteridad. Luego, por cumplir con las formas, le han colgado el sambenito de monstruo.

Sentado en la biblioteca, el monstruo pinta de colores la oscuridad mientras en su cabeza suena un aire medieval. Está reflexionando sobre el policía.

El clic de un interruptor, y una lámpara de sobremesa derrama su luz.

Ahora podemos ver al doctor Lecter sentado a una mesa larga y estrecha del siglo XVI en la Biblioteca Capponi. Tras él, una pared llena de manuscritos y grandes libros encuadernados en tela, que se remontan a ochocientos años atrás. Sobre la mesa, la correspondencia con un ministro de la República de Venecia del siglo XIV forma una pila sobre la que un bronce de Miguel Ángel, un estudio para su Moisés con cuernos, hace las veces de pisapapeles; frente al portatintero hay un ordenador portátil con capacidad para investigar *on-line* a través de la Universidad de Milán.

Entre los montones pardos y amarillos de pergamino y vitela, destaca el ejemplar del *National Tattler* con sus rojos y azules chillones. Junto a él, la edición florentina de *La Nazione*.

El doctor Lecter coge el periódico italiano y lee su último ataque contra Rinaldo Pazzi, provocado por una declaración sobre el caso de *Il Mostro* en la que el FBI se lava las manos: «Nuestro perfil nunca coincidió con el de Tocca», afirmaba un portavoz del Bureau.

La Nazione informaba del historial de Pazzi y de su entrenamiento en Estados Unidos, en la famosa academia de Quantico, y acababa opinando que el policía no había hecho honor a semejante preparación.

El caso de *Il Mostro* no interesaba en absoluto al doctor Lecter, pero no ocurría lo mismo con los antecedentes de Pazzi. Qué fatalidad, ir a encontrar a un policía entrenado en Quantico, donde Hannibal Lecter era un caso de libro de texto.

Cuando el doctor Lecter observó el rostro de Rinaldo Pazzi en el Palazzo Vecchio y estuvo lo bastante cerca de él como para aspirar su olor, supo sin lugar a dudas que el inspector jefe no sospechaba nada, ni siquiera al preguntarle por la cicatriz de la mano. Pazzi no tenía el menor interés en lo referente a la desaparición del conservador.

El policía lo había visto en la muestra de instrumentos de tortura. Ojalá hubiera sido una exposición de orquídeas.

Lecter era perfectamente consciente de que todos los elementos de la iluminación estaban presentes en la cabeza de Pazzi, rebotando al azar con el resto de sus conocimientos.

¿Se reuniría Rinaldo Pazzi con el difunto conservador del Palazzo Capponi, abajo, en la humedad? ¿Encontrarían su cuerpo sin vida después de un aparente suicidio? *La Nazione* se sentiría orgullosa de haberlo acosado hasta la muerte.

Todavía no, reflexionó el Monstruo, y dirigió su atención a los grandes rollos de manuscritos de pergamino y vitela.

El doctor Lecter no se preocupa. Disfruta con el estilo de Neri Capponi, banquero y embajador en Venecia en el siglo XV, y lee sus cartas, a veces en voz alta, por puro placer, hasta altas horas de la noche.

22

Antes de que amaneciera, Pazzi tenía en sus manos las fotografías tomadas al doctor Fell para su permiso de trabajo, además de los negativos de su *permesso de soggiorno* procedentes de los archivos de los *carabinieri*. También disponía de los excelentes retratos policiales reproducidos en el cartel de Mason Verger. Los rostros tenían el mismo contorno, pero si el doctor Fell era el doctor Hannibal Lecter, la nariz y los pómulos habían sufrido una transformación, tal vez mediante inyecciones de colágeno.

Las orejas parecían prometedoras. Como Alphonse Bertillon cien años antes, Pazzi escrutó cada milímetro de los apéndices con su lente de aumento. Parecían idénticas.

En el anticuado ordenador de la Questura, tecleó su código de Interpol para acceder al Programa para la Captura de Criminales Violentos del FBI, y entró en el voluminoso archivo de Lecter. Maldijo la lentitud del módem e intentó descifrar el borroso texto de la pantalla hasta que las letras se estabilizaron. Conocía la mayor parte del material. Pero dos cosas le hicieron contener la respiración. Una vieja y otra nueva. La entrada más reciente hacía alusión a una radiografía según la cual era muy posible que Lecter se hubiera operado la mano. La información antigua, el escáner de un informe policial de Tennessee deficientemente impreso, dejaba constancia de que, mientras asesinaba a sus guardianes de Memphis, el doctor Lecter escuchaba una cinta de las *Variaciones Goldberg*.

El aviso puesto en circulación por la acaudalada víctima norteamericana, Mason Verger, animaba a cualquier informante a llamar al número del FBI que constaba en el mismo. Se hacía la advertencia rutinaria de que el doctor Lecter iba armado y era peligroso. También figuraba el número de un teléfono particular, justo debajo del párrafo que daba a conocer la enorme recompensa.

El billete de avión de Florencia a París es absurdamente caro y Pazzi tuvo que pagarlo de su bolsillo. No confiaba en que la policía francesa le proporcionara una conexión por radio sin entrometerse, y no conocía otro modo de conseguirla. Desde una cabina de la sucursal de American Express cercana a la Ópera, llamó al número privado del aviso de Verger. Daba por sentado que localizarían la llamada. Pazzi hablaba inglés con fluidez, pero sabía que el acento lo delataría como italiano.

La voz era de hombre, con inconfundible acento norteamericano y muy tranquila.

—Tenga la bondad de comunicarme el motivo de su llamada.

—Creo tener información sobre Hannibal Lecter.

—Bien, le agradecemos que se haya puesto en contacto con nosotros. ¿Conoce su paradero actual?

—Eso creo. La recompensa, ¿es en efectivo?

—Así es. ¿Qué prueba concluyente tiene usted de que se trata de él? Debe hacerse cargo de que recibimos muchas llamadas sin fundamento.

—Puedo decirle que se ha sometido a cirugía facial y se ha operado de la mano izquierda. Pero sigue tocando las *Variaciones Goldberg*. Tiene documentación brasileña.

Una pausa.

—¿Por qué no ha llamado a la policía? Mi obligación es animarlo a que lo haga.

—La recompensa, ¿se hará efectiva bajo cualquier circunstancia?

—La recompensa se entregará a quien proporcione información que conduzca al arresto y condena.

—Pero ¿se pagaría aunque las circunstancias fueran… especiales?

—¿Se refiere al caso de alguien que en circunstancias normales no tendría derecho a cobrarlo?

—Sí.

—Los dos trabajamos para conseguir un mismo fin. Así que permanezca al teléfono, por favor, y permita que le haga una sugerencia: va contra las convenciones internacionales y contra la ley norteamericana ofrecer una recompensa por alguien muerto. Permanezca al aparato, por favor. ¿Puedo preguntarle si llama desde Europa?

—Sí, así es, y eso es todo lo que pienso decirle.

—Muy bien, caballero, escúcheme. Le sugiero que se ponga en contacto con un abogado para informarse sobre la legalidad de ese tipo de recompensa, y que no emprenda ninguna acción delictiva contra el doctor Lecter. ¿Me permite que le recomiende un abogado? Puedo darle la dirección de uno en Ginebra con experiencia en este terreno. ¿Me permite que le dé su número de teléfono gratuito? Lo animo calurosamente a que lo llame y sea franco con él.

Pazzi compró una tarjeta telefónica e hizo la siguiente llamada desde una cabina en los grandes almacenes Bon Marché. Habló con una voz de cerrado acento suizo. En cinco minutos habían acabado.

Mason pagaría un millón de dólares norteamericanos por la cabeza y las manos de Hannibal Lecter. Pagaría la misma cantidad por cualquier información que condujera a su arresto. Confidencialmente, pagaría tres millones de dólares por el doctor vivo, sin hacer preguntas y garantizando absoluta discreción. Las condiciones incluían cien mil dólares por adelantado. Para hacerse acreedor al adelanto, Pazzi debería entregar un objeto que tuviera al menos una huella dactilar del doctor Lecter. Si cumplía ese requisito, podría disponer del resto del dinero, depositado en una caja de seguridad suiza, a su conveniencia.

Antes de abandonar los almacenes en dirección al aeropuerto, Pazzi le compró a su mujer un salto de cama de moaré color melocotón.

23

¿Cómo comportarse cuando se sabe que los honores convencionales son basura? ¿Cuando, como Marco Aurelio, se está convencido de que la opinión de las generaciones futuras importará tan poco como la de la presente? ¿Es posible comportarse bien? ¿Es inteligente comportarse bien?

Ahora Rinaldo Pazzi, del linaje de los Pazzi, inspector jefe de la Questura florentina, debía decidir cuánto valía su honor, o si existía una sabiduría superior a las consideraciones sobre el honor.

Llegó de París a la hora de cenar, y durmió un poco. Hubiera querido consultar a su mujer, pero no fue capaz; sin embargo, obtuvo consuelo en ella. Permaneció despierto largo rato después de que la respiración de la mujer se sosegara. Bien entrada la noche, renunció a dormirse y salió a la calle para dar un paseo y pensar.

La codicia no es un pecado desconocido en Italia; Rinaldo Pazzi la había absorbido a bocanadas con el aire de su tierra. Pero su deseo de poseer cosas y su ambición naturales se habían pulido en Norteamérica, donde todo se asimila rápidamente, incluidas la muerte de Jehová y la adoración del becerro de oro.

Cuando Pazzi abandonó las sombras de la Loggia y se plantó en el lugar de la Piazza della Signoria donde Savonarola fue quemado, cuando alzó la vista hacia la ventana del iluminado Palazzo Vecchio bajo la que murió su antepasado, creía estar deliberando. Pero no era así. Ya estaba decidido a sacar tajada.

Asignamos un momento concreto a la toma de una decisión para dignificarla como resultado maduro de una sucesión de pensamientos racionales y conscientes. Pero las decisiones se forman a partir de sentimientos amasados; con frecuencia se parecen más a un amasijo que a una suma.

Cuando tomó el avión a París, Pazzi ya se había decidido. Y ya se había decidido hacía una hora, cuando su mujer, con el salto de cama nuevo, se había mostrado complaciente como una buena esposa. Y minutos más tarde, cuando, acostado en la oscuridad, había tomado su mejilla para darle un tierno beso de buenas noches y una lágrima se había deslizado por la palma de su mano. En ese momento, sin saberlo, ella le había enternecido el corazón.

¿Honores, otra vez? ¿Otra oportunidad para soportar la halitosis del arzobispo mientras los santos pedernales prendían el cohete en el culo de la paloma de trapo? ¿Más elogios de los políticos cuyas vidas privadas tan bien conocía? ¿De qué le serviría ser conocido como el policía que había capturado al doctor Hannibal Lecter? Para un policía, la fama tiene una vida corta y vicaria. Más valía venderlo.

La idea lo desgarraba, retumbaba en su cabeza, le hacía palidecer pero le daba resolución. Cuando acabó de decidirse, a pesar de ser tan visual el contenido de su mente, dos olores se mezclaron en su recuerdo, el de su mujer y el de la brisa de Chesapeake.

VENDERLO. VENDERLO. VENDERLO. VENDERLO. VENDERLO. VENDERLO.

Francesco de'Pazzi no había hundido su daga con más fuerza en 1478, cuando derribó a Giuliano sobre el suelo de la catedral, cuando en su frenesí se apuñaló el propio muslo.

24

La tarjeta con las huellas dactilares del doctor Hannibal Lecter es una curiosidad y, en cierto modo, un objeto de culto. La original cuelga enmarcada en una pared de la Unidad de Identificación del FBI. Siguiendo la práctica del Bureau cuando hay que tomar las huellas a alguien con más dedos de lo normal, el pulgar y los cuatro dedos adyacentes aparecen en el anverso de la tarjeta y el sexto en el reverso.

Tras la huida del doctor, se hicieron circular copias de la tarjeta por todo el mundo, y la huella del pulgar aparece aumentada en el aviso de Mason Verger con suficientes puntos distintivos marcados en ella como para que cualquier investigador mínimamente preparado acierte.

La identificación de huellas dactilares no requiere una habilidad extraordinaria; Pazzi podía recogerlas con la competencia de un profesional y estaba capacitado para hacer comparaciones fiables que confirmaran sus sospechas. Pero Mason Verger exigía una huella reciente, tomada *in situ* y entregada, no sobre papel, sino en el objeto donde había quedado impresa, de forma que sus expertos pudieran examinarla con total independencia. A Mason lo habían engañado muchas veces con huellas recogidas hacía años en los escenarios de los primeros crímenes del doctor.

Pero ¿cómo conseguir las del doctor Fell sin levantar sus sospechas? Ante todo tenía que evitar alarmarlo. Aquel hombre era capaz de desaparecer dejando a Pazzi con un palmo de narices y las manos vacías.

El doctor salía poco del Palazzo Capponi y hasta la siguiente reunión del Comitato delle Belle Arti quedaba un mes. Demasiado tiempo para esperar y poner un vaso de agua ante su asiento, ante cada asiento, porque el comité no dispensaba semejantes atenciones.

Una vez decidido a venderlo a Mason Verger, no le quedaba más remedio que trabajar solo. No podía arriesgarse a atraer la atención de la Questura sobre el doctor Fell pidiendo una orden de registro para entrar en el Palazzo Capponi, demasiado protegido por alarmas como para forzar la entrada y hacerse con las huellas.

El contenedor de basura del doctor era mucho más nuevo y estaba mucho más limpio que los del resto de la manzana. Pazzi compró uno y en mitad de la noche cambió las tapas. La superficie galvanizada no era la ideal; después de toda una noche de esfuerzos, Pazzi obtuvo una pesadilla puntillista de huellas que se sintió incapaz de descifrar.

A la mañana siguiente apareció en el Ponte Vecchio con los ojos enrojecidos. En una joyería del puente compró un ancho y pulido brazalete de plata y el soporte de terciopelo sobre el que estaba expuesto. En el barrio artesano de la orilla meridional del Arno, en las callejas frente al Palazzo Pitti, hizo que otro joyero eliminara el nombre del orfebre. El hombre le propuso aplicar un tratamiento contra el deslustre, pero Pazzi se negó.

La temible Sollicciano, la cárcel de Florencia en la carretera a Prato.

En la segunda galería de la zona de las mujeres, Romula Cjesku, inclinada sobre un hondo lavadero, se enjabonaba los pechos y se lavaba y secaba esmeradamente antes de ponerse una blusa de algodón ancha y limpia. Otra gitana, de vuelta de la sala de visitas, le dijo unas palabras en rumano. Una fina arruga apareció entre los ojos de Romula. Aparte de eso, el hermoso rostro conservó la seriedad y el aplomo habituales.

La dejaron salir de la galería a la hora de siempre, las ocho y media, pero cuando se acercaba a la sala de visitas una celadora le cerró el paso y la obligó a entrar en una sala de *vis-à-vis* de la planta baja. En el interior, en lugar de la enfermera, la esperaba Rinaldo Pazzi con un recién nacido en los brazos.

—Hola, Romula —la saludó.

La mujer se acercó al esbelto policía, que no se resistió a entregarle la criatura. El niño, con ganas de mamar, empezó a restregar la boca contra el pecho de su madre.

Pazzi señaló con la barbilla un biombo colocado en una esquina de la habitación.

—Ahí detrás hay una silla. Podemos hablar mientras le das de mamar.

—Hablar, ¿de qué, *dottore*?

El italiano de Romula era aceptable, como lo eran su francés, inglés, español y rumano. Hablaba sin afectación. Sus mejores dotes de actriz no la habían librado de tres meses de condena por robar carteras.

Se colocó tras el biombo. En una bolsa de plástico oculta en la apretada mantilla de la criatura había cuarenta cigarrillos y sesenta y cinco mil liras en billetes arrugados. Se vio ante una disyuntiva. Si el policía había registrado al niño, podía acusarla de contrabando y conseguir que le revocaran todos sus privilegios. Pensó un momento mirando al techo mientras el niño succionaba. ¿Qué le importaba a él semejante miseria? En cualquier caso, siempre tenía las de perder. Cogió la bolsa y se la guardó entre la ropa interior. La voz del hombre sonó al otro lado del biombo.

—Mira, Romula, aquí no eres más que una molestia. Las presas con hijos de pecho sois un engorro. Las enfermeras ya tienen bastante con los enfermos de verdad que hay en la cárcel. ¿No te saca de quicio tener que devolver a tu hijo cuando acaba la hora de visita?

¿Qué querría aquel hombre? Sabía perfectamente quién era, un jefe, un *pezzo da novanta*, un cabrón del calibre noventa.

Romula se ganaba la vida diciendo la buenaventura por la calle; robar carteras solo era una forma de sacarse un sobresueldo. Tenía treinta y cinco años bien llevados y más antenas que la mariposa luna. «Este policía —lo observaba por encima del biombo—, tan limpio, con su anillo de boda, los zapatos relucientes, vive con su mujer y tiene una doncella, mira qué cuello de camisa más bien planchado. Lleva la cartera en el bolsillo de la chaqueta, las llaves en el bolsillo derecho del pantalón, el dinero en el izquierdo, seguramente atado con una goma. La polla en medio. Es soso y masculino, tiene la oreja un poco deformada y la cicatriz de un golpe en la raya del pelo. No me va a pedir que se lo haga, si no, no hubiera traído al niño. No es nada del otro mundo, pero no creo que tenga que tirarse a las presas. Más vale que no le mire esos ojos negros tan amargos mientras el niño está mamando. ¿Por qué lo ha traído? Para que me dé cuenta de su poder, de que puede hacer que me lo quiten. ¿Qué quiere? ¿Información? Yo le cuento todo lo que quiera sobre quince gitanos que no han existido nunca. Bueno, ¿qué puedo sacar de esto? Ya veremos. Vamos a enseñarle un poco de canela.»

La mujer no le quitó los ojos de encima al salir de detrás del biombo, ostentando como una moneda de cobre una areola junto a la cara del bebé.

—Ahí detrás hace calor —le dijo—. ¿Puede abrir la ventana?

—Puedo hacer algo mejor, Romula. Puedo abrir la puerta. Supongo que lo sabes.

Silencio en el cuarto. Fuera, los rumores de Sollicciano, como un dolor de cabeza sordo pero constante.

—Dígame lo que quiere. Hay cosas que haría de mil amores, pero no cualquier cosa.

Su instinto, que no solía engañarla, le decía que el inspector le respetaría por aquella advertencia.

—No es más que *la tua solita cosa*, lo que estás acostumbrada a hacer —le explicó Pazzi—. Pero esta vez tienes que fallar.

25

Durante el día vigilaban la fachada del Palazzo Capponi ocultos tras la persiana de un piso alto de la acera de enfrente. Eran Romula, la gitana mayor que la ayudaba con el niño, y podía ser su prima, y Pazzi, que robó a la oficina tanto tiempo como le fue posible.

El brazo de madera que Romula empleaba en su trabajo reposaba en una silla del dormitorio.

Pazzi había obtenido permiso para usar el piso de un profesor de la cercana Escuela Dante Alighieri durante el día. Romula había exigido un anaquel del pequeño frigorífico para ella y el niño.

No tuvieron que esperar mucho.

A las nueve y media del segundo día, la ayudante de Romula les siseó desde su puesto en la ventana. Un hueco negro apareció al otro lado de la calle al abrirse hacia dentro la pesada hoja de uno de los portales del palacio.

Ahí estaba el hombre que toda Florencia conocía por el nombre de doctor Fell, pequeño y nervudo en su traje negro, lustroso como un visón mientras husmeaba el aire en el tranco de la puerta y recorría la calle con la mirada en ambas direcciones. Pulsó un mando a distancia para activar las alarmas y cerró la puerta tirando del enorme asidero de forja, cubierto de roña e inservible para recoger huellas. Llevaba una bolsa de la compra.

Al verlo por primera vez entre las tablillas de la persiana, la gitana vieja asió la mano de Romula como para detenerla, la miró a los ojos y sacudió rápidamente la cabeza aprovechando una distracción del policía.

Pazzi supo de inmediato adónde se dirigía el conservador.

Entre la basura del doctor Fell, Pazzi había encontrado los inconfundibles envoltorios de Vera dal 1926, la exquisita tienda de comestibles situada en la Via San Jacopo, cerca del puente de Santa Trinità. El doctor se encaminó en esa dirección, mientras Romula se ponía el vestido y Pazzi se asomaba a la ventana.

—*Dunque*, va a por comida —dijo Pazzi. No pudo evitar repetir las instrucciones a Romula por quinta vez—. Baja y espéralo a este lado del Ponte Vecchio. Lo abordarás cuando vuelva con la bolsa llena. Yo iré media manzana por delante, así que me verás primero. Me quedaré cerca. Si hay algún problema, si te arrestan, yo me encargaré. Si va a algún otro sitio, te vuelves al piso. Ya te llamaré. Pones este pase para el casco antiguo en el parabrisas de un taxi y vienes adonde te diga.

—*Eminenza* —dijo Romula, exagerando los honores al irónico estilo italiano—, si hay algún problema y me ayuda alguien, no le haga daño, mi amigo no se llevará nada, déjelo escapar.

Pazzi no esperó el ascensor, corrió escaleras abajo vestido con un mono y una gorra. En Florencia es difícil seguir a alguien debido a la estrechez de las aceras y la saña de los conductores. Pazzi tenía un viejo *motorino* esperándolo en el bordillo de la acera con una docena de cepillos atados a la parte de atrás. La motocicleta arrancó a la primera patada y envuelto en una nube de humo azulado el investigador jefe avanzó por la calzada de cantos rodados, sobre los que el cacharro brincaba como un pollino al trote.

Pazzi remoloneó, provocó los bocinazos del despiadado tráfico, compró tabaco, mató el tiempo para mantenerse rezagado, hasta que estuvo seguro de que el doctor Fell se dirigía a donde había supuesto. Al final de la Via de' Bardi, el Borgo San Jacopo era dirección prohibida. Pazzi dejó la motocicleta en la acera y siguió a pie, avanzando de costado entre la masa de turistas arremolinados en el extremo sur del Ponte Vecchio.

Los florentinos dicen que Vera dal 1926, con su tesoro de quesos y trufas, huele como los pies de Dios.

Ciertamente, el doctor se tomó su tiempo en el interior del establecimiento. Estaba haciendo una selección de las primeras trufas blancas de la temporada. Pazzi veía su espalda a través del escaparate, más allá del maravilloso despliegue de jamones y pastas.

Dio la vuelta a la esquina y volvió atrás; se mojó la cara en la fuente que escupía agua por una cara con bigotes y orejas de león.

—Tendrás que afeitarte eso si quieres trabajar para mí —dijo a la fuente, olvidando la pelota helada que le rebotaba en el estómago.

El doctor salió por fin con unos cuantos paquetes en su bolsa de la compra. Volvió a tomar el Borgo San Jacopo, ahora en dirección a casa. Pazzi se adelantó por el otro lado. La muchedumbre de la estrecha acera lo obligó a bajar a la calzada, y el retrovisor de un coche patrulla de los *carabinieri* le golpeó el reloj de pulsera y le hizo daño.

—*Stronzo! ¡Analfabeto!* —le gritó el conductor sacando la cabeza por la ventanilla, y Pazzi juró vengarse.

Cuando llegó al Ponte Vecchio llevaba cuarenta metros de ventaja.

Romula estaba en el quicio de una puerta con la criatura apoyada en el brazo de madera y una mano extendida hacia los transeúntes, mientras el brazo libre permanecía bajo la ropa holgada dispuesto a levantar otra cartera, que se añadiría a los dos centenares largos que había birlado a lo largo de su vida. En el brazo oculto llevaba el ancho brazalete de plata, pulido con esmero.

En un instante la víctima aparecería entre el gentío que salía del viejo puente. Justo cuando se separara de la muchedumbre y embocara la Via de' Bardi, Romula se encontraría con él, haría su faena y se perdería entre el torrente de turistas que abarrotaban el puente.

Entre la gente había un amigo en quien Romula confiaba en caso de complicaciones. No sabía nada del primo y no se fiaba del policía para protegerla. Giles Prevert, que figuraba en algunos dossiers de la policía como Giles Dumain o Roger LeDuc, pero era conocido en el ambiente como Gnocco, esperaba entre la muchedumbre del extremo sur del Ponte Vecchio a que Romula metiera mano. Gnocco, minado por los malos hábitos, empezaba a enseñar la calavera bajo los rasgos afilados, pero seguía siendo fuerte, expeditivo y muy capaz de sacar a Romula del apuro si el asunto se ponía feo.

Vestido de dependiente, pasaba inadvertido en medio del gentío, sobre el que asomaba la cabeza de vez en cuando como si fuera una marmota en una pradera humana. Si la víctima se apoderaba de Romula y trataba de retenerla, Gnocco podía tropezar, caer sobre el primo y quedarse enganchado a él ofreciéndole toda una retahíla de disculpas hasta que la mujer se hubiera perdido de vista. Lo había hecho otras veces.

Pazzi pasó de largo junto a la gitana y se paró en la cola de clientes de un establecimiento de zumos, desde donde podía verlo todo.

Romula salió del umbral. Estudió con ojo de experta el tráfago del espacio de acera que mediaba entre ella y el hombre que se acercaba. Podría moverse entre los viandantes a las mil maravillas llevando al niño ante sí, sobre el brazo de madera forrada con lona. Muy bien. Como siempre, se besaría los dedos de la mano visible para depositar el beso en la cara de aquel hombre. Con la mano libre, le tentaría las costillas en busca de la cartera hasta que la agarrara por la muñeca. Entonces pegaría un tirón y echaría a correr.

Pazzi le había jurado que aquel individuo no podía permitirse llevarla a la policía, que estaría deseoso de perderla de vista. Ninguna de las veces que había intentado birlar una cartera la víctima había usado la violencia con una mujer que sostenía a un niño de pecho. En la mayoría de las ocasiones creían que era otra persona la que hurgaba en sus chaquetas. La propia Romula había acusado a varios inocentes transeúntes para evitar que la cogieran.

Romula se dejó llevar por la corriente humana, sacó el brazo de debajo de la ropa, pero lo mantuvo oculto bajo el falso, que sostenía al niño. Veía al objetivo entre el mar de cabezas que bajaban y subían, a diez metros y acercándose.

Madonna! El individuo estaba dando media vuelta en medio de la gente y uniéndose a la riada de turistas que se dirigían hacia el Ponte Vecchio. No volvía a casa. Se metió entre la gente a empujones, pero no pudo alcanzarlo. Gnocco, al que el hombre se estaba acercando, la miraba desconcertado. Romula sacudió la cabeza y Gnocco lo dejó pasar de largo. No hubiera servido de nada que Gnocco le robara la cartera.

Pazzi había llegado a su lado y le refunfuñaba como si fuera culpa suya.

—Vete al apartamento. Ya te llamaré. ¿Tienes el pase de taxi para el casco antiguo? Venga. ¡Vete!

Pazzi recuperó la motocicleta y la empujó a lo largo del Ponte Vecchio, sobre el Arno opaco como jade. Creía haber perdido al doctor, pero ahí estaba, al otro lado del puente, bajo el pórtico del Lungarno, echando un rápido vistazo a un apunte sobre el hombro del dibujante, siguiendo luego su camino con zancadas vivas y ligeras. Pazzi supuso que se dirigía a la iglesia de Santa Croce, y lo siguió a una distancia prudencial en medio de un tráfico de mil demonios.

26

Las naves de la iglesia de Santa Croce, sede de los franciscanos, resonaban en ocho idiomas mientras las hordas de turistas hormigueaban siguiendo las vistosas sombrillas de los guías y buscando en la penumbra monedas de doscientas liras para costear, durante un precioso minuto de sus vidas, la iluminación de los grandes frescos de las capillas.

Una vez en el interior, Romula tuvo que pararse junto a la tumba de Miguel Ángel para dejar que sus ojos, privados del resplandor de la espléndida mañana, se habituaran al tenebroso recinto. Cuando se dio cuenta de que estaba sobre una lápida, susurró un «*Mi dispiace!*» y se apartó de ella a toda prisa; para Romula el tropel de los muertos que bullía bajo sus pies era tan real como la gente que la rodeaba, y quizá más poderoso. Era hija y nieta de médiums y quiromantes, y veía a la gente que pisaba la faz de la tierra y a la que habitaba en su interior como dos muchedumbres a las que solo separaba el telón de la muerte. Siendo más viejos y más sabios, los de abajo tenían, en su opinión, todas las de ganar.

Miró a su alrededor tratando de localizar al sacristán, individuo con inquebrantables prejuicios contra los gitanos, y se refugió detrás de la primera columna, al amparo de la *Madonna del Latte* de Rossellino, mientras el niño le hocicaba contra el pecho. Pazzi, que acechaba junto a la tumba de Galileo, la descubrió allí.

El inspector jefe señaló con la barbilla hacia el fondo de la iglesia, donde, al otro lado del crucero, los flashes de las cámaras prohibidas y los reflectores brillaban como relámpagos en la vasta penumbra, mientras los ruidosos temporizadores tragaban monedas de doscientas liras y alguna que otra moneda falsa o calderilla australiana.

Una y otra vez, Cristo nacía, era traicionado y clavado a la cruz, a medida que los enormes frescos iban apareciendo a la brillante luz de los reflectores, tras lo cual volvía a reinar una oscuridad cerrada y rumorosa en la que los peregrinos se arremolinaban imposibilitados de leer sus guías, mientras el incienso y los olores corporales ascendían para cocerse al calor de los focos.

En el brazo izquierdo del crucero, el doctor Fell se había puesto manos a la obra en la Capilla Capponi. La famosa Capilla Capponi está en Santa Felicità. Esta otra, reconstruida en el siglo XIX, interesaba al doctor porque la restauración le proporcionaba cierta perspectiva para contemplar el pasado. Estaba calcando con carboncillo una inscripción en piedra tan gastada que ni una iluminación oblicua hubiera conseguido realzarla.

Pazzi, que lo observaba con un pequeño catalejo de bolsillo, descubrió por qué el doctor había salido de casa llevando tan solo la bolsa de la compra: guardaba sus materiales de dibujo tras el altar de la capilla. Por un momento estuvo a punto de llamar a Romula para decirle que se marchara. Puede que los utensilios le sirvieran para tomar las huellas. Pero no, el doctor llevaba puestos unos guantes de algodón para no mancharse las manos con el carboncillo.

En el mejor de los casos, sería un trabajo torpe. La técnica de Romula estaba pensada para la calle. Pero la mujer era lo que parecía, y lo menos parecido a lo que un criminal podía temer. Era la persona más indicada para no espantar al doctor. No. Si la atrapaba, se la entregaría al sacristán, con el que Pazzi podría hablar más tarde.

Pero aquel hombre estaba loco. ¿Y si la mataba? ¿Y si mataba al niño? Pazzi se hizo dos preguntas. ¿Se enfrentaría al doctor si sus vidas corrían peligro? Sí. ¿Estaba dispuesto a permitir que sufrieran heridas menores para conseguir su dinero? Sí.

Se limitarían a esperar hasta que el doctor Fell se quitara los guantes y se dispusiera a salir para comer. Yendo y viniendo por el crucero, Pazzi y Romula tuvieron tiempo de hablar en susurros. Pazzi distinguió un rostro entre el gentío.

—¿Quién es ése que te sigue, Romula? Más vale que me lo digas. Lo tengo visto de la cárcel.

—Es mi amigo, se pondrá en medio si tengo que echarme a correr. Pero no sabe nada. Nada de nada. Es mejor para usted, así no tendrá que mancharse las manos.

Para matar el tiempo, rezaron en varias capillas, Romula bisbiseando en un idioma que Pazzi no reconoció, y este, a la intención de un largo rosario de cosas, particularmente la casa en la bahía de Chesapeake y algo más en lo que no debería pensar en una iglesia.

Les llegaban las melodiosas voces del coro, que estaba ensayando y conseguía alzarse sobre la algarabía general.

Sonó la campana. Era la hora del cierre de mediodía. Aparecieron los sacristanes haciendo sonar sus manojos de llaves, impacientes por vaciar los cepillos.

El doctor Fell se irguió y salió de detrás de la *Pietà* de Andreotti de la capilla, se quitó los guantes y se puso la chaqueta. Un nutrido grupo de japoneses, agotada su provisión de calderilla, se habían apiñado ante el altar mayor y permanecían estupefactos en la oscuridad, sin comprender aún que tenían que salir.

El codazo de Pazzi era del todo innecesario. Romula sabía que el momento había llegado. Besó la coronilla del niño, tranquilo sobre el brazo de madera.

El doctor se acercaba. La multitud lo encaminaba hacia ella y, en tres zancadas, fue a su encuentro, le cerró el paso, alzó la mano ante él procurando atraer su mirada, se besó los dedos y se dispuso a plantarlos en su mejilla, con el brazo oculto listo para colarse en la chaqueta del hombre.

Alguien había dado con una última moneda de doscientas liras y las luces se encendieron; en el momento en que lo tocaba, Romula miró el rostro del hombre y sintió que sus rojizas pupilas la absorbían, sintió que un vacío enorme y helado tiraba de su corazón hacia las costillas, y apartó la mano a toda prisa para cubrir la cara de la criatura, mientras oía su propia voz diciendo: «*Perdonami, perdonami, signore*», se daba la vuelta y huía. El doctor se la quedó mirando hasta que se apagó la luz y volvió a ser una silueta recortada contra los cirios de una capilla, y con zancadas ágiles continuó su camino.

Pazzi, pálido de ira, encontró a Romula apoyada en la pila, mojando una y otra vez la cabeza del niño y lavándole los ojos por si había mirado al doctor Fell. Se tragó los peores improperios cuando vio el rostro aterrorizado de la mujer.

—Es el Demonio —susurró, y sus ojos parecían enormes en la semioscuridad—. Shaitan, el Hijo de la Mañana. Ahora ya lo he visto.

—Te devolveré a la prisión —dijo Pazzi.

Romula miró el rostro del niño y exhaló un suspiro, un suspiro de matadero, tan profundo y resignado que producía escalofríos. Se quitó el brazalete de plata y lo lavó con agua bendita.

—Todavía no —dijo.

27

Si Rinaldo Pazzi hubiera estado dispuesto a cumplir su deber como agente de la ley, habría podido detener al doctor Fell y averiguar muy rápidamente si era Hannibal Lecter. En cuestión de media hora habría obtenido una orden de arresto para sacarlo del Palazzo Capponi, y todas las alarmas del mundo no hubieran podido impedírselo. Con su sola autoridad, hubiera podido retener al doctor Fell sin cargos el tiempo necesario para establecer su identidad.

Las huellas dactilares tomadas al doctor en la Questura hubieran revelado en diez minutos si Fell era Hannibal Lecter. La prueba del ADN habría confirmado la identificación.

Todos esos recursos le estaban negados ahora. Una vez decidido a vender al doctor Lecter, el inspector jefe se había transformado en un cazador de recompensas, al margen de la ley y solo. Hasta los soplones de la policía, que seguían estando a su merced, le resultaban inservibles, porque se habrían apresurado a delatarlo.

Los consiguientes obstáculos provocaban la frustración de Pazzi, pero no hacían mella en su decisión. Se las apañaría con las malditas gitanas...

—¿Lo haría Gnocco por ti, Romula? ¿Puedes dar con él?

Estaban en el salón del apartamento de Via de' Bardi, frente al Palazzo Capponi, doce horas después del fiasco en la iglesia de Santa Croce. Una lámpara de sobremesa iluminaba el cuarto hasta la altura de las caderas de Pazzi. Por encima, sus ojos negros brillaban en la semioscuridad.

—Lo haré yo misma, pero sin el niño —dijo Romula—. Pero tiene que darme...

—No. No puedo dejar que te vea dos veces. ¿Lo haría Gnocco por ti?

Romula, que llevaba un vestido largo de colores vivos, se inclinaba hacia adelante en el asiento, con los generosos pechos rozándole los muslos y la cabeza casi junto a las rodillas. El brazo hueco de madera reposaba sobre una silla. La vieja, tal vez prima de Romula, estaba sentada en un rincón con el niño en brazos. Las cortinas estaban echadas. A través de la abertura, Pazzi vio una débil luz en el piso superior del palacio.

—Puedo hacerlo. Puedo cambiar mi aspecto de forma que no me reconozca. Puedo…

—No.

—Entonces, puede hacerlo Esmeralda.

—No. —La voz había sonado en el rincón. La vieja no había despegado los labios hasta entonces—. Cuidaré a tu hijo, Romula, hasta la muerte. Pero nunca tocaré a Shaitan.

Pazzi apenas entendía su italiano.

—Siéntate bien, Romula —le dijo el policía—. Mírame. ¿Lo haría Gnocco por ti? Romula, esta noche vas a volver a Sollicciano. Aún tienes que cumplir otros tres meses. Es posible que la próxima vez que te manden dinero y cigarrillos entre la ropa del bebé te cojan… Puedo hacer que te echen seis meses de propina por la última vez. Podría conseguir que te declararan incapacitada como madre. El estado se quedaría con el niño. Pero si consigo las huellas, tú te verás libre, tendrás un millón de liras y desaparecerán tus antecedentes. Y te ayudaré a conseguir un visado para Australia. ¿Lo haría Gnocco por ti?

La mujer no respondió.

—¿Puedes encontrar a Gnocco? —Pazzi resopló por la nariz—. *Senti*, recoge tus cosas, podrás retirar el brazo falso en la sala de objetos personales dentro de tres meses, o el año que viene. El niño tendrá que ir a la inclusa, con los demás huérfanos. La vieja puede visitarlo allí.

—¿Con los demás huérfanos, *commendatore*? Mi hijo tiene madre y un nombre, ¿sabe? —Meneó la cabeza, poco dispuesta a decirle el nombre a aquel individuo. Se tapó la cara y sintió los latidos de las manos y la cabeza golpeándose mutuamente; a continuación, habló sin descubrirse el rostro—: Puedo encontrarlo.

—¿Dónde?

—En la Piazza Santo Spirito, junto a la fuente. Encenderán una hoguera y alguien llevará vino.

—Iré contigo.

—Más vale que no —replicó la mujer—. Usted arruinaría su reputación. Tiene a Esmeralda y al niño, sabe que volveré.

La Piazza Santo Spirito, un hermoso cuadrado en la orilla izquierda del Arno, tiene un ambiente sórdido por la noche, con la iglesia envuelta en sombras y cerrada a cal y canto desde hace horas, y ruidos y olores a comida saliendo de Casalinga, la popular *trattoria*.

Junto a la fuente, el resplandor de una pequeña hoguera y el sonido de una guitarra tocada con más entusiasmo que arte. Entre los presentes hay un buen cantante de fados. Una vez descubierto, lo empujan hacia el centro y lo animan a remojarse el gaznate con el vino de varias botellas. Entona una canción que habla del destino, pero lo interrumpen con peticiones de algo más alegre.

Roger LeDuc, Gnocco por mal nombre, está sentado en el pretil de la fuente. Ha fumado. Tiene los ojos turbios, pero distingue a Romula enseguida detrás de la gente que rodea la hoguera. Compra dos naranjas a un vendedor ambulante y la sigue lejos del corro. Se paran bajo un farol a cierta distancia de la hoguera. La luz, fría en comparación con la del fuego, moteada por las pocas hojas de un arce que pugna por reverdecer, da un tinte verdoso a la palidez de Gnocco, sobre la que las sombras de las hojas parecen heridas móviles a Romula, que lo mira reposando la mano en su brazo.

La hoja de una navaja suelta destellos al final de su puño como una lengua pequeña y brillante que monda la naranja, de la que va colgando el largo tirabuzón de la piel. Se la da y ella le mete un gajo en la boca mientras él empieza a pelar la segunda.

Hablan en rumano apenas unos instantes. Él se encoge de hombros. La mujer le da un teléfono celular y le marca un número. La voz de Pazzi suena en la oreja de Gnocco. Al cabo de un momento, Gnocco cierra el teléfono y se lo guarda en un bolsillo.

Romula se quita del cuello una cadenilla, besa el minúsculo amuleto y la pasa por el cuello del desaliñado joven. Él junta la barbilla con el pecho para mirar el colgante, baila dando saltos, como si la imagen santa lo quemara, y consigue que Romula sonría. La gitana se quita el brazalete y se lo pone en la muñeca. Le encaja perfectamente. El brazo de Gnocco no es más grueso que el de Romula.

—¿Puedes quedarte una hora? —le pregunta el hombre.

—Sí —contesta ella.

28

Es de noche otra vez, y el doctor Fell está en la vasta sala de piedra de la exposición de instrumentos de tortura en el Forte di Belvedere, cómodamente recostado contra el muro, con las jaulas de los condenados colgadas sobre su cabeza.

Su mirada registra las múltiples manifestaciones de la fascinación enfermiza en los ávidos rostros de los mirones, que se empujan en torno a los atroces artefactos y se restriegan unos con otros en sulfuroso *frottage*, con los ojos saliéndoseles de las órbitas, el pelo de los antebrazos erizado, echándose el ansioso aliento en los cuellos y las caras. De vez en cuando, el doctor se lleva un pañuelo perfumado a la nariz para soportar la sobredosis de colonia y efluvios hormonales.

Sus perseguidores lo acechan en el exterior.

Pasan las horas. El espectáculo de la chusma no parece cansar al doctor Fell, que nunca ha prestado más que una tibia atención a los artilugios propiamente dichos. Algunos perciben su curiosidad y se sienten incómodos. A menudo, las mujeres lo miran con particular interés antes de que la marea humana las obligue a avanzar. Una miseria pagada a los taxidermistas que regentan el macabro tinglado permite al doctor remolonear a capricho, inalcanzable tras las cuerdas, completamente inmóvil contra el muro.

Fuera, cerca de la puerta de salida, aguantando la persistente llovizna junto al parapeto, Rinaldo Pazzi montaba guardia. El inspector jefe estaba acostumbrado a esperar.

Pazzi sabía que el doctor no volvería a casa. Al pie de la colina, en una placita visible desde el fuerte, el automóvil de Fell aguardaba a su dueño. Era un Jaguar Saloon negro, un elegante Mark II con treinta años de antigüedad y matrícula suiza que relucía bajo la lluvia, el mejor coche que Pazzi había visto nunca. Era evidente que el doctor Fell no necesitaba ganarse un sueldo. Pazzi había anotado los números de la matrícula, pero no podía arriesgarse a identificarla a través de la Interpol.

En la empedrada cuesta de la Via San Leonardo, entre el Forte di Belvedere y el coche, esperaba Gnocco. La calle, mal iluminada, discurría entre dos hileras de altos muros de piedra que protegían una sucesión de villas. Gnocco había dado con un oscuro nicho ante la verja de una entrada en el que podía resguardarse de la lluvia y del torrente de turistas que bajaban del fuerte. El teléfono celular vibraba contra su muslo cada diez minutos, y tenía que confirmar que seguía en su puesto.

Pasaban turistas cubriéndose la cabeza con mapas y programas de mano, abarrotando las estrechas aceras y derramándose por la calzada, donde obligaban a reducir la marcha a los pocos taxis procedentes del fuerte.

En la cámara abovedada de la exposición, el doctor Fell separó por fin la espalda del muro, alzó la vista hacia el esqueleto de la jaula colgada sobre su cabeza como si ambos compartieran un secreto, y se abrió paso entre el gentío hacia la salida.

Pazzi lo vio enmarcado por la puerta y un poco más tarde recortado contra un foco de la hierba. Lo siguió a cierta distancia. Cuando estuvo seguro de que se dirigía al coche, abrió el teléfono celular y alertó a Gnocco.

La cabeza del gitano asomó por el cuello de su chaqueta como la de una tortuga, con los ojos hundidos, mostrando la calavera bajo la piel. Se remangó hasta los codos, escupió en el brazalete y lo frotó con un trapo. Ahora que estaba lavado con saliva y agua bendita, lo protegió de la lluvia poniendo el brazo tras la espalda, bajo el abrigo, mientras miraba hacia la colina. Se acercaba una columna de cabezas bamboleantes. Gnocco se metió en la riada de turistas y alcanzó el centro de la calle, donde podría avanzar contra la corriente y tener mejor visibilidad. Sin un ayudante, tendría que encargarse él solo del encontronazo y de la sirla, lo que no era ningún problema, porque el caso era fallar. Ahí venía aquel hombrecillo insignificante, gracias a Dios cerca del bordillo. Pazzi iba a treinta metros del doctor, y seguía bajando la cuesta.

Gnocco se desplazó con un movimiento lleno de estilo desde el centro de la calle. Aprovechando que se aproximaba un taxi, hizo como que se apartaba para evitarlo, volvió la cara para soltar una blasfemia y chocó de bruces con el doctor Fell; empezó a hurgarle bajo el abrigo y sintió el brazo atrapado por una garra acerada, luego un golpe; se soltó de un tirón y se escabulló a toda prisa, mientras el doctor Fell, que apenas se había parado, continuaba su camino a buen paso y se perdía en la corriente de turistas.

Pazzi estuvo a su lado casi al instante, apretado en el nicho ante la verja de hierro junto a Gnocco, que dobló el cuerpo hacia adelante un momento, recuperándose, y se irguió jadeando.

—Lo he conseguido. Me ha agarrado bien. El muy *cornuto* ha intentado pegarme en los cojones, pero ha fallado —le explicó.

Pazzi, con una rodilla apoyada en el suelo, buscaba con cuidado el brazalete, cuando Gnocco empezó a sentir calor y humedad pierna abajo, y, al agacharse, hizo brotar una corriente de cálida sangre arterial de un desgarrón junto a la bragueta y salpicó el rostro y las manos de Pazzi, que intentaba quitarle el brazalete cogiéndolo por el canto. La sangre lo llenó todo, incluida la cara de Gnocco, que se había inclinado para mirarse, con las piernas empezando a fallarle. Se derrumbó contra la reja, con una mano crispada sobre los hierros y un trapo apretado contra la ingle en la otra, intentando detener el chorro que manaba de la arteria femoral, seccionada.

Pazzi, con la sangre fría que se apoderaba de él en los momentos críticos, pasó un brazo alrededor de Gnocco y, manteniéndolo con la espalda vuelta hacia los turistas mientras sangraba entre los barrotes, lo fue dejando caer hasta acostarlo en el suelo, sobre un costado.

Pazzi se sacó del bolsillo el teléfono celular y pidió una ambulancia, pero sin encenderlo. Se quitó la gabardina y la extendió sobre el cuerpo yacente como un halcón cubriendo a su presa con las alas. La despreocupada multitud seguía bajando a sus espaldas. Pazzi le quitó el brazalete de la muñeca y lo guardó en una cajita. Se metió el teléfono celular de Gnocco en un bolsillo. El joven movió los labios.

—*Madonna, che freddo*…

Haciendo de tripas corazón, Pazzi retiró la mano de Gnocco de la herida, la sostuvo entre las suyas como para confortarlo y dejó que se desangrara. Cuando estuvo seguro de que Gnocco había muerto, lo dejó junto a la verja, con la cabeza apoyada en un brazo como si estuviera dormido, y se unió a los que bajaban.

En la plaza, Pazzi vio el lugar de aparcamiento vacío; la lluvia apenas había empezado a humedecer los cantos sobre los que había estado el Jaguar del doctor Lecter.

El doctor Lecter. Pazzi ya no pensaba en él como el doctor Fell. Era el doctor Hannibal Lecter.

En el bolsillo podía tener en esos momentos la prueba que Verger necesitaba. La que necesitaba Pazzi goteaba gabardina abajo, sobre sus zapatos.

29

El lucero del alba se eclipsaba sobre Génova a medida que un resplandor rojizo apuntaba por oriente cuando el viejo Alfa Romeo de Rinaldo Pazzi llegó al puerto. Un viento helado rizaba la bahía. En un mercante fondeado en un amarradero de la bocana hacían trabajos de soldadura, y las chispas de color naranja llovían sobre el agua negra.

Romula permaneció en el coche, al abrigo del viento, con el niño en el regazo. Esmeralda se acurrucaba en el pequeño asiento posterior de la *berlinetta* cupé con las piernas de través. No había vuelto a abrir la boca desde que se negó a tocar a Shaitan.

Estaban tomando café bien cargado en vasos de plástico y *pasticcini*.

Rinaldo Pazzi fue a la oficina de embarque. Cuando salió, el sol ya estaba alto y teñía de rojo el casco roñoso del carguero *Astra Philogenes*, que completaba su carga anclado junto al muelle. Hizo un gesto a las mujeres.

El *Astra Philogenes*, con veintisiete mil toneladas y bandera griega, tenía autorización para transportar doce pasajeros sin médico de a bordo rumbo a Río. Allí, le había explicado Pazzi a Romula, transbordarían a otro barco que zarparía hacia Sydney, Australia, para lo cual recibirían ayuda del sobrecargo del *Astra*. El pasaje estaba pagado hasta destino sin posibilidad de reembolso. En Italia, Australia se considera una tierra de promisión donde es fácil encontrar trabajo, y cuenta con una nutrida comunidad gitana.

Pazzi había prometido a Romula dos millones de liras, unos mil doscientos cincuenta dólares a la cotización vigente, y se los entregó en un abultado sobre.

El equipaje de las gitanas era insignificante: una maleta pequeña y el brazo falso metido en la funda de una trompa de pistones.

Las gitanas y el niño estarían en el mar e incomunicadas cerca de un mes.

Pazzi repitió a Romula por enésima vez que Gnocco se reuniría con ella más adelante, porque ese día había sido imposible. Se pondría en contacto con ella escribiéndole a la oficina central de correos de Sydney.

—Cumpliré mi palabra con él como lo he hecho contigo —le dijo al pie de la pasarela, mientras el sol de primera hora alargaba sus sombras sobre la áspera superficie del muelle.

Al acercarse el momento de zarpar, mientras Romula y el niño empezaban a trepar hacia cubierta, la vieja, mirándolo con sus ojos negros como aceitunas de Kalamata, habló por segunda y última vez en la experiencia de Pazzi.

—Has entregado a Gnocco a Shaitan —dijo con calma—. Gnocco está muerto.

Doblándose con dificultad, como haría ante un pollo acogotado en el tajo, Esmeralda apuntó con cuidado, escupió a la sombra de Pazzi y se apresuró pasarela arriba tras Romula y la criatura.

30

La caja en la que la DHL Express había hecho la entrega era modélica. Sentado a una mesa bajo los focos de la zona de las visitas, el técnico en huellas dactilares desenroscó los tornillos con cuidado usando un destornillador eléctrico.

El ancho brazalete de plata estaba sujeto a un soporte de terciopelo grapado al interior de la caja, de forma que la joya no tocara nada.

—Tráigamelo —ordenó Mason.

Examinar las huellas hubiera sido mucho más fácil en la Sección de Identificación del Departamento de Policía de Baltimore, donde el técnico trabajaba durante el día; pero Verger le pagaría una cantidad enorme y en metálico, y quería supervisar el trabajo con sus propios ojos. O con su propio ojo, reflexionó el técnico con sorna mientras dejaba el brazalete, todavía en su soporte, en una bandeja de porcelana sostenida por un enfermero.

Este la aproximó al anteojo de Mason. No podía depositarla en la trenza de pelo enroscada sobre el corazón de Mason, porque el respirador le alzaba el pecho constantemente, arriba y abajo.

El pesado brazalete tenía manchas de sangre seca, que cayó en forma de polvo rojizo sobre la porcelana. Mason lo miró a través del anteojo. La falta de tejido facial le impedía toda expresión, pero el ojo estaba brillante.

—Empiece —dijo.

El técnico tenía una copia del anverso de la tarjeta del FBI con las huellas del doctor Lecter. La sexta huella del reverso y los datos personales no estaban reproducidos.

Se dispuso a distribuir con el pincel los polvos para identificación de pruebas entre las costras de sangre. Los «Sangre de dragón» que solía utilizar tenían un color semejante al de la sangre seca, así que utilizó otros de color negro y los espolvoreó con cuidado.

—Hay huellas —informó, e hizo una pausa bajo los focos para secarse el sudor de la frente.

La luz era la adecuada, así que fotografió *in situ* las huellas obtenidas antes de levantarlas para compararlas al microscopio.

—Dedos corazón y pulgar de la mano izquierda, coincidentes en dieciséis puntos. Suficiente para un tribunal —dijo por fin—. No hay duda, es el mismo sujeto.

A Mason los tribunales lo traían sin cuidado. Su pálida mano ya había empezado a reptar por la colcha en busca del teléfono.

31

Una mañana soleada en una pradera montañosa en el interior del macizo de Gennargentu, en el centro de Cerdeña.

Seis hombres, cuatro sardos y dos romanos, trabajan bajo un cobertizo sin paredes construido con maderas del bosque circundante. Los insignificantes sonidos que producen parecen magnificarse en el vasto silencio de las montañas.

Bajo el cobertizo, colgado de las alfardas, cuya corteza sigue pelándose, hay un espejo enorme en un marco dorado y rococó. Está suspendido sobre un sólido corral que tiene dos puertas, una de las cuales se abre hacia los pastos. La otra está hecha como una puerta holandesa, de forma que la mitad superior y la inferior puedan abrirse por separado. Bajo ella el terreno está pavimentado con cemento, pero el resto del corral está cubierto de paja limpia, como un patíbulo.

El espejo, con su marco tallado de querubines, puede inclinarse para proporcionar una vista superior del corral, como el espejo de una escuela de cocina permite a los alumnos tener una vista de los fogones.

El cineasta, Oreste Pini, y el hombre de confianza de Mason en Cerdeña, un secuestrador profesional llamado Carlo, sintieron mutua aversión desde el principio.

Carlo Deogracias era un individuo corpulento y sanguíneo, que apenas se quitaba un sombrero tirolés con un colmillo de jabalí en la cinta. Tenía por costumbre mascar la ternilla de un par de dientes de venado que guardaba en un bolsillo de la chaqueta.

Carlo era un practicante aventajado del antiguo deporte sardo del secuestro, así como un vengador profesional.

Si te han de secuestrar para pedir rescate, te dirá cualquier italiano rico, es preferible caer en manos de los sardos. Por lo menos son profesionales y no te matarán por accidente o en un ataque de pánico. Si tu familia paga, puede que te devuelvan ileso y con todos los apéndices y orificios intactos. Si no paga, pueden estar seguros de que te recibirán por entregas en paquete postal.

A Carlo no lo convencían los alambicados planes de Mason. Tenía experiencia en la materia; de hecho, veinte años atrás había conseguido que una piara de cerdos se comiera a un individuo, un nazi retirado que se hacía pasar por conde e imponía relaciones sexuales a los niños de los pueblos toscanos, chicos y chicas por igual. A Carlo lo contrataron para el trabajo, atrapó al interfecto en su propio jardín, a cinco kilómetros de la Badia di Passignano, y consiguió que lo devoraran cinco enormes cerdos domésticos de una granja al sur de Poggio alle Corti, aunque tuvo que dejar de alimentarlos durante tres días. El nazi, que trataba de liberarse de sus ataduras, sudaba y suplicaba, tenía los pies metidos en el corral, y aun así a los cerdos parecía darles vergüenza empezar con los dedos, que sin embargo no paraban de menearse, hasta que Carlo, con una punzada de culpa por violar la letra del contrato, obligó al boche a comerse una deliciosa ensalada con las verduras favoritas de los cerdos y luego le cortó el cuello para apaciguarlos.

Carlo era alegre y vital por naturaleza, pero la presencia del director de cine lo ponía de mal humor. Había tenido que traer el espejo de un burdel que regentaba en Cagliari, obedeciendo órdenes de Mason Verger, solo para complacer a aquel pornógrafo llamado Oreste Pini.

Los espejos eran un fetiche para Oreste, que los había usado como piezas capitales de sus películas pornográficas y de la única cinta genuinamente *snuff* que había rodado en Mauritania. Inspirado por la advertencia impresa en el retrovisor de su coche, era un convencido partidario del uso de espejos convexos para hacer que determinados objetos parecieran mayores de lo que aparecen a la mirada directa.

Siguiendo las instrucciones de Mason, Oreste tendría que preparar un escenario con dos cámaras y un buen equipo de sonido, y la toma tenía que ser perfecta a la primera. Mason quería un primer plano fijo e ininterrumpido del rostro, aparte de todo lo demás.

En opinión de Carlo, lo único que hacía era cazar moscas con el culo.

—Puedes quedarte ahí cotorreando como una verdulera o ver cómo ensayamos y preguntarme cualquier cosa que no entiendas.

—Lo que quiero es filmar los ensayos.

—*Va bene*. Monta tu mierda de *set* y empecemos de una vez.

Mientras Oreste colocaba las cámaras, Carlo y los otros tres silenciosos sardos hacían los preparativos.

A Oreste le encantaba el dinero, pero nunca dejaba de sorprenderse de todo lo que se puede comprar con él.

En una larga mesa colocada sobre caballetes en un extremo del cobertizo, el hermano de Carlo, Matteo, deshacía un hato de ropa vieja, del que entresacó una camisa y unos pantalones. Mientras tanto, los otros dos sardos, los hermanos Piero y Tommaso Falcione, acercaban al interior del cobertizo una camilla con ruedas empujándola despacio sobre la hierba. La camilla estaba manchada y hecha jirones.

Matteo había preparado varios pozales de carne picada, unos cuantos pollos sin desplumar y un montón de fruta pasada, a los que empezaban a acudir las moscas, y un cubo de ventrón e intestinos de buey.

Matteo extendió los gastados pantalones caqui sobre la camilla y empezó a llenarlos con un par de pollos, carne y fruta. Luego metió carne picada y bellotas en un par de guantes de algodón, procurando que los dedos se llenaran, y los colocó en la boca de las perneras. A continuación, extendió la camisa, la llenó de intestinos procurando darle forma con trozos de pan, la abotonó y metió escrupulosamente los faldones dentro del pantalón. Completó el torso poniendo un par de guantes repletos de más inmundicias en los extremos de las mangas. Como cabeza usó un melón cubierto con una redecilla llena de carne picada en la parte que representaba la cara; dos huevos duros hacían las veces de ojos. Cuando acabó el resultado se asemejaba a un maniquí lleno de bultos, aunque tenía mejor aspecto acostado en la camilla que algunos que se tiran de un rascacielos. Como toque final, Matteo roció el melón y los guantes de las mangas con una loción para el afeitado que costaba un ojo de la cara.

Carlo señaló con la barbilla hacia el escultural ayudante de Oreste, que se inclinaba sobre el borde del corral extendiendo el soporte del micrófono para comprobar el alcance.

—Dile a tu bujarrón que si se cae dentro, no seré yo quien se meta para sacarlo.

Por fin estuvo todo listo. Piero y Tommaso plegaron las patas de la camilla y la hicieron rodar hasta la entrada del corral.

Carlo trajo de la casa un radiocasete y un amplificador independiente. Tenía toda una colección de cintas, alguna de las cuales había grabado él mismo mientras les cortaba las orejas a los secuestrados para mandarlas por correo a sus familiares. Carlo se las ponía a los animales cada vez que comían. Ya no las necesitaría cuando hubiera una víctima real que pusiera los efectos de sonido.

Los sufridos altavoces exteriores estaban clavados a los postes del cobertizo. El sol brillaba sobre la hermosa pradera, que descendía en suave pendiente hacia el bosque. La sólida cerca que la rodeaba se perdía entre los árboles. En el silencioso mediodía Oreste podía oír una abeja carpintera zumbando bajo el techo del cobertizo.

—¿Estás listo? —le preguntó Carlo.

A su vez, Oreste se volvió hacia la cámara fija.

—*Giriamo* —gritó al cámara.

—*Pronti!* —respondió este.

—*Motore!* —Y las cámaras empezaron a rodar.

—*Partito!* —La cinta del sonido empezó a girar.

—*Azione!* —chilló Oreste, y le dio un golpe a Carlo.

El sardo pulsó el botón de «play» del radiocasete y se desencadenó un griterío infernal puntuado por sollozos y súplicas. El cámara dio un respingo, pero se tranquilizó enseguida. Los alaridos eran espeluznantes, pero dieron el recibimiento más apropiado a las siluetas que salían del bosque, atraídas por el escándalo que anunciaba la cena.

32

Viaje de ida y vuelta en un día a Ginebra para ver el dinero.

El avión del puente aéreo a Milán, un ruidoso reactor Aeroespatiale, trepó a los cielos de Florencia a primeras horas de la mañana y se meció sobre los viñedos, cuyas separadas hileras parecían una torpe maqueta de la Toscana hecha por un especulador de terrenos. Algo extraño ocurría con los colores del paisaje; las piscinas de las nuevas villas de los extranjeros ricos tenían un azul raro. A Pazzi, que miraba por la ventanilla del avión, le parecían del azul lechoso de un ojo de inglés viejo, un tono fuera de lugar entre los oscuros cipreses y los plateados olivos.

Los ánimos de Rinaldo Pazzi ascendían con el avión al pensar que no se haría viejo allí, a expensas del capricho de sus superiores, aguantando mecha para conseguir la pensión.

Lo había atormentado el temor a que Lecter desapareciera después de matar a Gnocco. Cuando volvió a ver encendida la lámpara de trabajo del doctor en Santa Croce, sintió un alivio enorme; el doctor pensaba que no corría peligro.

La muerte del gitano no produjo la menor agitación en la Questura, donde la atribuyeron a algún ajuste de cuentas entre traficantes de drogas; por suerte, se habían encontrado jeringuillas usadas cerca del cuerpo, cosa nada rara en Florencia, donde se distribuían gratis.

Un viaje para ver el dinero. Había sido exigencia suya.

La visualización interna de Pazzi era capaz de recordar algunas imágenes con pelos y señales: la primera vez que se vio el pene en erección; la primera que vio su propia sangre; la primera mujer que vio desnuda; el primer puño borroso que vio acercarse a su rostro. Recordaba cierta ocasión en que entró por casualidad en la capilla lateral de una iglesia de Siena y sus ojos toparon de pronto con el rostro de santa Catalina de Siena, una cabeza de momia enmarcada en una impoluta toca blanca y guardada dentro del relicario en forma de iglesia.

Ver tres millones de dólares estadounidenses le produjo un impacto semejante.

Trescientos fajos de billetes de cien con números de serie no consecutivos.

En una habitación pequeña y desnuda, parecida a una capilla, en las oficinas del Crédit Suisse de Ginebra, el abogado de Mason Verger enseñó el dinero a Rinaldo Pazzi. Lo trajeron de la cámara acorazada con un carrito, en cuatro cajas de seguridad profundas y numeradas con placas de cobre. El Crédit Suisse puso a su disposición una máquina de contar billetes, una balanza y un empleado para utilizarlas. Pazzi hizo salir al empleado. Puso las manos sobre el montón de billetes una sola vez.

Rinaldo Pazzi era un investigador muy competente. Había descubierto y detenido a auténticos virtuosos del timo durante veinte años. Mientras estaba ante todo aquel dinero y escuchaba las instrucciones del abogado, no percibió la más mínima nota falsa; si les entregaba a Hannibal Lecter, ellos le entregarían el dinero.

Con la sangre agolpándosele en la cabeza, comprendió que aquella gente iba en serio; Mason Verger pagaría sin pestañear. Y no se hacía ilusiones respecto a la suerte del doctor. Estaba a punto de venderlo para que lo torturaran y lo mataran. Se ha de hacer justicia a Pazzi, que al menos reconocía en su fuero interno lo que estaba haciendo.

«Nuestra libertad vale más que la vida del monstruo. Nuestra felicidad es más importante que su sufrimiento», pensó con el frío egoísmo de los desesperados. Si el «nuestra» era mayestático o incluía a Rinaldo y a su mujer, sería difícil decirlo, y es posible que no exista una única respuesta.

En aquel cuarto, fregado y suizo, inmaculado como una toca, Pazzi hizo el voto definitivo. Apartó la mirada del dinero y asintió. Entonces el abogado, el señor Konie, se acercó a una de las cajas, contó cien mil dólares y se los entregó.

El señor Konie habló brevemente por un teléfono móvil y luego se lo tendió a Pazzi.

—Es una línea terrestre, cifrada —le dijo.

Pazzi oyó la voz de un norteamericano que hablaba con un ritmo peculiar; soltaba las frases en una sola espiración seguida de una pausa y se comía las oclusivas. El sonido lo angustiaba ligeramente, como si estuviera pugnando por respirar a la vez que su interlocutor.

Sin otro preámbulo, la pregunta:

—¿Dónde está el doctor Lecter?

Pazzi, con el dinero en una mano y el teléfono en la otra, no titubeó.

—Investigando en el Palazzo Capponi, en Florencia. Es el… conservador.

—¿Tendría la bondad de mostrar su identificación a el señor Konie y pasarle el teléfono? No dirá su nombre por el aparato.

El señor Konie consultó una lista que se sacó del bolsillo y dijo a Mason unas palabras acordadas previamente como clave; luego, volvió a darle el teléfono.

—Tendrá el resto del dinero cuando el sujeto esté en nuestras manos, vivo —dijo Mason—. Usted no tiene que atraparlo, pero sí identificarlo para nosotros y ponerlo en nuestras manos. También quiero sus papeles, todo lo que tenga sobre el doctor. ¿Vuelve a Florencia hoy mismo? Recibirá instrucciones esta noche para un encuentro cerca de Florencia. Tendrá lugar como muy tarde mañana por la noche. En él recibirá instrucciones del hombre que se hará cargo del doctor Lecter. Le preguntará si conoce a alguna florista. Respóndale que todas las floristas son unas ladronas. ¿Me comprende? Quiero que le preste su cooperación.

—No quiero al doctor Lecter en mi… No lo quiero cerca de Florencia cuando..:

—Comprendo su inquietud. No se preocupe, no lo estará. —Y se cortó la comunicación.

Tras unos minutos de papeleo, dos millones de dólares quedaron en custodia. Mason Verger no podría retirarlos, pero sí dar su autorización para que lo hiciera Pazzi. Un representante del Crédit Suisse acudió al despacho y lo informó de que el banco le cobraría una comisión si convertía la suma en francos suizos, y le pagaría un tres por ciento de interés compuesto solo por los cien mil primeros francos. El empleado entregó a Pazzi una copia del artículo 47 del *Bundesgesetz über Banken und Sparkassen*, que regula el secreto bancario, y se ofreció a realizar una transferencia al Royal Bank de Nueva Escocia o a las Islas Caimán tan pronto fueran liberados los fondos, si ese era su deseo.

En presencia de un notario, Pazzi autorizó la firma de su esposa como titular de la cuenta en caso de su fallecimiento. Finalizada la operación, el representante del Crédit Suisse fue el único que ofreció la mano a los demás.

Pazzi y el señor Konie evitaron mirarse directamente, aunque el abogado se despidió con un «adiós» desde el umbral de la puerta.

En el último tramo del viaje a casa, el vuelo del puente aéreo desde Milán hubo de sortear una tormenta, y Pazzi se quedó mirando el reactor de su costado, negro como una boca abierta contra el cielo gris oscuro. Los relámpagos y los truenos se desencadenaron cuando se balanceaban sobre la vieja ciudad, con el campanario y la cúpula de la catedral justo debajo, las luces encendiéndose en la temprana oscuridad, resplandores y detonaciones como los que Pazzi recordaba de su niñez, cuando los alemanes volaron los puentes sobre el Arno y solo perdonaron el Ponte Vecchio. Y por un instante tan breve como un relámpago, volvió a ver con los ojos del niño al francotirador encadenado a la Madonna de las Cadenas para que rezara antes de ser fusilado.

Descendiendo entre el olor a ozono de los relámpagos, sintiendo el retumbar de los truenos en el fuselaje del avión, Pazzi, del linaje de los Pazzi, volvía a su vieja ciudad con designios tan viejos como el tiempo.

33

Rinaldo Pazzi hubiera preferido vigilar ininterrumpidamente a su presa del Palazzo Capponi, pero no podía.

En lugar de eso, aún extasiado por la contemplación del dinero, no tuvo más remedio que enjaretarse el traje de etiqueta y asistir con su mujer al esperado concierto de la Orquesta de Cámara de Florencia.

El Teatro Piccolomini, construido en el siglo XIX como copia a media escala del glorioso Teatro La Fenice de Venecia, es un joyero barroco de dorados y terciopelo, con el espléndido techo abarrotado de querubines que desafían las leyes de la gravedad.

No está de más que el teatro sea tan hermoso, porque los intérpretes suelen necesitar toda la ayuda que puedan obtener.

Es injusto, aunque inevitable, que la música sea juzgada en Florencia con el mismo rasero que se aplica a su inigualable patrimonio artístico. El público florentino constituye un amplio y exigente grupo de melómanos, lo cual no tiene nada de extraordinario en Italia; pero a menudo su hambre de música queda insatisfecha.

Pazzi se deslizó al asiento contiguo al de su mujer en medio de los aplausos que despidieron la obertura.

Ella le ofreció la fragante mejilla. Pazzi sintió que el corazón le henchía el pecho al admirarla en su traje de noche, lo bastante escotado como para que un tibio aroma surgiera desde el canalillo de los senos; sobre el regazo tenía la partitura en la elegante cubierta de Gucci que él le había regalado.

—Suenan infinitamente mejor con el nuevo viola —le susurró ella al oído.

El excelente *viola da gamba* había sido contratado para sustituir a otro, inepto hasta decir basta y primo de Sogliato, que había desaparecido en extrañas circunstancias hacía unas semanas.

El doctor Hannibal Lecter contemplaba el patio de butacas desde uno de los palcos superiores, solo, inmaculado en su esmoquin, con la cara y la pechera flotando en la oscuridad del palco enmarcado por las barrocas molduras doradas.

Pazzi lo descubrió cuando se encendieron las luces brevemente después del primer movimiento, y en el instante en que iba a volver la vista, la cabeza del doctor giró como la de un búho y sus ojos se encontraron. Pazzi apretó la mano de su mujer lo bastante fuerte como para que se volviera a mirarlo; a partir de ese momento, Pazzi no apartó los ojos del escenario, mientras sentía el muslo de su mujer contra el dorso caliente de la mano, que ella retenía entre las suyas.

En el descanso, cuando Pazzi volvió de la cafetería trayéndole un refresco, el doctor Lecter estaba de pie junto a ella.

—Buenas noches, doctor Fell —lo saludó Pazzi.

—Buenas noches, *commendatore* —dijo el doctor.

Aguardó con la cabeza levemente inclinada, hasta que Pazzi no tuvo más remedio que hacer las presentaciones.

—Laura, permíteme que te presente al doctor Fell. Doctor Fell, esta es la *signora* Pazzi, mi esposa.

La *signora* Pazzi, habituada a que alabaran su belleza, encontró lo que ocurrió a continuación encantadoramente divertido, aunque su marido no pensara lo mismo.

—Le agradezco el privilegio que me concede, *commendatore* —dijo el doctor.

Su lengua, roja y puntiaguda, apareció un instante entre los dientes antes de que se inclinara ante la mano de la *signora* Pazzi y acercara sus labios a la piel, tal vez más de lo acostumbrado en Florencia, ciertamente lo bastante como para que la mujer sintiera la respiración en su piel.

Los ojos del hombre la miraron antes de alzar de nuevo la reluciente cabeza.

—Me parece que aprecia usted particularmente a Scarlatti, *signora* Pazzi.

—Así es, en efecto.

—Ha sido encantador verla seguir la partitura. Hoy en día apenas lo hace nadie. Espero que esto le interese. —Cogió el portafolios que llevaba bajo el brazo y le enseñó una partitura antigua, manuscrita en pergamino—. Procede del Teatro Capranica de Roma, y es de 1688, el año en que se escribió la obra.

—*Meraviglioso!* ¡Fíjate, Rinaldo!

—He marcado sobre papel de celofán algunas de las diferencias respecto a la partitura moderna a lo largo del primer movimiento —explicó el doctor Lecter—. Tal vez la divierta hacer lo mismo con el segundo. Por favor, cójala. Siempre puedo recuperarla del *signor* Pazzi; por supuesto, si el *commendatore* no tiene inconveniente...

El doctor lo miró con intensidad mientras aguardaba su respuesta.

—Si te apetece, Laura... —dijo Pazzi. De pronto lo asaltó una idea—. ¿Tiene intención de presentarse ante el Studiolo, doctor?

—Por supuesto, este mismo viernes por la noche. Sogliato está impaciente por verme desacreditado.

—Yo estaré en el casco antiguo —le informó Pazzi—. Aprovecharé para devolverle la partitura. Laura, el doctor Fell tiene que cantar ante los dragones del Studiolo para ganarse la sopa.

—Estoy seguro de que canta de maravilla, doctor —dijo ella mirándolo con sus enormes ojos negros, dentro de los límites de la decencia, pero próxima a rebasarlos.

El doctor Lecter sonrió enseñando dos hileras de blancos dientecillos.

—Madame, si fuera el fabricante de Fleur du Ciel, le regalaría el diamante Cape para que lo luciera. Hasta el viernes por la noche, *commendatore*.

Pazzi se aseguró de que el doctor regresaba a su palco, y no volvió a mirarlo hasta que se despidieron con un gesto de la mano en la escalinata del teatro.

—Te regalé el Fleur du Ciel para tu cumpleaños —dijo Pazzi.

—Sí, y me encanta, Rinaldo —respondió la *signora* Pazzi—. Tienes un gusto exquisito.

34

Impruneta es una antigua ciudad toscana de donde proceden las tejas del Duomo. Desde las villas de las colinas que la rodean, a varios kilómetros de distancia, puede verse el cementerio por la noche gracias a las luces que arden constantemente en las tumbas. La luz que proporcionan es escasa, aunque suficiente para que los visitantes paseen entre los muertos; sin embargo, hace falta una linterna para leer los epitafios.

Rinaldo Pazzi llegó a las nueve menos cinco con un pequeño ramo de flores que tenía intención de depositar en una tumba cualquiera. Entró en el recinto y caminó despacio a lo largo de uno de los senderos de guijarros bordeados de sepulturas.

Sentía la presencia del otro hombre, aunque no podía verlo.

Carlo habló desde detrás de un mausoleo que lo ocultaba por completo.

—¿Puede recomendarme alguna florista de la ciudad?

Aquel hombre tenía acento sardo. Bien, tal vez supiera lo que se hacía.

—Todas las floristas son unas ladronas —contestó Pazzi.

Carlo surgió de su escondite de golpe, sin echar antes un vistazo. Era bajo, fornido y ágil de extremidades, y Pazzi pensó que tenía algo de salvaje. Llevaba una chaqueta de cuero y un sombrero con un colmillo de jabalí en la cinta. Pazzi calculó que le sacaba unos siete centímetros de envergadura y diez de altura. Debían de pesar poco más o menos lo mismo. Le faltaba un pulgar. Supuso que podría encontrar su ficha en el archivo de la Questura en cuestión de cinco minutos. El resplandor de las lamparillas de las tumbas los iluminaba desde abajo.

—El palacio tiene un buen sistema de alarma —dijo Pazzi.

—Ya le he echado un vistazo. Tendrá que decirme quién es.

—Hablará en una reunión mañana por la noche. ¿Podrá hacerlo tan pronto?

—Claro. —Carlo quiso presionar al policía, demostrarle quién llevaba las riendas—. ¿Estará con él, o es que le da miedo? Usted hará lo que le pagan para hacer. Tendrá que señalármelo.

—Cierre la bocaza. Yo cumpliré mi parte, lo mismo que usted. O se jubilará en Volterra, de puto, lo que más le guste.

En el trabajo, Carlo era tan insensible a los insultos como a los gritos de dolor. Se dio cuenta de que había juzgado mal al policía. Extendió las manos abiertas en son de paz.

—Cuénteme lo que necesito saber.

Carlo se acercó a Pazzi y se quedaron uno junto al otro, como si rezaran ante el pequeño mausoleo. Por la senda se acercaba una pareja cogida de la mano. Carlo se quitó el sombrero y los dos hombres permanecieron inmóviles, con las cabezas inclinadas. El inspector puso las flores en la entrada de la tumba. Del sudado sombrero de Carlo le llegó un olor rancio, como a embutido hecho de algún animal capado sin maña, e irguió la cabeza para evitarlo.

—Es rápido con la navaja. Y apunta bajo.

—¿Tiene pistola?

—No lo sé. Nunca la ha usado, que yo sepa.

—No quiero tener que sacarlo de un coche. Lo quiero en la calle con poca gente alrededor.

—¿Cómo piensa reducirlo?

—Eso es asunto mío.

Carlo se metió en la boca un colmillo de venado y mascó la ternilla haciendo sobresalir los dientes de vez en cuando.

—Y mío —replicó Pazzi—. ¿Cómo piensa hacerlo?

—Lo atontaré con una pistola de aire comprimido, le echaré una red y luego puede que le ponga una inyección. Tendré que mirarle los dientes rápido, por si lleva veneno en una funda.

—Tiene que hablar en una reunión. Empieza a las siete en el Palazzo Vecchio. Si trabaja mañana en la Capilla Capponi, en Santa Croce, irá andando desde allí al Palazzo Vecchio. ¿Conoce Florencia?

—Bastante bien. ¿Podrá conseguirme un pase de vehículos para el casco antiguo?

—Sí.

—No lo cogeré al salir de la iglesia —dijo Carlo.

Pazzi asintió.

—Es mejor que aparezca en la reunión. Después puede que no lo echen en falta durante dos semanas. Cuando salga tengo una excusa para acompañarlo hasta el Palazzo Capponi...

—No quiero cogerlo en su casa. Es su terreno. Lo conoce; yo, no. Estará alerta, mirará a su alrededor antes de entrar. Lo quiero en plena calle.

—Escúcheme. Saldremos por la puerta principal del Palazzo Vecchio, porque la de la Via dei Leoni ya estará cerrada. Iremos por la Via Neri y cruzaremos el río por el Ponte alle Grazie. Al otro lado, frente al Museo Bardini, hay unos árboles que tapan las farolas. A esas horas la escuela está cerrada y hay mucha tranquilidad.

—Digamos entonces que en el Museo Bardini, pero podría hacerlo antes si se presenta la ocasión, más cerca del palacio, o durante el día, si se huele algo y trata de huir. Puede que estemos en una ambulancia. Quédese con él hasta que la pistola lo deje sin sentido, y luego lárguese deprisa.

—Lo quiero fuera de Toscana antes de que le hagan lo que sea.

—Créame, habrá desaparecido de la faz de la tierra, y con lo pies por delante —le dijo Carlo, e hizo asomar el diente de venado entre la sonrisa que le produjo su propia broma.

35

Mañana del viernes. Una pequeña habitación en el ático del Palazzo Capponi. Tres de las paredes encaladas están desnudas. De la cuarta cuelga una Madonna del siglo XIII, de la escuela de Cimabue, enorme en el reducido espacio, con la cabeza ladeada hacia el ángulo de la firma como la de un pájaro curioso y los ojos en forma de almendra posados sobre la menuda figura que duerme bajo el cuadro.

El doctor Hannibal Lecter, veterano de los catres de prisiones y manicomios, yace tranquilo en la estrecha cama, con las manos cruzadas sobre el pecho.

Abre los ojos y, ya completamente despierto, el sueño sobre su hermana Mischa, muerta y digerida hace mucho tiempo, se transforma sin solución de continuidad en lúcida conciencia: peligro entonces, peligro ahora.

La certeza de estar en peligro no le quita el sueño, ni más ni menos que haber matado al carterista.

Vestido para la jornada, esbelto e impecable en su traje negro de seda, desconecta los sensores de movimiento al final de las escaleras del servicio y desciende hacia los amplios espacios del palacio.

Ahora es libre de moverse por el vasto silencio de las muchas estancias del edificio, libertad que nunca deja de subírsele a la cabeza después de tantos años de encierro en una celda subterránea.

Así como los muros cubiertos de frescos de Santa Croce o el Palazzo Vecchio están impregnados de intelecto, el aire de la Biblioteca Capponi vibra con presencias mientras el doctor Lecter camina a lo largo de la enorme pared llena de manuscritos. Elige unos rollos de pergamino, sopla el polvo, y las motas danzan en un rayo de sol como si los muertos, que ahora son polvo, pugnaran por contarle sus destinos y predecir el suyo. Trabaja de forma eficiente, pero sin apresuramientos; guarda algunas cosas en el portafolios y selecciona unos cuantos libros e ilustraciones para su conferencia de esa noche en el Studiolo. Son tantas las cosas que le hubiera gustado leer...

El doctor Lecter abre su ordenador portátil y, a través del Departamento de Criminología de la Universidad de Milán, entra en la página web del FBI –www.fbi.gov–, como un particular más. Averigua que el Subcomité Judicial encargado de juzgar la operación antidroga de Clarice Starling aún no ha fijado una fecha. No tiene los códigos de acceso al archivo de su propio caso en el FBI. En la página «Más buscados», su antiguo rostro lo mira fijamente, flanqueado por los de un terrorista y un pirómano.

El doctor Lecter rescata el periódico de entre un montón de pergaminos, contempla la fotografía de Clarice Starling que aparece en la portada y recorre las facciones con el dedo. El acero brilla en su mano de improviso, como si hubiera brotado para sustituir al sexto dedo. La navaja, del tipo llamado «Arpía», tiene la hoja dentada y en forma de garra. Corta la página del *National Tattler* con la misma facilidad con que seccionó la arteria femoral del gitano: la hoja entró en la ingle y volvió a salir tan deprisa que el doctor Lecter ni siquiera tuvo necesidad de limpiarla.

El doctor recorta la imagen de Clarice Starling y la encola sobre un trozo de pergamino en blanco.

Coge una pluma y, con artística desenvoltura, dibuja en el pergamino el cuerpo de una leona con alas, un grifo con la cara de Starling. Debajo escribe con elegante letra redonda: *¿Se te ha ocurrido preguntar alguna vez, Clarice, por qué no te comprenden los filisteos? Porque eres la respuesta a la adivinanza de Sansón: eres la miel en la boca del león.*

A quince kilómetros de allí, con la furgoneta aparcada tras un muro de piedra en Impruneta, Carlo Deogracias comprobaba el instrumental, mientras su hermano Matteo practicaba una serie de llaves de yudo en la espesa hierba con los otros dos sardos, Piero y Tommaso Falcione. Los Falcione eran fuertes y rápidos; Piero había sido jugador del equipo de fútbol profesional de Cagliari, aunque por poco tiempo, y Tommaso, seminarista. Hablaba un inglés aceptable y a veces rezaba con sus víctimas.

Carlo había alquilado legalmente la furgoneta Fiat blanca con matrícula de Roma. Los rótulos del OSPEDALE DELLA MISERICORDIA estaban listos para ser adheridos a los costados, y las paredes y el suelo del interior, cubiertos con mantas de mudanza, por si el sujeto se resistía una vez dentro del vehículo.

Carlo llevaría a cabo la operación tal como deseaba Mason; pero si algo fallaba y se veía obligado a matar al doctor Lecter en la península, lo que frustraría la filmación, no todo estaría perdido. Carlo se sabía capaz de acabar con el doctor Lecter y cortarle manos y cabeza en menos de un minuto.

Si no dispusiera de todo ese tiempo, siempre podría cortarle el pene y un dedo, suficiente para la prueba del ADN. En una bolsa de plástico sellada al vacío y conservada en hielo, llegarían a manos de Mason en menos de veinticuatro horas, lo que haría acreedor a Carlo a una recompensa, además de a los honorarios acordados.

Bien colocados tras los asientos había una pequeña sierra mecánica, palas de mango largo, un sierra quirúrgica, cuchillos bien afilados, bolsas de plástico con cierre de cremallera, un tornillo de mordaza Black and Decker para inmovilizar los brazos del doctor, y un contenedor de DHL Express con los gastos de envío por avión ya pagados, adecuado a una estimación de seis kilos para la cabeza y un kilo para cada mano.

Si tenía oportunidad de grabar en vídeo una matanza de urgencia, Carlo estaba seguro de que Mason pagaría por ver la amputación en vivo del doctor Lecter, incluso después de haber apoquinado un millón de dólares por la cabeza y las manos. A tal fin se había hecho con una buena cámara, una fuente de luz y un trípode, y había enseñado a Matteo lo imprescindible para usarla.

Su instrumental de caza se había beneficiado de la misma escrupulosidad. Piero y Tommaso eran expertos con la red, doblada de momento con tanto esmero como un paracaídas. Carlo disponía de una hipodérmica y de una pistola de dardos cargados con suficiente tranquilizante para animales Acepromazine como para tumbar a uno del tamaño del doctor Lecter en cuestión de segundos. Le había dicho a Rinaldo Pazzi que emplearía en primer lugar la pistola de aire comprimido, que estaba cargada y lista; pero si se le presentaba la oportunidad de clavarle la hipodérmica en el culo o en las piernas, la pistola sería innecesaria.

Los secuestradores no pasarían más de cuarenta minutos en la península con su presa, el tiempo necesario para llegar al aeródromo de Pisa, donde los estaría esperando una avioneta-ambulancia. Aunque el de Florencia estaba más cerca, tenía menos tráfico, y un vuelo privado se hubiera hecho notar más.

En menos de hora y media estarían en Cerdeña, donde el comité de bienvenida del doctor se había vuelto insaciable.

Carlo lo había sopesado todo en su inteligente y hedionda cabeza. Mason no era un idiota. Los pagos estaban calculados de forma que Rinaldo Pazzi no sufriera el menor daño; a Carlo le hubiera salido caro matarlo y reclamar la recompensa. Mason no quería problemas por el asesinato de un policía. Más valía hacer las cosas a su manera. Pero al sardo le salían sarpullidos solo de pensar en lo que hubiera conseguido con unos pocos pases de sierra si hubiera encontrado al doctor Lecter por sí mismo.

Probó la sierra mecánica. Se puso en marcha a la primera.

Carlo conferenció brevemente con los otros, y salió hacia la ciudad montado en un pequeño *motorino*, armado tan solo con una navaja, una pistola y una hipodérmica.

El doctor Hannibal Lecter abandonó la ruidosa calle para penetrar a primera hora en la Farmacia di Santa Maria Novella, uno de los sitios que mejor huelen de la Tierra. Se quedó unos instantes con la cabeza levantada y los ojos cerrados, aspirando los aromas de los exquisitos jabones, perfumes y cremas, y de los ingredientes de los obradores. El portero se había acostumbrado a sus visitas y los dependientes, desdeñosos por lo general, lo trataban con enorme respeto. Las compras del obsequioso doctor Lecter en los meses que llevaba en Florencia no debían de superar las cien mil liras, pero elegía y combinaba las fragancias y esencias con una sensibilidad que asombraba y gratificaba a aquellos mercaderes de aromas, que vivían del olfato.

Para preservar aquel placer, había renunciado a alterar su nariz con otra rinoplastia que no fueran inyecciones de colágeno en la parte exterior. Para el doctor Lecter, el aire estaba pintado con olores tan vivos y nítidos como colores, que podía superponer y contrastar como si aplicara pigmentos sobre otros aún húmedos. No había lugar más distinto a una cárcel que aquel. Allí el aire era música, y estaba saturado de pálidas lágrimas de incienso esperando a ser extraídas, de bergamota amarilla, madera de sándalo, cinamomo y mimosa concertadas sobre un sustrato al que el genuino ámbar gris, la algalia, el castóreo y la esencia de cervatillo aportaban las notas dominantes.

A veces, se imaginaba que podía oler con las manos, con los brazos y las mejillas, que el olor lo impregnaba por completo. Que era capaz de oler con el rostro y con el corazón.

Por buenas razones anatómicas, el olfato sirve a la memoria con más prontitud que ningún otro sentido.

Recuerdos fragmentarios como fogonazos acudían a su memoria mientras permanecía bajo la suave luz de las hermosas lámparas modernistas de la Farmacia, aspirando, aspirando… Allí no había nada que pudiera recordarle la cárcel. Excepto… ¿qué era aquel olor? ¿Clarice Starling? Sí, era ella. Pero no el Air du Temps que había percibido en cuanto la chica abrió el bolso junto a los barrotes de su celda en el manicomio. No era eso. En aquel establecimiento no vendían esos perfumes. Tampoco era su crema corporal. Ah… *Sapone di mandorle*. El famoso jabón de almendras de la Farmacia. ¿Dónde lo había olido? En Memphis, cuando ella estaba junto a la celda, cuando él le tocó un dedo durante un instante, poco antes de escaparse. Starling, sí. Limpia y rica en texturas. Algodón tendido al sol y planchado. Clarice Starling, por supuesto. Agraciada y apetitosa. Aburrida de puro formal y absurda en sus principios. De ingenio vivo, como su madre. Hummm.

En contrapartida, los malos recuerdos del doctor Lecter estaban asociados con malos olores, y allí, en la Farmacia, tal vez se encontraba tan lejos como era posible de las rancias mazmorras negras de su palacio de la memoria.

Contra su costumbre, aquel viernes gris el doctor Lecter compró un montón de jabones, lociones y aceites de baño. Se llevó consigo unos cuantos; los demás los enviaría la Farmacia, con las etiquetas que él mismo redactó en su elegante letra redonda.

—¿Desearía el *dottore* incluir una nota? —le preguntó el dependiente.

—¿Por qué no? —contestó el doctor Lecter, y deslizó en la caja, doblado, el dibujo del grifo.

La Farmacia di Santa Maria Novella está adosada a un convento de la Via Scala, y Carlo, siempre tan piadoso, se quitó el sombrero mientras aguardaba cerca de la entrada al establecimiento, bajo una hornacina de la Virgen. Había notado que la presión de aire de las puertas interiores del vestíbulo hacía que las exteriores se movieran segundos antes de que alguien las empujara para salir. Eso le daba tiempo para esconderse y espiar cada vez que un cliente iba a abandonar el edificio.

Cuando salió el doctor Lecter llevando el delgado portafolios, Carlo estaba bien oculto tras el puesto de un vendedor de postales. El doctor echó a andar. Al pasar bajo la imagen de la Virgen, alzó la cabeza y sus fosas nasales se dilataron mientras miraba la estatua y husmeaba el aire.

Carlo supuso que se trataba de un gesto devoto. Se preguntó si el doctor Lecter sería religioso, como suele ocurrir con los locos. Quizá pudiera conseguir que maldijera a Dios en el momento de la verdad; seguro que Mason sabría apreciarlo. Por supuesto, habría que mandar al piadoso Tommaso a donde no pudiera oírlo.

A última hora de la tarde, Rinaldo Pazzi escribió una carta a su mujer en la que incluía un soneto trabajosamente compuesto al principio de su noviazgo que nunca se había atrevido a enseñarle. Introdujo en el sobre los códigos necesarios para reclamar el dinero en custodia en Suiza, junto con una carta para que la enviara a Mason si este se negaba a pagar. Dejó el sobre en un lugar en que solo lo encontraría si tenía que ordenar sus efectos personales.

A las seis en punto, condujo su pequeño *motorino* hasta el Museo Bardini y lo encadenó a una barandilla de hierro en la que los últimos estudiantes de la jornada estaban recogiendo sus bicicletas. Vio la furgoneta blanca con rótulos de ambulancia aparcada cerca del museo y supuso que sería la de Carlo. Dentro había dos hombres. Cuando se volvió, sintió que le clavaban los ojos en la espalda.

Tenía tiempo de sobra. Las farolas ya estaban encendidas y caminó despacio hacia el río bajo las sombras propicias que proyectaban los árboles del museo. Al cruzar el Ponte alle Grazie, se asomó un momento para contemplar el perezoso Arno, y se permitió las últimas reflexiones sosegadas. La noche sería oscura. Perfecto. Las nubes bajas se deslizaban veloces sobre Florencia en dirección este, rozando la cruel aguja del Palazzo Vecchio, y una brisa cada vez más fuerte levantaba una polvareda de arenilla y excrementos de paloma pulverizados en la plaza de Santa Croce. Pazzi se dirigió hacia la iglesia llevando en los bolsillos una Beretta 380, una porra de cuero basto y una navaja, dispuesto a usarlas con el doctor Lecter en caso de que fuera necesario matarlo.

La iglesia de Santa Croce cierra a las seis en punto, pero un sacristán dejó entrar a Pazzi por una pequeña puerta lateral. No quiso preguntarle si el «doctor Fell» estaba trabajando; prefirió comprobarlo por sí mismo y caminó a lo largo del muro con precaución. Los cirios que ardían en los altares de las capillas proporcionaban suficiente luz. Recorrió la extensión de la nave hasta tener una perspectiva del brazo derecho del crucero. Más allá de las velas votivas, costaba ver si el doctor Fell estaba en la Capilla Capponi. Avanzó por el crucero procurando no hacer ruido. Mirando. Una gran sombra se alzó en el muro de la capilla y durante unos segundos Pazzi contuvo la respiración. Era Lecter, inclinado sobre su lámpara, que había colocado en el suelo para calcar las inscripciones. El doctor se incorporó, miró hacia la oscuridad como un búho, volviendo la cabeza en el cuerpo inmóvil e iluminado desde abajo, con su enorme sombra vacilando tras él. Al cabo de un momento la sombra se encogió en el muro cuando el hombre se agachó para seguir trabajando.

Pazzi sintió que el sudor le recorría la espalda bajo la camisa, pero su cara permanecía impasible.

Faltaba casi una hora para el comienzo de la reunión en el Palazzo Vecchio, y Pazzi tenía intención de llegar tarde.

En su severa belleza, que reconcilia círculo y cuadrado, la capilla que Brunelleschi construyó en Santa Croce para la familia Pazzi es una de las obras maestras de la arquitectura renacentista. Es una estructura independiente a la que se accede atravesando un claustro con arcos.

Arrodillado en la piedra, Pazzi rezó en la capilla familiar mientras su propio rostro, más arriba, lo observaba desde el medallón de Della Robbia. Sentía sus plegarias constreñidas por el círculo de apóstoles del techo, y pensó que tal vez escaparían por el oscuro claustro al que daba la espalda y volarían hacia el cielo abierto, hacia Dios.

Se esforzó en visualizar algunas de las cosas buenas que podría hacer con el precio del doctor Lecter. Se vio en compañía de su mujer dando monedas a unos golfillos, y vislumbró una especie de artilugio sanitario que entregaban a un hospital. Vio las olas de Galilea, que se parecían enormemente a las de Chesapeake. Vio la mano rosa y bien torneada de su mujer en torno a su polla, apretándola para acabar de hinchar el capullo.

Miró a su alrededor para comprobar que seguía solo, y habló con Dios en voz alta:

—Gracias, Padre, por permitir que elimine a ese monstruo, monstruo de monstruos, de la faz de Tu Tierra. Gracias de parte de las almas a las que ahorraremos dolor.

Si aquel «nosotros» era mayestático o se refería a la sociedad que Pazzi había formado con Dios, sería difícil decirlo, y es posible que no exista una única respuesta.

La parte de Pazzi incapaz de contemporizar le dijo que él y el doctor Lecter habían matado juntos, que Gnocco había sido víctima de ambos, desde el momento en que Pazzi no hizo nada por salvarlo y sintió alivio cuando la muerte selló sus labios.

Era indudable que la oración proporcionaba consuelo, reflexionó Pazzi al abandonar la capilla. Mientras atravesaba el oscuro claustro tuvo la nítida sensación de que no estaba solo.

Carlo, que esperaba bajo el alero del Palazzo Piccolomini, cogió el paso del policía. Apenas se dijeron nada.

Dieron la vuelta al Palazzo Vecchio y confirmaron que la puerta de la Via dei Leoni estaba cerrada, y cerradas las ventanas de aquella fachada.

La única puerta que permanecía abierta era la de la entrada principal.

—Bajaremos la escalinata y doblaremos la esquina del palacio para coger la Via Neri —dijo Pazzi.

—Mi hermano y yo estaremos en el pórtico de la Loggia. Los seguiremos a buena distancia. Los otros esperan en el Museo Bardini.

—Los he visto.

—Y ellos a usted —dijo Carlo.

—¿Hará mucho ruido la pistola de aire comprimido?

—No mucho, menos que una pistola normal; pero será oírla y verlo caer redondo.

Carlo no le dijo que Piero la dispararía amparado en las sombras del museo mientras Pazzi y el doctor Lecter estaban aún en la zona iluminada. No quería que Pazzi se apartara del doctor y lo alertara antes del disparo.

—Tiene que confirmarle a Mason que lo han cogido. Tiene que hacerlo esta misma noche —dijo Pazzi.

—No se apure. Ese cabrón va a pasar la noche suplicándole a Mason por teléfono —respondió Carlo, mirándolo por el rabillo del ojo para ver si conseguía ponerlo nervioso—. Al principio le pedirá que le perdone la vida; después de un rato, le implorará que lo mate.

36

Al caer la noche los últimos turistas tuvieron que abandonar el Palazzo Vecchio. Mientras se desparramaban por la plaza, muchos de ellos, sintiendo a sus espaldas el acecho de la fortaleza medieval, no pudieron resistir la tentación de volverse para echar un último vistazo a los dientes de calabaza de las almenas, que se recortaban sobre sus cabezas.

Los focos se encendieron, bañaron de luz los ásperos sillares y aguzaron las sombras bajo las altas murallas. Al tiempo que las golondrinas se retiraban a sus nidos, hicieron su aparición los primeros murciélagos, a los que las luces molestaban menos para cazar que los chirridos de alta frecuencia de las máquinas eléctricas de los obreros.

En el interior del palacio, los trabajos de restauración y mantenimiento se prolongarían otra hora, excepto en el Salón de los Lirios, donde en ese momento el doctor Lecter le consultaba alguna cosa al encargado de la brigada de reparaciones.

Acostumbrado a la mezquindad y a las agrias exigencias del Comitato delle Belle Arti, al encargado el doctor Fell le pareció el colmo de la cortesía y la generosidad.

En cuestión de minutos, los trabajadores se pusieron a guardar su equipo, apartar pulidoras y compresoras arrimándolas a la pared y enrollar cuerdas y cables eléctricos. En un momento dispusieron en el Studiolo la docena de sillas plegables necesaria, y abrieron de par en par las ventanas para que el aire aventara el olor a pintura, barniz y estuco.

El doctor Lecter dijo que necesitaba un atril adecuado, y los obreros le encontraron uno tan grande como un púlpito en el antiguo despacho de Nicolás Maquiavelo adyacente al salón, de donde lo trajeron en un carro de mano alto junto con el proyector del palacio.

La pequeña pantalla que acompañaba al proyector no lo convenció y mandó retirarla. Para sustituirla, probó a proyectar las imágenes de tamaño natural sobre una de las lonas que protegían un muro ya restaurado. Después de ajustar las sujeciones y alisar las arrugas, encontró la lona de lo más práctica para sus propósitos.

Marcó los pasajes que pensaba utilizar en los pesados volúmenes que había apilado sobre el atril; después permaneció frente a una ventana mientras los miembros del Studiolo, con sus polvorientos trajes negros, iban llegando y ocupaban sus asientos. El tácito escepticismo de los eruditos se hizo evidente cuando cambiaron la disposición en semicírculo de las sillas y las colocaron de forma que recordaban a los bancos de un jurado.

A través del alto ventanal, el doctor Lecter podía ver el Duomo y el campanario del Giotto, negros contra el occidente, pero no el Baptisterio tan caro a Dante, situado junto a ellos pero a menor altura. Los focos orientados hacia el edificio le impedían ver la plaza donde lo aguardaban sus asesinos.

Mientras aquellos sabios, los más renombrados especialistas en la Edad Media y el Renacimiento de todo el mundo, acababan de sentarse, el doctor Lecter compuso mentalmente su disertación. Necesitó poco más de tres minutos para organizar el material. El tema era el *Infierno* de Dante, y Judas Iscariote.

En consonancia con la predilección del Studiolo por el Prerrenacimiento, el doctor Lecter inició su exposición con el caso de Pier della Vigna, protonotario del Reino de Sicilia, cuya avaricia le había valido un lugar en el infierno dantesco. Durante la primera media hora, el doctor fascinó a los presentes con el minucioso relato de las intrigas que empujaron a Della Vigna en su caída.

—Della Vigna perdió la vista y el favor de Federico II al traicionar la confianza del emperador movido por la avaricia —explicó el doctor Lecter, acercándose así a su tema principal—. El peregrino dantesco lo encuentra en el séptimo círculo del infierno, el reservado a los violentos. En el caso que nos ocupa, a los violentos contra sí mismos; como Judas Iscariote, Della Vigna eligió ahorcarse.

»Judas, Pier della Vigna y Ajitofel, el ambicioso consejero de Absalón, están unidos en Dante por la avaricia y su consiguiente muerte por ahorcamiento.

»Avaricia y horca están indisolublemente unidas en las mentes antigua y medieval. San Jerónimo escribe que el mismo sobrenombre de Judas, *Iscariote*, significa "dinero" o "precio", mientras que el Padre de la Iglesia Orígenes afirma que *Iscariote* deriva del hebreo y significa "por ahogo", por lo que el nombre completo querría decir en realidad "Judas el Ahogado" —el doctor Lecter levantó la vista del atril y miró por encima de las gafas hacia la puerta—. Ah, *commendatore* Pazzi, bienvenido. Ya que está junto a la puerta, ¿sería tan amable de reducir la intensidad de las luces? Esto le interesará, *commendatore*, puesto que ya hay dos Pazzi en el *Infierno* de Dante... —Los eruditos del Studiolo hicieron crujir sus papeles—. Me refiero a Camicion de' Pazzi, que asesinó a un individuo de su misma sangre y está esperando la llegada de un segundo Pazzi; pero no es usted, es Carlino, que irá a parar todavía más abajo, al noveno círculo del Averno, por haber vendido a los güelfos blancos, el partido del propio Dante.

Un pequeño murciélago se coló por uno de los ventanales y dio unas cuantas vueltas por la sala sobrevolando las eruditas testas, un incidente habitual en Toscana al que nadie prestó mayor atención.

El doctor Lecter volvió a asumir su tono magistral.

—La avaricia y la horca, así pues, relacionadas desde la Antigüedad, y representadas conjuntamente en imágenes que aparecen y reaparecen una y otra vez en el mundo del arte. —El doctor Lecter pulsó el mando a distancia y el proyector plasmó una imagen en la lona que cubría el muro. Las diapositivas se sucedieron con rapidez mientras el sabio proseguía su disertación—: Esta es la representación más antigua que conocemos de la Crucifixión, tallada en un cofre de marfil de la Galia hacia el cuatrocientos después de Cristo. Uno de los paneles representa la muerte por ahorcamiento de Judas, que tiene el rostro vuelto hacia la rama de la que pende. Y aquí tenemos un estuche relicario de Milán, del siglo IV, y un díptico de marfil del siglo IX; en ambos se puede ver el ahorcamiento de Judas. Sigue mirando hacia arriba.

El murciélago aleteó contra la lona a la caza de insectos.

—En esta plancha de la puerta de la catedral de Benevento, vemos a Judas ahorcado y con las tripas colgando, tal como san Lucas, el médico, lo describe en los Hechos de los Apóstoles. En la siguiente diapositiva pende hostigado por arpías; sobre él, en la luna, se puede ver la cara de Caín. Y aquí, pintado por nuestro querido Giotto, de nuevo con las vísceras al aire.

»Por último, en esta edición del siglo XV del *Infierno*, la ilustración muestra el cuerpo de Pier della Vigna pendiendo de un árbol sangrante. No insistiré en el obvio paralelo con Judas Iscariote.

»Pero Dante no necesitaba ilustraciones. Su genio le permite hacer que Pier della Vigna siga vivo en el infierno y nos hable con angustiosos susurros y carraspeos sibilantes, ahogándose para siempre. Escuchémoslo mientras nos cuenta cómo, al igual que el resto de los condenados, arrastra su propio cadáver para colgarlo en un árbol de espinas:

> *Surge in vermena e in pianta silvestra:*
> *l'Arpie, pascendo poi de le sue foglie,*
> *fanno dolore, e al dolor fenestra.*

El rostro habitualmente blanco del doctor Lecter enrojeció mientras creaba para el Studiolo las gorgoteantes y sofocadas palabras del agonizante Pier della Vigna, sin dejar de apretar el mando a distancia para que las imágenes de Della Vigna y de Judas con las tripas al aire se sucedieran en el extenso campo de la lona colgante.

> *Come l'altre verrem per nostre spoglie,*
> *ma non però ch'alcuna sen rivesta,*
> *ché non è giusto aver ciò ch'om si toglie.*
>
> *Qui le strascineremo, e per la mesta*
> *selva saranno i nostri corpi appesi,*
> *ciascuno al prun de l'ombra sua molesta.*

—Así recrea Dante, sin olvidar los sonidos, la muerte de Judas en la muerte de Pier della Vigna, por los mismos crímenes de avaricia y traición.

»Ajitofel, Judas, nuestro Pier della Vigna… Avaricia y horca, las dos caras inseparables de una misma autodestrucción. ¿Y qué dice el anónimo suicida florentino mientras sufre tormento al final del canto?

Io fei gibetto a me de le mie case.

»"Yo convertí mi casa en mi cadalso." En una próxima ocasión es posible que deseen hablar del hijo de Dante, Pietro. Aunque parezca increíble, fue el único entre los primeros comentaristas del canto decimotercero que relacionó a Pier della Vigna con Judas. También creo que sería interesante abordar el asunto de la masticación en Dante. El conde Ugolino masticando el cogote del arzobispo, Satán con sus tres caras masticando a Judas, Bruto y Casio, todos ellos traidores, como Pier della Vigna…

»Les doy las gracias por su amable atención.

Los eruditos aplaudieron con entusiasmo, a su manera floja y solemne, y el doctor Lecter se despidió de ellos sin encender las luces, llamando por su nombre a cada uno y llevando libros en ambos brazos para no tener que estrecharles la mano. Cuando abandonaban la tenue luz del Salón de los Lirios parecían arrastrar consigo el hechizo de la conferencia.

El doctor Lecter y Rinaldo Pazzi, solos ya en el gran salón, oían discutir a los eruditos mientras bajaban las escaleras.

—¿Diría usted que he conseguido conservar el puesto, *commendatore*?

—No soy un especialista, doctor Fell, pero no cabe duda de que los ha impresionado. Doctor, si no tiene inconveniente, lo acompañaré a casa para recoger las pertenencias de su predecesor.

—Son dos maletas, *commendatore*, y usted lleva ya su cartera. ¿Está seguro de que quiere recogerlas?

—Llamaré a un coche patrulla para que me recojan en el Palazzo Capponi.

Pazzi estaba dispuesto a insistir tanto como fuera necesario.

—De acuerdo —dijo el doctor Lecter—. Tardaré un minuto en recoger.

Pazzi asintió, se acercó a los ventanales y sacó el teléfono celular sin apartar los ojos de Lecter.

El inspector se daba cuenta de que el doctor estaba perfectamente tranquilo. Del piso inferior llegaban ruidos de maquinaria.

Pazzi marcó un número y cuando Carlo Deogracias contestó, el inspector dijo:

—Laura, *amore*, no tardaré en llegar a casa.

El doctor Lecter recogió sus libros del atril y los metió en un bolso. Se volvió hacia el proyector, en el que el ventilador seguía zumbando mientras el polvo danzaba en el haz de luz.

—Tenía que haberles enseñado esta, no me explico cómo me ha pasado por alto. —El doctor proyectó la imagen de un hombre desnudo que colgaba bajo las almenas del palacio—. Usted sin duda la encontrará interesante, *commendatore* Pazzi. Permítame que intente enfocarla mejor.

El doctor Lecter toqueteó el aparato; a continuación, se aproximó a la pared, y su negra silueta creció sobre la lona hasta adquirir el mismo tamaño que el ahorcado.

—¿Puede verlo bien? No es posible aumentarla más. Este es el momento en que le mordió el arzobispo. Y debajo está escrito su nombre.

Pazzi no llegó hasta donde estaba el doctor Lecter, pero al acercarse a la pared percibió un olor químico, que por un instante atribuyó a algún producto de los que usaban los restauradores.

—¿Puede distinguir las letras? Dicen «Pazzi» al lado de un poema un tanto obsceno. Es su antepasado, Francesco, ahorcado en los muros del Palazzo Vecchio, bajo estas ventanas —dijo el doctor Lecter, y sostuvo la mirada del policía a través del haz de luz que los separaba—. A propósito, *signor* Pazzi, tengo que confesarle algo: estoy considerando seriamente la posibilidad de comerme a su esposa.

Apenas dicho aquello el doctor Lecter dio un tirón a la enorme lona, que se desplomó sobre Pazzi. Este se debatía bajo ella, tratando de sacar la cabeza mientras el corazón le aporreaba en el pecho; pero el doctor Lecter se colocó rápidamente a su espalda, lo sujetó por el cuello con terrible fuerza y aplastó una esponja empapada en éter contra el trozo de lona que cubría el rostro de Pazzi.

El inspector, con los pies y los brazos atrapados en la lona, se agitaba con todas sus fuerzas y, resollando y trastabillando, aún fue capaz de echar mano a la pistola. Los dos hombres cayeron al suelo y Pazzi intentó apuntar la Beretta hacia atrás por entre sus piernas, apretó el gatillo y se disparó en el muslo segundos antes de hundirse en una espiral de negrura…

El disparo de la pequeña bala calibre 380, que cayó en la lona, no había hecho mucho más ruido que los golpetazos y chirridos del piso inferior. Nadie subió la escalera. El doctor Lecter cerró las enormes hojas de la puerta del Salón de los Lirios y echó el pasador…

La sensación de ahogo y las náuseas asaltaron a Pazzi en cuanto empezó a volver en sí. Tenía el sabor del éter agarrado a la garganta y sentía una gran opresión en el pecho.

Comprobó que seguía en el Salón de los Lirios y que no podía moverse. Estaba de pie, envuelto en la lona y atado con cuerdas, rígido como un reloj de caja, firmemente amarrado al alto carro de mano que los obreros habían empleado para transportar el atril. Tenía la boca amordazada con cinta aislante. Un torniquete había detenido la hemorragia del muslo.

Observándolo, recostado contra el púlpito, el doctor Lecter se acordó de sí mismo inmovilizado en un carro de mano no muy distinto cuando les daba por pasearlo por el manicomio.

—¿Puede oírme, *signor* Pazzi? Respire hondo mientras pueda y despéjese un poco.

Mientras hablaba, sus manos no dejaban de trabajar. Había traído al salón una gran máquina pulidora y manipulaba el grueso cable eléctrico de color naranja, en cuyo extremo estaba haciendo un nudo corredizo. El cable forrado de goma crujía mientras el doctor lo enrollaba en las trece vueltas tradicionales.

Culminó la tarea pegando un fuerte tirón al nudo corredizo y dejó el cable sobre el púlpito. El enchufe asomaba entre las vueltas de cable al final del nudo.

La pistola de Pazzi, sus esposas de plástico, la navaja y la porra, todo lo que llevaba en los bolsillos y en la cartera estaba encima del atril.

El doctor Lecter buscó entre los papeles. Se guardó bajo la pechera de la camisa la documentación de los *carabinieri*, que incluía su *permesso di sogiorno*, su permiso de trabajo y las fotos y negativos de su rostro actual.

Allí estaba también la partitura que había prestado a la *signora* Pazzi. La cogió y se golpeó los dientes con ella. Sus fosas nasales se dilataron e inspiró con fuerza, con la cara pegada a la de Pazzi.

—Laura, si me permite que la llame por su nombre de pila, debe de usar una estupenda crema de manos por la noche, *signore*. Resbaladiza. Fría al principio y, al cabo de un momento, caliente –le susurró–. Con olor a azahar. Laura, «el aura». Hummm. Llevo todo el santo día sin probar bocado. De hecho, el hígado y los riñones estarán perfectos para consumirlos enseguida, esta misma noche; pero el resto de la carne tendrá que colgar una semana al fresco, a la temperatura de costumbre. No he visto el pronóstico del tiempo, ¿y usted? Supongo que eso significa «no».

»Si me dice lo que necesito saber, *commendatore*, me resultará muy conveniente marcharme sin mi comida. La *signora* Pazzi permanecerá intacta. Le haré las preguntas y después ya veremos. Puede confiar en mí, ¿sabe? Aunque supongo que debe de costarle confiar en nadie, conociéndose a sí mismo.

»En el teatro me di cuenta de que me había identificado, *commendatore*. ¿Se meó en los pantalones cuando me incliné a besar la mano de la *signora* Laura? Al ver que la policía no me detenía, me resultó evidente que usted me había vendido. ¿A Mason Verger, por casualidad? Parpadee dos veces para el sí.

»Gracias, es lo que pensaba. En cierta ocasión llamé al número que figura en ese aviso suyo que está por todas partes, lejos de aquí, por pura diversión. ¿Están esperándome fuera sus hombres? Hummm. ¿Uno de ellos huele a embutido de jabalí rancio? Ya veo. ¿Le ha hablado de mí a alguien de la Questura? ¿Ha parpadeado una vez? Eso me había parecido. Ahora quiero que piense durante un minuto y a continuación me diga su código de acceso al archivo VICAP de Quantico.

El doctor Lecter abrió su navaja Arpía.

—Voy a quitarle la cinta aislante para que pueda decírmelo. —El doctor Lecter le enseñó la navaja—. No intente gritar. ¿Cree que podrá aguantarse sin gritar?

Pazzi estaba ronco a causa del éter.

—Le juro por Dios que no sé el código. No puedo recordarlo entero. Podemos ir a mi coche, tengo papeles…

El doctor Lecter le dio la vuelta al carro para que Pazzi pudiera ver la pantalla, y pasó adelante y atrás las imágenes de Pier della Vigna ahorcado y Judas colgando con las tripas al aire.

—¿Cómo le gusta más, *commendatore?* ¿Con las tripas dentro o fuera?

—El código está en mi agenda.

El doctor Lecter la cogió y pasó las hojas ante los ojos de Pazzi hasta encontrar el número, mezclado con los de teléfono.

—¿Y se puede acceder desde cualquier sitio, como un usuario autorizado?

—Sí —carraspeó Pazzi.

—Gracias, *commendatore.*

El doctor Lecter inclinó el carro hacia atrás y empujó a Pazzi hacia los ventanales.

—¡Escúcheme, doctor! ¡Tengo dinero! Lo necesita para huir. Mason Verger no renunciará nunca. Nunca lo dejará tranquilo. No puede ir a su casa a por dinero, la están vigilando.

El doctor Lecter usó dos maderos de un andamio como rampa e hizo pasar el carro sobre el alféizar al balcón del otro lado.

Pazzi sintió la fría brisa en el rostro. Había empezado a hablar atropelladamente.

—¡No podrá salir vivo del edificio! ¡Tengo dinero! ¡Tengo ciento sesenta millones de liras en metálico, cien mil dólares! Déjeme llamar a mi mujer. Le diré que coja el dinero y lo meta en mi coche, y que lo traiga delante del palacio.

El doctor fue a buscar el cable al atril y lo llevó arrastrando hasta el balcón. Había asegurado el otro extremo con varios nudos alrededor de la enorme pulidora.

Pazzi no había dejado de hablar:

—Me llamará al teléfono celular cuando esté ahí fuera, y luego se marchará. Tengo el pase de la policía en el coche, podrá traerlo hasta la plaza. Hará todo lo que yo le diga. Verá el humo del tubo de escape, doctor. Podrá mirar abajo y ver que está en marcha, con las llaves puestas.

El doctor Lecter apoyó a Pazzi contra la barandilla del balcón, que le llegaba a la altura de los muslos.

Pazzi miró la plaza y pudo distinguir entre el resplandor de los focos el lugar donde Savonarola fue quemado, donde se había prometido que vendería a aquel hombre a Mason Verger. Alzó la vista hacia las nubes bajas que se deslizaban deprisa, coloreadas por los reflectores, y deseó con todas sus fuerzas que Dios pudiera verlo.

Intentó no mirar abajo, pero los ojos se le iban hacia la plaza, hacia su muerte, y escrutó el resplandor deseando contra toda razón que los haces de luz de los reflectores dieran consistencia al aire, que lo sostuvieran de algún modo, que pudiera agarrarse a sus rayos.

Sintió la fría goma naranja alrededor del cuello y vio al doctor Lecter por el rabillo del ojo.

—*Arrivederci, commendatore.*

La Arpía brilló a su alrededor hasta cortar la última ligadura que lo unía al carro, y Pazzi vaciló un instante antes de perder el equilibrio y cayó por la barandilla arrastrando el cable, viendo el suelo que ascendía a su encuentro, gritando con la boca por fin destapada, mientras dentro del salón la pulidora corría por el entarimado hasta chocar con la barandilla, que la inmovilizó. La cuerda dio un tirón y el cuerpo saltó hacia arriba, con el cuello partido y las tripas colgando.

Pazzi y sus intestinos se balancearon y giraron ante los rugosos muros del palacio inundado de luz; el hombre pataleó de forma espasmódica, pero ya no se ahogaba, estaba muerto. Los reflectores proyectaban una sombra desme-

surada sobre los sillares mientras el cadáver se columpia-
ba con las vísceras oscilando entre sus pies en un arco más
amplio y lento, y por los pantalones rasgados su virilidad
asomaba en una erección póstuma.

Carlo salió como una exhalación del vano de una puerta con Matteo pisándole los talones, y atravesó la plaza
hacia la entrada del palacio apartando turistas, dos de los
cuales apuntaban el objetivo de sus videocámaras hacia
los muros.

—Es un truco —dijo alguien en inglés cuando pasaban a
su lado.

—Matteo, cubre la puerta de atrás. Si sale, mátalo y cór-
talo —dijo Carlo, manejando el teléfono celular en plena
carrera.

Ya dentro del palacio, subió los peldaños como un poseso hasta el primer piso, hasta el segundo…

La enorme puerta del salón estaba abierta de par en
par. En el interior, Carlo apuntó el arma hacia la figura
proyectada en el muro; luego, corrió al balcón. En unos
segundos había inspeccionado también el despacho de
Maquiavelo.

Usando el teléfono celular se puso en contacto con
Piero y Tommaso, que esperaban en la furgoneta aparcada ante el museo.

—Id a su casa, cubrid las dos fachadas. Si aparece, ma-
tadlo y cortadlo —Carlo volvió a marcar—: ¿Matteo?

El teléfono de Matteo sonó en el bolsillo de su chaqueta mientras trataba de recuperar el aliento ante la puerta
posterior del palacio, cerrada a cal y canto. Había recorrido con la mirada el techo y las ventanas y comprobado
que la puerta no cedía, con la mano en la pistolera del
cinturón, bajo el abrigo.

Abrió el teléfono.

—*Pronto!*

—¿Ves algo?

—La puerta está cerrada.

—¿El techo?

Matteo volvió a mirar hacia arriba, pero demasiado tarde para ver la contraventana que se había abierto justo sobre su cabeza.

Carlo oyó un crujido y un grito en el auricular, y echó a correr escaleras abajo, se cayó en un rellano, se levantó y siguió corriendo, pasó junto al guardia de la puerta, que ahora estaba afuera, junto a las estatuas que flanqueaban la entrada, dobló la esquina y aceleró hacia la parte posterior del palacio atropellando a unas cuantas parejas. Todo estaba oscuro y él corría con el teléfono chirriando en su mano como un animalillo herido. Una silueta blanca cruzó la calle a unos metros por delante y se interpuso en la trayectoria de un *motorino*, que la despidió contra el suelo; volvió a levantarse y se abalanzó hacia una tienda en la otra acera de la callejuela, chocó contra el escaparate, se dio la vuelta y corrió a ciegas, como un espantajo blanco, gritando «¡Carlo, Carlo!», mientras grandes manchas oscuras se extendían por la desgarrada lona que lo cubría. Carlo sujetó entre los brazos a su hermano, cortó las esposas de plástico que ataban la lona, como una máscara sangrienta, alrededor del cuello de Matteo y se la quitó de encima. Estaba cubierto de cuchilladas que le atravesaban el rostro, el abdomen, lo bastante profundas en el pecho como para que la herida succionara el aire. Carlo lo dejó el tiempo imprescindible para correr hasta la esquina y mirar en todas direcciones; luego, volvió junto a su hermano.

Mientras las sirenas se acercaban y la Piazza della Signoria se llenaba de destellos, el doctor Lecter se estiró las mangas de la camisa y caminó hasta una *gelateria* en la cercana Piazza de Giudici. Las motocicletas y los *motorinos* estaban alineados contra el bordillo de la acera.

Se acercó a un joven con mono de cuero que estaba poniendo en marcha una Ducati de gran cilindrada.

—Joven, estoy desesperado —dijo con una sonrisa apesadumbrada—. Si no estoy en la Piazza Bellosguardo en diez minutos, mi mujer me mata. —Le enseñó un billete de cincuenta mil liras—. Fíjese si aprecio a mi mujer.

—¿Es todo lo que quiere? ¿Que lo lleve? —le preguntó el joven.

El doctor Lecter le enseñó las palmas de las manos.

—Que me lleve.

La veloz motocicleta se abrió paso entre las hileras del tráfico que abarrotaba el Lungarno con el doctor Lecter acurrucado contra el joven motorista y cubierto con un casco que olía a espuma moldeadora y perfume. El piloto, que sabía lo que se hacía, dejó la Via de' Serragli en dirección a la Piazza Tasso y avanzó por la Via Villani hasta torcer por el angosto pasaje junto a la iglesia de San Francesco di Paola que desemboca en la sinuosa carretera de Bellosguardo, el elegante barrio residencial asentado en la colina que domina el sur de Florencia. El motor de la potente máquina resonaba contra los muros de piedra produciendo un sonido como el de una lona que se desgarra, lo que agradó al doctor Lecter, que se inclinaba en las curvas y procuraba hacer caso omiso del olor a laca y perfume barato del casco. Pidió al motorista que lo dejara a la entrada de la Piazza Bellosguardo, cerca del domicilio del conde Montauto, donde había vivido Nathaniel Hawthorne. El joven se guardó el importe de la carrera en un bolsillo delantero de su chupa, y la luz trasera de la Ducati desapareció rápidamente carretera abajo.

Regocijado por el paseo, anduvo unos cuarenta metros hasta el Jaguar negro, recuperó las llaves del interior del parachoques trasero y puso en marcha el motor. Tenía en carne viva el pulpejo de la mano, que el guante había desprotegido al arrojar la lona sobre Matteo y saltar sobre él desde el primer piso del palacio. Se puso un poco de pomada italiana Cicatrine para prevenir la infección y sintió un alivio inmediato.

El doctor Lecter buscó entre los casetes mientras se calentaba el motor. Se decidió por Scarlatti.

37

La ambulancia aérea turbopropulsada se elevó sobre los tejados rojizos y viró hacia el sudoeste, en dirección a Cerdeña, con la Torre Inclinada de Pisa sobresaliendo por encima del ala de la avioneta, que el piloto inclinó más de lo que hubiera hecho de llevar un paciente vivo.

El frío cuerpo de Matteo Deogracias ocupaba la camilla preparada para el doctor Lecter. Su hermano mayor, Carlo, estaba sentado junto a él con la camisa tiesa de sangre.

Carlo Deogracias ordenó al enfermero que se pusiera unos auriculares y subió el volumen de la música mientras hablaba por el teléfono celular con Las Vegas, donde un repetidor codificó su llamada y la transmitió a la costa de Maryland...

Para Mason Verger, noche y día venían a ser lo mismo. En aquel momento estaba durmiendo. Incluso las luces del acuario estaban apagadas. Tenía la cabeza ladeada sobre el almohadón y su único ojo abierto permanentemente, como los de la enorme anguila, que también dormía. No se oían más sonidos que los siseos y suspiros del respirador, y el suave burbujeo del acuario.

Por encima de ellos se oyó otro sonido, suave y urgente. El zumbido del teléfono personal de Mason. Su pálida mano anduvo sobre los dedos como un cangrejo y presionó el interruptor del aparato. El altavoz estaba bajo el almohadón; el micrófono, junto a la ruina de su rostro.

Primero oyó el ruido de fondo de los motores de la avioneta y, enseguida, una melodía empalagosa, *Gli innamorati*.

—Aquí estoy. Dime.

—Es un puto *casino* —se oyó decir a Carlo.

—Dime.

—Mi hermano Matteo ha muerto. Ahora mismo tengo la mano encima de su cadáver. Pazzi también está muerto. El doctor Fell los ha matado y ha huido.

Mason no respondió enseguida.

—Me debe doscientos mil dólares por Matteo —dijo Carlo—. Para su familia.

Los contratos con los sardos siempre incluían cláusulas para el caso de muerte.

—Lo comprendo.

—Pazzi se va a llenar de mierda.

—Mejor que se sepa que estaba sucio —dijo Mason—. Así les costará menos asimilarlo. ¿Estaba sucio?

—Aparte de esto, no lo sé. ¿Y si siguen el rastro desde Pazzi hasta usted?

—De eso ya me ocuparé yo.

—Pues yo tengo que ocuparme de mí —dijo Carlo—. Esto pasa de la raya. Un inspector jefe de la Questura muerto. Eso no es bueno para mi negocio.

—Tú no has hecho nada, ¿o sí?

—No hemos hecho nada, pero si la Questura mezcla mi nombre con esto, *porca Madonna!* Me vigilarán para el resto de mi vida. Nadie hará tratos conmigo, no podré ni tirarme un pedo en la calle. ¿Y qué pasa con Oreste? ¿Sabía a quién tenía que filmar?

—No lo creo.

—La Questura habrá identificado al doctor Fell mañana o pasado mañana. Oreste atará cabos en cuanto vea las noticias, aunque solo sea por la coincidencia.

—Oreste está bien pagado. No supone ninguna amenaza para nosotros.

—Para usted, puede que no; pero tiene que presentarse ante el juez por una acusación de pornografía el mes que viene. Ahora tiene algo con lo que negociar. Si no se lo habían dicho, debería empezar a patearle el culo a más de uno. ¿Tanto necesita a Oreste?

—Hablaré con él —dijo Mason cuidadosamente, con la profunda entonación de un anunciante de la radio saliendo de su rostro martirizado—. Carlo, sigues con la caza, ¿no? Ahora tendrás más ganas que nunca de cogerlo, me imagino. Tienes que encontrarlo, por Matteo.

—Sí, pero con su dinero.

—Pues mantén la granja en marcha. Consigue certificados de vacunación contra la peste y el cólera. Consigue jaulas para transporte aéreo. ¿Tienes un pasaporte en condiciones?

—Sí.

—Me refiero a uno bueno, Carlo, no a una de esas mierdas del Trastevere.

—Tengo uno bueno.

—Bien. Te llamaré yo.

Al ir a cortar la conexión en la ruidosa avioneta, Carlo apretó sin darse cuenta el botón de llamada automática. El aparato de Matteo sonó en la mano del muerto, que seguía aferrándolo con la tenacidad del *rigor mortis*. Por un instante, Carlo esperó que su hermano se llevara el auricular a la oreja. Alelado, pero comprendiendo que su hermano no contestaría, pulsó el botón de corte de llamada. Su cara se contrajo y el enfermero tuvo que desviar la mirada.

38

La Armadura del Diablo es un magnífico ejemplar de
coraza italiana del siglo XV con yelmo provisto de cuernos
que cuelga de un muro en el interior de la iglesia parro-
quial de Santa Reparata, al sur de Florencia, desde 1501.
Además de los airosos cuernos, torneados como los de un
antílope, presenta la particularidad de que los puntiagudos
guanteletes ocupan el lugar de los escarpes, al final de las
espinilleras, sugiriendo las pezuñas hendidas de Satán.

Según la leyenda local, el joven que portaba la armadura tomó en vano el nombre de la Virgen cuando pasaba
ante la iglesia, y no consiguió quitársela hasta que suplicó
el perdón de Nuestra Señora. Luego, la ofrendó a la iglesia
como exvoto. Es una pieza impresionante que hizo honor
a sus forjadores cuando una bomba de artillería cayó sobre
el templo en 1942.

La armadura, cuya superficie exterior está cubierta por
una capa de polvo que podría tomarse por fieltro, parece
contemplar la nave mientras se celebra la misa. El incienso que se eleva del altar penetra a través de la visera.

Solo tres personas asisten al oficio. Dos ancianas, ambas de riguroso luto, y el doctor Hannibal Lecter. Los tres
comulgan, aunque el doctor parece un tanto reacio a ro-
zar el cáliz con los labios.

El párroco les da la bendición y se retira. Las mujeres
se encaminan hacia la puerta. El doctor Lecter prosigue
con sus devociones hasta que se queda solo en el interior
del templo.

Desde la galería del órgano, el doctor se inclina sobre
la barandilla y haciendo un esfuerzo pasa el brazo entre los
cuernos y alza la polvorienta visera del yelmo. Dentro,
un anzuelo enganchado a la lengüeta del guardapapo su-

jeta un sedal anudado a un envoltorio suspendido en el interior de la coraza a la altura que habría ocupado el corazón. El doctor Lecter tira del hilo y saca el paquete con sumo cuidado.

Dentro, pasaportes brasileños de inmejorable factura, carnets, dinero en metálico, libretas de ahorros, llaves. Se lo pone bajo el brazo, dentro del abrigo.

El doctor Lecter no suele perder el tiempo con lamentaciones, pero siente tener que abandonar Italia. En el Palazzo Capponi quedan cosas que le hubiera gustado encontrar y leer. Le hubiera gustado seguir tocando el clavicordio y, tal vez, componer; hubiera podido cocinar para la viuda Pazzi cuando se hubiera sobrepuesto a su dolor.

39

Mientras la sangre que seguía cayendo del cuerpo suspendido de Rinaldo Pazzi se freía y humeaba al calor de los reflectores dispuestos al pie del Palazzo Vecchio, la policía llamó a los bomberos para que lo bajaran.

Los *pompieri* extendieron la escalera de su camión. Siempre prácticos, y seguros de que el ahorcado estaba muerto, se tomaron su tiempo para bajarlo. Era una operación delicada que exigía volver a introducir en el cadáver las vísceras colgantes y rodearlo con una red antes de bajarlo con una cuerda.

Cuando el cuerpo alcanzaba los brazos extendidos de los bomberos que lo esperaban abajo, *La Nazione* obtuvo una fotografía estupenda que recordó a muchos lectores las grandes obras maestras que representan el Descendimiento.

La policía no retiró el nudo corredizo hasta que fue posible tomar las huellas dactilares; después cortaron el grueso cable eléctrico de manera que no se deshiciera el nudo.

Muchos florentinos estaban empeñados en sostener que había sido un suicidio, eso sí, espectacular, y opinaban que Rinaldo Pazzi se había atado las manos como en los suicidios carcelarios; no los sacaba de sus trece el hecho de que, al parecer, también se hubiera atado los pies. Durante la primera hora, las emisoras de radio locales informaron de que, además de ahorcarse, se había hecho el harakiri con una navaja.

Pero la policía no es tonta, y enseguida tuvo motivos para ver las cosas de otro modo. Las ligaduras cortadas en el balcón y en el carro de mano, la desaparición de la pistola de Pazzi, los testigos que habían visto a Carlo entrar corriendo en el palacio y la figura envuelta en la lona ensangrentada corriendo a ciegas en la parte posterior del edificio, eran pruebas elocuentes de que Pazzi había sido asesinado.

Así las cosas, el público italiano decidió que el asesino de Pazzi era *Il Mostro*.

La Questura inició la investigación con el pobre Girolamo Tocca, condenado tiempo atrás por los crímenes del famoso asesino en serie. Lo arrestaron en su casa y se lo llevaron, mientras su mujer volvía a quedarse aullando en la carretera. Su coartada era sólida. A la hora del crimen, se estaba tomando un Ramazzotti en un café a la vista de un cura. Soltaron a Tocca en Florencia y tuvo que volver a San Casciano en autobús, pagando el billete de su bolsillo.

Se había interrogado al personal del Palazzo Vecchio durante las primeras horas, procedimiento que se extendió a los componentes del Studiolo.

La policía no pudo localizar al doctor Fell. A mediodía del sábado se decidió intensificar su búsqueda; en la Questura se habían acordado de que Pazzi tenía asignada la desaparición del predecesor de Fell.

Un chupatintas de los *carabinieri* informó de que Pazzi había examinado recientemente un *permesso di soggiorno*. El recibo de la documentación, que incluía fotografías, los negativos correspondientes y huellas dactilares del doctor Fell, estaba firmado con nombre falso y una letra que parecía la de Pazzi. En Italia no se ha producido aún la centralización informática de los documentos, de forma que los *permessi* se archivan localmente.

Los archivos de inmigración proporcionaron el número de pasaporte del doctor Fell, que hizo sonar la alarma en Brasil.

No obstante, la policía seguía sin sospechar la verdadera identidad del doctor Fell. Tomaron las huellas dactilares del nudo corredizo y del atril, del carro de mano y de la cocina del Palazzo Capponi. Con tanto artista por kilómetro cuadrado, el retrato robot estuvo listo en cuestión de minutos.

El domingo por la mañana, hora italiana, un especialista de Florencia, después de examinarlas punto por punto, determinó que las huellas dactilares encontradas en el atril, la horca y los utensilios de cocina del Palazzo Capponi pertenecían a una misma persona.

La huella del pulgar del doctor Lecter que figuraba en el anuncio colgado en la jefatura superior de la Questura no fue examinada.

El domingo por la noche se enviaron las huellas halladas en el escenario del crimen a Interpol, y siguiendo los trámites habituales acabaron llegando al cuartel general del FBI en Washington, D.C., junto con otros siete mil juegos de huellas procedentes de otros tantos escenarios de crímenes. Sometidas al sistema de clasificación automatizada, las huellas de Florencia produjeron un revuelo de tal magnitud que hicieron sonar una alarma en el despacho del director adjunto de la Unidad de Identificación. El oficial que hacía guardia esa noche se quedó mirando el rostro y los dedos de Hannibal Lecter conforme emergían de la impresora; a continuación llamó a casa del director adjunto, que a su vez llamó al director y, acto seguido, a Krendler, del Departamento de Justicia.

El teléfono de Mason sonó a la una y media de la madrugada. Se hizo el sorprendido y mostró el interés que se le suponía.

El teléfono de Jack Crawford sonó a la una treinta y cinco. Soltó unos gruñidos en el auricular y rodó hacia el lado vacío, aunque visitado por fantasmas, de su cama de matrimonio, donde su difunta esposa, Bella, solía reposar. Estaba más fresco y lo ayudaba a pensar con claridad.

Clarice Starling fue la última en enterarse de que el doctor Lecter había vuelto a matar. Colgó el teléfono y se quedó inmóvil en la oscuridad durante un buen rato, con los ojos escociéndole por algún motivo que fue incapaz de comprender; pero no lloró. Se quedó mirando el techo, absorta en el rostro que flotaba en la densa oscuridad. Por supuesto, se trataba del rostro inconfundible del doctor Lecter.

40

El piloto de la ambulancia aérea no estaba dispuesto a tomar tierra en la pista de Arbatax, corta y sin controladores, en plena noche. Aterrizaron en Cagliari, repostaron y esperaron hasta el amanecer; luego volaron a lo largo de la costa ante una espectacular salida del sol, que tiñó de un rosa postizo el rostro sin vida de Matteo.

En el pequeño campo de Arbatax los esperaba un camión con un ataúd. El piloto se quejó de su paga y Tommaso tuvo que interponerse para evitar que Carlo lo abofeteara.

Al cabo de tres horas de camino por la zona montañosa, llegaron a casa.

Carlo anduvo solo hasta el cobertizo de troncos sin desbastar que había construido con Matteo. Todo estaba listo, con las cámaras en su sitio para filmar la muerte de Lecter. Carlo se quedó de pie bajo la estructura y contempló su imagen en el gran espejo rococó colgado sobre el corral. Recorrió con la mirada los troncos que habían talado juntos, vio las manazas cuadradas de Matteo sosteniendo la sierra y de su garganta salió un grito salvaje, un alarido que el dolor le arrancaba de las entrañas, lo bastante fuerte como para resonar entre los árboles. Los colmilludos hocicos asomaron en el límite del prado.

Piero y Tommaso, hermanos como él, prefirieron dejarlo solo.

La algarabía de los pájaros llenaba el prado de la montaña.

Oreste Pini se acercó desde la casa abrochándose la bragueta con una mano y agitando el teléfono celular con la otra.

—Así que perdisteis a Lecter. Mala suerte.

Carlo hizo como que no lo había oído.

—Mira, no todo está perdido. Esto aún puede funcionar —opinó Oreste—. Tengo a Mason al aparato. Quiere que hagamos un simulacro. Algo para enseñárselo a Lecter cuando lo cojamos. Ahora lo tenemos todo. Hasta un cuerpo de verdad; Mason dice que no era más que un matón que contrataste. Dice que podemos… en fin, echarlo al corral cuando vengan los cerdos y poner el sonido grabado. Toma, habla con él.

Carlo se volvió y miró a Oreste como si acabara de llegar de la Luna. Por fin, cogió el teléfono. Mientras hablaba con Mason su rostro se relajó y dio la impresión de que recuperaba cierta paz.

—Preparadlo todo —dijo Carlo apagando el teléfono.

Carlo habló con Piero y Tommaso, que, con ayuda del cámara, transportaron el ataúd hasta el cobertizo.

—No necesitáis un encuadre demasiado detallado —dijo Oreste—. Vamos a hacer unas tomas de los animales y luego vendremos desde allí.

Al ver actividad en torno al cobertizo, los primeros cerdos salieron de la espesura.

—*Giriamo!* —chilló Oreste.

Los cerdos salvajes, marrones y plateados, altos hasta la cintura de un hombre y bajos de pecho, llegaron a la carrera, ligeros como lobos sobre sus pequeñas pezuñas, con los ojillos inteligentes reluciendo en sus diabólicas jetas y los gruesos músculos del cuello, que sobresalían bajo la cordillera de erizadas cerdas de los lomos, capaces de alzar a un hombre apresado por los enormes y aguzados colmillos.

—*Pronti!* —advirtió el cámara.

No habían comido en tres días. Tras los primeros, apareció el grueso de la tropa, y avanzaron en línea cerrada hacia la meta, sin miedo a los hombres apostados tras la cerca.

—*Motore!* —ordenó Oreste.

—*Partito!* —respondió el cámara.

Las bestias se detuvieron a diez metros del cobertizo hozando y arremolinándose, un matorral de pezuñas y colmillos, con la cerda preñada en el centro. Saltaban hacia adelante y volvían atrás como una *mêlée* de rugby, mientras Oreste los encuadraba con las manos.

—*Azione!* —chilló a los sardos.

Carlo, que se había acercado a él por la espalda, le dio un tajo en las celulíticas nalgas y dejó que gritara. Lo cogió por la cintura y lo metió de cabeza al corral. Los cerdos cargaron. Oreste, tratando de ponerse en pie, se apoyó en una rodilla, pero la cerda lo golpeó en las costillas y cayó de bruces. Los otros se le echaron encima, gruñendo y chillando; dos jabalíes que se disputaban su cara le arrancaron la mandíbula y se la repartieron como un hueso de la buena suerte. Aun así Oreste casi consiguió incorporarse. Pero enseguida estuvo boca arriba, con la barriga desprotegida y desgarrada, contorsionando brazos y piernas por encima del remolino de lomos, gritando pero incapaz de producir palabras sin la mandíbula.

Carlo oyó un disparo y se volvió. El ayudante del director había soltado la cámara, que seguía rodando, e intentaba huir; pero no lo bastante deprisa como para escapar a la escopeta de Piero.

Los cerdos, más calmados, empezaron a retirarse con sus trofeos.

—¡Toma a*zione*, maricón! —soltó Carlo, y escupió al suelo.

III

REGRESO A UN NUEVO MUNDO

41

Un escraupuloso silencio rodeaba a Mason Verger. Sus empleados lo trataban como si acabara de perder a un hijo. Cuando le preguntaron cómo se sentía, respondió:

–Como si hubiera pagado un montón de dinero por un espagueti muerto.

Después de un sueño de varias horas, Mason ordenó que llevaran niños a la sala de juegos próxima a su habitación para hablar con uno o dos de los más traumatizados; pero no había niños con traumas disponibles a corto plazo, ni tiempo para que su proveedor de los barrios pobres le traumatizara a un par.

A falta de otras víctimas, hizo que su ayudante Cordell cortara las aletas a unas cuantas carpas y se las fuera echando a la anguila. Cuando el bicho se hartó, se escondió en su roca dejando el agua teñida de rojo y gris, y llena de iridiscentes jirones dorados.

Mason intentó martirizar a su hermana, pero Margot se retiró al gimnasio e hizo caso omiso de los mensajeros que le envió durante horas. Era la única persona de Muskrat Farm que se atrevía a desairar a Mason.

El sábado, en el noticiario vespertino de la televisión, pasaron una grabación de vídeo breve y mal editada obtenida de un turista, que mostraba la muerte de Rinaldo Pazzi antes de que se hubiera imputado el crimen al doctor Lecter. Áreas borrosas ahorraban a los telespectadores ciertos detalles anatómicos.

El secretario de Mason cogió el teléfono de inmediato para conseguir una copia sin editar, que llegó por helicóptero cuatro horas más tarde.

La grabación tenía un origen curioso.

De los dos turistas que estaban filmando el Palazzo Vecchio en el momento de los hechos, uno perdió la sangre fría y su cámara le quedó colgando de la muñeca mientras Pazzi se precipitaba al vacío. El otro, de nacionalidad suiza, sostuvo la suya con firmeza a lo largo de todo el episodio; incluso hizo un barrido a lo largo del cable, que no dejaba de agitarse y balancearse en la pantalla.

El videoaficionado, que se llamaba Viggert y trabajaba en una oficina de patentes, temió que la policía secuestrara su cinta y la RAI la obtuviera gratis. Llamó enseguida a su abogado en Lausana, hizo los trámites necesarios para asegurarse el *copyright* de las imágenes y, tras reñida puja, vendió los derechos de difusión a la cadena televisiva ABC News. Los derechos para publicar una serie de artículos en Estados Unidos fueron a parar en primer lugar al *New York Post* y después al *National Tattler.*

La grabación ocupó de inmediato el puesto que merecía entre los clásicos del terror televisivo: Zapruder, el asesinato de Lee Harvey Oswald y el suicidio de Edgar Bolger; pero Viggert habría de lamentar amargamente una venta tan prematura, es decir, anterior a que el crimen se imputara a Lecter.

La copia de las vacaciones de los Viggert obraba en poder de Mason en su integridad. Entre otras cosas mostraba a la familia suiza gravitando en torno a los cataplines del *David* de la Academia horas antes de los sucesos del Palazzo Vecchio.

Mason, que no apartaba el ojo encapsulado de la pantalla, sentía escaso interés por el trozo de carne que se balanceaba al final del cable eléctrico. La sucinta lección de historia que *La Nazione* y el *Corriere della Sera* dedicaron a los dos Pazzi ahorcados desde la misma ventana con quinientos veinte años de diferencia tampoco le importaba. Lo que consiguió mantenerlo en tensión, lo que pasó una, y otra, y otra vez, fue el barrido cable arriba hasta el balcón en el que una figura delgada recortaba su borrosa silueta contra la débil luz del interior, saludando con la mano. Haciendo señas a Mason. El doctor Lecter saludaba a Mason doblando la mano por la muñeca, como si dijera adiós a un niño.

—Hasta luego —replicó Mason desde la oscuridad—. Hasta luego —farfulló la profunda voz de locutor, temblorosa de rabia.

42

La identificación del doctor Hannibal Lecter como asesino de Rinaldo Pazzi proporcionó a Clarice Starling algo serio que hacer, a Dios gracias. Se convirtió en el enlace inferior *de facto* entre el FBI y las autoridades italianas. Merecía la pena aunar fuerzas para un objetivo común.

La vida de Starling había cambiado después del tiroteo en la operación antidroga. Ella y los otros supervivientes de la matanza en el mercado de Feliciana flotaban en una especie de limbo administrativo, a la espera de que el Departamento de Justicia cursara su informe a un oscuro Subcomité Judicial del Congreso.

Tras el hallazgo de la radiografía, Starling había matado el tiempo como interina altamente cualificada, cubriendo suplencias de instructores de baja o vacaciones en la Academia Nacional de Policía de Quantico.

A lo largo del otoño y del invierno, todo Washington perdió la chaveta a causa de un escándalo en la Casa Blanca. Los babosos reformistas gastaron más saliva de la que se había empleado en el insignificante pecadillo, y el presidente de Estados Unidos se tragó públicamente más basura de la que le correspondía tratando de evitar el *impeachment*.

En medio de semejante circo, algo tan baladí como una matanza en el mercado de Feliciana cayó en el olvido de la noche a la mañana.

Día a día una sombría certeza iba cobrando fuerza en el fuero interno de Starling: el servicio federal nunca volvería a ser lo mismo para ella. Estaba marcada. Cuando hablaban con ella, sus compañeros tenían la desconfianza pintada en los rostros, como si hubiera contraído una enfermedad contagiosa. Starling era lo bastante joven como para que aquel comportamiento la sorprendiera y le hiciera daño.

Lo mejor era mantenerse ocupada. Las peticiones de información sobre Hannibal Lecter procedentes de Italia llovían sobre la Unidad de Ciencias del Comportamiento, la mayoría de las veces por partida doble, pues el Departamento de Estado les transmitía las copias cursadas por vía diplomática. Starling respondía con celeridad alimentando las líneas de fax y enviando los archivos sobre Lecter por correo electrónico. Le sorprendió comprobar hasta qué punto se había desparramado el material complementario en los siete años que mediaban desde la huida del doctor.

Su pequeño cubículo en los sótanos de la Unidad de Ciencias del Comportamiento era un maremágnum de papeles, borrosos faxes transatlánticos, ejemplares de periódicos italianos...

¿Qué podía enviar a los italianos que les fuera de utilidad? La pista a la que se habían agarrado con más desesperación era el único acceso desde el ordenador de la Questura al archivo VICAP unos pocos días antes de la muerte de Pazzi. Basándose en ello, la prensa italiana intentó rehabilitar al difunto dando por supuesto que el inspector trabajaba en secreto para capturar al doctor Lecter y limpiar de ese modo su reputación.

En contrapartida, Starling se preguntaba qué información del caso Pazzi podría aprovechar el FBI si el doctor decidía regresar a Estados Unidos.

Jack Crawford no aparecía mucho por la Unidad, así que no podía pedirle consejo. Acudía con frecuencia a los tribunales, pues, a medida que se acercaba su jubilación, se veía obligado a deponer en muchos de los casos abiertos. Se tomaba cada vez más días por enfermedad, y cuando estaba en su despacho parecía cada vez más distante.

La imposibilidad de consultarle sus dudas provocaba en Starling periódicos ataques de pánico.

En los años que llevaba en el FBI, Starling había visto todo tipo de cosas. Sabía que si el doctor Lecter volvía a asesinar en Estados Unidos, las trompetas de la vacuidad atronarían en el Congreso, una algarabía de recriminaciones cruzadas se desataría en el Departamento de Justicia y el aquí-te-pillo-aquí-te-mato empezaría en serio. Los de Aduanas y Vigilancia de Fronteras serían los primeros en pagar el pato por haber permitido que entrara.

Las autoridades en cuya jurisdicción se cometiera el primer crimen exigirían toda la documentación relativa a Lecter, y los esfuerzos del FBI se concentrarían en la oficina local del Bureau. Más tarde, cuando el doctor atacara de nuevo, en cualquier otro lugar, todo se trasladaría allí.

Si conseguían capturarlo, las autoridades lucharían por adjudicarse el mérito como osos polares alrededor de una foca ensangrentada.

Era responsabilidad de Starling prepararlo todo para la eventualidad del temido regreso, se produjera o no, olvidándose de su deprimente lucidez sobre lo que pasaría con la investigación.

Se hizo unas sencillas preguntas que hubieran parecido ridículas a los trepadores que mosconeaban en las antesalas de los despachos. ¿Cómo podía hacer ni más ni menos que lo que había jurado hacer? ¿Cómo podía proteger a los ciudadanos y capturar al monstruo si le daba por regresar?

Era obvio que el doctor Lecter tenía excelente documentación y dinero a espuertas. Era brillante a la hora de esconderse. No había más que recordar la original sencillez de su primer escondite tras su huida de Memphis; se registró en un hotel de cuatro estrellas de Saint Louis contiguo a una clínica de cirugía plástica. La mitad de los huéspedes llevaban la cara vendada. Hizo lo propio con la suya y vivió a cuerpo de rey con el dinero de un muerto.

Entre sus centenares de notas, Starling tenía las facturas del servicio de habitaciones. Astronómicas. Una botella de Bâtard-Montrachet a ciento veinticinco dólares la unidad. Debió de saberle a gloria después de tantos años de rancho carcelario…

Clarice había pedido copias de todo lo relacionado con su estancia en Florencia, y los italianos no se habían hecho de rogar. Por la calidad de la impresión, supuso que debían de hacerlas con una fotocopiadora antediluviana.

Entre la documentación, recibida sin ningún orden, estaban los papeles personales del doctor Lecter encontrados en el Palazzo Capponi. Unos cuantos apuntes sobre Dante redactados con la letra que tan familiar le era a Starling, una nota para la señora de la limpieza, una factura del famoso colmado florentino Vera dal 1926 por

246

dos botellas de Bâtard-Montrachet y unos *tartufi bianchi*. La misma marca de vino; pero ¿qué era lo otro?

El *Bantam New College Italian & English Dictionary* de Starling le informó de que *tartufi bianchi* eran trufas blancas. Se puso en contacto con el *chef* de un buen restaurante italiano de Washington para hacerse una idea más exacta. Al cabo de cinco minutos tuvo que inventarse una disculpa porque el individuo había perdido la noción del tiempo explicándole su gusto exquisito.

El gusto. El vino, las trufas. El buen gusto en todo era una constante de las vidas norteamericana y europea del doctor Lecter, en su vida como psiquiatra de prestigio y como monstruo fugitivo. Puede que su cara fuera diferente, pero no ocurría lo mismo con sus gustos, y no era hombre que se privara de nada.

El buen gusto era un tema delicado para Starling, porque en ese terreno el doctor Lecter consiguió herirla en lo más vivo, al elogiarla por su agenda y burlarse de sus zapatos. ¿Cómo la había llamado? Una paleta ambiciosa y bien lavada, con una pizca de gusto.

Era buen gusto lo que echaba en falta en la rutina diaria de su vida laboral, mientras manejaba un equipo puramente funcional en aquel entorno utilitario.

Al mismo tiempo, su fe en la «técnica» estaba empezando a encogerse para dejar espacio a otra cosa.

Starling estaba cansada de tanta técnica. La fe en ella es la religión de los que trabajan en el filo de la navaja. Para enfrentarse a un criminal armado o luchar con él cuerpo a cuerpo se necesita creer que una técnica perfecta, que un duro entrenamiento garantizan que uno es invencible. Lo cual no es cierto, en especial por lo que respecta a los tiroteos. Se pueden reducir los riesgos, pero cuando se participa en suficientes tiroteos, lo más probable es acabar muerto en uno de ellos.

Starling lo había visto de cerca.

Ahora que había empezado a dudar de la religión de la técnica, ¿adónde podía volver los ojos?

En plena desorientación, en medio de la exasperante homogeneidad de sus días, empezó a prestar atención a la forma de las cosas. Empezó a dar crédito a sus reacciones viscerales ante las cosas, sin cuantificarlas ni reducirlas a palabras. Por la misma época advirtió un cambio en sus hábitos de lectura. En otros tiempos tenía la costumbre de leer el pie de una imagen antes de mirarla. Ahora no. A veces ni siquiera las leía.

Durante años había hojeado revistas de moda a escondidas y con sentimientos de culpa, como si se tratara de pornografía. Ahora empezaba a reconocer en su fuero interno que algo en aquellas fotografías la hacía sentirse hambrienta. Dentro de la estructura de su mente, forjada por los luteranos para resistir al óxido de la ociosidad, estaba empezando a ceder a una deliciosa perversión.

Hubiera llegado a concebir aquella táctica de cualquier otro modo, pero el cambio de marea que se estaba produciendo en su interior aceleró el proceso. Le inspiró la idea de que el gusto del doctor Lecter por las cosas raras, por los productos con un mercado reducido, podía ser la aleta dorsal del monstruo, con la que cortaba la superficie haciéndose, al mismo tiempo, visible.

Starling estaba convencida de que podría descubrir alguna de sus identidades alternativas obteniendo y comparando listas informatizadas de clientes. Para ello tenía que conocer sus preferencias. Necesitaba conocerlo mejor que nadie en el mundo.

«¿Qué cosas sé que le gustan? Le gusta la música, el vino, los libros, la comida… Y yo.»

El primer paso para el desarrollo del propio gusto es estar dispuesto a valorar la propia opinión. En las áreas de la comida, el vino y la música, Starling tendría que estudiar los antecedentes del doctor y determinar lo que solía preferir en el pasado; pero había un campo en el que, como mínimo, era su igual. Los automóviles. Starling era una fanática de los coches, como cualquiera que hubiera visto su coche podía deducir.

Antes de su condena, el doctor Lecter había tenido un Bentley equipado con sobrealimentador. Con compresor de sobrealimentación, no con turbocompresor. Un coche trucado con un compresor de desplazamiento positivo tipo Rootes, es decir, sin retardador turbo. Starling comprendió de inmediato que el mercado de los Bentley trucados era tan reducido que el doctor no correría el riesgo de volver a entrar en él.

¿Qué compraría en la actualidad? Starling intuía el tipo de sensación que Lecter apreciaba. Un coche con motor sobrealimentado de ocho cilindros en uve, potente pero muy estable. ¿Qué compraría ella en el mercado actual?

Sin ninguna duda, un Jaguar XJR sedán con sobrealimentador. Envió faxes a los distribuidores de Jaguar de las costas este y oeste pidiéndoles listas semanales de sus ventas.

¿Qué otra cosa le gustaba a Lecter, de la que Starling supiera un montón?

«Le gusto yo», recordó.

Con qué presteza había respondido Lecter al saberla en apuros… Sobre todo teniendo en cuenta la demora que implicaba usar un servicio de reenvío para escribirle. Lástima que la pista de la máquina de franqueo automático no hubiera dado frutos; el aparato estaba en un sitio tan público que cualquier ladrón hubiera podido usarlo.

¿Cuánto tardaba en llegar a Italia el *National Tattler*? Por él se había enterado Lecter de que Starling tenía problemas, como demostraba el ejemplar que se había encontrado en el Palazzo Capponi. ¿Tenía una página web el diario sensacionalista? También era posible que hubiera leído el resumen de lo ocurrido en la web abierta al público del FBI, si disponía de ordenador en Italia. ¿Qué podría sacarse en claro a partir del ordenador del doctor Lecter?

Entre los objetos personales incautados en el Palazzo Capponi no figuraba ningún ordenador.

Pero Starling había visto algo. Buscó las fotos de la biblioteca del palacio. Ahí estaba la imagen del hermoso escritorio en el que Lecter le había escrito la carta. Encima había un ordenador. Un Phillips portátil. En las fotografías posteriores había desaparecido.

Haciendo uso del diccionario, redactó con dificultad un fax dirigido a la Questura en Florencia: *«Fra le cose personali del dottor Lecter, c'è un computer portatile?»*.

De esta forma, pasito a paso, Clarice Starling inició la persecución del doctor Lecter por los vericuetos de sus gustos, con más confianza en sus piernas de la razonablemente justificada.

43

Cordell, el secretario de Mason Verger, empleando una muestra enmarcada sobre su escritorio, reconoció la elegante letra de inmediato. El papel era del Hotel Excelsior de Florencia, Italia.

Como un creciente número de ricos en la era de Unabomber, Mason hacía pasar su correspondencia por un fluoroscopio semejante al de la central de Correos.

Cordell se puso unos guantes y comprobó la carta. El fluoroscopio no detectó cables ni baterías. De acuerdo con las estrictas instrucciones de Mason, fotocopió la carta y el sobre manejándolos con pinzas, y se cambió de guantes antes de recoger las copias y entregárselas a Mason.

La inconfundible letra redonda de Lecter decía lo siguiente:

Querido Mason:

Gracias por ofrecer una recompensa tan sustanciosa por mi cabeza. Me gustaría que la aumentaras. Como sistema de localización a distancia, una recompensa es más efectiva que un radar. Inclina a las autoridades de todas partes a olvidarse de su deber y perseguirme por cuenta propia, con los resultados que has podido ver.

En realidad, te escribo para refrescarte la memoria en lo referente a tu antigua nariz. En tu inspirada entrevista en el Ladies' Home Journal *sobre la represión de la droga aseguras que diste tu nariz, junto con el resto de tu cara, a unos chuchos, Skippy y Spot, que meneaban sus colitas a tus pies. Estás muy equivocado: te la comiste tú mismo, como aperitivo. Por el sonido crujiente que hacías mientras la masticabas, yo diría que tenía una consistencia similar a la de las mollejas de pollo. «¡Sabe a pollo!», fue tu comentario en aquel momento. Me recordó los ruidos que hacen los franceses en los* bistrots *cuando se atiborran de ensalada de* gésier.

¿A que ya no te acordabas, Mason?

Hablando de pollos, durante la terapia me contaste que, mientras pervertías a los niños desfavorecidos en tu campamento de verano, te diste cuenta de que el chocolate te irritaba la uretra. Tampoco te acordabas de eso, ¿a que no?

¿No se te ha ocurrido pensar que me contaste un montón de cosas de las que ahora no te acuerdas?

Hay un paralelismo indudable entre tú, Mason, y Jezabel. Como agudo estudioso de la Biblia que eres, te acordarás de que los perros se comieron el rostro de Jezabel, junto con todo lo demás, después de que los eunucos la arrojaran por la ventana.

Tu gente podía haberme asesinado en la calle. Pero me

querías vivo, ¿verdad? Por el aroma de tus sicarios, es obvio cómo planeabas tratarme. Mason, Mason. Ya que tienes tantísimas ganas de verme, deja que te dedique unas palabras de consuelo. Y ya sabes que no miento nunca.

Antes de morir, me verás la cara.

Todo tuyo,

Hannibal Lecter, DM

PD. Me preocupa, sin embargo, que no vivas hasta entonces, Mason. Debes evitar las nuevas cepas de neumonía. Tienes que cuidarte, propenso como eres (y seguirás siendo) a contraerla. Te recomiendo vacunación inmediata, así como inyecciones para inmunizarte ante la hepatitis A y B. No quiero perderte antes de tiempo.

Mason parecía un tanto sofocado cuando finalizó la lectura. Esperó, esperó y cuando cogió el ritmo del respirador dijo alguna cosa, que Cordell no consiguió entender.

El secretario se inclinó junto a su boca y fue recompensado con una lluvia de saliva.

—Ponme al teléfono con Paul Krendler. Y con el porquero.

44

El mismo helicóptero en el que Mason recibía a diario los periódicos extranjeros trasladó a Muskrat Farm al ayudante del inspector general, Paul Krendler.

La siniestra presencia de Mason y el cuarto a oscuras con los siseos y suspiros de la máquina y las danzas de la incansable anguila bastaban para que Krendler se sintiera incómodo; por si fuera poco, tuvo que tragarse el vídeo de la muerte de Pazzi una y otra vez.

Siete veces contempló a los Viggert posando alrededor de la virilidad del *David*, y otras tantas, la caída de Pazzi y el desbordamiento de sus vísceras. A la séptima, Krendler creyó que también al *David* se le saldrían las tripas.

Por fin se encendieron las potentes luces de la zona de visitas, que empezaron a achicharrar el cuero cabelludo de Krendler, brillante bajo el corte al cepillo.

Los Verger tenían un sexto sentido para la rapacidad, así que Mason empezó por lo que Krendler quería para sí. Su voz salió de la oscuridad ajustando las frases al ritmo del respirador.

—No quiero que me expliques… todo tu programa político… ¿Cuánto hace falta?

Krendler quería hablar con Mason en privado, pero no estaban solos. Una figura de hombros anchos y magnífica musculatura recortaba su oscura silueta contra el resplandor del acuario. La idea de que un guardaespaldas escuchara la conversación lo ponía nervioso.

—Preferiría que estuviéramos solos… ¿Te importa decirle a tu amigo que se vaya?

—Es Margot, mi hermana —dijo Mason—. Puede quedarse.

Margot salió de la oscuridad haciendo sisear su *culotte* de ciclista.

—Oh, cuánto lo siento… —se disculpó Krendler, levantándose a medias del asiento.

—¿Qué hay? —dijo ella.

Pero en lugar de aceptar la mano que le ofrecía el hombre, cogió un par de nueces del cuenco de la mesa y, apretándolas en el puño hasta reventarlas con un crac, volvió a la penumbra del acuario, donde era de suponer que se las comió. Krendler oyó caer al suelo las cáscaras.

—Muy bien, te escucho —dijo Mason.

—Por echar a Lowenstein del distrito veintisiete, diez millones de dólares mínimo. —Krendler, que no estaba seguro de la ubicación de la cama, cruzó las piernas y dirigió la vista a un punto de la oscuridad—. Lo necesitaré solo para los medios de comunicación. Pero te garantizo que es vulnerable. Estoy en condiciones de saberlo.

—¿Qué problema tiene?

—Diremos simplemente que su conducta no…

—Bueno, pero ¿qué es, dinero o un chochete?

Krendler no se sentía cómodo diciendo «chochete» delante de Margot, por más que a Mason no parecía importarle.

—Está casado y hace años que tiene un asunto con una jueza del Tribunal de Apelación del estado. La jueza ha fallado a favor de varios de los contribuyentes a su campaña. Lo más probable es que sea pura casualidad, pero cuando la televisión lo condene estará acabado.

—¿El juez es una mujer? —preguntó Margot.

Krendler asintió. Sin saber si Mason podía verlo, añadió:

—Sí, una mujer.

—Qué lástima —dijo Mason—. Hubiera sido mejor que fuera un invertido, ¿no te parece, Margot? De todas formas, no puedes echarle esa mierda encima tú mismo, Krendler. No puede salir de ti.

—Hemos diseñado un plan que ofrece a los votantes…

—Tú no puedes arrojarle esa mierda —repitió Mason.

—Me limitaré a asegurarme de que el Comité de Inspección Judicial sepa adónde mirar, de forma que se le echen encima cuando salte la liebre. ¿Dices que puedes ayudarme?

—Te ayudaré con la mitad.

—¿Cinco?

—No seas tímido, Krendler. ¿Qué es eso de «cinco»? Vamos a decirlo con el respeto que merece: cinco millo-

nes de dólares. El Señor me ha bendecido con mi dinero. Y con él pienso hacer Su Santa Voluntad. Lo tendrás
solo si Hannibal Lecter llega limpiamente a mis manos.
—Mason respiró el tiempo de unos pocos latidos—. Si es
así, te convertirás en el señor congresista Krendler del
distrito veintisiete, libre y limpio, y todo lo que te pediré en el futuro será que te opongas al Acta de Derechos
de los Animales. Si el FBI coge a Lecter, la pasma lo en-
cierra donde sea y se libra de él con una inyección letal,
despídete de mí.

—Si lo capturan dentro de una jurisdicción local, no
podré hacer nada. Ni si la gente de Crawford lo atrapa
en un golpe de suerte. Eso no lo puedo controlar.

—¿En cuántos estados con pena de muerte hay cargos
contra Lecter? —preguntó Margot con una voz áspera pero
tan profunda como la de su hermano a causa de las hor-
monas.

—En tres, por asesinato múltiple en primer grado en
todos.

—Quiero que lo juzguen en el estado donde lo deten-
gan —dijo Mason—. Nada de secuestro, ni violación de los
derechos civiles, ni ningún otro cargo supraestatal. Quiero que se libre de la pena de muerte, y lo quiero en una
prisión estatal, no en una jaula federal de máxima seguridad.

—¿Hace falta que pregunte por qué?

—No a menos que quieras que te lo explique. No tiene
nada que ver con el Acta de Derechos de los Animales,
te lo aseguro —dijo Mason, que no pudo contener la risa.

Tanta charla lo había extenuado. Hizo una seña a
Margot.

La mujer cogió una libreta, se acercó a la luz y leyó
sus propias anotaciones.

—Queremos toda la información que se consiga y la
queremos antes que los de Ciencias del Comportamien-

to. Queremos los informes de la Unidad de Ciencias del Comportamiento en cuanto los introduzcan en la base de datos, y queremos los códigos de acceso al VICAP y al Centro Nacional de Información sobre el Crimen.

—Solo se puede acceder al VICAP llamando desde un teléfono público —dijo Krendler, que seguía hablando hacia la oscuridad como si no tuviera delante a la mujer—. ¿Cómo piensa hacerlo?

—Es que no pienso hacerlo —replicó Margot.

—Lo hará —susurró Mason—. Crea programas para las máquinas de los gimnasios. Es su pequeño negocio, para no tener que vivir a expensas de su hermanito.

—El FBI tiene un sistema cerrado y parte de él está cifrado. Tendrá que acceder desde una localización autorizada, exactamente como yo le diga, y bajar la información a un portátil programado en el Departamento de Justicia —explicó Krendler—. De esa forma, si el VICAP introduce un virus trazador en la información, irá directamente al Departamento de Justicia. Compre un portátil potente y un buen módem con dinero en metálico a un mayorista, y no envíe la garantía por correo. Compre también una tarjeta descompresora. Y no lo utilice para navegar en Internet. Lo necesitaré de un día para otro y lo quiero de vuelta cuando todo haya acabado. Me pondré en contacto con ustedes. Entonces, ya está, eso es todo. —Y se puso en pie recogiendo sus papeles.

—No, no es todo, señor Krendler… —replicó Mason—. Lecter no tiene ningún motivo para asomar las orejas. Tiene dinero para esconderse eternamente.

—¿De dónde lo ha sacado? —preguntó Margot.

—A su consulta de psiquiatra iban unos cuantos viejos muy ricos —explicó Krendler—. Consiguió que lo nombraran heredero de un montón de dinero y acciones, y los escondió bien. Hacienda no ha sido capaz de dar con ellos. Exhumaron los cuerpos de una pareja de benefactores para comprobar si los había matado, pero no pudieron probar nada. El escáner no encontró toxinas.

—Así que no lo cogerán en un atraco, tiene dinero de sobras —dijo Mason—. Hay que engañarlo para que salga de su escondite. Empieza a pensar en maneras de hacerlo.

—Se imaginará de dónde le vino el golpe de Florencia —dijo Krendler.

—No me digas.

—Y te querrá a ti.

—No estoy tan seguro. Yo le gusto tal como soy. Anda, Krendler, sigue pensando —dijo Mason, y se puso a tararear.

Todo lo que el inspector general adjunto oyó mientras salía fue el mosconeo de Mason, que tenía costumbre de canturrear himnos religiosos mientras tramaba algo: «Ya tienes tu cebo, Krendler. Pero ya hablaremos cuando hayas hecho un ingreso bancario que te incrimine. Cuando me pertenezcas».

45

En el cuarto de Mason no queda más que la familia, el hermano y la hermana.

Música y luz suave. Música del Magreb, laúd y tambores. Margot está sentada en el sofá, con la cabeza baja y los codos en las rodillas. Hubiera podido tratarse de una lanzadora de martillo olímpico esperando su turno, o de una levantadora de pesas descansando en el gimnasio después de un entrenamiento. Respira un poco más deprisa que el respirador de Mason.

La canción termina y Margot se levanta y se acerca a la cabecera de la cama. La anguila asoma la cabeza por el agujero de la roca artificial y mira hacia su ondulado cielo de plata por si barrunta otro chaparrón de carpa para esta noche. Margot se esfuerza por dulcificar su áspera voz.

—¿Estás despierto?

En un instante Mason está presente tras su ojo siempre abierto.

—¿Ha llegado la hora de hablar de... —un siseo de inhalación— lo que quiere Margot? Anda, siéntate aquí, en las rodillas de Santa Claus.

—Ya sabes lo que quiero.

—Dímelo otra vez.

—Judy y yo queremos un niño. Queremos un Verger, nuestro propio hijo.

—¿Y por qué no compráis un chinito? Están más baratos que los lechones.

—Sería una buena obra. Podríamos hacer eso también.

—¿Y qué dirá papá? «...A un familiar directo, confirmado como mi descendiente por el laboratorio Cellmark o uno similar mediante la prueba del ADN, todas mis propiedades una vez desaparecido mi querido hijo Mason.» Su querido hijo Mason: ese soy yo. «En caso de no existir tal heredero, el único beneficiario será la Convención Baptista Sureña, con cláusulas específicas a favor de la Universidad Baylor de Waco, Texas.» A papá le jodió un montón lo de tus tortillas, Margot.

—Puedes pensar lo que quieras, Mason, pero no es por el dinero; bueno, un poco sí, pero ¿es que no quieres un heredero? También sería tu heredero, Mason.

—¿Por qué no te buscas un buen semental y le das un poco de metesaca? No puede decirse que no sepas hacerlo.

La música marroquí vuelve a sonar, y el exasperante bordoneo del laúd parece azuzar la ira contenida de Margot.

—Me he jodido yo misma, Mason. Se me han secado los ovarios con todo lo que me he metido. Además, quiero que Judy participe. Quiere ser la madre. Mason, dijiste que si te ayudaba… Me prometiste tu esperma.

Los dedos de araña de Mason le hicieron un gesto.

—Sírvete tu misma. Si es que sigue ahí.

—Mason, lo más probable es que tu esperma siga siendo viable, y te aseguro que es muy fácil cosecharlo sin que sufras molestias…

—¿Cosechar mi esperma viable? Me parece que has estado hablando con alguien.

—Solo con la clínica de fertilidad, es confidencial. —Las facciones de Margot se suavizaron, incluso a la luz fría del acuario—. Seríamos unas madres estupendas, Mason. Hemos ido a clases de paternidad, y Judy viene de una familia numerosa y unida. Además, existe un grupo de apoyo para parejas de madres.

—Solías conseguir que me corriera cuando éramos niños, Margot. Me hacías descargar como si tuvieras un motor en la muñeca. Y a toda hostia.

—Me hiciste daño cuando era pequeña, Mason. Me hiciste daño y me dislocaste el codo obligándome a lo otro. Sigo sin poder levantar más de cuarenta kilos con el brazo izquierdo.

—Es que no querías comerte el chocolate. Y ya te dije que hablaríamos de lo del niño algún día, hermanita, cuando acabe este trabajo.

—Solo te pido que te hagas el análisis —dijo Margot—. El médico te sacará una muestra sin hacerte daño…

—¿Qué daño me va a hacer, si no puedo sentir nada ahí abajo? Podrías chupármela hasta ponerte azul, y te aseguro que no sería lo mismo que la primera vez. Ya me lo han hecho otros y no ha pasado nada.

—El médico te sacará un poco, solo para ver si tu esperma da señales de motilidad. Judy ya está tomando

Clomid. Estamos controlando su ciclo, hay un montón de cosas por hacer…

—En todo este tiempo, no he tenido el gusto de conocer a Judy. Cordell dice que es patizamba. ¿Cuánto hace que os lo montáis tú y ella, Margot?

—Cinco años.

—¿Por qué no la traes un día? Podríamos… hacer algo juntos, por decirlo así.

Los tambores magrebíes acaban con un seco manotazo que deja un silencio resonante en los oídos de Margot.

—¿Por qué no te apañas con el Departamento de Justicia tú solito? —le susurró pegando la boca a su oreja—. ¿Por qué no intentas llegar a una cabina telefónica con el jodido portátil? ¿Por qué no pagas a unos cuantos espaguetis más para coger al tío que convirtió tu cara en comida para perros? Dijiste que me ayudarías, Mason.

—Y lo haré. Solo tengo que pensar en el mejor momento.

Margot reventó dos nueces y dejó caer las cáscaras sobre la sábana.

—No te lo pienses mucho, preciosidad.

Su *culotte* de ciclista siseó como el vapor de una olla exprés mientras abandonaba el cuarto.

46

Ardelia Mapp cocinaba cuando le apetecía, pero una vez metida en harina el resultado era excelente. Su escuela era mitad jamaicana, mitad de la costa de Carolina del Sur, y en aquel momento se disponía a preparar pollo al estilo sureño. Estaba quitando las pepitas a un pimiento que sostenía con cuidado por el tallo mientras regañaba a Starling, atareada con los pollos, la cuchilla de carnicero y la tabla de cortar.

—Si dejas los trozos enteros, Starling, no van a coger el mismo gusto que si los cortas —le explicó, y no por primera vez—. Así —dijo cogiendo el hacha y golpeando una pechuga con tal fuerza que las esquirlas de hueso se le clavaron en el delantal—. ¿Has visto? Pero ¿cómo se te ocurre tirar las cabezas? Vuelve a echarlas ahí ahora mismo, anda. —Y un minuto más tarde—: He estado en la oficina de Correos, facturando los zapatos para mi madre.

—Yo también he ido. Podía haberlos llevado yo.

—¿Y no te han dicho nada?

—No.

Mapp, nada sorprendida, asintió.

—Los tambores dicen que están controlando tu correo.

—¿Quién lo ha ordenado?

—Una directiva confidencial del inspector de Correos. No lo sabías, ¿verdad?

—No.

—Pues di que te has enterado por otro conducto, no quiero que mi amigo de correos pague el pato.

—Vale. —Starling dejó la hachuela un momento—. ¡Dios, Ardelia!

Mientras estaba ante el mostrador de la oficina de Correos comprando sellos, no había notado nada en las caras inexpresivas de los atareados funcionarios, la mayoría afroamericanos y varios conocidos suyos. Estaba claro que alguien quería ayudarla, aunque hacerlo suponía arriesgarse a ser acusado de un delito y perder la pensión. Estaba claro que ese alguien confiaba más en Ardelia que en ella. Aunque angustiada, Starling se sintió feliz por haber recibido un favor de la comunidad afroamericana. Tal vez debiera interpretarlo como un reconocimiento tácito de que había actuado en defensa propia en el asunto de Evelda Drumgo.

—Ahora coges las cebolletas, las machacas con el mango del cuchillo y las vas echando aquí. Machaca también lo verde —le indicó Ardelia.

Finalizados los trabajos preparatorios, Starling se lavó las manos. Luego fue al cuarto de estar de Ardelia, tan ordenado como de costumbre, y se sentó. Ardelia llegó al cabo de un minuto secándose las manos en un paño de cocina.

—¿Qué coño de mierda es esta, joder? —dijo Ardelia. Tenía la costumbre de soltar una sarta de juramentos justo antes de enfrentarse a algo que tuviera auténtica mala pinta, una versión moderna del clásico silbido en la oscuridad.

—No tengo ni puta idea —contestó Starling—. ¿Quién será el cabrón que anda mirándome las cartas?

—Mis amigos no pueden llegar más arriba del inspector de Correos.

—Esto no tiene nada que ver con el tiroteo, ni con Evelda —aseguró Starling—. Si me están leyendo el correo, tiene que ser por el doctor Lecter.

—Pero si siempre les has enseñado todo lo que te ha mandado… Tienes que aclarar esto con Crawford.

—Pero cagando leches. Si me está controlando la Oficina de Responsabilidades Profesionales del Bureau, puedo averiguarlo. Creo. Si es la de Justicia, no lo sé.

El Departamento de Justicia y su filial, el FBI, tienen Oficinas de Responsabilidades Profesionales separadas, que en teoría cooperan y a veces entran en conflicto. Esos conflictos se conocen puertas adentro como «competiciones de a-ver-quién-mea-más-alto», y los agentes que se ven cogidos entre los dos chorros se ahogan en bastantes ocasiones. Para colmo, el inspector general del Departamento de Justicia, un cargo político, puede intervenir cuando le parezca oportuno y zanjar un caso peliagudo.

—Si saben que Hannibal Lecter está planeando algo, si

creen que anda cerca, tienen que comunicártelo para que puedas tomar precauciones. Starling, ¿alguna vez… lo has sentido a tu alrededor?

—No suelo pensar en él —dijo Starling sacudiendo la cabeza—. No de esa manera. Antes pasaba mucho tiempo sin acordarme siquiera. ¿Sabes esa sensación como de plomo, esa sensación gris y pesada, cuando algo te da miedo? Ni siquiera siento eso. Solo pienso que, si estuviera en peligro, lo sabría.

—¿Qué harías, Starling? ¿Qué harías si te lo encontraras frente a frente? ¿Sin esperártelo? ¿Lo has pensado alguna vez? ¿Te le echarías encima?

—Si consiguiera encontrármelo, se la metería por el culo.

Ardelia se rió.

—Y luego, ¿qué?

La sonrisa desapareció de los labios de Starling.

—Se le habría acabado el cuento.

—¿Podrías dispararle?

—¿Estás de broma? ¿Para evitar que convirtiera mi hígado en *foie gras*? Dios mío, Ardelia, espero que no ocurra nunca. Me alegraré si lo encierran sin que nadie más salga herido, incluido él. Pero a veces pienso que si alguna vez lo acorralan, me gustaría ser yo la que estuviera allí.

—No digas eso ni en broma.

—Conmigo tendría más posibilidades de salir vivo. No le dispararía por estar asustada. No es el hombre lobo. Lo que pasara dependería de él.

—¿Es que no te asusta? Más vale que te asuste un poco.

—¿Sabes lo que me asusta de él, Ardelia? Que te dice la verdad. Me gustaría que se librara de la inyección. Si lo consigue y lo mandan a una institución, los especialistas están lo bastante interesados en estudiarlo como para proporcionarle el tratamiento adecuado. Y no tendrá problemas con compañeros de celda. Si estuviera en chirona le hubiera agradecido su carta. No puedo menospreciar a un hombre lo bastante loco como para decir la verdad.

—Por el motivo que sea alguien anda metiendo la nariz en tu correo. Consiguieron una orden judicial y está bien guardada en algún sitio. No están vigilando la casa todavía, porque nos hubiéramos dado cuenta —dijo Ardelia—. No me extrañaría que esos hijos de puta supieran que Lecter viene hacia aquí y no te hubieran avisado. Vigila mañana.

—El señor Crawford nos lo hubiera dicho. No pueden organizar nada importante contra el doctor Lecter a espaldas de Crawford.

—Jack Crawford es historia, Starling. En ese punto estás ciega. ¿Y si están montando algo contra ti? Por tener una boquita tan grande, por no dejar que Krendler se te metiera en la cama. ¿Y si hay alguien que está intentando acabar contigo? Oye, ahora sí que hablo en serio con lo de ocultar mi fuente.

¿Hay algo que podamos hacer por tu amigo el de Correos? ¿Podemos corresponderle?

—¿Quién crees que viene a cenar?

—Esta sí que es buena, Ardelia... Espera un momento, creía que era yo la que estaba invitada a cenar.

—Puedes llevarte un poco a casa.

—Muy agradecida.

—De nada, cariño. Será un placer.

47

Cuando Starling era niña tuvo que mudarse de una casa de madera que hacía crujir el viento al sólido edificio de ladrillos rojos del Orfanato Luterano.

El destartalado domicilio de su primera infancia tenía una cocina caliente donde podía compartir una naranja con su padre. Pero la muerte sabe el camino a las casas humildes, en las que vive gente con trabajos peligrosos y sueldos de miseria. Su padre salió de aquella casa en su vieja furgoneta para hacer una patrulla nocturna de la que nunca regresaría.

Starling escapó de su hogar adoptivo en un caballo destinado al matadero mientras sacrificaban a los corderos, y encontró algo parecido a un refugio en el Orfanato Luterano. Desde aquella época, las grandes y sólidas estructuras institucionales la hacían sentirse segura. Puede que los luteranos anduvieran escasos de calor y naranjas, y sobrados de Jesús, pero las normas eran las normas, y si las comprendías todo iba como la seda.

Mientras el reto consistiera en superar pruebas competitivas pero impersonales o en hacer trabajos de calle, sabía que su lugar estaba seguro. Pero Starling carecía de aptitudes para los cabildeos de despacho.

Ahora, mientras salía de su Mustang a primera hora de la mañana, las altas fachadas de Quantico ya no eran el gran regazo de ladrillos donde refugiarse. Vistas desde el aparcamiento, a través de las ondulaciones del aire, hasta las puertas de entrada parecían torcidas.

Hubiera querido ver a Jack Crawford, pero no le daba tiempo. La filmación en Hogan's Alley empezaría en cuanto el sol estuviera lo bastante alto.

La investigación de la matanza en el mercado de Feliciana requería una reconstrucción de los hechos filmada en la pista de tiro de Hogan's Alley, donde habría que justificar cada tiro y cada trayectoria.

Starling tuvo que interpretar su papel. La furgoneta camuflada que usaron era la original, con los agujeros de bala más recientes taponados con masilla sin pintar. Una y otra vez saltaron del cochambroso vehículo, una y otra vez el agente que hacía de John Brigham cayó de bruces y el que hacía de Burke se retorció en el suelo. El simulacro, en el que se empleó munición de fogueo, la dejó molida.

Acabaron bien pasado el mediodía.

Starling guardó su equipo especial y encontró a Jack Crawford en el despacho.

Había vuelto a llamarlo «señor Crawford», y el hombre, que parecía cada vez más distraído, se mostraba distante con todo el mundo.

—¿Quiere un Alka-Seltzer, Starling? —le ofreció cuando la vio en la puerta.

Crawford tomaba unos cuantos específicos a lo largo del día, además de ginseng, palmito sierra, hierba de san Juan y aspirina infantil. Las iba cogiendo de la palma de la mano con un cierto orden, y echaba atrás la cabeza como si se estuviera atizando un lingotazo.

En las últimas semanas había empezado a colgar la chaqueta del traje en la percha del despacho y ponerse un jersey tejido por su difunta esposa. Ahora a Starling le parecía más viejo que cualquier recuerdo que conservara de su propio padre.

—Señor Crawford, alguien está abriendo parte de mi correspondencia. No lo hacen muy bien. Parece que despegan la cola con el vapor de una tetera.

—Comprobamos tu correo desde que Lecter te escribió.

—Hasta ahora se limitaban a pasar los paquetes por el fluoroscopio. Eso es estupendo, pero soy capaz de leer mis propias cartas. Nadie me ha dicho nada.

—No es cosa de nuestra Oficina de Responsabilidades Profesionales.

—Tampoco del adjunto Dawg, señor Crawford. Es algún pez lo bastante gordo como para conseguir una orden de suspensión del título tercero debidamente autorizada.

—¿No dices que parecen aficionados? —Se quedó callada lo suficiente como para que él añadiera—: Mejor que te hayas dado cuenta así, ¿no te parece, Starling?

—Sí, señor.

Crawford frunció los labios y asintió.

—Me ocuparé del asunto —guardó los frascos en el cajón superior del escritorio—. Hablaré con Carl Schirmer del Departamento de Justicia y pondremos las cosas en claro.

Schirmer era un infeliz. Según los rumores se jubilaría a final de año. Todos los colegas de Crawford estaban a punto de jubilarse.

—Gracias, señor.

—¿Qué?, ¿hay alguien en tus clases de la policía que prometa? ¿Alguien con quien debieran hablar los de reclutamiento?

—En la de técnicas forenses, aún no lo sé, les da vergüenza preguntarme sobre crímenes sexuales. Pero hay un par de buenos tiradores.

—De esos tenemos de sobra. —Alzó la vista hacia ella con prontitud—. No me refería a ti, Starling.

Al final de aquel día en que había representado la muerte de John Brigham, Starling fue a su tumba en el Cementerio Nacional de Arlington.

Posó la mano en la lápida, que aún conservaba partículas de piedra arrancadas por el cincel. De pronto volvió a tener la nítida sensación de besar su frente fría como el mármol cuando lo visitó por última vez en su ataúd y dejó en su mano, bajo el guante blanco, su última medalla de campeona en el Abierto para pistola de combate.

Las hojas habían empezado a caer en Arlington y cubrían el césped sembrado de tumbas. Con la mano en la losa de Brigham, contemplando las hectáreas de lápidas, se preguntó cuántos de aquellos muertos habrían caído como él víctimas de la estupidez, el egoísmo y las componendas de viejos cínicos.

Creyente o descreído, si uno es un guerrero, Arlington es un lugar sagrado; la tragedia no es morir, sino que te sacrifiquen.

El vínculo que la unía a Brigham no era menos fuerte por el hecho de no haber sido su amante. Apoyada sobre una rodilla ante la piedra, Starling recordó que el hombre le había preguntado algo con timidez y ella había contestado que no; que a continuación le preguntó si podían ser amigos, con evidente sinceridad, y ella le contestó, con no menos sinceridad, que sí.

Arrodillada en Arlington, pensó en la tumba de su padre, tan lejana. No la había visitado desde que se graduó la primera de su clase en la facultad y fue allí para contárselo. Se preguntó si no sería el momento de volver.

Vista a través de las ramas oscuras de Arlington, la puesta de sol era tan anaranjada como las naranjas que compartía con su padre; el distante toque de corneta le produjo un escalofrío, y la losa siguió fría bajo su mano.

48

Podemos verlo entre el vaho de nuestro aliento. En la noche serena sobre Terranova, distinguimos un punto de luz brillante junto a Orión; luego, pasando lentamente sobre nuestras cabezas, un Boeing 747 que encara un viento de ciento sesenta kilómetros por hora en dirección oeste.

Atrás, en tercera clase, donde viajan los paquetes turísticos, los cincuenta y dos miembros de «El Fantástico Viejo Mundo», un recorrido por once países en diecisiete días, regresan a Detroit y Windsor, Canadá. El espacio para los hombros es de cincuenta centímetros. El espacio para las caderas entre los reposabrazos, de otros tantos. Lo que hace cinco centímetros más de los que tenían los esclavos en los barcos que los sacaban de África.

Los pasajeros se deleitan con sándwiches congelados de carne resbaladiza y queso de plástico gentileza de la compañía, y aspiran las ventosidades y demás emanaciones de sus prójimos en el aire económicamente reprocesado, una variante del principio del licor de cloaca establecido por los mercaderes de reses y cerdos en los años cincuenta.

El doctor Hannibal Lecter ocupa un asiento en las hileras centrales, flanqueado por dos niños. Al final de su hilera hay una mujer con una criatura. Después de tantos años de celdas y mordazas, el doctor no soporta que lo confinen. Uno de los niños tiene en el regazo un juego de ordenador que no para de soltar pitidos.

Como muchos pasajeros repartidos por las plazas baratas, el doctor Lecter lleva una brillante insignia amarilla con un monigote sonriente y «CAN-AM TOURS» escrito en grandes letras rojas, y viste un chándal de mercadillo. El suyo lleva los colores de los Toronto Maple Leafs, un equipo de hockey sobre hielo. Debajo, una suma considerable de dinero, pegada al cuerpo.

El doctor Lecter ha pasado tres días con el grupo tras comprar su billete a un revendedor parisino de cancelaciones de última hora por enfermedad. El hombre que debía ocupar su asiento había vuelto a Canadá en una caja después de que le fallara el corazón mientras subía a la cúpula de San Pedro.

Cuando llegue a Detroit, tendrá que afrontar el control de pasaportes y la aduana. Sabe de sobra que los oficiales de seguridad y los de inmigración de todos los aeropuertos importantes de Occidente habrán recibido órdenes de abrir bien los ojos en su honor. Allí donde su fotografía no cuelgue tras el control de pasaportes, estará esperando que alguien apriete una tecla en el ordenador de la aduana o la oficina de inmigración.

Con todo, piensa que tal vez lo favorezca una circunstancia afortunada: puede que las autoridades solo dispongan de fotografías de su antiguo rostro. En Brasil no existe expediente alguno que corresponda al pasaporte falso con el que entró en Italia, ni copias por tanto de su imagen actual; en Italia Rinaldo Pazzi intentó simplificarse la vida y satisfacer a Mason Verger consiguiendo el expediente de los *carabinieri*, incluidos las fotografías y negativos empleados en el *permesso di soggiorno* y permiso de trabajo del «doctor Fell». El doctor Lecter los había encontrado en la cartera del policía y los había destruido.

A menos que Pazzi hubiera tomado fotos del doctor Fell a escondidas, es probable que no exista en todo el mundo un retrato actualizado del doctor Lecter. No es que su rostro sea muy distinto al anterior; un poco de colágeno alrededor de la nariz y los pómulos, el pelo teñido y peinado de otra forma, gafas… Pero sí lo bastante como para pasar inadvertido si consigue no atraer la atención. Para la cicatriz del dorso de la mano ha usado un cosmético duradero y un agente bronceador.

Espera que en el Aeropuerto Metropolitano de Detroit el Servicio de Inmigración divida a los recién llegados en dos filas, pasaportes estadounidenses y otros. Ha elegido una ciudad fronteriza con el fin de que la fila de los «otros» sea larga. El avión está lleno de canadienses. Lecter confía en que podrá colarse entre la manada, siempre que la manada lo admita como uno de los suyos. Los ha acompañado a varios museos y visitas históricas, y ha volado con ellos en la sentina del avión, pero todo tiene sus límites; no se siente capaz de comer la misma bazofia que ellos.

Cansados y con los pies doloridos, hartos de su ropa y sus compañeros, los turistas hozan en sus bolsas de la cena y abren sus sándwiches para retirar la lechuga ennegrecida por el frío.

Para no llamar la atención, el doctor Lecter espera hasta que los otros pasajeros dan cuenta de la repulsiva pitanza, acuden al retrete y se quedan, en abrumadora mayoría, dormidos. En la parte de delante ponen una película ñoña. Sigue esperando con la paciencia de una pitón. A su lado el niño se ha quedado dormido sobre el juguete informático. A lo largo del ancho avión las luces de lectura se van apagando.

Entonces y solo entonces, lanzando miradas furtivas a su alrededor, el doctor Lecter saca de debajo del asiento de delante su propia cena, una elegante caja amarilla con adornos marrones de Fauchon, el restaurador parisino. Está atada con dos cintas de seda de colores complementarios. El doctor ha hecho acopio de un *pâté de foie gras* con trufas deliciosamente aromático e higos de Anatolia que aún lloran por sus tallos cortados. Tiene media botella de un Saint Estephe por el que siente especial predilección. El lazo de seda cede con un susurro.

El doctor está a punto de comerse un higo; lo sostiene ante los labios con las fosas nasales dilatadas por el aroma, dudando entre convertirlo en un único y glorioso bocado o morder solo la mitad, cuando el juego de ordenador suelta un pitido. Otro. Sin volver la cabeza, oculta el higo con la palma de la mano y mira al niño dormido. Los aromas a trufa, *foie gras* y coñac ascienden de la caja abierta.

El crío husmea el aire. Sus ojillos entreabiertos, brillantes como los de un roedor, espían de reojo la cena del doctor Lecter. Y con la voz de pito de un hermano envidioso, dice:

—Oiga, señor. Oiga, señor.

Está claro que no tiene intención de parar.

—¿Qué quieres?

—Esa es una de esas comidas raras, ¿verdad?

—No, qué va.

—Entonces, ¿qué es eso que tiene ahí? —El chaval vuelve el rostro hacia el de Lecter con expresión zalamera—. ¿Me da un poco?

—Me encantaría hacerlo —le contesta el doctor, fijándose en que, bajo la cabezota infantil, el cuello es apenas más grueso que un solomillo de cerdo—, pero no te gustaría. Es hígado.

—¡Pastel de hígado! ¡Síiiiiii! A mi mamá no le importa… ¡Mamáaa!

«Demonio de niño —piensa el doctor—, le gusta el hígado y cuando no gimotea, chilla.»

La mujer con el niño de pecho sentada al final de la hilera se despierta sobresaltada. Los viajeros de la fila anterior, que habían reclinado sus asientos hasta el punto que el doctor Lecter podía olerles el pelo, miran hacia atrás por el espacio que queda entre las butacas.

—Estamos intentando dormir.

—¡Mamáaaaaaa! ¿Puedo probar el sándwich de este señor?

La criatura acostada en el regazo de la mujer se despierta y empieza a llorar. La madre mete un dedo por la parte de atrás del pañal, lo saca indemne y le endilga un chupete al rorro.

—¿Qué quiere darle a mi hijo, señor?

—Es hígado, señora —responde el doctor Lecter intentando no perder la compostura—. Pero yo no…

—Es pastel de hígado, mi favorito, quiero un poquito —gimotea el niño—. ¿Puedo probarlo, eh, mamá? —y alarga la última palabra en una queja que perfora los tímpanos.

—Señor, si quiere darle algo a mi hijo, me gustaría verlo antes.

La azafata, con la cara congestionada por un sueñecito interrumpido, se acerca al asiento de la mujer con la criatura llorando a moco tendido.

—¿Va todo bien? ¿Puedo traerle alguna cosa? ¿Le caliento un biberón?

La mujer saca un biberón cerrado con un tapón y se lo da. Luego enciende la luz de lectura, y mientras busca una tetina grita en dirección a Lecter:

—¿Le importaría pasármelo? Si quiere que lo pruebe mi niño, quiero verlo antes. No se ofenda, pero es que tiene la tripita delicada.

Dejamos rutinariamente a nuestros hijos en las guarderías, entre extraños. Al mismo tiempo, sintiéndonos culpables, manifestamos paranoia ante los extraños e inoculamos nuestros miedos a los niños. En los tiempos que corren, un auténtico monstruo no puede olvidarlo, ni siquiera un monstruo al que los niños le resulten tan indiferentes como al doctor Lecter.

El doctor pasa su caja de Fauchon a la escrupulosa madre.

—¡Qué buena pinta tiene el pan! —exclama hurgando con el dedo de comprobar pañales.

—Señora, permítame ofrecérselo.

—Bueno, pero el «licor» no lo quiero —exclama buscando a su alrededor la complicidad de los pasajeros—. Pensaba que no dejaban traer alcohol. ¿Es whisky? ¿Dejan beber esto en el avión? Me gustaría quedarme la cinta, si no la va a usar.

—Señor, no puede abrir bebidas alcohólicas en el avión —la azafata amonesta a Lecter—. Permítame que se la guarde. Podrá reclamarla a la llegada.

—Faltaría más. Se lo agradezco mucho —responde el doctor.

El doctor Lecter es capaz de aislarse de la situación. Es capaz de hacer que todo desaparezca. Los pitidos de la consola, los ronquidos y las ventosidades no son nada comparados con el griterío infernal que soportó en el corredor de los violentos. La butaca no es más estrecha que los asientos de fuerza. Como tantas veces en su celda, cierra los ojos y busca la tranquilidad en su palacio de la memoria, un lugar irreprochablemente hermoso en su mayor parte.

Por una vez, el cilindro de metal que aúlla contra el viento en dirección este contiene un palacio con mil estancias.

Así como en cierta ocasión visitamos al doctor Lecter en el Palazzo Capponi, lo acompañaremos ahora al interior del palacio de su mente...

El vestíbulo es la Capilla Normanda de Palermo; severa, hermosa y eterna, contiene un solo recordatorio de la mortalidad, representada por la calavera grabada en el suelo. A menos que haya acudido al palacio para retirar información a toda prisa, el doctor Lecter suele hacer una pausa, como en esta ocasión, para admirar la capilla. Más allá, remota y compleja, luminosa y sombría, se extiende la vasta estructura construida por el doctor.

El palacio de la memoria era un sistema mnemotécnico bien conocido por los sabios del mundo antiguo, que a lo largo de la Alta Edad Media preservaron en sus mentes un enorme acopio de información mientras los bárbaros se dedicaban a quemar libros. Como los eruditos que lo precedieron, el doctor Lecter almacena un asombroso cúmulo de datos asociados a objetos de estas mil estancias; pero, a diferencia de los antiguos, su palacio cumple una segunda función: a temporadas le sirve de residencia. Ha pasado años rodeado por sus exquisitas colecciones de arte, mientras su cuerpo yacía inmovilizado en el corredor de los violentos, donde los alaridos hacían vibrar los barrotes como si fueran el arpa del infierno.

El palacio de Hannibal Lecter es inmenso, incluso juzgado según el patrón medieval. Traducido al mundo tangible rivalizaría con el Palacio Topkapi de Estambul en tamaño y complejidad.

Alcanzamos al doctor cuando las ágiles babuchas de su mente lo están trasladando del vestíbulo al Gran Salón de las Estaciones. El palacio ha sido construido siguiendo las reglas establecidas por Simónides de Ceos y expuestas por Cicerón cuatrocientos años más tarde; es airoso, alto de techos y está decorado con objetos y cuadros extraordinarios y sorprendentes, a veces extravagantes y absurdos, a menudo hermosos. Las urnas están bien iluminadas y distribuidas espaciadamente, como las de un gran museo. Pero las paredes no están pintadas con los colores neutros de los museos. Como Giotto, el doctor Lecter ha cubierto de frescos los muros de su mente.

Aprovechando que está en el palacio, decide recoger las señas del domicilio de Clarice Starling; pero no tiene prisa, así que se detiene al pie de una gran escalinata presidida por los bronces de Riace. Los enormes guerreros de bronce atribuidos a Fidias, rescatados del fondo del mar en nuestra época, presiden un espacio pintado con frescos que podría contener todas las historias narradas por Homero y Sófocles.

El doctor Lecter podría hacer que los rostros de bronce recitaran a Meleagro con solo desearlo, pero hoy se limita a admirarlos.

Un millar de estancias, kilómetros de corredores, cientos de datos ligados a cada uno de los objetos que decoran cada una de las salas, aguardan al doctor Lecter en este inabarcable y placentero refugio cada vez que necesita tomarse un respiro.

Pero hay algo que el doctor comparte con nosotros: en las criptas de nuestros corazones y nuestros cerebros, el peligro acecha. No todo son salas agradables, luminosas y altas. En el suelo de la mente hay agujeros semejantes a los de las mazmorras medievales, calabozos hediondos, celdas excavadas en la roca, con forma de botella y la trampilla en la parte superior. Por suerte nada escapa de ellas silenciosamente. Un movimiento de tierras, una traición de nuestros guardianes despejan el camino a horrores reprimidos durante años, y las chispas del recuerdo inflaman los malsanos gases en una explosión de dolor que nos empuja a comportamientos suicidas...

Temerosos y maravillados, lo seguimos mientras avanza con paso vivo e ingrávido a lo largo del corredor que él mismo ha construido, percibiendo un aroma de gardenias y vagamente consciente de la magnífica factura de las estatuas y de la luminosidad de las pinturas.

Tuerce a la derecha pasado un busto de Plinio y asciende las escaleras hasta el Salón de las Direcciones, una estancia llena de estatuas y cuadros dispuestos en estudiado orden, bien espaciados e iluminados, como recomienda Cicerón.

Ah... el tercer gabinete de la derecha está presidido por un cuadro que representa a san Francisco de Asís dando de comer una polilla a un tordo.* En el suelo, a los pies de la pintura, el mármol representa a tamaño natural la siguiente escena:

Un desfile en el Cementerio Nacional de Arlington encabezado por Jesús, treinta y tres años, conduciendo una camioneta Ford modelo T del 27, una de aquellas «mariconas de hojalata», con J. Edgar Hoover de pie en la caja del vehículo vistiendo un tutú y saludando con la mano a una multitud invisible. Desfilando tras él vemos a Clarice Starling con un rifle Enfield 308 al hombro.

El doctor Lecter parece animarse al ver a Starling.

---

* En inglés, *starling.* (*N. del t.*)

Hace tiempo, consiguió la dirección particular de la mujer a través de la Asociación de Antiguos Alumnos de la Universidad de Virginia. La conserva asociada a esta imagen, y ahora, por puro placer, recuerda el nombre de la calle y el número de la casa donde vive Starling:

Tindal 3327

Arlington, Virginia 22308

El doctor Lecter puede recorrer los vastos salones de su palacio de la memoria a una velocidad sobrenatural. Con sus reflejos y su fuerza, con su penetración y agilidad mentales, el doctor Lecter está perfectamente armado contra el mundo físico. Pero hay lugares dentro de sí mismo a los que no puede entrar sin sentirse amenazado, sitios en los que las reglas de Cicerón sobre lógica, ordenación espacial y luz no pueden aplicarse...

Decide hacer una visita a su colección de tapices antiguos. Quiere escribir una carta a Mason Verger, y necesita revisar un texto de Ovidio sobre aceites faciales aromáticos asociado a los tejidos.

Camina sobre una interesante alfombra de pelo corto que lleva al salón de los telares y los tejidos.

En el mundo del 747, el doctor Lecter tiene los ojos cerrados y la cabeza, que se balancea despacio cuando las turbulencias agitan el avión, recostada en el asiento.

Al final de la hilera, la criatura, que se ha tomado el biberón, aún no se ha dormido. La cara se le está poniendo roja. La madre siente tensarse el cuerpecillo arrebujado en la manta, y relajarse al cabo de un momento. No cabe duda de lo que ha ocurrido. No necesita hundir el dedo en los pañales. En los asientos de delante alguien suelta un «¡Madre de Dios!».

Al tufo de gimnasio a última hora de la tarde se ha añadido otra pincelada olorosa. El niño sentado junto a Lecter, habituado a las jugarretas del bebé, sigue engullendo la comida de Fauchon.

Bajo el palacio de la memoria, las trampillas revientan, las mazmorras exhalan su espeluznante hedor…

Un puñado de animales consiguió sobrevivir bajo el fuego de la artillería y las ametralladoras en la guerra que acabó con las vidas de los padres de Hannibal Lecter y arruinó el extenso bosque de su propiedad.

El abigarrado contingente de desertores que convirtió la remota cabaña de caza en su refugio se mantuvo de lo que encontró a mano. En una ocasión, los prófugos dieron con un pobre cervatillo, esquelético y herido por una flecha, que había conseguido encontrar pasto bajo la nieve y sobrevivir. Lo arrastraron al campamento para no tener que cargar con él.

Hannibal Lecter, que tenía seis años, espiaba a través de una grieta del granero cuando llegaron con el animal, que sacudía la cabeza y pegaba tirones a la soga enrollada alrededor de su cuello. No les convenía pegarle un tiro, así que consiguieron que doblara las escuálidas patas de alambre, le asestaron un hachazo en el pescuezo y se maldijeron unos a otros en distintos idiomas para que alguno trajera un barreño antes de que se perdiera toda la sangre.

El raquítico animal no tenía mucha carne alrededor de los huesos, y en dos días, quizá tres, cubiertos con sus largos abrigos y despidiendo por las bocas un vaho de putrefacción, los desertores salieron de la cabaña y caminaron sobre la nieve que la separaba del granero, que desatrancaron para elegir entre los niños acurrucados en la paja. Ninguno se había congelado, así que se dispusieron a escoger uno vivo.

Tantearon el muslo, el brazo y el pecho de Hannibal Lecter, pero en lugar de a él cogieron a su hermana Mischa y se la llevaron. Para jugar, dijeron. Ninguno de los que se llevaban para jugar había vuelto.

Hannibal se agarró a Mischa tan fuerte, se agarró a ella con tal desesperación, que tuvieron que cerrar de golpe la enorme

puerta del granero, le fracturaron un brazo y perdió el conoci-
miento.

Se la llevaron a rastras por la nieve, manchada todavía con
la sangre del ciervo.

Rezó con tal fuerza para volver a ver a Mischa que la ora-
ción consumió su cabeza de seis años, pero no consiguió acallar
los golpes del hacha. Sus súplicas para volver a verla no queda-
ron sin respuesta por entero: vio unos cuantos dientes de leche
de Mischa en el maloliente pozo ciego que sus captores habían
excavado entre la cabaña donde dormían y el granero donde guar-
daban a los niños cautivos que fueron su sustento tras el desastre
del frente oriental en 1944.

Desde aquella respuesta parcial a sus plegarias, Hannibal
Lecter había dejado de hacer cábalas sobre cualquier divinidad,
aparte de reconocer que sus propias modestas predaciones palide-
cían al lado de las de Dios, cuya ironía es inescrutable, y cuya
voluble ferocidad está más allá de toda medida.

En el inestable avión, con la cabeza rebotando suavemente contra el respaldo, el doctor Lecter permanece en
suspenso entre su última imagen de Mischa arrastrada
sobre la nieve ensangrentada y el sonido del hacha. Se ha
atascado en ese punto y no lo puede soportar. En el ám-
bito del avión se oye un breve grito procedente de su rostro sudoroso, un grito débil y agudo, estremecedor.

Los pasajeros de delante se vuelven, algunos se des-
piertan. En las primeras filas algunos refunfuñan.

—¡Por amor de Dios! ¿Es que no se va a poder estar
tranquilo en este avión?

El doctor Lecter abre los ojos y mira al frente. Siente
una mano en el brazo. Es la mano del niño.

—Ha tenido una pesadilla, ¿a que sí?

El niño no está asustado, ni hace caso de las protestas
en los asientos delanteros.

—Sí.

—Yo también tengo muchas pesadillas, por eso no me río de usted.

El doctor Lecter respira varias veces con la cabeza reclinada en el respaldo. Luego recupera la compostura como si la calma le bajara desde el nacimiento del cabello hasta la cara. Inclina la cabeza hacia el niño y, en un tono confidencial, le dice:

—Haces bien en no comerte esa bazofia. No te la comas nunca.

Las compañías aéreas ya no proporcionan a sus usuarios papel de escribir. El doctor Lecter, calmado del todo, saca del bolsillo interior de la chaqueta papel con el membrete de un hotel y se dispone a redactar una carta dirigida a Clarice Starling. En primer lugar, dibuja su rostro. Ese retrato se conserva en la actualidad en una fundación dependiente de la Universidad de Chicago, a disposición de los estudiosos. Starling tiene el aspecto de una niña y el pelo, como Mischa, pegado a las mejillas por las lágrimas…

Distinguimos el avión a través del vaho de nuestro aliento, un punto de luz brillante en el sereno cielo nocturno. Lo vemos sobrepasar la Estrella Polar, más allá del punto de no retorno, iniciando un gran arco de descenso hacia otro amanecer del Nuevo Mundo.

49

Los montones de papeles, expedientes y disquetes amenazaban con venirse abajo y sepultar a Starling en su cubículo. Sus peticiones de espacio no obtenían respuesta.

«Hasta aquí hemos llegado», decidió un día. Y con la desfachatez de los que no tienen nada que perder se adueñó de un amplio despacho en el sótano de Quantico. Se suponía que aquel lugar estaba destinado a convertirse en el cuarto oscuro de la Unidad de Ciencias del Comportamiento en cuanto el Congreso asignara fondos. No tenía ventanas, pero sí muchas estanterías y, dada la función que cumpliría en el futuro, una doble cortina opaca en vez de puerta.

Algún anónimo vecino de despacho imprimió un cartel en letra gótica que decía «LA CASA DE HANNIBAL» y lo clavó a la cortina con alfileres. Temiendo perder el sitio, Starling lo retiró y lo guardó dentro.

Casi enseguida encontró un tesoro de efectos personales en la biblioteca de la Facultad de Derecho de Columbia, donde tenían una Sala Hannibal Lecter. En ella se conservaba documentación original de su carrera médica y psiquiátrica, y transcripciones del juicio y de procesos civiles emprendidos en su contra. En su primera visita a la biblioteca, Starling tuvo que esperar cuarenta y cinco minutos mientras los empleados buscaban las llaves sin éxito. En la segunda, se encontró con el responsable de la sala, un indolente becario que tenía todo el material sin catalogar.

La paciencia de Starling no había mejorado al cruzar la barrera de los treinta. Gracias a las gestiones del jefe de unidad Jack Crawford en la oficina del fiscal, obtuvo una orden judicial para llevarse toda la colección a su despacho en los sótanos de Quantico. La policía federal se encargó del traslado en una sola furgoneta.

Como Starling había supuesto, la orden produjo cierto revuelo, y lo ocurrido acabó llegando a oídos de Krendler.

Al final de dos largas semanas, Starling había conseguido organizar la mayoría del material en su improvisado centro Lecter. A última hora de la tarde de un viernes, se lavó la cara y las manos para quitarse el polvo y la mugre de los libros, bajó la intensidad de la luz y se sentó en un rincón del suelo mirando las estanterías abarrotadas de papeles. Quizá se quedara dormida un momento...

Un olor la despertó y se dio cuenta de que no estaba sola. Era olor a betún.

La habitación estaba en penumbras, y el ayudante del inspector general, Paul Krendler, paseaba despacio a lo largo de las estanterías, hojeando libros y bizqueando ante las fotos. No se había molestado en llamar; no había dónde hacerlo en las cortinas, pero por lo demás Krendler no acostumbraba a llamar, sobre todo en las agencias subordinadas. Y allí, en aquellos sótanos de Quantico, se sentía entre las clases bajas.

Una de las paredes estaba dedicada al doctor Lecter en Italia, con una gran fotografía de Rinaldo Pazzi ahorcado con las tripas fuera ante el Palazzo Vecchio colgada como un póster. La pared de enfrente contenía lo referente a sus crímenes en Estados Unidos, y estaba presidida por una fotografía policial del cazador con arco que Lecter había asesinado hacía años. El cuerpo pendía de un tablero para herramientas y tenía todas las heridas que aparecen en las ilustraciones medievales del «Hombre herido». En las correspondientes estanterías había numerosos expedientes de los casos apilados junto a los sumarios civiles de procesamientos por muerte dolosa entablados contra Lecter por las familias de las víctimas.

Los libros de medicina procedentes de la consulta del doctor Lecter seguían un orden idéntico al que habían guardado en su antiguo despacho de psiquiatra. Starling los había organizado examinando con lupa las fotografías policiales de la consulta.

Casi toda la luz del penumbroso cuarto procedía de una radiografía de la cabeza y el cuello del doctor colocada en un soporte luminoso instalado en la pared. El resto, de la pantalla de un ordenador situado sobre una mesa auxiliar en una esquina. El salvapantallas era «Criaturas peligrosas». De vez en cuando, el altavoz soltaba un gruñido.

Amontonados junto a la pantalla estaban los resultados de las pesquisas de Starling. Las notas, recetas, facturas clasificadas por temas, penosamente reunidas y reveladoras del modo de vida de Lecter en Italia, y en Estados Unidos antes de que lo confinaran en el hospital psiquiátrico. Era un catálogo provisional de sus gustos.

Usando un escáner plano como soporte, Starling había dispuesto un servicio de mesa individual con lo que había sobrevivido de su hogar en Baltimore: porcelana, plata, cristal, mantelería de un blanco radiante y un candelabro; un metro cuadrado de elegancia que contrastaba con el grotesco decorado del despacho.

Krendler cogió el ancho vaso de vino e hizo sonar el cristal golpeándolo con la uña de un dedo.

El ayudante del inspector no había tocado nunca a un criminal, ni había rodado por el suelo con ninguno, y se imaginaba al doctor Lecter como a una especie de demonio inventado por los medios de comunicación, y como una oportunidad de medrar. Se imaginaba su propia fotografía formando parte de un despliegue como aquel en el museo del FBI una vez muerto Lecter. Se imaginaba las sumas astronómicas de su campaña. Krendler tenía la cara pegada a la radiografía del espacioso cráneo del doctor, y cuando Starling abrió la boca, dio un respingo y manchó la placa con la grasa de la nariz.

—¿Puedo ayudarlo, señor Krendler?

—¿Qué hace sentada ahí, a oscuras?

—Estaba pensando, señor Krendler.

—Los del Capitolio quieren saber qué estamos haciendo respecto a Lecter.

—Esto es lo que estamos haciendo.

—Hágame un resumen, Starling. Póngame al día.

—¿No prefiere que el señor Crawford...?

—Y ese, ¿dónde anda?

—El señor Crawford está en los juzgados.

—Tengo la impresión de que anda un poco perdido, ¿no le parece?

—No, señor, a mí no me lo parece.

—¿Qué está haciendo? Los de la universidad nos llamaron hechos una furia cuando usted se llevó todo esto de su biblioteca. Este asunto podía haberse manejado con más delicadeza.

—Hemos reunido todo lo que hemos podido encontrar sobre Lecter en este despacho, tanto objetos como documentación. Sus armas están en Armas de Fuego y Herramientas, pero tenemos duplicados. Y tenemos lo que queda de sus papeles personales.

—Y todo esto, ¿a santo de qué? ¿Usted qué quiere, capturar a un criminal o escribir una tesis doctoral? —Krendler hizo una pausa para almacenar aquella estupenda rima en su polvorín mental—. Imagínese que un peso pesado de los republicanos en la Comisión de Seguimiento Judicial me pregunta lo que usted, agente especial Starling, está haciendo para capturar a Hannibal Lecter. A ver, ¿qué le digo?

Starling dio todas las luces. Comprobó que Krendler seguía gastándose el dinero en trajes caros y ahorrándolo en camisas y corbatas. Los huesos de sus velludas muñecas le asomaban por las mangas.

Starling se quedó un momento mirando la pared, atravesándola con la mirada y tratando de no perder los estribos. Se obligó a ver a Krendler como a un alumno de la Academia de Policía.

—Sabemos que el doctor Lecter tiene una identidad sólida —empezó diciendo—. Lo más probable es que tenga otra igual de buena, tal vez más. Respecto a eso siempre ha sido muy escrupuloso. No cometerá un error tonto.

—Al grano.

—Es un hombre de gustos refinados, algunos bastante exóticos, en comida, vino, música… Si vuelve, querrá esas cosas. Tendrá que apañárselas para conseguirlas. No estará dispuesto a privarse de ellas.

»El señor Crawford y yo hemos examinado las facturas y papeles que se han podido recuperar de su vida en Baltimore, antes de que lo detuvieran, y todas las que la policía italiana ha podido proporcionarnos, así como las denuncias de sus acreedores presentadas tras su detención. Hemos elaborado una lista de algunas de las cosas que le gustan. Aquí la tiene. El mismo mes en el que el doctor Lecter sirvió las lechecillas del flautista Benjamin Raspail a los miembros del patronato de la Orquesta Filarmónica de Baltimore, compró dos cajas de burdeos Château Pétrus a tres mil seiscientos dólares la caja. Además, compró cinco cajas de Bâtard-Montrachet a mil cien dólares la caja, y distintos vinos más baratos.

»Después de su huida, pidió el mismo vino al servicio de habitaciones del hotel de Saint Louis, y volvió a comprarlo en Vera dal 1926, en Florencia. Es un producto nada corriente. Estamos investigando las ventas de cajas de los mayoristas e importadores.

»Encargó *foie gras* de categoría A a doscientos dólares el kilo al Iron Gate de Nueva York, y a través del Oyster Bar de la estación Grand Central consiguió ostras verdes de la Gironda, Francia. La comida para el patronato de la Filarmónica empezó con esas ostras, a las que siguieron lechecillas, un sorbete y luego, como puede leer en este artículo de *Town & Country* —leyó en voz alta rápidamente—, "un notable ragú oscuro y brillante, cuyos ingredientes no nos fue posible descubrir, con acompañamiento de arroz al azafrán. Su sabor era deliciosamente inefable, con exquisitos tonos bajos que solo la exhaustiva y cuidadosa reducción *au fond* puede proporcionar". Nunca se ha podido identificar a la víctima que aportó la materia prima del ragú. Bla, bla, bla... y sigue describiendo el elegante servicio de mesa y demás zarandajas con todo detalle. Estamos comprobando las compras con tarjeta de crédito en los proveedores de porcelana y cristalería.

Krendler resopló por la nariz.

—Mire, en este pleito civil le reclaman el pago de un candelabro Steuben, y el concesionario de coches Galeazzo de Baltimore lo demandó para que devolviera un Bentley. Estamos controlando las ventas de Bentleys, tanto nuevos como de segunda mano. No puede decirse que sean muchas. Y las ventas de Jaguars con compresor de sobrecarga. Hemos enviado faxes a los proveedores de restaurantes especializados en caza para que nos informen de sus ventas de jabalíes, y emitiremos un boletín la semana previa a la llegada de Escocia de las perdices patirrojas. —Tecleó en el ordenador y consultó una lista, después se separó de la pantalla al sentir el aliento de Krendler en el cuello—. He solicitado fondos para comprar la cooperación de algunos revendedores de estrenos, los buitres culturales, en Nueva York y San Francisco; hay un par de orquestas y unos cuantos cuartetos de cuerda por los que siente especial predilección, le gustan las filas seis o siete y siempre compra asientos de pasillo. He distribuido las mejores fotografías de que disponemos en el Lincoln Center y en el Kennedy Center, y en la mayoría de las salas de conciertos. Tal vez con su intervención, señor Krendler, el Departamento de Justicia podría aportar dinero. —Al ver que no se daba por aludido, prosiguió—: Estamos comprobando las suscripciones recientes a publicaciones culturales que Lecter recibía hasta ahora, de antropología, lingüística, matemáticas, música, la *Physical Review*...

—¿Y qué me dice de putas sadomasoquistas? ¿No contrata chaperos?

Starling era consciente del placer que experimentaba Krendler haciéndole semejante pregunta.

—No que nosotros sepamos, señor Krendler. Fue visto hace años en conciertos con distintas mujeres muy atractivas, un par de ellas personalidades prominentes de la vida social de Baltimore que participaban en obras benéficas y esa clase de cosas. Tenemos las fechas de sus cumpleaños para comprobar los regalos que les envían. Por lo que sabemos ninguna de ellas sufrió el menor daño, y ninguna ha querido hablar sobre él nunca. No sabemos absolutamente nada sobre sus preferencias sexuales.

—Siempre he pensado que era homosexual.

—¿Algún motivo en especial, señor Krendler?

—Todas esas sandeces artísticas que se gasta. Música de cámara y comida de *vernissage*. No es nada personal, si es que siente usted algún tipo de simpatía por ese tipo de gente, o tiene amigos así. Lo principal, lo que quiero que se le meta en la cabeza, Starling, es que más vale que empiece a ver cooperación por aquí. No admitiré secretismos ni camarillas. Quiero una copia de cada 302, quiero cada línea de investigación, cada pista. ¿Lo ha entendido, agente especial Starling?

—Sí, señor.

—Asegúrese de hacerlo —dijo Krendler ya en la puerta—. Esta es su oportunidad de mejorar su situación aquí. Su carrera, por llamarla de algún modo, necesita toda la ayuda que pueda conseguir.

El futuro cuarto oscuro ya estaba equipado con un extractor de aire. Mirándolo a la cara, Starling presionó el interruptor y el aparato empezó a succionar el olor de su loción para el afeitado y su betún. Krendler desapareció tras las cortinas sin decir adiós.

El aire vibraba ante los ojos de Starling como el calor reverberando en la galería de tiro.

En el vestíbulo, Krendler oyó la voz de Starling a sus espaldas:

—Saldré con usted, señor Krendler.

A Krendler lo esperaba un coche con conductor. Seguía estando en el nivel de transporte ejecutivo, pero se daba importancia con un Mercury Grand Marquis sedán.

—Aguarde un momento, señor Krendler —le dijo Starling antes de que subiera al coche.

Krendler se volvió sorprendido. Aquello podía ser el comienzo de algo. ¿Una rendición a regañadientes? La antena se le enderezó.

—Ahora estamos en plena calle —dijo Starling—. Sin chatarra que nos grabe, a no ser que la lleve usted.

Empezó a apoderarse de ella un impulso que no pudo resistir. Para trabajar entre los polvorientos papeles se había puesto una camisa vaquera holgada sobre un top ajustado.

«No debiera hacerlo —se dijo—. Que se joda.»

Tiró de las presillas de la camisa hasta abrirla del todo.

—¿Lo ve?, yo no llevo micrófonos —tampoco llevaba sujetador—. Es posible que esta sea la única vez que hablemos en privado, y me gustaría hacerle una pregunta. Durante años me he limitado a hacer mi trabajo y, en cuanto ha podido, usted me ha clavado una puñalada por la espalda. ¿Cuál es su problema, señor Krendler?

—Le agradezco la sinceridad… Buscaré un hueco en mi agenda si quiere revisar…

—¿Qué le parece ahora mismo?

—Todo son figuraciones suyas, Starling.

—¿Es porque no quise salir con usted? ¿Empezó esta mierda cuando le dije que volviera a casa con su mujer?

Krendler le echó otro vistazo. Desde luego, micrófonos no llevaba.

—No sea tan creída, Starling… Esta ciudad está llena de conejitos de granja.

Entró en el coche, se sentó junto al conductor y dio unos golpecitos en el salpicadero. El cochazo se puso en marcha. Krendler movió los labios con los que hubiera querido decirle: «Conejitos de granja como tú». Tenía por delante, estaba convencido, un montón de discursos que pronunciar, y quería perfeccionar su karate verbal y adquirir el dominio de la pulla que va derecha a los titulares.

50

—Te digo que podría funcionar —repitió Krendler frente a la susurrante oscuridad en que yacía Mason—. Hace diez años hubiera sido imposible, pero hoy en día puede barajar listas de clientes en el ordenador con una mano mientras se toca el chichi con la otra —aseguró, y se removió en el sofá bajo las brillantes luces de la zona de visitas.

Krendler veía la silueta de Margot recortada contra la pared del acuario. Ya se había acostumbrado a decir obscenidades en su presencia, y le estaba cogiendo gusto. Hubiera apostado cualquier cosa a que a Margot le hubiera gustado tener polla. Le entraron ganas de decir «polla» delante de ella, y se le ocurrió una forma de hacerlo:

—Así es como ha conseguido acotar el terreno y determinar las preferencias de Lecter. No me extrañaría que supiera incluso a qué lado se pone la polla el doctor.

—Tanta sabiduría me recuerda, Margot, que estamos haciendo esperar al doctor Doemling —dijo Mason.

El doctor Doemling había hecho tiempo entre los animales de peluche de la sala de juegos. Mason lo veía por la pantalla de vídeo examinando el suave escroto de la enorme jirafa, como habían hecho los Viggert con los del *David*. En el vídeo parecía mucho más pequeño que los juguetes, como si se hubiera comprimido, tal vez para abrirse paso como un gusano hacia una infancia mejor que la suya.

Visto a la luz de los focos, el psicólogo era un individuo seco, extremadamente pulcro aunque cubierto de caspa, con el pelo peinado de un lado sobre el cuero cabelludo cubierto de pecas y un dije de los Phi Beta Kappa en la cadena del reloj. Se sentó al otro lado de la mesa de café, frente a Krendler, que tuvo la impresión de que aquella no era la primera visita del doctor.

La manzana que estaba en su lado del frutero tenía un agujero de gusano. El doctor Doemling hizo girar el cuenco para que el agujero mirara hacia otro lado. Tras las gafas, sus ojos siguieron a Margot, que se acercó a por un par de nueces y volvió junto al acuario, con un grado de asombro que bordeaba la grosería.

—El doctor Doemling es catedrático de Psicología en la Universidad Baylor. Ocupa la cátedra Verger —explicó Mason a Krendler—. Le he pedido que nos ilustre sobre el vínculo que podría haberse establecido entre el doctor Lecter y la agente especial Clarice Starling. Doctor...

Doemling miró hacia adelante como si estuviera prestando testimonio en un tribunal y volvió la cabeza hacia Mason como si este fuera el jurado. Krendler reconoció las estudiadas maneras y la hábil parcialidad del individuo acostumbrado a deponer como experto por dos mil dólares al día.

—Como es lógico, el señor Verger está al tanto de mis cualificaciones. ¿Desea usted conocerlas?

—No —dijo Krendler.

—He examinado las notas tomadas por la señorita Starling durante sus entrevistas con el doctor Lecter, las cartas que este le ha enviado y el material que ustedes me han proporcionado sobre los antecedentes de ambos —empezó Doemling.

Al oír aquello Krendler tuvo un sobresalto, pero Mason lo tranquilizó.

—El doctor Doemling ha firmado un compromiso de confidencialidad.

—Cordell pondrá sus diapositivas en la pantalla cuando lo desee, doctor —dijo Margot.

—Antes de eso, quisiera hacer una pequeña introducción. —Doemling consultó sus notas—. Sabemos que el doctor Lecter nació en Lituania. Su padre tenía un título de conde que data del siglo X, y su madre procedía de una familia de la nobleza italiana, los Visconti. Durante la retirada alemana de Rusia, un grupo de pánzers nazis bombardeó su propiedad próxima a Vilna desde la carretera y acabó con las vidas de sus padres y de la mayoría de la servidumbre. Después de aquello, los niños desaparecieron. Eran dos, Hannibal y su hermana. Desconocemos lo que ocurrió con la hermana. Lo que cuenta es que Lecter es huérfano, como Clarice Starling.

—Eso ya se lo conté yo —dijo Mason, que empezaba a impacientarse.

—Sí, pero ¿qué conclusiones sacó usted de esa información? —le replicó Doemling—. Yo no propongo una especie de simpatía entre huérfanos, señor Verger. Esto no tiene nada que ver con la simpatía. La simpatía no viene a cuento y, en cuanto a la piedad, usted sabe mejor que nadie lo piadoso que llega ·a ser. Ahora préstenme atención. Lo que la común experiencia de la orfandad proporciona a Lecter es ni más ni menos que una mayor capacidad para comprender a esa mujer y, en definitiva, para controlarla. Esto es una cuestión de control.

»La señorita Starling pasó su infancia en instituciones públicas y, por lo que ustedes me han explicado, no parece mantener ninguna relación estable con un hombre. Vive con una antigua compañera de universidad, una joven afroamericana.

—Lo más probable es que tengan un rollo —afirmó Krendler.

El doctor Doemling le lanzó una mirada tan elocuente que Krendler tuvo que mirar a otro lado.

—Nadie puede saber con certeza los auténticos motivos por los que dos personas viven juntas.

—Es uno de los misterios de que habla la Biblia —remachó Mason.

—Esa Starling tiene su aquel, si les gusta el trigo entero —apuntó Margot.

—En mi opinión el atraído es Lecter, no ella —señaló Krendler—. Ya la han visto, es fría como el hielo.

—¿Está seguro, señor Krendler? —Margot parecía divertida.

—¿Crees que es lesbiana, Margot? —le preguntó Mason.

—¿Cómo quieres que lo sepa? Sea lo que sea, lo lleva como si fuera asunto suyo y de nadie más, esa es la impresión que me dio. Creo que es fuerte, y que lleva puesta una máscara, pero el día que la conocí no me pareció fría. No hablamos mucho, pero eso sí me quedó claro. Entonces no necesitabas mi ayuda, ¿verdad, Mason? Me echaste de la habitación, ¿te acuerdas? No estoy en absoluto de acuerdo en que sea fría. Las chicas con el aspecto de Starling necesitan mantener las distancias, porque siempre hay algún tonto del culo revoloteando a su alrededor.

Llegados a este punto Krendler tuvo la sensación de que Margot lo miraba más tiempo de lo normal, aunque solo podía distinguir la silueta de la mujer.

Resultaba curiosa la colección reunida en aquella habitación: el tono cuidadosamente burocrático de Krendler; la seca pedantería de Doemling; los resuellos cavernosos de Mason, expurgados de oclusivas y filtrados de sibilantes; y la voz áspera y grave de Margot, lista para morder en cualquier momento pero amordazada por el bocado como un poni de alquiler. Y por debajo, los jadeos de la maquinaria que producía el oxígeno de Mason.

–He podido hacerme cierta idea sobre su vida privada a la luz de su aparente fijación con el padre –continuó Doemling–. La expondré con brevedad. Hasta ahora disponemos de tres documentos del doctor Lecter relacionados con Clarice Starling. Dos cartas y un dibujo. El dibujo es el reloj de la crucifixión que ideó mientras estaba en el manicomio –el doctor Doemling levantó la vista hacia la pantalla–. La diapositiva, por favor.

Desde algún lugar fuera de la habitación, Cordell hizo aparecer el extraordinario esbozo en el monitor elevado. El original estaba hecho con carboncillo sobre papel basto. En la cianocopia obtenida por Mason los trazos habían adquirido el color de los moratones.

–Intentó patentarlo –dijo el doctor Doemling–. Como pueden ver, Jesucristo aparece crucificado en la esfera de un reloj y sus brazos van girando para marcar la hora, como en los relojes del ratón Mickey. Pero lo más interesante es que la cara, la cabeza caída sobre el pecho, es la de Clarice Starling. Hizo el dibujo durante las entrevistas que mantuvieron. Ahora veremos una fotografía de la mujer, y podrán comparar. Cordell, pónganos la foto, por favor.

No cabía duda, el Jesucristo de Lecter tenía la cabeza de Clarice Starling.

–Otra particularidad es que el cuerpo está clavado en la cruz por las muñecas en vez de por las palmas de las manos.

–Eso es correcto –intervino Mason–. Hay que poner los clavos en las muñecas y usar grandes cuñas de made ra. Idi Amín y yo lo descubrimos a fuerza de probar cuando representamos la Pasión en Uganda una Semana Santa. Fue así como crucificaron a Nuestro Señor. Todos los cuadros de la Crucifixión están equivocados. La culpa la tuvo un error de traducción del hebreo al latín de la Vulgata.

—Gracias —dijo el doctor Doemling, picado—. Sabemos que la Crucifixión representa un objeto de veneración destruido. Observen que el minutero está en las seis, cubriendo castamente los genitales. La manecilla de las horas marca las nueve, o pasa un poco. Ese nueve es una clara referencia a la hora en que según la tradición fue crucificado Jesucristo.

—Y si juntamos el seis y el nueve, observen que obtenemos sesenta y nueve, una cifra muy popular en las relaciones interpersonales —tuvo que decir Margot.

En respuesta a la rencorosa mirada de Doemling, hizo crujir un par de nueces y dejó caer las cáscaras al suelo.

—Ahora pasemos a considerar las cartas del doctor Lecter a Clarice Starling. Cuando quiera, Cordell. —El doctor Doemling se sacó un puntero láser del bolsillo—. Vean ustedes que la escritura, una letra redonda y fluida trazada con una estilográfica de plumín cuadrado, parece obra de una máquina en cuanto a su regularidad. Este tipo de escritura es habitual en las bulas de los papas medievales. Es muy hermosa, pero regular hasta lo grotesco. No tiene absolutamente nada de espontánea. Quien escribe así, planea alguna cosa. Esta primera la envió inmediatamente después de su fuga, durante la cual acabó con la vida de cinco personas. Leamos parte del texto:

Y bien, Clarice, ¿han dejado de chillar los corderos?

Me debes cierta información, ¿lo recuerdas?, y te voy a decir lo que me gustaría.

Un anuncio en la edición nacional del Times *y en el*

International Herald-Tribune *el primer día de cualquier mes sería lo ideal. A ser posible, inclúyelo también en el China Mail.*

No me sorprenderé si la respuesta es «sí y no». Los corderos callarán por el momento. Pero, Clarice, te juzgas con la misma piedad que la balanza de la mazmorra de Threave; tendrás que ganarte la bendición de ese silencio una y otra vez. Porque lo que te empuja a actuar es el sufrimiento, ver sufrimiento a tu alrededor, y el sufrimiento no acabará nunca.

Hacerte una visita no forma parte de mis planes, Clarice; el mundo es más interesante contigo dentro. Asegúrate de tener conmigo la misma cortesía...

El doctor Doemling se ajustó las gafas sin montura nariz arriba y se aclaró la garganta.

—Este es el clásico ejemplo de lo que en mis publicaciones he dado en llamar *avunculismo* y en la literatura especializada empieza a ser ampliamente conocido como «avunculismo de Doemling». Es muy probable que aparezca en el nuevo *Manual de diagnóstico y estadística*. Para los profanos puede definirse como el hecho de presentarse a sí mismo como un mentor experimentado y benévolo con el fin de sacar partido de alguna debilidad del pupilo.

»Deduzco a partir de las notas del caso que el asunto de los corderos hace referencia a un episodio de la infancia de Clarice Starling, el sacrificio de los animales en el rancho de Montana que fue su hogar adoptivo —continuó Doemling sin abandonar la sequedad de su tono.

—Era un toma y daca de informaciones entre Lecter y ella —puntualizó Krendler—. Él sabía algo sobre el asesino en serie *Buffalo Bill*.

—La segunda carta, siete años posterior, es, a primera vista, de condolencia y apoyo —continuó Doemling—. Empieza provocándola con alusiones a sus padres, a los que al parecer ella adoraba. Llama al padre «el difunto vigilante nocturno» y a la madre, «fregona». Y a continuación los adorna con las mismas cualidades excepcionales que ella les ha atribuido siempre, y acaba utilizándolas para disculpar los fracasos profesionales de la agente. Esto no tiene otro objetivo que congraciarse con ella para poder manipularla.

»En mi opinión la señorita Starling podría haber desarrollado un fuerte vínculo con su padre, una *imago*, que le impide entablar relaciones sexuales con normalidad y podría inclinarla hacia el doctor Lecter en una especie de transferencia que, dada la perversidad de este hombre, él no desaprovechará ni por un instante. En esta segunda carta vuelve a animarla a ponerse en contacto con él a través de las secciones de anuncios personales de la prensa, para lo que le proporciona un nombre en clave.

«¡Por los clavos de Cristo, este tío no para de hablar!», pensó Mason, para quien la impaciencia y el fastidio eran tanto más insoportables cuanto que no podía moverse.

—¡Excelente, brillante, doctor, realmente asombroso! —exclamó Mason—. Margot, abre un poco la ventana. Tengo una nueva fuente de información sobre Lecter, doctor Doemling. Alguien que conoce tanto a Starling como al doctor y los ha visto juntos. Es la persona que más tiempo ha pasado con nuestro hombre. Quiero que hable usted con él.

Krendler se removió en el sofá con un incipiente retortijón de tripas al comprender los derroteros que empezaba a tomar el asunto.

51

Mason habló por el interfono y al cabo de un momento una figura alta entró en la habitación. Era tan musculosa como Margot y vestía de blanco.

—Les presento a Barney —dijo Mason—. Durante seis años fue el responsable de la sección de violentos en el Hospital Psiquiátrico Penitenciario de Baltimore, en la época en que Lecter estuvo allí. Ahora trabaja para mí.

Barney iba a quedarse de pie delante del acuario, junto a Margot, pero el doctor Doemling le pidió que se acercara a la luz. Se sentó al lado de Krendler.

—¿Barney, no es así? Veamos, Barney, ¿qué titulación tiene usted?

—Tengo un TAE.

—Así que es auxiliar de enfermería. Bien, me alegro por usted. ¿Qué más?

—Tengo un título de diplomado en Humanidades por la Universidad Nacional a Distancia —dijo Barney impertérrito—. Y un certificado de asistencia a la Escuela Cummins de Ciencias Forenses, que me cualifica para participar en autopsias. Iba por las noches cuando estaba en la escuela de enfermería.

—¿Se pagó los estudios en la escuela de enfermería como auxiliar del forense?

—Eso es, retirando cadáveres del escenario de algún crimen y ayudando en las autopsias.

—¿Y antes?

—Estuve en los marines.

—Ya veo. Y cuando estaba en el hospital psiquiátrico vio a Clarice Starling y a Hannibal Lecter juntos. Dígame, ¿asistió a alguna de sus conversaciones?

—Me pareció que ellos...

—Vamos a empezar con lo que vio, no con lo que pensó sobre lo que vio. ¿Le parece?

—Es lo bastante listo como para dar su opinión —interrumpió Mason—. Barney, tú conoces a Clarice Starling.

—Sí.

—Y viste al doctor Lecter durante seis años.

—Sí.

—¿Y cómo era su relación?

Al principio a Krendler le costó entender la voz áspera y aguda de Barney; sin embargo, fue él quien hizo la pregunta pertinente.

—¿Se comportaba Lecter de una forma especial durante sus entrevistas con Starling, Barney?

—Sí. La mayoría de las veces ni siquiera se molestaba en contestar a los que lo visitaban —dijo Barney—. Otras abría los ojos lo justo para humillar a algún psiquiatra que estaba intentando comprender el funcionamiento de su cerebro. Hizo llorar a un catedrático que lo visitó. Con Starling era duro, pero le contestaba a casi todo. Ella le interesaba. Lo intrigaba.

—¿Cómo?

Barney se encogió de hombros.

—Prácticamente no veía mujeres. Ella es bastante atractiva...

—No me interesa su opinión al respecto —lo cortó Krendler—. ¿Eso es todo lo que sabe?

Barney no respondió. Lo miró como si los hemisferios izquierdo y derecho del cerebro de Krendler fueran dos perros enganchados.

Margot reventó otras dos nueces.

—Continúa, Barney —dijo Mason.

—Eran sinceros el uno con el otro. Él te desarma con esa actitud. Tienes la sensación de que no se rebajará a mentir.

—¿Que no se «qué»? —lo interrumpió Krendler.

—Rebajará —respondió Barney.

—Erre, e, be, a, jota… —se oyó decir a Margot Verger desde la oscuridad—. O se avendrá. O condescenderá, señor Krendler.

—El doctor Lecter —prosiguió Barney— le contó a Starling cosas desagradables sobre sí misma, y luego le dijo algunas agradables. Ella aguantó el tipo con las malas, y después pudo disfrutar más de las buenas sabiendo que no eran palabrería barata. Él la consideraba encantadora y divertida.

—¿Quién es usted para juzgar lo que el doctor Lecter encontraba divertido? —dijo el doctor Doemling—. ¿Cómo ha llegado a semejantes conclusiones, celador Barney?

—Oyéndolo reír, loquero Doemling. Nos lo enseñaron en la escuela de enfermería, en una conferencia titulada «La sanación por el descojone».

O era Margot aguantándose la risa o es que el acuario burbujeaba más de la cuenta.

—Tranquilo, Barney. Cuéntanos el resto —lo animó Mason.

—Sí, señor Verger. A veces el doctor Lecter y yo hablábamos por la noche, cuando había tranquilidad. Hablábamos de los cursos que yo hacía y de otras cosas. Él…

—¿Estaba usted siguiendo algún curso de psicología a distancia, por casualidad? —tuvo que preguntarle Doemling.

—No, señor, no considero la psicología una ciencia. Ni el doctor Lecter tampoco. —Barney continuó rápidamente, sin dar tiempo a que el respirador permitiera a Mason intervenir para reprenderlo—: Me limito a repetir lo que me dijo. El doctor era capaz de ver en qué se estaba convirtiendo la chica. Era encantadora de la misma forma que un cachorro, un pequeño cachorro que cuando crezca se habrá convertido en uno de esos tigres enormes. Con el que ya no podrás jugar. Tenía la testarudez de un cachorro, decía el doctor. Tenía todas las armas, en miniatura y en continuo crecimiento, y él sabía cómo luchar con cachorros como ella. Eso divertía a Lecter.

»Creo que la forma en que empezó todo entre ellos puede decirles mucho. La primera vez el doctor fue cortés, pero no le dio la menor importancia; entonces, cuando ella iba a marcharse, otro interno le tiró semen a la cara. Aquello avergonzó al doctor Lecter, lo sacó de sus casillas. Fue la única vez que llegué a verlo realmente enfadado. Ella también se dio cuenta y trató de usarlo a su favor. Tengo la impresión de que el doctor Lecter la admiraba por su coraje.

—¿Cuál fue la actitud de Lecter hacia el otro interno, hacia el que arrojó el semen? ¿Tenían algún tipo de relación?

—No exactamente —respondió Barney—. El doctor Lecter se limitó a matarlo aquella misma noche.

—¿No estaban en celdas separadas? —preguntó Doemling—. ¿Cómo pudo hacerlo?

—Estaban separados por tres celdas y en distintos lados del corredor —puntualizó Barney—. En mitad de la noche el doctor Lecter le habló un rato y luego le dijo que se tragara la lengua.

—Así que Clarice Starling y Hannibal Lecter se llevaban bien, ¿no es eso? —preguntó Mason.

—Tenían una especie de acuerdo —matizó Barney—. Intercambiaban información. El doctor Lecter le proporcionaba pistas sobre el asesino en serie tras el que andaba Clarice, y ella le correspondía con información personal. El doctor Lecter llegó a decirme que Starling daba la impresión de tener más nervio del que le convenía, un «exceso de celo», lo llamó. En su opinión la chica era capaz de trabajar demasiado próxima al filo si pensaba que su misión lo exigía. Y en cierta ocasión dijo que Starling tenía «la maldición del buen gusto». Sigo sin saber lo que quiso decir con aquello.

—Doctor Doemling, ¿quiere follársela, matarla, comérsela o qué coño quiere? —preguntó Mason, procurando agotar las posibilidades.

—Probablemente las tres cosas —respondió Doemling—. No me gustaría tener que predecir el orden en que le gustaría llevarlas a cabo. Pero hay algo que sí estoy en condiciones de decirles. Da igual que la prensa amarilla, y los que tienen mentalidad de prensa amarilla, quieran darle al asunto un toque romántico y traten de convertirlo en «La Bella y la Bestia»; el objetivo de Lecter es la degradación de esa mujer, su sufrimiento y, en último término, su muerte. Ha salido en su defensa dos veces: cuando la ultrajaron arrojándole semen a la cara y cuando se le echaron encima los medios por disparar a aquella gente. Se presenta con el disfraz de un padre, pero lo que lo excita es la desgracia. Cuando se escriba la historia de Hannibal Lecter, y se escribirá, será presentada como un caso de «avunculismo de Doemling». Clarice Starling solo conseguirá atraerlo estando en desgracia.

En el ancho y elástico entrecejo de Barney había aparecido un profundo surco.

—Señor Verger, ¿puedo decir algo, ya que me lo ha preguntado antes? —No esperó a obtener permiso—. En el manicomio, el doctor Lecter cambió de actitud hacia ella cuando vio que conservaba la calma, se limpiaba la leche de la cara y seguía haciendo su trabajo. En las cartas la llama una guerrera, y le recuerda que salvó a aquel niño durante el tiroteo. Admira y respeta su coraje y su disciplina. Dice por propia voluntad que no tiene intención de ir a por ella. Y una de las cosas que nunca hace es mentir.

—Ahí tienen exactamente el tipo de mentalidad de periódico basura de la que les hablaba —dijo Doemling—. Hannibal Lecter carece de emociones como la admiración y el respeto. No es capaz de sentir aprecio o afecto. Esa es una equivocación romántica, muy propia de quienes han recibido una educación deficiente.

—Doctor Doemling, ¿no me recuerda, verdad? —dijo Barney—. Yo era el responsable del corredor de los violentos cuando usted intentó hablar con el doctor Lecter, como mucha otra gente. Pero si no recuerdo mal fue usted el que salió llorando. Después el doctor Lecter escribió una reseña de su libro para el *American Journal of Psychiatry*. No puedo culparlo si el artículo volvió a hacerle llorar.

—Ya está bien, Barney —dijo Mason—. Ve a encargarme el almuerzo.

—Desde luego no hay nada peor que un autodidacta de tres al cuarto —dijo Doemling cuando Barney salió de la habitación.

—No me había contado usted que había entrevistado a Lecter, doctor —dijo Mason.

—En aquella época estaba catatónico, fue imposible obtener de él la menor colaboración.

—¿Y por eso se echó a llorar…?

—Eso no es cierto.

—¿…y contradice en todo a Barney?

—Ese hombre está tan engañado como la chica.

—Seguro que a Barney también le gustaría tirársela —dijo Krendler.

Margot se aguantó una risita, pero no lo bastante como para evitar que Krendler la oyera.

—Si quieren que Clarice Starling le resulte atractiva, consigan que Lecter la vea en apuros —dijo Doemling—. Que el daño que sufra le sugiera el daño que él mismo podría infligirle. Verla herida de cualquier forma simbólica lo excitará tanto como si la viera acariciarse. Cuando el lobo oye balar a la oveja herida, llega corriendo, pero no para ayudarla.

52

—No puedo entregarte a Clarice Starling —dijo Krendler cuando Doemling los dejó solos—. Puedo tenerte constantemente al corriente de dónde está y de todo lo que hace, pero no controlar las misiones que le asigne el Bureau. Y si el Bureau la saca a la intemperie para que haga de cebo, la protegerán, te lo garantizo. —Para reforzar su argumentación, Krendler apuntó el índice hacia el lugar de la oscuridad en que suponía a Mason—. No puedes colarte en una cosa así. No podrías adelantarte a su cobertura e interceptar a Lecter. El grupo de vigilancia localizaría a los tuyos en un visto y no visto. En segundo lugar, el Bureau no tomará esa iniciativa a menos que Lecter vuelva a ponerse en contacto con ella o sea evidente que está cerca; ya le ha escrito otras veces y no se ha presentado. Haría falta un mínimo de doce personas para vigilarla, saldría demasiado caro. Todo sería más fácil si no le hubieras echado un cable cuando lo del tiroteo. Ahora ya es tarde para cambiar de opinión, no podrías volver a colgarle el sambenito.

—Sería, podría, debería… —rezongó Mason, haciendo un buen trabajo con las oclusivas, dicho sea de paso—. Margot, coge el periódico de Milán, el *Corriere della Sera*… el número del sábado, el día siguiente al asesinato de Pazzi… Busca el primer mensaje en la sección de anuncios personales… Léenoslo.

Margot levantó el apretado texto hacia la luz.

—Está en inglés, dirigido a A. A. Aaron. Dice: «Entréguese a las autoridades más próximas, los enemigos están cerca. Hannah». ¿Quién es esa Hannah?

—Es el nombre de la yegua de Starling cuando era niña —dijo Mason—. Es un aviso de Starling a Lecter. Lecter le había explicado en la carta cómo ponerse en contacto con él.

Krendler se puso en pie de un salto.

—¡Maldita hija de puta! No podía saber lo de Florencia. Si lo sabe, sabrá también que te he estado pasando información.

Mason suspiró y se preguntó si Krendler era bastante listo como para ser un político de provecho.

—Ella no sabe nada. Fui yo quien puso el anuncio en *La Nazione*, el *Corriere della Sera* y el *International Herald-Tribune*, para que saliera al día siguiente de nuestra operación contra Lecter. De esa forma, si fallábamos, Lecter creería que Starling estaba intentando ayudarlo. Y seguiríamos teniendo un vínculo con él a través de Starling.

—Pues nadie se ha enterado.

—No. Excepto tal vez Hannibal Lecter. Y puede que quiera darle las gracias. Por correo, en persona, ¿quién sabe? Ahora, escúchame: ¿sigues controlando sus cartas?

—Escrupulosamente —dijo Krendler, asintiendo con la cabeza—. Si le manda algo, lo verás antes que ella.

—Escucha con atención lo que voy a decirte: encargué y pagué ese anuncio de forma que Starling no tenga posibilidad de probar que no lo puso ella. Eso es un delito mayor. Es pisar la raya roja. Con eso es toda tuya, Krendler. Y sabes mejor que yo que el FBI no da una mierda por ti una vez que estás fuera. Por ellos, como si te convierten en comida para perros. No serán capaces ni de hacer la vista gorda con el permiso de armas. No le importará a nadie más que a mí. Y Lecter sabrá que está más sola que la una. Pero antes intentaremos otras cosas. —Mason hizo una pausa para respirar y prosiguió—: Si no funcionan, haremos lo que dice Doemling y usaremos el anuncio para dejarla con el culo al aire, qué digo con el culo... Con el culo y todo lo demás. Estará tan jodida que podrás partirla en dos con la mierda de ese anuncio. Quédate la parte del coño, ese es mi consejo. La otra es más aburrida que el copón. Vaya, no quería blasfemar.

53

Clarice Starling corría sobre las hojas caídas en un parque natural de Virginia situado a una hora de su casa, uno de sus lugares favoritos. Aquel día laborable de otoño que tanto necesitaba tomarse libre, el parque no ofrecía el menor rastro de otra presencia humana. Recorría un camino que le era familiar entre las colinas boscosas a orillas del Shenandoah. El primer sol caía sobre las lomas y entibiaba el aire, pero aún no alcanzaba las umbrías depresiones, en las que el aire era cálido a la altura de su rostro y frío en sus piernas al mismo tiempo.

Esos días la tierra no le parecía inmóvil bajo sus pies; solo corriendo tenía la sensación de pisar terreno firme.

La mañana era espléndida y Starling avanzaba bajo los resplandores que danzaban entre las hojas, pisoteando las manchas de luz del camino, que unas zancadas más adelante estaba barrado por las sombras que el sol todavía bajo arrancaba a los troncos. A unos metros, dos ciervas y un macho de encrespada cornamenta saltaron fuera del camino con un brinco unánime que aceleró el corazón de la mujer, echaron a correr y desaparecieron en la umbría profundidad del bosque, donde sus blancas y erguidas colas siguieron destacando al ritmo de su trote. Contenta, Starling se puso a dar saltos sobre el terreno.

Inmóvil como un personaje de tapiz medieval, Hannibal Lecter siguió sentado sobre las hojas caídas en la ladera que dominaba el río. Podía ver ciento cincuenta metros del camino con unos prismáticos, que había protegido contra los reflejos poniéndoles una visera de cartón. Primero vio la espantada de los ciervos, que ascendieron la colina y pasaron de largo, y luego, por primera vez en siete años, a Clarice Starling de cuerpo entero.

Bajo los gemelos el rostro no cambió de expresión, pero las fosas nasales se dilataron al aspirar aire, como si pudiera captar el olor de la mujer a aquella distancia.

El aire le trajo olor a hojas secas matizado por una insinuación de cinamomo, las emanaciones del mantillo y las bayas en lenta putrefacción, un leve efluvio de excrementos de conejo a muchos metros de distancia, el intenso almizcle de una piel de ardilla hecha jirones bajo las hojas, pero no el aroma de Starling, que hubiera identificado en cualquier lugar. Los ciervos que habían emprendido la huida al verla siguieron trotando mucho después de que la mujer los perdiera de vista.

Starling, que corría con soltura, permaneció a la vista menos de un minuto. Una mochila diminuta con una botella de agua le colgaba de la espalda, sobre la que caía el sol difuminando la silueta como si de su cuerpo emanara un polvo de polen. Mientras la seguían a lo largo del camino, los binoculares captaron un resplandor del río por delante de Starling, y durante unos instantes el doctor Lecter tuvo la vista llena de manchas de luz. Starling desapareció donde el camino hacía bajada, y lo último que vio de ella fue su nuca con la cola de caballo balanceándose como la cola blanca de un ciervo.

El doctor permaneció inmóvil, sin hacer el menor movimiento para seguirla. La imagen de la mujer seguía corriendo en su mente con extraordinaria nitidez. Lo seguiría haciendo hasta que él la hiciera parar. Era la primera vez que la veía después de siete años, sin contar las fotografías de prensa, ni los fugaces atisbos de su cabeza en el interior de un coche. Se tumbó en las hojas con las manos entrelazadas bajo la nuca, y se quedó mirando el escaso follaje de un arce, que se estremecía contra el cielo, oscureciéndolo hasta que le pareció casi morado. Morado, como el racimo de uva labrusca que había cogido cuando trepaba hasta allí; los granos polvorientos empezaban a arrugarse, y se comió unos cuantos, estrujó el resto contra su palma y lamió el jugo como un niño, con la mano bien abierta. Morado, morado…

Las berenjenas del huerto eran moradas.

El agua caliente se había acabado a mediodía en la elevada cabaña de caza, y la niñera de Mischa tuvo que arrastrar la abollada bañera de cobre hasta el huerto para que el sol calentara el baño de la criatura. Mischa se sentó entre los reflejos, rodeada de plantas, con las blancas mariposas de la col revoloteando alrededor de su cuerpecillo de dos años. El agua apenas le cubría las regordetas piernas, pero su solemne hermano Hannibal y el enorme perro recibieron el encargo de no perderla de vista mientras la niñera volvía a la cabaña para buscar una toalla.

Para algunos criados Hannibal Lecter era un niño inquietante, anormalmente intenso, prematuramente listo; pero no asustaba a la vieja nodriza, que tenía muchas cosas que hacer, ni tampoco a Mischa, que le ponía las manitas en forma de estrella sobre la cara y se echaba a reír. Mischa estiró los brazos por encima de los hombros de Hannibal y alcanzó la berenjena, que le encantaba mirar al sol. Sus ojos, que no eran marrones como los de su hermano, sino azules, miraban la berenjena y parecían absorber su color, oscurecerse con ella. Hannibal Lecter sabía que los colores eran la pasión de su hermana. Cuando la llevaron adentro y el ayudante del cocinero salió refunfuñando a vaciar la bañera, Hannibal se arrodilló junto a la hilera de berenjenas, que irisaban de reflejos morados y verdes las burbujas antes de que reventaran sobre la tierra de cultivo. Sacó su pequeño cortaplumas y seccionó el tallo de una berenjena, le sacó brillo con su pañuelo, y con la hortaliza caliente de sol en las manos como

un animal, la llevó al cuarto de Mischa y la dejó donde ella pu-
diera verla. A Mischa le encantaba el morado oscuro, a lo largo
de su corta vida adoró el color berenjena.

Hannibal Lecter cerró los ojos para volver a ver los
ciervos trotando, asustados de Starling, para ver a la mujer trotando camino adelante, aureolada por el sol que le
daba en la espalda… Pero aquel era el ciervo equivocado, el cervatillo con la flecha clavada, que tiraba, tiraba
de la soga que le apretaba el cuello y lo arrastraba hacia el
hacha, el cervatillo que se comieron antes de hacer lo
mismo con Mischa, y ya no pudo permanecer inmóvil,
tuvo que levantarse, con las manos y la boca manchadas
de jugo morado, con la mueca caída de una máscara de
tragedia griega. Buscó a Starling a lo largo del camino.
Aspiró profundamente por la nariz y dejó que los aromas
del bosque lo purificaran. Fijó la vista en el repecho tras
el que había desaparecido Starling. El camino destacaba
entre los árboles como si la mujer hubiera dejado un rastro luminoso a su paso.

Trepó con rapidez a la cima y bajó la otra vertiente
de la colina hacia una zona de acampada cercana, en cuya
área de aparcamiento había dejado la camioneta. Quería
estar fuera del parque antes de que Starling volviera a
su coche, que la esperaba a tres kilómetros de allí, en el
aparcamiento principal de la entrada, cerca de la garita
del guarda forestal, cerrada hasta el comienzo de la temporada.

Starling tardaría al menos quince minutos en llegar al
coche.

El doctor Lecter aparcó junto al Mustang y dejó el
motor en marcha. Había podido examinar el coche en
el aparcamiento de un supermercado próximo a la casa
de Starling. La pegatina del abono anual en el parabrisas
del viejo Mustang fue lo que llamó la atención del doc-

tor hacia el parque; sin pérdida de tiempo compró un mapa de la reserva natural y la exploró detenidamente.

El coche, agazapado sobre sus anchas ruedas como si durmiera, estaba cerrado con llave. Aquel vehículo resultaba divertido. Era a un tiempo extravagante e increíblemente eficaz. Por más que se agachara junto al pomo cromado no consiguió oler nada. Desplegó una estrecha lámina de acero y la deslizó entre el cristal y la puerta por encima de la cerradura. ¿Alarma? ¿Sí? ¿No? Clic. No.

El doctor Lecter subió al coche y penetró en una atmósfera que era, intensamente, la de Clarice Starling. El volante era grueso y forrado de cuero, y en su centro podía leerse la palabra «MOMO». La miró ladeando la cabeza como un loro y formó con los labios las dos sílabas: «MO-MO». Se recostó en el asiento, cerró los ojos y empezó a aspirar arqueando las cejas, como si estuviera escuchando un concierto.

Entonces, como si tuviera voluntad propia, el puntiagudo extremo rosa de su lengua asomó entre los dientes como una pequeña serpiente que intentara escapar de su boca. Sin cambiar de expresión, como si no fuera consciente de sus propios movimientos, se inclinó hacia adelante, encontró el cuero del volante guiándose por el olfato, posó en él la lengua y la enroscó sobre las depresiones para los dedos de la parte inferior. Saboreó las zonas desgastadas donde la mujer posaba las palmas de las manos. Luego volvió a reclinarse en el respaldo mientras la lengua se retiraba a su nido, y movió la boca cerrada como si estuviera paladeando un vino. Respiró con fuerza y retuvo el aire mientras salía y cerraba el Mustang. No espiró aún, conservó a Starling en la boca y los pulmones hasta que su vieja camioneta estuvo fuera del parque.

54

Uno de los axiomas de la Unidad de Ciencias del Comportamiento dice que los vampiros son territoriales, mientras que los caníbales atraviesan el país de punta a punta.

Sin embargo, la vida nómada no atraía especialmente al doctor Lecter. Su éxito en eludir a las fuerzas del orden se debía sobre todo a la consistencia de sus identidades falsas, ideadas para durar y adoptadas con suma prudencia, y a su facilidad de acceso al dinero. Los desplazamientos frecuentes y erráticos no formaban parte de su *modus operandi*.

Gracias a dos identidades alternativas, consolidadas hacía mucho tiempo y provistas de excelente crédito, más una tercera para el manejo de vehículos, no le resultó difícil procurarse un cómodo nido a la semana de su regreso a Estados Unidos.

Había elegido un lugar de Maryland a una hora de coche al sur de Muskrat Farm y razonablemente cerca de los ambientes musicales y teatrales de Washington y Nueva York.

Nada de lo relacionado con las ocupaciones visibles del doctor Lecter podía atraer la atención ajena, y cualquiera de sus identidades principales hubiera sobrevivido a una verificación corriente. Tras una visita a su caja de seguridad de Miami, alquiló por un año una casa hermosa y aislada en la bahía de Chesapeake a un cabildero alemán.

Desviando las llamadas a través de dos teléfonos con distinto sonido instalados en un apartamento barato de Filadelfia, podía conseguir inmejorables referencias siempre que las necesitara sin tener que abandonar la comodidad de su nuevo hogar.

Asistía a los conciertos, ballets y óperas que le interesaban comprando entradas excelentes a revendedores, a los que siempre pagaba en metálico.

Una de las ventajas de su nuevo domicilio era que disponía de un amplio garaje doble con taller y una puerta levadiza excelente. En el interior guardaba sus dos vehículos, una camioneta Chevrolet con un bastidor de tubos y un torno fijo en la parte trasera, que tenía seis años de antigüedad y había comprado a un fontanero y pintor de brocha gorda, y un Jaguar sedán con sobrealimentador alquilado a través de un grupo de empresas de Delaware. La camioneta ofrecía un aspecto diferente de un día para otro. El equipo que alternaba en la parte trasera incluía una escalera de mano, tuberías, PVC, una barbacoa portátil y una bombona de butano.

Una vez arreglados los asuntos domésticos, se concedió una semana de música y museos en Nueva York, y envió los catálogos de las exposiciones más interesantes a su primo, el gran pintor Balthus, a Francia.

En Sotheby's adquirió dos instrumentos músicales extraordinarios, ambos piezas raras. El primero era un clavicémbalo flamenco de finales del XVIII, prácticamente idéntico al Dulkin de 1745 del museo Smithsoniano, con un teclado suplementario en la parte superior para tocar las composiciones de Bach, digno sucesor del *gravicembalo* que había disfrutado en Florencia. Su otra adquisición era un pionero de los instrumentos electrónicos, un *theremin* construido en los años treinta por el mismo profesor Theremin. Aquel instrumento había fascinado siempre al doctor Lecter, que se había hecho uno siendo niño. Se toca moviendo las manos desnudas sobre un campo electrónico, de forma que los simples gestos producen el sonido.

Ahora estaba cómodamente instalado y tenía con qué entretenerse...

El doctor Lecter conducía la camioneta de regreso a su nuevo hogar en la costa de Maryland tras pasar la mañana en el bosque. La visión de Clarice Starling corriendo entre las hojas de otoño por el camino forestal estaba a buen recaudo en su palacio de la memoria. A partir de ahora sería una fuente de placer a la que el doctor podría acceder en cuestión de segundos partiendo del vestíbulo. Vería correr a Starling, y era tal la calidad de su memoria visual que podría examinar las imágenes y encontrar detalles que había pasado por alto, oír de nuevo a los grandes y fuertes ciervos trotando colina arriba hasta perderse de vista, ver los callos de sus jarretes, y una cardencha verde enredada en el vientre del que pasó más cerca. Guardó aquel recuerdo en una estancia soleada del palacio, tan lejos como pudo del cervatillo asaeteado…

Llegó a casa, a su nueva casa, y la puerta del garaje descendió con un zumbido uniforme tras la camioneta.

Cuando el portón volvió a alzarse a mediodía, el Jaguar negro salió del interior llevando al doctor vestido para la ciudad.

Al doctor Lecter le encantaba ir de compras. Se dirigió directamente a Hammacher Schlemmer, el proveedor de accesorios de primera calidad para el deporte y el hogar, y allí se tomó su tiempo. Influido por su excursión matinal, sacó una cinta métrica y se puso a medir tres cestas de pícnic enormes hechas de mimbre lacado, con sólidos compartimientos de cobre y correas de cuero cosido a mano. Al final se decidió por la de tamaño intermedio, dado que solo contendría un servicio individual.

La caja de la cesta incluía un termo, prácticos vasos de distintos tamaños, porcelana resistente y cubiertos de acero inoxidable. Solo se vendía con los accesorios, así que no tuvo más remedio que comprar el lote.

En sucesivas visitas a Tiffany y Christofle, el doctor pudo sustituir los pesados platos por otros de porcelana francesa Gien con escenas de caza, hojas y pájaros de montaña. En Christofle dio con un juego de su cubertería de plata del siglo XIX preferida, con diseño Cardinal, la marca del fabricante grabada en la concavidad de las cucharas y la palabra «París» bellamente estilizada en la parte posterior de los mangos. Los tenedores tenían los dientes muy espaciados y en pronunciada curva, y los cuchillos pesaban agradablemente en la palma. Las piezas se adaptaban a la mano como pistolas de duelista. Cuando le llegó el turno a la cristalería, el doctor tardó en decidir el tamaño de las copas de aperitivo, y compró un *ballon* para el coñac. En cambio, no titubeó en cuanto a los vasos de vino; escogió unos Riedel, que compró en dos tamaños, ambos con las bocas lo bastante anchas para dejar espacio a la nariz.

En Christofle también encontró mantelillos individuales de suave lino blanco y unas hermosas servilletas de damasco con una rosa diminuta como una gota de sangre bordada en una esquina. El efecto le resultó sorprendente y compró seis, de forma que, ante cualquier eventualidad, siempre dispusiera de algunas limpias.

Compró dos buenos hornillos portátiles de gas de 35.000 unidades de calor, de los que se emplean en los restaurantes para cocinar a la vista de los comensales; una exquisita sartén para salteados y una cacerola *fait-tout* para salsas, ambas fabricadas en cobre por Dehillerin, de París; también adquirió dos batidores. No consiguió encontrar cuchillos de cocina de acero al carbono, que prefería a los de acero inoxidable, ni el resto de los cuchillos especiales que se había visto obligado a dejar en Italia.

Por último, visitó una tienda de suministros médicos próxima al Hospital General de la Caridad, donde descubrió una ganga en forma de sierra para autopsias Stryker casi nueva, que encajaba perfectamente en el fondo de la cesta de pícnic, en el espacio destinado al termo. La garantía no había caducado y los accesorios incluían hojas normales y craneales, y una llave craneal, con lo que el doctor Lecter casi había completado su *batterie de cuisine*.

Las puertas vidrieras estaban abiertas al fresco aire de la noche. La luna asomaba entre las nubes en movimiento y teñía la bahía de hollín y plata. El doctor se sirvió un vaso de vino para estrenar la cristalería y lo dejó sobre un pedestal colocado junto al clavicémbalo. El *bouquet* se mezcló con el aire salino y el doctor Lecter pudo disfrutarlo sin necesidad de apartar las manos del teclado.

A lo largo de su vida había tenido clavicordios, espinetas y otros instrumentos de teclado antiguos. Sin embargo, prefería el sonido y la sensación de tocar un clavicémbalo; como no es posible controlar el volumen del sonido que los plectros arrancan a las cuerdas, la música llega al intérprete como una experiencia impredecible, repentina y entera.

El doctor Lecter no apartaba los ojos del instrumento mientras abría y cerraba las manos. Se enfrentó al clavicémbalo recién adquirido como hubiera abordado a una desconocida atractiva, con un comentario ligero pero interesante, tocando una canción compuesta por Enrique VIII, *Verde crece el acebo*.

Satisfecho, probó con la *Sonata en si bemol mayor* de Mozart. El doctor y el clavicémbalo necesitaban tiempo para intimar, pero las respuestas del instrumento a sus manos le decían que se le entregaría pronto. La brisa había aumentado y las velas vacilaban, pero el doctor Lecter tenía los ojos cerrados a la luz, y seguía tocando con el rostro alzado. Las burbujas volaban de las manos en forma de estrella de Mischa, que las agitaba en la brisa que sobrevolaba la bañera, y al atacar el tercer movimiento era Clarice Starling la que volaba con ligereza a través del bosque, la que corría y corría, haciendo crujir las hojas bajo sus pies, mientras el viento hacía sonar el follaje de los árboles y los ciervos echaban a correr al verla, un ciervo joven y dos ciervas que brincaron fuera del camino como brinca un corazón queriendo salirse del pecho. El terreno se enfrió de repente y los desharrapados salieron del bosque arrastrando al cervatillo, que tenía una flecha en el costado y se resistía a la soga que tenía apretada alrededor del pescuezo; los hombres tiraron del animal herido para no tener que cargar con él hasta el hacha y, de pronto, la música acabó con un violento mazazo, la nieve se llenó de sangre y el doctor Lecter se aferró al taburete con ambas manos. Respiró hondo una vez, y otra, y otra más, volvió a poner las manos sobre el teclado y forzó una frase, luego dos, que resonaron hasta morir en el silencio.

El doctor emitió un débil chillido que subió de tono y cesó tan abruptamente como la música. Se quedó sentado largo rato con la cabeza inclinada sobre el teclado. Luego se levantó sin hacer ruido y salió del salón. Hubiera sido imposible saber en qué parte de la casa a oscuras se encontraba. El viento de la bahía cobró fuerza, consumió las llamas de las velas, hizo sonar las cuerdas del clavicémbalo en la oscuridad arrancándoles ya un aire accidental, ya un débil chillido que llegaba de un pasado muy lejano.

55

La Feria Regional de Armas Blancas y de Fuego del Atlántico Medio se celebraba en el auditorio del War Memorial. Metros y metros cuadrados de armamento, una pradera de armas de fuego, sobre todo pistolas y fusiles de asalto. Los haces rojos de las miras láser se entrecruzaban en el techo.

Pocos auténticos amantes de la naturaleza visitan las ferias de armas, por una cuestión de simple buen gusto. Las armas se han convertido en objetos siniestros, y las ferias de armas son tristes, desangeladas, tan deprimentes como el paisaje interior de muchos de sus visitantes.

Es una muchedumbre astrosa, torva, irritable, estreñida como gallina que no acaba de poner el huevo, con el corazón negro como la pez a ojos vista. Y la mayor amenaza para el derecho de todo ciudadano a poseer un arma de fuego.

Lo que les chifla es el armamento de asalto fabricado en serie con bajos costes y materiales de desecho para proporcionar gran potencia de fuego a tropas ignorantes y sin entrenar.

En medio de tanta tripa de cerveza, tanta carne fláccida y tanta cara pálida y sebosa, el doctor Hannibal Lecter, conmovido por el espectáculo, parecía un figurín. Las armas de fuego no le interesaban. Se dirigió directamente al puesto del vendedor de armas blancas más importante del circuito de ferias.

El comerciante se llamaba Buck y pesaba ciento cincuenta kilos. Buck tenía en exposición todo un arsenal de espadas de fantasía e imitaciones de armas medievales y antiguas; pero también porras, cuchillos y machetes de primera calidad, entre los que el doctor Lecter localizó enseguida la mayoría de los artículos que figuraban en su lista de objetos que había debido abandonar en Italia.

—¿Puedo ayudarle?

Buck tenía unos carrillos bonachones y una boca simpática, pero ojos ruines.

—Sí. Me quedaré esa Arpía, por favor, y un Spyderco recto y dentado con hoja de diez centímetros. Y aquel cuchillo de despellejador de punta redonda que tiene ahí detrás.

Buck cogió los artículos.

—Quiero el cuchillo de caza que le he dicho, no ese, el bueno. Déjeme ver la porra de cuero, la negra… —El doctor Lecter comprobó el muelle del mango—. Me la quedo.

—¿Alguna cosa más?

—Sí. Quiero un Spyderco Civilian, no veo ninguno.

—No hay mucha gente que lo conozca, nunca tengo más de uno.

—Solo quiero uno.

—Su precio normal es de doscientos veinte dólares. Podría dejárselo por ciento noventa incluido el estuche.

—Estupendo. ¿Tiene cuchillos de cocina de acero al carbono?

Buck meneó la cabezota.

—Tendrá que buscarlos de segunda mano en algún mercadillo. Es lo que hago yo. Afilándolos con el dorso de un platillo de postre quedan como nuevos.

—Hágame un paquete. Vendré a buscarlo dentro de unos minutos.

A Buck no solían pedirle que hiciera paquetes. Pero lo hizo, aunque con las cejas arqueadas.

Como era de esperar, aquella feria de armamento tenía más de bazar que de otra cosa. Había unas cuantas mesas de polvorientas antiguallas de la segunda guerra mundial, que empezaban a parecer prehistóricas. Se podían comprar rifles M-1, máscaras de gas con los cristales de los ojos rotos, cantimploras… No faltaban los habituales tenderetes de reliquias nazis, donde uno podía comprar botes de auténtico gas Zyklon B, si sus gustos iban por ahí.

No había prácticamente nada de las guerras de Corea y Vietnam, y absolutamente nada de la operación «Tormenta del desierto».

Muchos de los visitantes vestían ropa de camuflaje, como si acabaran de regresar del frente con un breve permiso para asistir a la feria, en la que no echarían en falta indumentaria de aquel tipo, incluido el conjunto de camuflaje total adecuado para un francotirador o un cazador con arco, pues una de las secciones más importantes del salón era la dedicada a los arcos y la caza con arco.

El doctor Lecter estaba examinando el conjunto de camuflaje cuando vio por el rabillo del ojo los otros uniformes. Cogió un guante de arquero. Se giró hacia la luz para ver la marca del fabricante y comprobó que los dos agentes que se habían parado a su lado pertenecían al Departamento de Caza y Pesca Fluvial de Virginia, que tenía un pabellón dedicado a la conservación del medio ambiente.

—Ahí tienes a Donnie Barber —dijo el más viejo de los dos guardias, señalando con la barbilla—. Si alguna vez consigues llevarlo ante el juez, avísame. Me gustaría echar a ese hijo de puta de los bosques para siempre.

No le quitaban ojo a un hombre de unos treinta años que estaba en el otro extremo del pabellón de los arcos, vuelto hacia ellos pero con la cara levantada hacia un monitor de vídeo. Donnie Barber vestía de camuflaje, con la cazadora atada a la cintura por las mangas. Llevaba una camiseta de color caqui y sin mangas, para enseñar los tatuajes, y una gorra de béisbol con la visera hacia atrás.

El doctor Lecter se alejó poco a poco de los guardias haciendo como que miraba distintos artículos. Se detuvo en un puesto de miras láser para pistola, al otro lado del pasillo, y a través de una celosía llena de pistoleras observó las imágenes del vídeo que tenía embelesado a Donnie.

Era un vídeo sobre la caza con arco de ciervos cariacú.

Al parecer, alguien fuera de cámara ahuyentaba a un ciervo para que corriera entre dos vallas y entrara en un corral de maderas. El cazador, que estaba tensando el arco, llevaba un micrófono de ambiente para captar sus propios sonidos. De pronto su respiración se hizo más agitada. Luego susurró al micrófono: «No conozco nada mejor que esto».

El ciervo dio un respingo al alcanzarlo la flecha y chocó dos veces contra la cerca antes de conseguir saltarla y salir huyendo.

Sin dejar de mirar, Donnie Barber dio un salto acompañado de gruñidos cuando la flecha se clavó en el animal.

En esos momentos el cazador del vídeo, que había localizado al ciervo, se disponía a despiezarlo. Empezó con lo que llamó «la lomera».

Donnie Barber paró el vídeo y lo rebobinó hasta el instante en que la flecha se clavaba, una y otra vez, hasta que el concesionario le llamó la atención.

—Anda y que te den, tontorrón —dijo Donnie Barber—, que no vendes más que mierda.

En el puesto de al lado compró flechas amarillas de punta ancha provista de una aleta afilada como una navaja. Se sorteaban dos días de caza del ciervo, y por el importe de su compra a Donnie le correspondió un boleto.

Barber lo rellenó, lo introdujo por la ranura y desapareció con su largo paquete y el bolígrafo del vendedor entre la muchedumbre de comandos barrigudos.

Como los ojos de un batracio al acecho de insectos, los del vendedor percibían cualquier pausa en la multitud que desfilaba ante su puesto. El hombre que tenía delante estaba extraordinariamente inmóvil.

—¿Esta es su mejor ballesta? —le preguntó el doctor Lecter.

—No. —El hombre sacó un estuche de debajo del mostrador—. La mejor es esta. Yo prefiero las que se pliegan a las que se desmontan a la hora de transportarlas. La polea se puede tensar manualmente o con el motor eléctrico. Supongo que sabe que no se puede usar una ballesta en Virginia si no se es un inválido… –le informó el vendedor.

–Mi hermano ha perdido un brazo y está impaciente por matar algo con el otro –le explicó el doctor Lecter.

–Claro, lo entiendo.

En cosa de cinco minutos, el doctor compró una magnífica ballesta y dos docenas de saetones, las flechas cortas y gruesas que se usan con ese tipo de arma.

–Hágame un paquete –le dijo Lecter.

–Si llena este boleto puede ganar dos días para cazar ciervos. En una granja estupenda –le indicó el vendedor.

El doctor Lecter rellenó el boleto del sorteo y lo metió por la ranura de la urna.

El vendedor se puso a atender a otro cliente, pero el doctor volvió sobre sus pasos.

–¡Jefe! –exclamó–. Me he olvidado de poner el número de teléfono. ¿Puedo?

–Claro, hombre, usted mismo.

El doctor Lecter quitó la tapa de la caja y cogió los dos boletos de arriba. Añadió un número de teléfono falso al resto de la falsa información de su papeleta y echó un buen vistazo a la otra, parpadeando una sola vez, como el diafragma de una cámara de fotos.

56

En el gimnasio de Muskrat Farm dominaban el negro y el cromo de la tecnología punta, y el espacioso recinto estaba equipado con todo el ciclo de máquinas Nautilus, aparatos de pesas, una pista de aeróbic y un bar de zumos.

Barney casi había acabado la sesión y estaba enfriando los músculos en la bicicleta cuando se dio cuenta de que no estaba solo. En una esquina, Margot Verger se estaba quitando el chándal. Llevaba pantalones cortos elásticos y un top sin mangas sobre el sujetador deportivo, y en ese momento se estaba poniendo un cinturón para levantar pesas. Barney las oyó resonar en el rincón. Al cabo de un momento la oyó respirar con fuerza mientras hacía unos levantamientos para calentar.

Barney seguía pedaleando con la resistencia al mínimo y secándose la cabeza con una toalla cuando la mujer se le acercó entre dos tandas de pesas.

Margot miró los brazos del hombre y a continuación los suyos. Tenían más o menos el mismo grosor.

—¿Cuánto eres capaz de levantar echado en el banco? —le preguntó ella.

—No lo sé.

—Yo creo que lo sabes, y perfectamente.

—Puede que ciento setenta y cinco, o una cosa así.

—¿Ciento setenta y cinco? Venga ya, grandullón. Cómo vas a levantar todo eso…

—Puede que tenga razón.

—Tengo un billete de cien dólares que dice que no eres capaz de levantar ciento setenta y cinco.

—¿Contra qué?

—¿Contra qué coño va a ser? Otros cien. Y yo te pondré la marca.

Barney la miró frunciendo el entrecejo, elástico como goma.

—Vale.

Colocaron las pesas. Margot sumó las que Barney había puesto en su lado como si creyera que iba a hacer trampas. Él respondió contando las del lado de Margot aún con más cuidado.

Se tumbó en el banco y los ajustados pantalones de la mujer, de pie junto a su cabeza, quedaron a un palmo de su cara. La articulación de los muslos con el abdomen formaba nudos como un marco barroco y el macizo torso parecía llegar casi al techo.

Barney se acomodó sintiendo el banco contra la espalda. Las piernas de Margot olían a linimento fresco y sus manos, con las uñas pintadas de color coral, se posaban suavemente en la barra, bien torneadas a pesar de su fuerza.

—¿Listo?

—Sí.

Barney empujó la barra hacia la cara de la mujer, inclinada sobre él. No tuvo que esforzarse demasiado. Dejó la barra un soporte más arriba que el elegido por Margot. Ella sacó el dinero de su bolsa de deporte.

—Gracias —le dijo Barney.

—Puedo hacer más flexiones que tú —replicó Margot.

—Ya lo sé.

—¿No me crees?

—Sí, pero yo puedo mear de pie.

El grueso cuello de la mujer se puso rojo.

—Yo también.

—¿Cien pavos? —propuso Barney.

—Hazme un combinado —le ordenó ella.

En el bar de zumos había un frutero. Mientras Barney preparaba los combinados de fruta en la licuadora, Margot cogió dos nueces y las reventó cerrando el puño.

—¿Eres capaz de romper una sola, sin nada contra lo que hacer presión? —le preguntó Barney, que rompió dos huevos contra el borde de la licuadora y los echó adentro.

—¿Y tú? —dijo Margot, y le tendió una nuez.

Barney se quedó mirando la nuez en su palma abierta.

—No lo sé. —Despejó el trozo de barra que tenía delante y una naranja rodó por ella y cayó al suelo al lado de Margot—. Vaya, lo siento —se disculpó Barney.

Ella la recogió y volvió a ponerla en el frutero.

El enorme puño de Barney se cerró con fuerza sobre la nuez. La mirada de la mujer iba del puño al rostro de Barney, que tenía el cuello hinchado por el esfuerzo y la cara cada vez más roja. Empezó a temblar y al cabo de unos segundos se oyó un débil crujido procedente del puño. Margot se quedó con la boca abierta mientras Barney acercaba el tembloroso puño a la licuadora. El crujido se oyó con más fuerza. La yema y la clara de un huevo cayeron dentro de la licuadora con un ¡plop! Barney pulsó el interruptor y se lamió las yemas de los dedos. Margot se rió contra su voluntad.

Barney vertió los combinados en los vasos. Vistos desde el otro extremo del gimnasio hubieran parecido dos luchadores o dos levantadores de pesas de distintas categorías.

—A ti te gusta hacer todo lo que hacen los hombres, ¿no? —le preguntó Barney.

—Menos las estupideces.

—¿Quieres que hagamos cosas de hombres juntos?

La sonrisa de Margot se esfumó.

—No tengo ganas de oír ningún chiste de pollas, Barney.

El hombre sacudió la cabezota.

—Tú ponme a prueba —dijo.

57

En la «Casa de Hannibal» el material recopilado sobre el doctor crecía conforme Clarice Starling se internaba a tientas por los vericuetos de sus gustos.

Rachel DuBerry era algo mayor que Lecter en la época en que había actuado como activa mecenas de la Sinfónica de Baltimore, y muy hermosa, como Starling pudo comprobar en las fotografías de *Vogue* de aquellos años. Eso había sido dos maridos ricos atrás. En la actualidad era la señora de Franz Rosencranz, de los famosos Textiles Rosencranz. Su secretaria para actividades sociales la puso con ella.

—Ahora me limito a mandar dinero a la orquesta, querida. Estamos fuera demasiado tiempo como para participar activamente —explicó a Starling la señora Rosencranz, nacida DuBerry—. Si es algo relacionado con impuestos, puedo darle el número de mis contables.

—Señora Rosencranz, cuando participaba en el patronato de la Sinfónica y de la Escuela Westover, conoció usted al doctor Hannibal Lecter, ¿no es así?

Un silencio prolongado.

—¿Señora Rosencranz?

—Me parece que es mejor que me dé su número y la llame a través de la centralita del FBI.

—Como quiera.

Cuando se reanudó la conversación, Rachel dijo:

—Sí, tuve trato social con Hannibal Lecter hace años y desde entonces la prensa se ha dedicado a acampar en mi césped. Era un hombre con un encanto extraordinario, completamente fuera de lo habitual. De los que le ponen la piel de gallina a una chica, no sé si me explico. Me costó años creer lo que se contaba de él.

—¿Le hizo regalos en alguna ocasión, señora Rosencranz?

—Solía enviarme una nota el día de mi cumpleaños, incluso después de que lo detuvieran. A veces un regalo, antes de que lo condenaran. Tiene un gusto exquisito para los regalos.

—Y el doctor Lecter dio la famosa cena de cumpleaños en su honor. Con las cosechas de los vinos elegidas de acuerdo con la fecha de su nacimiento.

—Sí —admitió ella—. Suzy la llamó la fiesta más extraordinaria desde el baile en blanco y negro de Capote.

—Señora Rosencranz, si tuviera noticias suyas, ¿podría llamar al número del FBI que voy a darle? Querría preguntarle algo más si no es molestia. ¿Celebraba usted aniversarios especiales con el doctor Lecter? Y también tengo que preguntarle su fecha de nacimiento.

Al otro lado del teléfono la temperatura había bajado varios grados.

—Esa es una información que debe de ser fácil conseguir.

—Sí, señora Rosencranz, pero hay ciertas incoherencias entre las fechas de la seguridad social, de su partida de nacimiento y de su permiso de conducir. De hecho, ninguna de ellas coincide. Le pido que me disculpe, pero estamos controlando compras de artículos de lujo para los cumpleaños de personas relacionadas con el doctor Lecter.

—¿«Personas relacionadas»? De modo que eso es lo que soy ahora, qué denominación tan horrorosa. —La señora Rosencranz rió entre dientes. Pertenecía a una generación de cócteles y cigarrillos, y su voz era profunda—. Agente Starling, ¿qué edad tiene?

—Treinta y dos, señora Rosencranz. Cumpliré treinta y tres dos días antes de Navidad.

—Permítame que le diga, con la mejor intención del mundo, que le deseo que cuente con al menos un par de «personas relacionadas» en su vida. Le aseguro que ayudan a matar el tiempo.

—Sí, señora. ¿La fecha de su nacimiento?

Al final la señora Rosencranz se dignó a revelar la información correcta, que clasificó como «la fecha que conoce el doctor Lecter».

—Si no le molesta que se lo pregunte, señora, puedo entender que cambie el año, pero ¿por qué cambiar el mes y el día?

—Quería ser Virgo, porque es el signo más compatible con el del señor Rosencranz. Por aquella época empezábamos a salir juntos.

La gente que había conocido al doctor Lecter cuando vivía en una jaula lo veía de una forma un tanto diferente.

Starling había liberado a Catherine, la hija de la ex senadora Ruth Martin, del infierno del sótano donde el asesino en serie Jame Gumb la mantenía oculta, y, de no haber sufrido una derrota en las siguientes elecciones, la senadora hubiera podido hacer mucho bien a Starling. Se notaba su agradecimiento al otro lado del teléfono, le dio recuerdos de Catherine y se interesó por ella.

—Nunca me ha pedido nada, Starling. Si alguna vez necesita otro empleo…

—Gracias, senadora Martin.

—Y sobre ese maldito Lecter, no, si hubiera tenido noticias suyas, por supuesto que se lo habría comunicado al Bureau, y ahora mismo voy a apuntar su número aquí, junto al teléfono, Starling. Charlsie sabe lo que tiene que hacer con el correo. No espero tener noticias de ese hombre. Lo último que me dijo ese degenerado en Memphis fue «Me encanta su traje». Me hizo lo más cruel que nadie me haya hecho nunca. ¿Sabe qué fue?

—Sé que procuró mortificarla.

—Cuando Catherine estaba desaparecida, cuando estábamos desesperados y él dijo que tenía información sobre Jame Gumb, y yo le estaba suplicando, me preguntó, me miró a la cara con esos ojos de serpiente suyos y me preguntó si le había dado el pecho a Catherine. Quería saber si le había dado de mamar. Le contesté que sí. Entonces dijo aquello: «Un trabajo que da sed, ¿verdad?». Y eso hizo que lo reviviera todo de golpe, tenerla en brazos cuando era una criatura, sedienta, esperando a que se saciara… Aquello me desgarró como nada que hubiera sentido hasta entonces, y él se limitó a absorber mi dolor.

—¿Cómo era, senadora Martin?

—¿Cómo era…? Perdone, no la entiendo.

—Cómo era el traje que llevaba, el que le gustó al doctor Lecter.

—Déjeme pensar… Un Givenchy azul marino, de muy buen corte —dijo la senadora Martin, un tanto molesta por las prioridades de Starling—. Cuando haya vuelto a ponerlo entre rejas, Starling, venga a verme, daremos un paseo a caballo.

—Gracias, senadora, lo tendré en cuenta.

Dos llamadas telefónicas, una a cada lado del doctor Lecter; una daba fe de su encanto, la otra, de sus escamas. Starling tomó unas notas: «Cosechas relacionadas con cumpleaños», lo que ya estaba cubierto en su pequeño programa. Añadió «Givenchy» a su lista de artículos de lujo. Después de dudarlo, escribió igualmente «Dar el pecho» sin que supiera a cuento de qué, y no tuvo más tiempo para pensar en ello porque el teléfono rojo empezó a sonar.

—¿Ciencias del Comportamiento? Estoy intentando ponerme en contacto con Jack Crawford, soy el sheriff Dumas del condado de Clarendon, Virginia.

—Sheriff, soy la ayudante de Jack Crawford. Él ha tenido que ir a los juzgados. ¿En qué puedo ayudarlo? Soy la agente especial Starling.

—Necesito hablar con Jack Crawford. Tenemos a un tipo en el depósito al que le han cortado unas cuantas tajadas. ¿Hablo con la unidad correcta?

—Sí, señor, esta es la unidad de car… Sí, señor, ha hecho bien en llamar aquí. Si me dice exactamente dónde se encuentra, saldré para allí enseguida y pondré al tanto al señor Crawford en cuanto acabe de testificar.

El Mustang de Starling salió de Quantico lo bastante deprisa como para hacer que el marine de guardia le pusiera mala cara, meneara la cabeza y procurara reprimir una sonrisa.

58

El depósito de cadáveres del condado de Clarendon, al norte de Virginia, está unido al hospital del condado por una pequeña esclusa neumática con un ventilador extractor en el techo y amplias puertas de dos hojas en cada extremo para facilitar la entrada y salida de cadáveres. Un ayudante del sheriff de pie ante ellas impedía el acceso a cinco reporteros y cámaras arremolinados a su alrededor.

Starling se puso de puntillas detrás del corro y levantó la placa. Cuando el policía la vio y asintió con la cabeza, Starling se abrió paso entre los periodistas. Los flashes la deslumbraron y un fogonazo relumbró a sus espaldas.

En la sala de autopsias reinaba un silencio que solo interrumpía el ruido del instrumental al ser depositado en la bandeja metálica.

El depósito del condado tenía cuatro mesas de autopsia de acero inoxidable, con sendas balanzas y piletas. Dos de ellas estaban cubiertas con sábanas extrañamente moldeadas por los restos que ocultaban. En otra, la más próxima a las ventanas, se estaba llevando a cabo una autopsia rutinaria. El patólogo y su ayudante estaban enfrascados en alguna operación delicada y no levantaron la vista cuando Starling entró.

El insidioso chirrido de una sierra eléctrica llenó la

sala y al cabo de un momento el patólogo apartó la parte superior de un cráneo, levantó un cerebro en el hueco de las manos y lo depositó en la balanza. Susurró el peso al micrófono de su solapa, examinó el órgano en el platillo de la balanza y lo hurgó con un dedo enguantado. Cuando advirtió la presencia de Starling por encima del hombro de su ayudante, puso el cerebro en la cavidad torácica abierta del cadáver, encestó los guantes de goma en una papelera como un crío lanzando gomas elásticas y dio la vuelta a la mesa para acercarse a la mujer.

A Starling, estrechar aquella mano le daba repelús.

—Clarice Starling, agente especial, FBI.

—Doctor Hollingsworth, forense, patólogo, jefe de cocina y limpiabotellas. —Los ojos de Hollingsworth, de un azul intenso, relucían como huevos duros. Se dirigió a su ayudante sin apartar la vista de Starling—: Marlene, llame al sheriff, está en la UVI de Cardiología, y destape esos cuerpos, por favor.

Según la experiencia de Starling, los forenses solían ser inteligentes pero también juguetones y atolondrados en las conversaciones informales, y les gustaba presumir. Hollingsworth siguió la mirada de Starling.

—¿Le llama la atención lo que he hecho con el cerebro?

Ella asintió, pero le enseñó las manos, abiertas en son de paz.

—Aquí no somos descuidados, agente especial Starling. No he vuelto a meterlo en el cráneo por hacerle un favor al de la funeraria. En este caso tendrán un ataúd abierto y un largo velatorio, y no hay forma de evitar que parte del cerebro se escurra al cojín; así que llenamos el cráneo con gasas o lo que tengamos a mano, volvemos a cerrarlo y lo grapo por encima de las orejas para que no vuelva a abrirse. La familia tiene el cuerpo entero y todos felices.

—Lo entiendo.

—Dígame si entiende esto otro —dijo.

Detrás de Starling la ayudante del doctor Hollingsworth había destapado las mesas de autopsia.

Starling se dio la vuelta y lo vio todo en una sola imagen que se le quedaría grabada el resto de su vida. Uno al lado del otro, sobre las dos mesas de acero inoxidable, yacían un ciervo y un hombre. Del cuerpo del primero sobresalía una flecha amarilla. La flecha y las astas del animal habían sostenido la sábana como los mástiles de una tienda de campaña.

El hombre tenía una flecha más corta y gruesa atravesándole la cabeza justo encima de las orejas. Llevaba una sola prenda, una gorra de béisbol calada del revés y clavada a la cabeza por la flecha.

Al verlo, a Starling le entró la risa, pero se reprimió tan rápido que los demás debieron de interpretar el ruido como expresión de su sobresalto. La similar colocación de los dos cuerpos, con el humano también de costado en lugar de en posición anatómica, revelaba que los habían sacrificado de forma casi idéntica; les habían extirpado el solomillo y los ijares con destreza y precisión, y habían rebanado los pequeños filetes de debajo de la columna.

Una piel de ciervo sobre acero inoxidable. La cabeza alzada sobre las astas en el cojín de metal, vuelta y con el ojo en blanco, como si intentara mirar hacia atrás, hacia el brillante astil que lo había matado; tumbado sobre el costado y su propio reflejo en aquel lugar de obsesivo orden, el animal parecía más salvaje, más ajeno al hombre de lo que nunca lo habría parecido en el bosque.

El hombre tenía los ojos abiertos y de la comisura le salía un hilillo de sangre, como lágrimas rojas.

—Produce extrañeza verlos juntos —dijo el doctor Hollingsworth—. Los dos corazones pesan exactamente lo mismo. —Miró a Starling y comprobó que se encontraba bien—. Hay una diferencia en el hombre. Mire esto: le han separado de la columna las costillas cortas y le han sacado los pulmones por la espalda. Casi parecen alas, ¿verdad?

—Un «Águila sangrienta» —murmuró Starling, que se había quedado pensativa.

—No lo había visto en mi vida.

—Tampoco yo —confesó Starling.

—¿Hay un nombre para eso? ¿Cómo lo ha llamado?

—El «Águila sangrienta». Está documentada en la biblioteca de Quantico. Es un antiguo sacrificio noruego. Desgajar las costillas cortas y extraer los pulmones por la espalda, luego aplastarlos de esa forma para darles la apariencia de alas. En los años treinta hubo un neovikingo que lo hizo en Minnesota.

—Usted verá un montón de cosas así, no como esta, pero de este tipo…

—A veces, sí.

—Se sale un poco de mi terreno. Aquí nos traen sobre todo asesinatos corrientes, gente a la que han disparado o apuñalado… Pero ¿quiere saber lo que pienso?

—Me encantaría, doctor.

—Creo que este hombre, Donnie Barber según su carnet de identidad, mató al ciervo ilegalmente ayer, un día antes de que se levantara la veda. Sabemos que murió entonces. La flecha coincide con el resto de su equipo. Lo estaba despiezando a toda prisa. No he examinado los antígenos de la sangre de sus manos, pero es sangre del ciervo. Solo pensaba llevarse lo que los cazadores de ciervos llaman la «lomera», y se puso a hacer una faena bastante torpe, vea este desgarrón a medio hacer, aquí. Entonces se llevó una sorpresa tremenda, esta flecha atravesándole la cabeza. Del mismo color, pero de otro tipo. Sin muesca en la parte de abajo. ¿Sabe lo que es?

—Parece una flecha de ballesta —dijo Starling.

—Otra persona, puede que el individuo de la ballesta, acabó la faena con el ciervo, y lo hizo mucho mejor; luego, aunque parezca increíble, hizo lo mismo con el hombre. Fíjese con qué precisión la ha despellejado lo imprescindible, lo decididas que son las incisiones. Ningún estropicio, ningún desperdicio. Michael DeBakey no lo hubiera hecho mejor. No hay indicios de actividad sexual con ninguno de los dos. Los han sacrificado por la carne, eso es todo.

Starling se presionó los labios con los nudillos. Por un segundo el patólogo creyó que se besaba un amuleto.

—Doctor Hollingsworth, ¿ha encontrado los hígados?

Silencio. Antes de contestarle, el hombre la escrutó por encima de las gafas.

—Falta el del ciervo. Al parecer el del señor Barber no cumplía las normas de calidad de ese individuo. Le cortó una porción para examinarlo, hay una incisión justo a lo largo de la vena porta. El hígado está cirrótico y descolorido. Sigue en el cuerpo, ¿quiere verlo?

—No, gracias. ¿Qué me dice del timo?

—Las lechecillas, sí, faltan en los dos casos. Agente Starling, nadie ha pronunciado el nombre todavía, ¿no es así?

—No —dijo Starling—, todavía no.

Se oyó el bufido de la cámara neumática y un individuo curtido con chaqueta deportiva de tweed y pantalones caqui apareció en el umbral.

—¿Cómo está Carleton, sheriff? —le preguntó Hollingsworth—. Agente Starling, este es el sheriff Dumas. Su hermano está ingresado en la UVI de Cardiología.

—Parece que aguanta. Dicen que se ha estabilizado, que lo tienen «en observación», sea lo que sea lo que signifique eso —explicó Dumas. Llamó a alguien—: Entre, Wilburn.

El sheriff estrechó la mano de Starling y le presentó al otro hombre.

—Este es el oficial Wilburn Moody, guarda de caza.

—Sheriff, si quiere estar con su hermano, podemos volver arriba —ofreció Starling.

El sheriff Dumas negó con la cabeza.

—No me dejarán entrar otra vez hasta dentro de hora y media. No se ofenda, señorita, pero yo pregunté por Jack Crawford. ¿Va a venir?

—Sigue en los juzgados. Cuando usted llamó estaba declarando. Espero que se ponga en contacto con nosotros lo más pronto posible. Le agradecemos que llamara tan pronto.

—El bueno de Crawford dio clase a mi promoción de la Academia Nacional de Policía de Quantico hace la tira de años. Un tío grande. Si la ha enviado a usted es que es buena. ¿Qué, empezamos?

—Cuando usted diga, sheriff.

Dumas sacó un bloc de notas del bolsillo de su chaqueta.

—Este individuo de la flecha en la cabeza es Donnie Leo Barber, varón blanco de treinta y dos años, con domicilio en un remolque del parque de caravanas de Cameron. Sin empleo conocido. Licenciado con deshonor de las Fuerzas Aéreas hace cuatro años. Tiene un certificado de especialista en fuselaje y grupos motores del ejército. Trabajó algún tiempo como mecánico de aviones. Pagó una multa por un delito menor, empleo de arma de fuego dentro los límites urbanos. Se declaró culpable de caza furtiva en el condado de Summit, ¿cuándo fue eso, Wilburn?

—Hace dos temporadas, acababan de devolverle la licencia. Era muy popular en el departamento. Nunca se molestaba en seguir al animal después de dispararle. Si no lo abatía, a esperar el siguiente. Una vez…

—Cuéntanos lo que te has encontrado hoy, Wilburn.

—Bueno, yo iba por la comarcal cuarenta y siete, a unos

dos kilómetros al oeste del puente, hacia las siete de esta mañana, cuando el viejo Peckman me hizo señas de que parara. Iba con la lengua fuera y la mano en el pecho. Solo conseguía abrir y cerrar la boca señalando hacia el bosque. Anduve unos… puede que no más de ciento cincuenta metros por la maleza y allí estaba ese tío de ahí, Barber, apoyado en un árbol con una flecha atravesándole la cabeza, y ese ciervo, con otra flecha. Estaban rígidos, de un día antes por lo menos.

—Ayer por la mañana temprano, si tenemos en cuenta que ha hecho frío —puntualizó el doctor Hollingsworth.

—Pero la temporada ha empezado esta mañana —continuó el guarda—. Este Donnie Barber tenía un aguardo elevado sin montar. Parece que llegó para prepararse con tiempo, o para cazar ilegalmente. Si no, ¿para qué iba a llevar el arco si solo quería montar el acecho? Entonces aparece este ciervo imponente y el tío no se puede aguantar. Lo he visto montones de veces. Es más frecuente que la mierda de jabalí. Y entonces llega el otro cuando se ha puesto a sacar tajadas. No sabría decir nada por las huellas, porque había estado lloviendo muy fuerte, empezaba a escampar cuando llegué…

—Por eso hicimos un par de fotos y retiramos los cuerpos —explicó el sheriff Dumas—. El viejo Peckman es el dueño de ese bosque. El tal Donnie tenía un permiso de dos días para cazar allí, a contar desde hoy, con la firma de Peckman. Peckman solía hacerlo una vez al año, lo anunciaba en los periódicos y hacía que se lo movieran unos intermediarios. Donnie también llevaba una nota en el bolsillo de atrás que decía: «Mi enhorabuena por esos dos días para cazar ciervos». Los papeles están húmedos, señorita Starling. No tengo nada contra nuestros chicos, pero quizá convenga que examinen las huellas los de su laboratorio. Y las flechas. Todo estaba empapado cuando llegamos. Procuramos no tocar nada.

—¿Quiere llevarse las flechas, agente Starling? ¿Cómo quiere que las extraiga? —le preguntó el doctor Hollingsworth.

—Si es posible, me gustaría que las sujetara con retractores y las serrara por el lado de las plumas; luego empuje la otra mitad afuera. Así podré fijarlas con alambre al panel de pruebas —le pidió Starling, abriendo su cartera.

—No creo que tuviera tiempo de ofrecer resistencia, pero ¿quiere una muestra de las uñas?

—Prefiero que se las extraiga para hacer la prueba del ADN. No hace falta que las etiquete dedo por dedo, solo separe las de las dos manos, ¿le importa, doctor?

—¿Podrán examinar la reacción en cadena de la polimerasa, y la repetición de secuencias cortas de los genomas haploides?

—En el laboratorio central sí. Le informaremos dentro de tres o cuatro días, sheriff.

—¿Pueden examinar la sangre del ciervo? —preguntó el guarda.

—No, basta con saber que es sangre animal —contestó Starling.

—¿Y si acabamos encontrando la carne del ciervo en el frigorífico de alguien? —sugirió Moody—. Sería importante determinar si pertenece a este ciervo, ¿no le parece? A veces necesitamos distinguir a un ciervo de otro mediante análisis de sangre, para los casos de caza furtiva. Cada ejemplar es distinto. No había pensado en eso, ¿verdad? Mandamos las muestras a Portland, Oregón, al Departamento de Caza y Pesca de allí; ellos le darán la información, si es que se puede esperar. Te contestan diciendo: «Este es el ciervo número uno», o lo llaman «el ciervo A», con un número bien largo para el caso, porque supongo que sabe que los ciervos no tienen nombre… Aquí de eso sabemos un poco.

A Starling le gustaba la cara de Moody, curtida por las muchas horas pasadas a la intemperie.

—Pues a este lo vamos a llamar «John Doe»,* guarda Moody. Le agradezco que me haya informado de lo de Oregón, puede que tengamos que hacer negocios con ellos alguna vez. Gracias —dijo, y le sonrió hasta que el hombre se ruborizó y se puso a jugar con el sombrero.

Mientras estaba inclinada revolviendo en su bolso, el doctor Hollingsworth se la quedó mirando embelesado. La cara de la mujer se había animado tras la charla con el pobre Moody. El antojo de la mejilla parecía más bien una quemadura de pólvora. Estuvo a punto de preguntárselo, pero se lo pensó dos veces.

—¿Dónde han guardado los papeles? No los han metido en bolsas de plástico, ¿verdad? —le preguntó Starling al sheriff.

—En bolsas de papel. Una bolsa de papel nunca le ha hecho daño a una prueba. —El sheriff se frotó la nuca y miró fijamente a Starling—. Supongo que se imagina por qué llamé a su oficina, por qué quería que viniera Jack Crawford. Me alegro de que viniera usted, ahora que me he dado cuenta de quién es. Nadie ha pronunciado la palabra «caníbal» fuera de esta sala, porque la prensa saldría de estampida hacia el bosque y lo pondrían todo patas arriba. Lo único que saben es que podría tratarse de un accidente de caza. Han oído rumores de que el cuerpo sufre alguna mutilación. Pero no saben que a Barber le han dejado las costillas al aire. No hay muchos caníbales entre los que elegir, agente Starling.

—No, sheriff, no demasiados.

—Y es un trabajo jodidamente limpio.

---

* Nombre ficticio que se da en Estados Unidos a los cadáveres sin identificar, algo así como Juan Pérez, con la particularidad de que *doe* significa además «cierva». (*N. del t.*)

—Sí, señor, una obra de arte.

—Puede que me se me haya ocurrido por haberlo visto tanto en los periódicos… pero ¿cree usted que esto puede ser obra de Hannibal Lecter?

Starling se quedó mirando una araña que se colaba por el desagüe de la mesa de autopsias vacía.

—La sexta víctima del doctor Lecter fue un cazador con arco —dijo.

—¿Se lo comió?

—A ese, no. Lo dejó colgado en un panel para herramientas con todas las heridas imaginables. Le dio el mismo aspecto que un grabado médico conocido como el «Hombre herido». Le interesan las cosas de la Edad Media.

El patólogo señaló hacia los pulmones extendidos sobre la espalda de Donnie Barber.

—Usted ha dicho que se trataba de un ritual antiguo.

—Eso creo —respondió Starling—. No sé si esto es obra del doctor Lecter. Si lo es, la mutilación no tiene nada que ver con ningún fetichismo, y lo de las alas no forma parte de un comportamiento compulsivo.

—Entonces, ¿qué es?

—Un capricho —dijo Starling, mirándolos para comprobar si la definición, que le parecía exacta, los había desconcertado—. Es un capricho, parecido al que hizo que lo atraparan la última vez.

59

El laboratorio de ADN era nuevo, olía a nuevo y el personal era más joven que ella. A esto último tendría que ir acostumbrándose, pensó Starling con una punzada. Y muy pronto sería un año más vieja.

Una joven cuya tarjeta de identificación decía «A. BEN-NING» firmó el recibo de las dos flechas.

A. Benning había tenido algún que otro disgusto en la recepción de pruebas, a juzgar por su evidente alivio cuando vio los dos proyectiles fijados con esmero al tablero de pruebas de Starling con alambres forrados de plástico.

—No se imagina lo que me encuentro algunas veces cuando abro estas cosas —le confesó A. Benning—. Supongo que sabe que no podré decirle nada enseguida, esto no es cosa de cinco minutos...

—Claro —la tranquilizó Starling—. No hay referencias sobre el RFLP* del doctor Lecter. Se escapó hace mucho tiempo y las muestras antiguas han pasado por un centenar de manos y ya no son fiables.

—El laboratorio tiene demasiado trabajo como para examinar todas las muestras, no podemos comparar catorce cabellos de una habitación de motel, como nos traen a veces. Si pudiera traerme...

—Escúcheme —la interrumpió Starling—, y luego hable. He pedido a la Questura italiana que me manden el cepillo de dientes que creen perteneció al doctor Lecter. Podrá conseguir células epiteliales de él. Haga tanto la prueba del RFLP como la de secuencias recurrentes de genomas. Esta flecha de ballesta ha estado bajo la lluvia, así que dudo que le sirva de mucho. Pero mire esto...

—Lo siento, no imaginaba que usted supiera...

Starling consiguió sonreír.

—No se apure, A. Benning, ya verá como nos entendemos de maravilla. Fíjese, las dos flechas son amarillas. La de ballesta, porque la han pintado a mano; no es un

---

*   *Restriction Fragment Length Polymorphism* (Polimorfismo de la longitud del fragmento de restricción). (*N. del t.*)

mal trabajo, pero se notan las pinceladas. Mire aquí, ¿qué le parece eso que se ve bajo la pintura?

—¿Un pelo del pincel?

—Puede. Pero fíjese que está curvado hacia un extremo y tiene una especie de bultito al final. ¿Y si fuera una pestaña?

—Y si conserva el folículo…

—Exacto.

—Mire, puedo hacer las polimerasas y las secuencias del genoma, es decir, tres colores a la vez, en la misma línea de gel y aislar tres localizaciones de ADN al mismo tiempo. Harán falta trece para los tribunales, pero bastarán un par de días para saber con toda seguridad si es de él.

—A. Benning, estaba segura de que me ayudarías.

—Eres Starling, ¿verdad? Quiero decir la agente especial Starling. Perdona si he empezado con mal pie. Es que los polis mandan las pruebas en unas condiciones… No tenía nada que ver contigo.

—Ya lo sé.

—Creía que eras mayor. Todas las chicas… las mujeres te conocen, bueno, todo el mundo te conoce, pero para nosotras eres… —A. Benning apartó la mirada— algo especial. —Luego levantó el rechoncho pulgar y dijo—: Buena suerte con el Otro. No te importa que lo llame así, ¿verdad?

60

El mayordomo de Mason Verger, Cordell, era un hombretón de rasgos excesivos que habría sido guapo de haberles dado un poco de animación. Tenía treinta y siete años, y no podría volver a trabajar en la sanidad suiza, ni en cualquier otro oficio que lo pusiera en contacto con niños en aquel país.

Mason le pagaba un salario generoso para que organizara aquella ala del edificio, y era responsable del cuidado y alimentación del inválido. Le había demostrado ser de absoluta confianza y capaz de cualquier cosa. Mientras Mason interrogaba a las criaturas, Cordell había presenciado a través de la pantalla actos de crueldad que hubieran provocado la rabia o las lágrimas de cualquier otro.

Ese día Cordell estaba un tanto preocupado por el único asunto que consideraba sagrado, el dinero.

Llamó a la puerta con los nudillos dos veces, como de costumbre, y entró a la habitación de Mason. Estaba completamente a oscuras excepto por el resplandor del acuario. La anguila se percató de su presencia y salió del agujero, esperanzada.

—¿Señor Verger?

Pasó un momento antes de que Mason se despertara.

—Necesito comentar algo con usted. Tengo que hacer un pago extra en Baltimore esta semana a la misma persona de la que hablamos antes. No se trata de ninguna emergencia, pero sería prudente. Ese niño negro llamado Franklin comió veneno para ratas y estaba en estado crítico a principios de semana. Le ha contado a su madre adoptiva que usted le sugirió envenenar a su gato para que la policía no lo torturara. Así que le dio el gato a un vecino y se tomó el veneno él mismo.

—Eso es absurdo —dijo Mason—. Yo no tuve nada que ver con semejante cosa.

—Por supuesto, señor Verger, es completamente absurdo.

—¿Quién se ha quejado, la mujer que te consigue los críos?

—A esa hay que pagarle ya.

—Cordell, tú no le hiciste nada a ese pequeño bastardo, ¿verdad? No le verían nada en el hospital, ¿o sí? Ya sabes que lo acabaré descubriendo.

—No, señor. ¿En esta casa? Nunca, lo juro. Usted sabe que no soy ningún estúpido. Y adoro mi trabajo.

—¿Dónde está Franklin?

—En el Hospital General de la Misericordia de Maryland. Cuando salga irá a un hogar comunitario. Ya sabe que la mujer con quien vivía fue borrada de la lista de hogares adoptivos por fumar marihuana. Ella es la que se está quejando de usted. Tal vez convenga hablar con ella.

—Una negrata drogadicta, no será mucho problema.

—No conoce a nadie a quien ir con el cuento. En mi opinión hay que manejarla con cuidado. Guantes de seda. La asistente social quiere que la hagamos callar.

—Pensaré en ello. Adelante, págale a la asistenta.

—¿Mil dólares?

—Pero que se entere de que es lo último que va a sacarnos.

Tumbada a oscuras en el sofá de la habitación de Mason, con las mejillas manchadas de lágrimas secas, Margot Verger escuchaba la conversación entre su hermano y Cordell. Había intentado razonar con Mason, hasta que se quedó dormido. Era evidente que Mason la creía lejos de la habitación. Margot abrió la boca para respirar muy despacio aprovechando los siseos de la máquina. La luz del pasillo tiñó de gris la penumbra de la habitación cuando salió Cordell. Margot siguió tumbada en el sofá. Esperó casi veinte minutos, hasta que el respirador se adaptó al ritmo del durmiente, y dejó la habitación. La anguila la vio salir, pero Mason no.

61

Margot Verger y Barney pasaban el tiempo juntos. No hablaban mucho, pero veían partidos de rugby en la sala de recreo, *Los Simpson* y a veces conciertos en las cadenas educativas, y juntos siguieron *Yo, Claudio*. Cuando el turno de Barney le obligaba a perderse varios episodios, los grababan en vídeo.

A Margot le gustaba Barney, le gustaba la camaradería con que la trataba. Hasta entonces no había conocido a nadie con tan pocos prejuicios. Barney era listo, y había en él algo indefinible, como de otro mundo. Eso también le gustaba.

Margot tenía una sólida formación en Humanidades, además de su licenciatura en Informática. Barney, que era autodidacta, tenía opiniones que iban de lo pueril a lo penetrante. Ella podía proporcionarle un contexto. Su propia educación era una meseta amplia y abierta, aunque acotada por la razón. Pero la meseta descansaba encima de su mentalidad como la Tierra plana de los antiguos sobre una tortuga.

Margot le hizo pagar cara su broma sobre mear de pie. Estaba segura de tener las piernas más fuertes que él, y el tiempo le dio la razón. Fingiendo grandes esfuerzos con pesos moderados, lo convenció para hacer una apuesta sobre levantamiento con las piernas, y recuperó sus cien dólares. Además, aprovechando su menor peso, lo derrotó haciendo levantamientos con un solo brazo, el derecho, pues el izquierdo nunca se había recuperado de una lesión infantil originada en un forcejeo con Mason.

Algunas noches, cuando Barney había acabado su turno con Mason, se entrenaban juntos ayudándose mutuamente en el banco. Era un trabajo serio durante el que apenas emitían otro sonido que el de sus respiraciones. A veces se limitaban a darse las buenas noches cuando ella guardaba sus cosas en la bolsa de deporte y desaparecía hacia las dependencias familiares, prohibidas al personal.

Aquella noche Margot entró en el gimnasio negro y cromo procedente de la habitación de Mason, con los ojos arrasados en lágrimas.

—Pero, mujer —dijo Barney—, ¿qué te pasa?

—Nada, mierdas de familia, ¿qué te voy a contar? Estoy bien —respondió Margot.

Trabajó como una posesa, levantando más de la cuenta, más veces de las adecuadas.

En una ocasión Barney se acercó a coger una barra de discos y meneó la cabeza.

—Te vas a romper algo —le advirtió.

Ella seguía acelerando en una bicicleta fija cuando Barney decidió parar, se fue al vestuario y dejó que la humeante ducha hiciera desaparecer por el desagüe la larga jornada. Era una instalación sin tabiques con cuatro alcachofas superiores y otras tantas a la altura de la cintura y los muslos. A Barney le gustaba abrir un par de duchas y dejarlas converger sobre su oscuro corpachón.

En unos segundos quedó envuelto en una espesa niebla que lo aisló de todo salvo del agua que azotaba su cabeza. La ducha era uno de sus lugares de reflexión favoritos. Nubes de vapor. *Las nubes*. Aristófanes. Las explicaciones del doctor Lecter sobre el lagarto que se meó encima de Sócrates. Se le ocurrió que, antes de que lo aporreara el implacable martillo lógico del doctor Lecter, alguien como Doemling hubiera conseguido avasallarlo.

Cuando oyó el chorro de otra ducha, no le prestó mayor atención y siguió frotándose. Otros empleados usaban el gimnasio, aunque por lo general a primera hora de la mañana o a última de la tarde. Forma parte de la etiqueta masculina no prestar mucha atención a los demás usuarios de las duchas comunes de un gimnasio; sin embargo, Barney no pudo evitar preguntarse de quién se trataba. Esperaba que no fuera Cordell, que le ponía los pelos de punta. Era extraño que alguien hubiera acudido allí a aquellas horas. ¿Quién coño sería? Barney se dio la vuelta para que el agua le cayera sobre los hombros. Nubes de vapor, fragmentos del individuo que estaba a su lado, visibles entre los chorros como fragmentos de un fresco en una pared enyesada. Un hombro musculoso, una pierna… Una mano bien torneada restregando un grueso cuello y unas espaldas anchas, uñas rojo coral… Esa era la mano de Margot. Los dedos de los pies, también pintados. La pierna de Margot.

Barney volvió a meter la cabeza bajo el potente chorro de la ducha y respiró hondo. Al alcance de su mano, la figura se había vuelto y se frotaba con energía. Ahora se estaba lavando la cabeza. Aquel era el liso abdomen de Margot, sus pequeños pechos erguidos sobre los grandes pectorales, los pezones duros apuntando al chorro, las ingles de Margot, nudosas en el lugar donde el tronco se unía a los muslos, y eso tenía que ser la raja de Margot, enmarcada por una cresta rubia estrecha y desmochada con mimo.

Barney aspiró tanto aire como pudo y lo aguantó en los pulmones. Notaba el crecimiento del problema. La mujer brillaba como una yegua, hinchada al límite por la dura sesión de entrenamiento. Cuando su interés se hizo demasiado evidente, Barney se dio la vuelta. A lo mejor conseguía desentenderse de ella hasta que se marchara.

La ducha de al lado paró. En cambio, la voz se puso a hablar.

—Oye, Barney, ¿cómo están las apuestas por los Patriots?

—Con… con mi colega puedes conseguir Miami y cinco y medio.

Barney miró por encima del hombro.

Margot se estaba secando a la distancia justa para que el agua de la ducha de Barney no la alcanzara. El pelo empapado se le pegaba a los hombros. Ahora tenía la cara sonrosada y el rastro de las lágrimas había desaparecido. Tenía una piel preciosa.

—Entonces, ¿vas a aceptar los puntos? —le preguntó ella—. Las apuestas en la oficina de Judy están a…

Barney no podía mirar otra cosa. El vellón de Margot, perlado de gotitas, enmarcando el rosa de los pliegues. Tenía la cara ardiendo y una erección de caballo. Se sentía confuso y avergonzado. Volvió a ocurrírsele aquella idea desagradable. Nunca se había sentido atraído por los hombres. Margot, a pesar de todos sus músculos, era muy distinta a un hombre, y le gustaba.

Y, además, ¿qué era aquella mierda de ir a la ducha con él?

Cerró su ducha y se quedó frente a ella, chorreando. Sin pararse a pensarlo, le puso la mano en la mejilla.

—Por amor de Dios, Margot… —dijo, con la voz alterada.

Ella bajó los ojos.

—Maldita sea, Barney. No…

Barney estiró el cuello e, inclinándose hacia adelante, intentó besarla en cualquier parte de la cara sin tocarla con el miembro, pero no pudo evitarlo. Ella se apartó y miró el hilillo de cristalino fluido que salía del hombre y lo unía a su vientre liso; como un rayo, le plantó en el pecho un antebrazo digno de un defensa, que le hizo perder el equilibrio y lo dejó sentado sobre el suelo de la ducha.

—Jodido bastardo —farfulló Margot—. Tenía que habérmelo imaginado. ¡Cabrón! Coge tu cosa y métetela por el culo.

Barney se levantó y salió del vestuario. Se puso la ropa sin secarse y se fue del gimnasio sin abrir la boca.

La habitación de Barney estaba en un edificio separado de la casa, unas antiguas cuadras con techo de pizarra convertidas en garajes con apartamentos en el piso superior. Por la noche se quedaba hasta tarde tecleando en su ordenador portátil. Estaba intentando concentrarse en el curso que seguía por Internet cuando sintió temblar el suelo, como si alguien enorme subiera las escaleras.

Un ligero golpe en la puerta. Cuando la abrió, se encontró con Margot, envuelta en un jersey grueso y cubierta con un gorro de lana.

—¿Puedo entrar un momento?

Barney se miró los pies unos segundos y luego se hizo a un lado.

—Barney, oye, siento lo que ha pasado —le dijo—. Me ha entrado el pánico. Quiero decir, la he cagado y después me he asustado. Me gustaba que fuéramos amigos.

—A mí también.

—Pensaba que podíamos ser, no sé, como colegas.

—Venga, Margot. Yo también dije que quería que fuéramos amigos, pero no soy un puto eunuco. Te has metido en la jodida ducha conmigo. Y estabas impresionante, eso no es culpa mía. Entras desnuda en la ducha y me veo delante dos cosas que me gustan un montón.

—Yo y un coño —dijo Margot.

Se sorprendieron riéndose al mismo tiempo.

Margot se le acercó y lo atrapó con un abrazo que hubiera lesionado a cualquiera menos fuerte que Barney.

—Escucha, si tuviera que haber un tío, serías tú. Pero no es lo mío. De verdad que no. Ni ahora ni nunca.

Barney asintió.

—Lo sé. Ha sido superior a mis fuerzas.

Se quedaron callados unos instantes sin deshacer el abrazo.

—¿Quieres que intentemos ser amigos?

Barney lo pensó por un momento.

—Claro. Pero tendrás que poner un poco de tu parte. A ver qué te parece el trato: voy a hacer un esfuerzo enorme para olvidar lo que he visto en la ducha, y tú no volverás a enseñármelo nunca más. Y tampoco me enseñes las tetas, ya puestos. ¿Qué te parece?

—Puedo ser muy buena amiga, Barney. Ven a casa mañana. Judy cocina y yo no me quedo atrás.

—De acuerdo, pero seguro que no cocinas mejor que yo.

—Ponme a prueba —lo retó Margot.

62

El doctor Lecter sostuvo una botella de Château Pétrus a contraluz. El día anterior la había sacado del botellero y dejado en posición vertical por si tenía posos. Miró el reloj y decidió que era el momento de abrirla.

Aquel era el tipo de cosas que el doctor Lecter consideraba un serio riesgo, superior a los que le gustaba correr. No quería ser brusco. Quería disfrutar el color del vino en una jarra de cristal. ¿Y si, por descorchar la botella demasiado pronto, descubría que no había ningún exquisito aroma que pudiera perderse al decantarla en el recipiente? La luz reveló un poco de sedimento.

Sacó el corcho con el mismo cuidado con que hubiera trepanado un cráneo, y dejó la botella en el escanciador, que mediante una manivela y un husillo inclinaba la botella milímetro a milímetro.

Esperó a que el aire salino hiciera su trabajo; luego, decidiría.

Encendió un fuego de carbón vegetal y se sirvió una copa de Lillet con hielo y una rodaja de naranja mientras consideraba el *fond* en el que había trabajado durante días. Para preparar el caldo había seguido las inspiradas indicaciones de Alejandro Dumas.

Tres días antes, a su regreso del bosque, había añadido a la cacerola un rollizo cuervo que se había estado atiborrando de bayas de enebro. Las pequeñas plumas negras habían flotado en las aguas tranquilas de la bahía. Las remeras las había conservado para hacer plectros para su clavicémbalo.

El doctor Lecter machacó sus propias bayas de enebro y empezó a freír chalotas en una sartén de cobre. Ató un manojo de hierbas frescas haciendo un impecable nudo quirúrgico a un cordel de algodón, y les echó encima el caldo utilizando un cucharón.

Sacó de la cazuela de cerámica un solomillo, que la salsa había vuelto oscuro y jugoso. Lo escurrió, lo enrolló sobre sí mismo y lo ató procurando que tuviera el mismo diámetro a todo lo largo.

Al cabo de un rato el fuego estuvo en su punto, con el carbón bien apilado formando una meseta. El filete siseó sobre la parrilla y el humo formó en el jardín una espiral azul que parecía danzar al compás de la música de los altavoces. El doctor Lecter estaba oyendo la conmovedora composición de Enrique VIII *Si el puro amor nos gobernara.*

Bien entrada la noche, con los labios tintos en Château Pétrus y una copa pequeña de cristal coloreada por el tono miel del Château d'Yquem reposando en el pedestal, el doctor Lecter interpretaba a Bach. En su mente Starling corría sobre las hojas caídas en el bosque. Los ciervos se espantaron y ascendieron la colina en la que permanecía sentado, completamente inmóvil. Corriendo, corriendo, llegó a la segunda de las *Variaciones Goldberg*, mientras la llama de la vela lanzaba reflejos sobre sus manos. Una sutura en la música, un atisbo de nieve manchada de sangre y dientes sucios, esta vez tan solo unas décimas de segundo que acabaron con un chasquido nítido, el proyectil de una ballesta atravesando un cráneo, y volvió a ver el hermoso bosque, fluyó la música, y Starling, nimbada de un halo de luminoso polen, se perdió de vista con la cola de caballo agitándose como la de un ciervo blanco, y sin más interrupciones el doctor interpretó el movimiento hasta el final; el silencio aterciopelado que siguió estaba tan lleno de matices como el Château d'Yquem.

El doctor Lecter sostuvo la copa ante la vela, que brillaba tras ella como el sol en el agua, y el vino adquirió el color del sol invernal en la piel de Clarice Starling. Faltaba poco para su cumpleaños, recordó el doctor. Se preguntó si le quedaría alguna botella de Château d'Yquem de la cosecha del año en que había nacido. ¿Por qué no hacer un regalo a Clarice Starling, que tres semanas más tarde habría vivido tanto como Cristo?

63

En el momento en que el doctor Lecter levantaba su copa al trasluz de la vela, A. Benning, que se había quedado hasta tarde en el laboratorio de ADN, levantó su última emulsión hacia la luz y observó las tinturas roja, azul y amarilla de las líneas de electroporesis. La muestra utilizada consistía en células obtenidas del cepillo de dientes del Palazzo Capponi enviado en la valija diplomática italiana.

—Vaya, vaya —murmuró, y llamó al número de Starling en Quantico.

Le respondió Eric Pickford.

—Hola, ¿puedo hablar con Clarice Starling, por favor?

—Ya se ha marchado. Yo estoy de guardia, ¿en qué puedo ayudarla?

—¿Tiene un número de busca donde pueda localizarla?

—Mire, está aquí, pero en el otro teléfono. ¿Qué ha conseguido?

—¿Hará el favor de decirle que ha llamado Benning, del laboratorio de ADN? Por favor, dígale que lo del cepillo de dientes y la pestaña de la flecha coinciden. Es el doctor Lecter. Y dígale que me llame.

—Por supuesto, se lo diré enseguida. Déme su extensión. Muchas gracias.

Starling no estaba en la otra línea. Pickford llamó a Paul Krendler a su casa.

Al ver que Starling no la llamaba al laboratorio, la analista se sintió un tanto decepcionada. A. Benning había dedicado a aquello un montón de tiempo extra. Se fue a casa mucho antes de que Pickford se decidiera a llamar a Starling.

Mason estuvo al corriente una hora antes que la agente especial.

Habló brevemente con Krendler, tomándose su tiempo, dejando que la máquina le fuera mandando oxígeno. Tenía la mente muy clara.

—Es el momento de poner a Starling fuera de circulación, antes de que decidan preparar una encerrona y la pongan de cebo. Es viernes, tenemos todo el fin de semana. Mueve el culo, Krendler. Suelta lo del anuncio y échala a la calle, le ha llegado la hora. Y Krendler...

—Me gustaría que al menos...

—... límitate a hacer lo que te digo, y cuando recibas

la próxima postal de las islas Caimán tendrá un número completamente nuevo escrito debajo del sello.

—De acuerdo, yo... —empezó a decir Krendler, pero la comunicación se cortó.

La breve conversación había cansado a Mason más de lo normal.

Para acabar, antes de hundirse en un sueño intranquilo, hizo venir a Cordell y le dijo:

—Manda traer los cerdos.

64

Exige mayor esfuerzo físico mover a un cerdo semisalvaje contra su voluntad que secuestrar a un hombre. Los cerdos son más difíciles de sujetar que los hombres, los grandes son más fuertes que cualquier hombre y no se los puede intimidar con un arma. Si se quiere conservar íntegros el abdomen y las piernas, no hay que perder de vista los colmillos.

Por instinto, los jabalíes procuran eviscerar a su adversario cuando se enfrentan a las especies plantígradas, como el hombre y el oso. No desjarretan de forma espontánea, pero aprenden a hacerlo deprisa.

Si se necesita mantener vivo al animal, no se lo puede aturdir con un *shock* eléctrico, pues los cerdos son proclives a sufrir fibrilaciones coronarias fatales.

Carlo Deogracias, el porquero mayor, tenía paciencia de cocodrilo. Había probado a sedarlos usando la misma acepromacina que destinaba al doctor Lecter. Ahora sabía con exactitud la dosis necesaria para dormir a un jabalí de cien kilos y los intervalos de administración para mantenerlo inmóvil hasta catorce horas seguidas sin efectos secundarios duraderos.

Dado que la empresa de los Verger era una importadora-exportadora a gran escala de animales y asociada permanente del Departamento de Agricultura en la experimentación de programas de cría, los cerdos de Mason se encontraron el camino expedito. El formulario 17-129 del Servicio Veterinario se envió por fax a la Inspección de Salud Animal y Vegetal de Riverdale, Maryland, en la forma reglamentaria, junto con los certificados veterinarios de Cerdeña y una tasa de treinta y nueve dólares con cincuenta por cincuenta tubos de semen congelado que Carlo iba a introducir en el país.

Los permisos correspondientes llegaron también por fax, junto con una dispensa de la usual cuarentena porcina de Key West y una confirmación de que un inspector enviado ex profeso evitaría que los animales encontraran problemas en el Aeropuerto Internacional Baltimore-Washington.

Carlo y sus ayudantes, los hermanos Piero y Tommaso Falcione, habían construido las jaulas. Eran sólidas, tenían puertas de guillotina en cada extremo y estaban lijadas y acolchadas por dentro. En el último minuto se acordaron de embalar el espejo del burdel. Las fotografías que mostraban el reflejo de los cerdos enmarcado en molduras rococó habían hecho las delicias de Mason.

Con amoroso cuidado, Carlo drogó a los dieciséis cerdos, cinco jabalíes criados en el mismo corral y once hembras, una de ellas preñada, ninguna en celo. Una vez inconscientes, los examinó uno por uno con detalle. Comprobó los afilados dientes y las puntas de los colmillos con los dedos; sostuvo sus terribles cabezas con las manos; miró al interior de los ojillos entelados; afinó el oído para asegurarse de que los conductos respiratorios estaban despejados; y sacudió sus elegantes tobillos. Después los arrastró sobre lonas al interior de las jaulas de madera y dejó caer las puertas.

Los camiones descendieron ruidosamente de las montañas de Gennargentu hasta Cagliari. En el aeropuerto los esperaba un aerobús de carga de la compañía Count Fleet Airlines, especializado en el transporte de caballos de carreras. Aquel aparato solía llevar y traer caballos norteamericanos que competían en Dubai. En esa ocasión transportaba solo uno, recogido en Roma, y no hubo manera de tranquilizarlo en cuando percibió el olor a salvajina; relinchó y coceó su estrecho pesebre acolchado hasta que la tripulación tuvo que sacarlo y dejarlo en tierra, lo que más tarde estuvo a punto de costarle a Mason una fortuna, pues se vio obligado a pagar el transporte del animal y una compensación a su dueño para evitar una querella.

Carlo y sus ayudantes volaron con los cerdos en la apretada bodega del carguero. Cada media hora, el porquero jefe hacía una visita a cada uno de los animales, les ponía la mano en el áspero costado y sentía los zambombazos de su salvaje corazón.

Por más que estuvieran sanos y tuvieran buen apetito, no podía pedirse a dieciséis cerdos que se zamparan al doctor Lecter de una sentada. Les había costado un día dar entera cuenta del cineasta.

En la primera sesión, Mason quería que el doctor Lecter viera cómo le comían los pies. Durante la noche lo mantendrían vivo con una solución salina intravenosa, a la espera del segundo plato.

Mason había prometido a Carlo que le permitiría pasar una hora con el doctor entre plato y plato.

El segundo día, los animales podrían vaciarlo y comerse la carne de las paredes del vientre y de la cara en una hora; cuando la primera tanda con los cerdos mayores y la cerda preñada se retirara ahíta, la segunda ola correría a la mesa. Para entonces, la diversión se habría acabado de todos modos.

<h1 style="text-align:center">65</h1>

Era la primera vez que Barney iba al granero. Entró por una puerta lateral practicada bajo las galerías de asientos que rodeaban las dos terceras partes de un viejo ruedo. Vacío y silencioso salvo por el zureo de las palomas en las vigas del techo, el lugar seguía conservando un cierto aire de expectación. Tras el podio del subastador se extendía el corral abierto. Grandes puertas dobles daban a las cuadras y la guarnicionería.

Barney oyó voces y gritó un «¡Hola!».

—En la guarnicionería, Barney, entra —dijo la profunda voz de Margot.

Era un lugar alegre, con las paredes llenas de arneses y hermosas sillas de montar, e impregnado de olor a cuero. Los cálidos rayos de sol que se colaban por las ventanas polvorientas, justo debajo de los tirantes, lustraban los aparejos y las pacas de heno. Un sobrado abierto a lo largo de uno de los lados daba al pajar del granero.

Margot estaba recogiendo las riendas y los cepillos de los caballos. Su cabello era más claro que la paja y sus ojos, tan azules como el sello de inspección de la carne.

—Hola —dijo Barney desde la puerta.

El lugar le parecía un tanto teatral, pensado para las visitas infantiles. Por su altura y la inclinación de la luz, recordaba a una iglesia.

—Hola, Barney. Echa un vistazo por ahí, la comida estará lista en veinte minutos.

La voz de Judy Ingram llegó del piso superior.

—Barneeeeeey. Buenos días. ¡Espera a ver lo que tenemos para comer! Margot, ¿quieres que probemos a comer fuera?

Los sábados Margot y Judy acostumbraban a cepillar la variopinta recua de rollizos Shetlands adiestrados para que los montaran los niños de visita, y solían preparar una comida al aire libre.

—Vamos a probar en la fachada sur del granero, al sol —dijo Margot.

Las dos mujeres parecían demasiado predispuestas a gorjear. Cualquier persona con la experiencia hospitalaria de Barney sabe que un exceso de gorjeos no presagia nada bueno para el agasajado.

La guarnicionería estaba presidida por un cráneo de caballo colgado al alcance de la mano en una de las paredes, con la brida y las anteojeras puestas, y engalanado con los colores de la cuadra Verger.

—Te presento a *Sombra fugaz*, que ganó la carrera de Lodgepoles del cincuenta y dos, el único ganador que tuvo mi padre —dijo Margot—. Era demasiado roñoso para hacer que lo disecaran. —Se quedó mirando la calavera y añadió—: Es igualito que Mason, ¿no te parece?

En un rincón había una fragua y un fuelle. Margot había encendido un pequeño fuego de carbón para caldear el granero. En la lumbre hervía una cacerola que esparcía olor a sopa.

Sobre un banco de trabajo podía verse un juego completo de herramientas de herrero. Margot cogió un martillo de mango corto y abultada cabeza. Con sus fuertes brazos y su amplio tórax hubiera podido ganarse la vida haciendo trabajos de forja o herrando caballerías, aunque sus puntiagudos pectorales no hubieran pasado desapercibidos.

—¿Podéis echarme las mantas? —les pidió Judy.

Margot cogió una pila de mantas de caballo recién lavadas y con un impulso del recio brazo la lanzó describiendo un arco al piso superior.

—Bueno, voy a lavarme y a sacar las cosas del jeep. Comemos en quince minutos, ¿vale? —dijo Judy, bajando la escalera de mano.

Barney, que se sentía vigilado por Margot, no prestó atención al trasero de Judy. Había varias balas de paja con mantas dobladas encima. Margot y Barney las utilizaron como asientos.

—Lástima que no puedas ver los ponis. Se los han llevado al establo de Lester —dijo Margot.

—He oído los camiones esta mañana. ¿Cómo es eso?

—Cosas de Mason.

Se produjo un silencio. Siempre se habían sentido cómodos sin necesidad de hablar, pero esta vez fue distinto.

—Mira, Barney, llega un punto en que ya no hay más que hablar, a menos que se esté dispuesto a hacer algo. ¿No crees que nosotros hemos llegado a ese punto?

—¿Cómo en una aventura o algo así? —dijo Barney. La desafortunada comparación quedó flotando entre los dos.

—¿Una aventura? —dijo Margot—. Te estoy ofreciendo algo mil veces mejor que eso. Ya sabes de lo que hablo.

—Perfectamente —admitió Barney.

—Pero, si decidieras no hacer ese algo, y más tarde ocurriera de todos modos, ¿comprendes que no podrías venir a verme y sacarlo a relucir?

Se golpeó la palma de la mano con el martillo de herrero, tal vez de forma inconsciente, mientras lo miraba con sus azules ojos de carnicera.

Barney había visto toda clase de actitudes a lo largo de su vida, y había sobrevivido aprendiendo a interpretarlas. Ahora veía que aquella mujer hablaba en serio.

—Lo sé.

—Lo mismo que si hiciéramos algo. Seré muy generosa una vez y solo una. Pero será más que suficiente. ¿Quieres saber cuánto?

—Margot, durante mi turno no le va a pasar nada. Al menos mientras esté recibiendo su dinero por cuidarlo.

—Pero ¿por qué, Barney?

Sentado en la bala de paja, Barney encogió los anchos hombros.

—Porque un trato es un trato.

—¿A eso lo llamas un trato? Esto sí que es un trato —dijo Margot—. Cinco millones de dólares, Barney. Los mismos que Krendler piensa conseguir por vender al FBI, si quieres saberlo.

—Estamos hablando de conseguir suficiente semen de Mason para que Judy se quede preñada, ¿no?

—Y de algo más que eso. Sabes que si le sacas su cosa y lo dejas vivo, te cogerá, Barney. No podrás huir lo bastante lejos. Irás a parar a los cerdos.

—¿Adónde?

—¿Qué significa eso, Barney, ese *Semper fi* que llevas en el brazo?

—Cuando acepté su dinero dije que cuidaría de él. Mientras trabaje para él no pienso tocarle un pelo.

—Pero si no tendrás que hacerle nada, excepto la parte médica, después de muerto. Yo no puedo tocarlo ahí. No puedo hacerlo otra vez. Y puede que necesite tu ayuda con Cordell.

—Si matas a Mason, solo tendrás una ración —dijo Barney.

—Tendremos cinco centímetros cúbicos. Hasta el esperma más pobre, bien administrado, nos daría para cinco inseminaciones, podríamos hacerlo *in vitro*… La familia de Judy es muy fértil.

—¿No has pensado en comprar a Cordell?

—No. No cumpliría el trato. Su palabra no vale una

mierda. Tarde o temprano volvería pidiendo más. Lo mejor es que desaparezca.

—Veo que lo has pensado bien.

—Sí… Mira, Barney, no tienes más que controlar el cuarto del enfermero. Las constantes de los monitores quedan grabadas, hasta el último segundo. Pero el circuito de televisión solo actúa en vivo, no hay cinta de vídeo en marcha. Nosotros… yo meto la mano en el armazón del respirador y le inmovilizo el pecho. El monitor reflejará el funcionamiento del respirador. Cuando el ritmo cardiaco y la presión sanguínea muestren un cambio, entras a toda prisa y él estará inconsciente, y puedes intentar revivirlo tanto como quieras. Lo único que tienes que hacer es no darte cuenta de que yo estoy allí. Y yo sigo presionándole el pecho hasta que esté muerto. Has ayudado en un montón de autopsias, Barney. ¿Qué es lo primero que buscan cuando sospechan una asfixia provocada?

—Hemorragias tras los párpados.

—Mason no tiene párpados.

Margot había hecho los deberes, y estaba acostumbrada a comprar cualquier cosa. Y a cualquiera.

Barney la miró a la cara pero mantuvo el martillo dentro de su ángulo de visión mientras contestaba.

—No, Margot.

—Si hubiera dejado que me follaras, ¿lo harías?

—No.

—Si te hubiera follado yo, ¿lo harías?

—No.

—Si no trabajaras aquí, si no tuvieras ninguna responsabilidad médica hacia él, ¿lo harías?

—Probablemente no.

—¿Es cuestión de ética o puro canguelo?

—No lo sé.

—Pues vamos a comprobarlo. Estás despedido, Barney.

Él asintió, no especialmente sorprendido.

–Y Barney… –La mujer se llevó un dedo a los labios–. Chist. ¿Me das tu palabra? ¿Hace falta que te diga que podría aplastarte con tus antecedentes de California? No es necesario, ¿verdad?

–No tienes por qué preocuparte –dijo Barney–. Soy yo el que tengo motivos. No sé qué forma tiene Mason de despedir a la gente. Puede que desaparezcan sin más.

–Tú tampoco tienes de qué preocuparte, le diré a Mason que has cogido la hepatitis. Y apenas sabes nada de sus asuntos; solo que está intentado ayudar a la ley. Además, Mason sabe lo de tus antecedentes, te dejará marchar.

Barney se preguntó a quién habría encontrado más interesante el doctor Lecter durante las sesiones de terapia, si a Mason Verger o a su hermana.

66

Era de noche cuando el largo camión plateado se detuvo ante el granero de Muskrat Farm. Llegaban con retraso y con los nervios de punta.

Los trámites en el Aeropuerto Internacional Baltimore-Washington habían ido como la seda al principio; el inspector del Departamento de Agricultura selló la entrada de los dieciséis cerdos. Aunque tenía los conocimientos de un experto en la materia, era la primera vez que veía unos animales semejantes.

Luego, Carlo Deogracias echó un vistazo al interior del camión. Era un vehículo para el transporte de ganado y olía como tal, además de mostrar la huella de sus anteriores inquilinos en las numerosas grietas. Carlo no estaba dispuesto a descargar sus cerdos. El avión tuvo que esperar hasta que el airado conductor, Carlo y Piero Falcione encontraron otro camión más a propósito para transportar las jaulas, localizaron un lavadero de camiones con una manguera de vapor y limpiaron el interior de la caja.

Una vez ante la entrada principal de Muskrat Farm, se presentó el último inconveniente. El guarda comprobó el tonelaje del vehículo y se negó a dejarles paso alegando que superaban el límite de un puente ornamental. Los encaminó hacia la carretera de servicio que atravesaba el parque nacional. Las ramas de los árboles arañaban el techo del vehículo mientras recorrían los tres últimos kilómetros.

Carlo contempló satisfecho el granero enorme y limpio de Muskrat Farm. Le hizo gracia el pequeño elevador de carga que trasladó las jaulas hasta las cuadras de los ponis con exquisita delicadeza.

Cuando el conductor del camión se acercó blandiendo una aguijada eléctrica y se ofreció a azuzar a uno de los cerdos para comprobar hasta qué punto estaba drogado, Carlo le arrebató el instrumento y lo asustó de tal modo que no se atrevió a pedirle que se lo devolviera.

Carlo pensaba dejar que los animales se recuperaran de los sedantes en la semioscuridad, sin permitirles salir de las jaulas hasta que estuvieran sobre sus cuatro patas y alerta. Le preocupaba que los primeros en despertarse decidieran atacar a los que siguieran drogados. Cualquier bulto acostado atraía su atención cuando la piara no dormitaba al mismo tiempo.

Piero y Tommaso se veían obligados a extremar las precauciones desde que la manada devoró a Oreste el cineasta y más tarde a su ayudante congelado. No podían estar en el corral o en los pastos con ellos. Los cerdos no los amenazaban, tampoco hacían rechinar los dientes como hacen los jabalíes; se limitaban a mirar a los hombres con la espeluznante terquedad propia de los cerdos, e iban aproximándose de soslayo hasta que estaban lo bastante cerca para cargar.

Carlo, con la misma terquedad, no descansó hasta haber recorrido linterna en mano la valla que rodeaba el prado boscoso adyacente a la gran masa forestal del parque nacional.

Cavó en la tierra con la navaja para examinar el mantillo y encontró bellotas. Mientras se acercaban con el camión, había oído arrendajos graznando a las últimas luces y consideró que probablemente habría acebos. Sin duda, en aquel campo vallado crecían robles blancos, aunque esperaba que no demasiados. No quería que los animales encontraran su alimento en el suelo, como hubieran hecho con facilidad en el bosque abierto.

A todo lo largo del fondo abierto del granero, Mason había hecho construir una sólida barrera con una puerta holandesa como la de Cerdeña.

Tras la seguridad de aquella barrera, Carlo podría alimentarlos lanzándoles ropa rellena con pollos, patas de cordero y hortalizas al centro del corral.

No estaban domesticados, pero no tenían miedo de los hombres ni del ruido. Ni siquiera Carlo podía entrar en el corral. Los cerdos no son como otros animales. Hay en ellos una chispa de inteligencia y un terrible sentido práctico característicos de la especie. Aquellos no eran del todo hostiles. Simplemente, les gustaba la carne humana. Eran ligeros de patas como un miura, capaces de maniobrar como un perro pastor, y sus movimientos en torno a los cuidadores tenían el siniestro empaque de la premeditación. Tras uno de los ensayos, Piero pasó un mal rato cuando intentó recuperar una de las camisas para volver a utilizarla.

Nunca se había visto unos cerdos como aquellos, mayores que el jabalí europeo e igual de salvajes. Carlo se sentía su creador. Sabía que el trabajo que llevarían a cabo, el mal que destruirían, le proporcionaría más crédito del que pudiera necesitar en el más allá.

Hacia medianoche todo el mundo dormía en el granero. Carlo, Piero y Tommaso descansaban libres de sueños en el altillo de la guarnicionería, mientras los cerdos roncaban en sus jaulas, empezando a trotar en sueños con sus elegantes patas y a intentar levantarse sobre la lona limpia en algunos casos. La calavera del caballo de carreras, *Sombra fugaz*, débilmente iluminada por las brasas del horno de herrero, no perdía detalle.

67

Atacar a una agente del Bureau Federal de Investigación con la prueba amañada por Mason era un salto enorme para Krendler. De hecho, lo dejó casi sin aliento. Si la fiscal general lo cogía, lo aplastaría como a una cucaracha.

Excepto por el riesgo personal, la cuestión de arruinar la carrera de Clarice Starling no le quitaba el sueño como lo hubiera hecho acabar con la de un hombre. Un agente tenía una familia que mantener, como el propio Krendler, que mantenía la suya, por muy codiciosa y desagradecida que fuera.

Y estaba claro que Starling tenía que desaparecer. Si la dejaban a su aire, siguiendo las pistas con sus ridículas habilidades femeninas, encontraría a Hannibal Lecter. Si eso ocurría, Mason Verger no le daría nada.

Cuanto antes la privaran de sus recursos y la pusieran de patitas en la calle, a hacer de cebo, tanto mejor.

En su ascensión al poder, Krendler había acabado con otras carreras, primero como fiscal con ambiciones políticas, más tarde en el Departamento de Justicia. Sabía por experiencia que arruinar la carrera de una mujer es más fácil que perjudicar a un hombre. Si una mujer consigue un ascenso que ninguna mujer debiera obtener, lo más eficaz es decir que lo ha conseguido boca arriba.

Sería imposible acusar a Starling de eso, reflexionó Krendler. De hecho, no se le ocurría nadie más necesitado de un polvo salvaje en todo el escalafón. A veces imaginaba el abrasivo acto mientras se hurgaba la nariz.

Krendler no hubiera sido capaz de explicar su animosidad hacia Starling. Era visceral y procedía de una parte de sí mismo que no se atrevía a visitar. Un lugar con fundas en las sillas y una lámpara con pantalla abovedada, puertas con picaporte y persianas de manubrio, y una chica con la pinta de Starling pero sin su sentido común, con las bragas alrededor de un tobillo preguntándole cuál era su jodido problema, y por qué no venía y se lo hacía, y que si era uno de esos maricas, uno de esos maricas, uno de esos maricas…

Si no se sabía la clase de ingenua que era Starling, reflexionó Krendler, su carrera tal como la habían reflejado los medios era mucho mejor de lo que sus escasos ascensos indicaban, tenía que admitirlo. Por suerte, había recibido pocas recompensas a su labor. Añadiendo la ocasional gota de veneno a su hoja de servicios a lo largo de los años, Krendler había conseguido influir en el comité de ascensos del FBI lo suficiente para bloquear varias misiones golosas que estuvieron a punto de asignarle; la actitud independiente y la falta de tacto de la mujer habían hecho el resto con eficacia.

Mason no estaba dispuesto a esperar la resolución del asunto del mercado de Feliciana. Además, no había garantía de que la mierda salpicara a Starling en una vista. La muerte de Evelda Drumgo y los demás había sido el resultado de una cadena de errores de seguridad, eso era indiscutible. Había sido un milagro que Starling consiguiera salvar al jodido negrito. Otra boca que alimentar con dinero público. Arrancar la costra de tan feo asunto hubiera resultado fácil, pero era una forma poco gobernable de acabar con Starling.

La idea de Mason era mejor. Sería rápida y la dejaría fuera de combate. El momento era oportuno.

Un axioma de Washington, corroborado en la práctica más veces que el teorema de Pitágoras, afirma que en presencia de oxígeno un pedo sonoro con un culpable evidente hará pasar desapercibidas muchas emisiones menores en la misma habitación, con tal de que sean casi simultáneas.

Ergo, el juicio por *impeachment* estaba distrayendo al Departamento de Justicia lo suficiente para que él pudiera darle el pasaporte a Starling.

Mason quería que la prensa cubriera la noticia para que el doctor Lecter se enterara. Pero Krendler debía hacer aparecer la cobertura como un accidente desafortunado. Por suerte se le presentaba una ocasión que le venía como anillo al dedo: el cumpleaños del mismísimo FBI.

Krendler mantenía una conciencia domesticada con la que absolverse.

Ahora acudió a consolarlo: si Starling perdía su trabajo, en el peor de los casos el jodido antro de bolleras donde vivía Starling tendría que apañárselas sin antena parabólica para retransmisiones deportivas. Además, le estaría dando a un cañón suelto la oportunidad de caer al suelo y rodar hasta donde no pudiera volver a amenazar a nadie.

Un «cañón suelto» derribado dejaría de «mecer el barco», pensó, satisfecho y confortado como si dos metáforas navales constituyeran una ecuación lógica. Que el barco al mecerse moviera el cañón no le preocupaba en absoluto.

Krendler tenía una vida fantástica tan activa como su imaginación le permitía. Ahora, por puro placer, se imaginó a Starling vieja, con las tetas bamboleantes, las esbeltas piernas convertidas en masas celulíticas y varicosas, escaleras arriba y abajo con la colada, apartando la vista de las manchas de las sábanas, trabajando por el alojamiento en una pensión propiedad de una pareja de tortilleras viejas y bigotudas.

Se imaginó lo primero que le diría para celebrar su triunfo, una frase acabada en «conejito de granja».

Armado con la penetración psicológica del doctor Doemling, deseó estar cerca de ella cuando se quedara sin armas, para decirle sin parpadear: «Eres un poco mayorcita para seguir jodiendo con tu padre, hasta para una muerta de hambre del sur». Se repetía la frase mentalmente, e incluso consideró la posibilidad de escribirla en su libreta.

Krendler tenía el instrumento, la oportunidad y la mala baba necesarios para hundir la carrera de Starling, y cuando puso manos a la obra recibió la ayuda de la suerte y del servicio de correos italiano.

68

El cementerio de Battle Creek en las afueras de Hubbard es una pequeña cicatriz en el pelaje leonado del interior de Texas en diciembre. El viento silbaba, como silba siempre en aquel lugar. No merece la pena esperar que calle.

La nueva sección del cementerio tenía las losas a ras de tierra para facilitar la poda del césped. Aquel día un globo plateado en forma de corazón bailaba sobre la tumba de una niña que cumplía años. En la parte vieja cortaban la hierba de los caminos a menudo y los espacios entre las tumbas, tan a menudo como era posible. Trozos de cintas y tallos de flores secas se mezclaban con la tierra. Al fondo del cementerio había una montaña a donde iban a parar las flores marchitas. Entre el globo bamboleante y la montaña de deshechos, había una excavadora con el motor encendido y un joven negro al volante, mientras otro, de pie junto a ella, encendía un cigarrillo con una cerilla que protegía del viento ahuecando las manos…

—Señor Closter, quería que estuviera aquí para que se diera cuenta de a qué nos enfrentamos. Estoy seguro de que usted no recomendaría a los parientes del difunto que vieran esto —dijo el señor Greenlea, director de la funeraria Hubbard—. Ese féretro, y quiero volver a felicitarlo por su buen gusto, proporcionará una presentación de lo más digna, que es todo lo que necesitan ver. Me congratulo de poder hacerle el descuento profesional. Mi propio padre, que en paz descanse, reposa en uno exactamente igual.

Hizo una seña al conductor de la excavadora, cuya pala mordió la superficie herbosa y hundida de la tumba.

—¿No ha cambiado de parecer respecto a la lápida, señor Closter?

—No —respondió el doctor Lecter—. Los hijos quieren que esté bajo la misma que la madre.

Siguieron en el mismo sitio sin hablar, con el viento agitando las perneras de sus pantalones, hasta que la excavadora se detuvo a un metro de profundidad.

—Más vale que continuemos con las palas —dijo el señor Greenlea, y los dos trabajadores saltaron al hoyo y empezaron a cavar con un ritmo constante y eficaz—. Con cuidado. Ese primer ataúd no era gran cosa. Todo lo contrario del que tendrá a partir de ahora.

De hecho, la tapa del barato ataúd de madera prensada se había hundido sobre su ocupante. Greenlea hizo que sus empleados limpiaran la tierra de alrededor y pasaran una lona por el fondo, que había permanecido intacto. Levantaron la caja con la lona y la cargaron en la parte trasera de una camioneta.

En el garaje de la funeraria, sobre una mesa de caballete, se procedió a retirar los trozos de madera de la cubierta, que dejaron a la luz un esqueleto de buen tamaño.

El doctor Lecter lo examinó rápidamente. Una bala había astillado una costilla a la altura del hígado, y la parte izquierda de la frente presentaba una depresión fracturada y un agujero de bala. El cráneo, enmohecido pero bien conservado, tenía unos pómulos altos y prominentes, que el doctor había visto con anterioridad.

—La tierra no deja mucho —dijo el señor Greenlea.

Los restos podridos del pantalón y los jirones de una camisa vaquera tapaban los huesos. Los botones de perla habían caído entre las costillas. Un sombrero de ala ancha de fieltro marrón descansaba sobre el pecho. Tenía un rasguño en el ala y un agujero en la copa.

—¿Conocía usted al difunto? —le preguntó el doctor Lecter.

—Nuestro grupo de empresas compró este negocio y se hizo cargo del cementerio en 1989 —le informó el señor Greenlea—. Ahora vivo en la ciudad, pero las oficinas centrales están en Saint Louis. ¿Quiere ver si podemos conservar la ropa? O puedo proporcionarle un traje, pero no creo…

—No —dijo el doctor Lecter—. Cepillen los huesos y tiren todo lo demás excepto el sombrero, el cinturón y las botas, guarden las falanges de las manos y los pies en bolsas y envuélvanlos en el mejor sudario de seda que tengan, con el cráneo y los demás huesos. No es necesario que los compaginen. ¿Quedarse con la lápida les compensa de volver a tapar la fosa?

—Sí, basta con que firme aquí, y le daré copias de esos otros certificados —dijo el señor Greenlea, más que satisfecho por la venta realizada. Cualquier otro director de funeraria que hubiera llegado a por un cadáver habría facturado los huesos en una caja de cartón y vendido a la familia un ataúd de los suyos.

Los papeles de la exhumación cumplían escrupulosamente las normas del Código de Salud y Seguridad de Texas, sección 711.004, como el doctor bien sabía, pues los había hecho él mismo, para lo que había extraído los requisitos y facsímiles de los impresos de las páginas web de la Biblioteca Legal de la Asociación de Condados de Texas.

Los dos trabajadores, agradecidos por la plataforma neumática de la parte posterior de la camioneta alquilada por el doctor Lecter, colocaron el ataúd en su sitio y lo sujetaron a su plataforma con ruedas junto al otro único objeto cargado en el vehículo, un guardarropa de cartón.

—Qué buena idea llevar su propio armario. Así no se arruga el traje de ceremonias en la maleta, ¿verdad? —dijo el señor Greenlea.

En Dallas, el doctor sacó del ropero la funda de una viola y guardó en ella el bulto de huesos envueltos en seda, con el sombrero bien encajado en la parte de abajo y el cráneo dentro.

Sacó el ataúd de la camioneta y lo abandonó en el cementerio Fish Trap. Luego volvió al aeropuerto Dallas-Fort Worth, donde facturó la funda de la viola directamente a Filadelfia.

IV

FECHAS SEÑALADAS
EN EL CALENDARIO DEL HORROR

69

El lunes, Clarice Starling tuvo que comprobar las ventas de productos sofisticados del fin de semana, y su sistema tenía problemas que requerían la ayuda del técnico informático de la Unidad de Ingeniería. Incluso con listas drásticamente reducidas a dos o tres de las cosechas más selectas de cinco distribuidores de vinos caros, a dos proveedores de *foie gras* americano y a cinco colmados especializados, la cantidad de compras era formidable. Las llamadas de licorerías individuales a través del número de teléfono que figuraba en el boletín del Bureau tenían que introducirse una por una.

Basándose en la identificación del doctor Lecter como autor del asesinato del cazador de ciervos de Virginia, Starling redujo la lista a las compras realizadas en la costa este, excepto para el *foie gras* Sonoma. En París, Fauchon se había negado a cooperar. Starling no consiguió comprender lo que el empleado de Vera dal 1926, de Florencia, le decía por teléfono, y envió un fax a la Questura para pedir su ayuda por si el doctor Lecter encargaba trufas blancas.

Al final de la jornada de trabajo de aquel lunes diecisiete de diciembre, a Starling se le ofrecían doce posibles líneas de acción. Se trataba de combinaciones de compras realizadas con tarjetas de crédito. Un hombre había comprado una caja de Pétrus y un Jaguar con compresor de sobrecarga, con la misma American Express.

Otro había encargado una caja de Bâtard-Montrachet y una caja de ostras verdes de la Gironda.

Starling comunicó cada posibilidad a las oficinas locales del Bureau para que las investigaran.

Starling y Eric Pickford trabajaban en turnos distintos pero solapados para poder tener la oficina en activo durante el horario comercial.

En su cuarto día de trabajo allí, Pickford empleó parte del tiempo en programar las llamadas automáticas de su teléfono. No puso etiquetas en los botones.

Cuando salió a tomar café, Starling pulsó el primer botón. Respondió el propio Paul Krendler.

Starling colgó y se quedó pensativa. Era hora de irse a casa. Haciendo girar lentamente la silla contempló todos los objetos de la Casa de Hannibal. Las radiografías, los libros, la mesa puesta para uno. Después apartó las cortinas y salió.

El despacho de Crawford estaba abierto y vacío. El jersey que le había tejido su difunta esposa colgaba en el perchero del rincón. Starling alargó la mano hacia la prenda, pero no llegó a tocarla. Se echó el abrigo al hombro e inició el largo camino hasta su coche.

Nunca volvería a ver Quantico.

70

Al atardecer del diecisiete de diciembre, sonó el timbre de Clarice Starling. En el camino de acceso al garaje vio el coche de un policía federal detrás de su Mustang.

Era Bobby, el mismo que la había traído a casa desde el hospital después del tiroteo en el mercado de Feliciana.

—Hola, Starling.

—Hola, Bobby. Entra.

—Me gustaría, pero antes tengo que decirte algo. Me han dado un pliego para que te lo entregue.

—Bueno, hombre, pues dámelo en casa, que se está mejor —le dijo Starling, helada en mitad de la corriente.

La comunicación, con el membrete del inspector general del Departamento de Justicia, la intimaba a aparecer ante una comisión a la mañana siguiente, dieciocho de diciembre, a las nueve en punto, en el edificio J. Edgar Hoover.

—¿Quieres que te lleve mañana? —ofreció el policía.

Starling negó con la cabeza.

—Gracias, Bobby, iré con mi coche. ¿Quieres un café?

—Te lo agradezco, pero no puedo. Lo siento, Starling —dijo el hombre, con evidentes ganas de marcharse. Se produjo un silencio incómodo—. Veo que tienes mejor la oreja —dijo al fin.

Starling le dijo adiós con la mano mientras el coche retrocedía por el camino de acceso.

La notificación se limitaba a ordenarle que se presentara. No ofrecía ninguna explicación.

Ardelia Mapp, veterana de las guerras intestinas del Bureau y azote del corporativismo machista del organismo federal, se puso de inmediato a preparar el té medicinal más fuerte que encontró, regalo de su abuela y famoso por levantar los ánimos. Starling temía aquel té, pero no había excusa que valiera.

Mapp dio golpecitos al membrete con el dedo.

—El inspector general no tiene una mierda que decirte —soltó entre dos sorbos—. Si nuestra Oficina de Responsabilidad Profesional tuviera algo de qué acusarte, o lo tuviera la del Departamento de Justicia, tendrían que comunicártelo, tendrían que entregarte un pliego de cargos. Tendrían que darte un jodido 645 o un 644 con los cargos bien claros, y si la acusación fuera criminal tendrías un abogado, puertas abiertas, todo lo que se les da a los criminales, ¿verdad?

—Sí, claro.

—En cambio, de esta forma te acojonan por adelantado. El inspector general es un cargo político, puede encargarse de cualquier caso.

—Pues se ha encargado de este.

—Con Krendler metiendo cizaña. Sea lo que sea, si decides que quieres ir con uno de los de Igualdad de Oportunidades, tengo todos los números. Ahora, escúchame, Starling. Tienes que decirles que quieres que se grabe. Al inspector general las declaraciones firmadas se la traen floja. Lonnie Gains se llenó de mierda hasta el cuello por eso. Guardan un atestado de lo que dices, pero a veces cambia después de que lo has dicho. Ni siquiera ves una transcripción.

Cuando Clarice Starling llamó a Jack Crawford, la voz del hombre sonaba como si acabara de despertarse.

—No sé de qué se trata, Starling —le confesó—. Haré unas cuantas llamadas. Pero hay algo que sí sé; mañana estaré allí.

71

Era de día, y la blindada jaula de hormigón del edificio Hoover se cernía amenazante bajo un cielo lechoso.

En la era del coche bomba, la entrada principal y el patio están cerrados la mayoría de los días y el edificio, rodeado de viejos automóviles del Bureau que forman una improvisada barrera de protección.

La policía de Washington tiene la absurda política de dejar multas en algunos de los coches de la barrera un día sí y otro también; bajo los limpiaparabrisas se van formando fajos que el viento agita y desparrama calle abajo.

Un mendigo que se calentaba de pie sobre una reja de la acera llamó a Starling y levantó la mano. Tenía una mejilla manchada de color naranja de la Betadina de alguna sala de urgencias. Le tendió un vaso de plástico roto por los bordes. Starling buscó un dólar en su monedero y le dio dos inclinándose sobre el viciado aire caliente y el vapor.

—Dios la bendiga —dijo el hombre.

—Falta me hace —contestó Starling—. Deséeme suerte.

Pidió un café en el Au Bon Pain que había en la fachada del edificio que da a la calle Décima, como había hecho tantas veces a lo largo de los años. Lo necesitaba después de una noche en que apenas había pegado ojo, pero no quería que le entraran ganas de orinar durante la vista. Decidió no beberse más que la mitad.

Vio a Crawford por la ventana y lo alcanzó en la acera.

—¿Quiere compartir este café? Pediré otro vaso.

—¿Es descafeinado?

—No.

—Entonces, mejor no, o me pondré a dar saltos.

Parecía viejo y consumido. Una gota clara le colgaba de la punta de la nariz. Se apartaron de la corriente de empleados que se dirigía a la entrada lateral del cuartel general del FBI.

—No sé de qué va esta reunión, Starling. No han llamado a ningún otro de los que participaron en el asunto del mercado de Feliciana, al menos que yo sepa. Pero estaré a tu lado.

Starling le dio un pañuelo de papel y se unieron a la ininterrumpida columna del turno de mañana.

Starling pensó que los oficinistas tenían un aspecto inusualmente elegante.

—Hoy es el noventa aniversario del FBI. Bush vendrá a soltar un discurso —le recordó Crawford.

En la calle lateral había cuatro furgonetas de televisión con antena de conexión vía satélite.

Un equipo de filmación de la cadena WFUL montado en la acera grababa a un individuo joven con el pelo cortado a navaja que hablaba a un micrófono de mano. Un ayudante de producción subido al techo de la furgoneta vio acercarse entre la multitud a Starling y Crawford.

—¡Ahí está, es esa del abrigo azul marino! —gritó a los de abajo.

—Vamos allá —ordenó el del corte a navaja—. Rodando.

El equipo provocó una marejada en la corriente humana hasta conseguir ponerle a Starling la cámara en la cara.

—Agente especial Starling, ¿puede hacer algún comentario sobre la investigación de la matanza en el mercado de pescado de Feliciana? ¿Cuándo se emitirá el informe? ¿Se le han presentado cargos por matar a los cinco...?

Crawford se quitó el sombrero y, fingiendo protegerse la vista de los focos, consiguió bloquear la cámara unos instantes. Solo la puerta de seguridad contuvo al equipo de televisión.

«A estos cabrones les han dado el soplo.»

Una vez dentro de Seguridad, se detuvieron en el vestíbulo. La neblina los había cubierto de gotas diminutas. Crawford se echó al coleto un comprimido de ginseng, a palo seco.

—Starling, puede que hayan elegido este día por el revuelo del *impeachment* y el aniversario. Sea lo que sea lo que pretenden, con este follón podría írseles todo al garete.

—Entonces, ¿por qué filtrarlo a la prensa?

—Porque en este asunto no todo el mundo cojea del mismo pie. Te quedan diez minutos, ¿quieres empolvarte la nariz?

72

Starling apenas había pisado el séptimo, el piso ejecutivo del edificio J. Edgar Hoover. Ella y el resto de los miembros de su clase de graduación se habían reunido allí siete años antes para ver al director felicitar a Ardelia Mapp como primera de su promoción, y en una ocasión un director adjunto la había hecho llamar para entregarle su medalla de campeona de pistola de combate.

Pero pisar la alfombra del despacho del director adjunto Noonan estaba mucho más allá de su experiencia. En la atmósfera de club masculino con sillones de cuero de la sala de juntas flotaba un fuerte olor a tabaco. Starling se preguntó si habían apagado las colillas y renovado el aire a toda prisa antes de que entrara.

Tres hombres se levantaron al entrar Crawford y Starling, y uno, no. Los educados eran el antiguo jefe de Starling, Clint Pearsall, de Buzzard's Point, el centro de operaciones de Washington, el director adjunto Noonan y un individuo alto y pelirrojo con traje de seda natural. Pegado a su asiento estaba Paul Krendler, de la oficina del inspector general. Krendler hizo girar la cabeza sobre su largo cuello como si la hubiera localizado por su olor. Cuando la miró, Starling pudo ver sus dos orejas redondas al mismo tiempo. Lo más extraño era la presencia en un rincón de un policía federal al que no conocía.

El personal del FBI y del Departamento de Justicia suele mimar su aspecto, pero aquellos hombres se habían acicalado para la televisión. Starling comprendió que tendrían que comparecer abajo, en la ceremonia que se celebraría más tarde en presencia del ex presidente Bush. De no ser así, en lugar de llamarla al edifico Hoover, la habrían hecho acudir al Departamento de Justicia.

Krendler frunció el ceño al ver a Crawford al lado de la agente.

—Señor Crawford, su presencia no es necesaria en este procedimiento.

—Soy el supervisor inmediato de la agente especial Starling. Este es mi lugar.

—No lo creo así —replicó Krendler, y se volvió hacia Noonan—. Clint Pearsall es su jefe oficial, solo está cedida temporalmente a Crawford. En mi opinión la agente Starling debería responder a nuestras preguntas en privado. Si necesitamos información adicional, podemos pedir al jefe de unidad Crawford que espere donde podamos localizarlo.

Noonan asintió.

—Ciertamente tu aportación nos será de mucha utilidad, Jack, una vez que hayamos escuchado el testimonio independiente de esta... de la agente especial Starling. Jack, quiero que esperes fuera. Si quieres quedarte en la sala de lectura de la biblioteca, ponte cómodo, ya te llamaré.

Crawford se puso en pie.

—Director Noonan, ¿puedo decir...?

—Puede salir, eso es lo que puede hacer —lo atajó Krendler.

Noonan se levantó.

—Guarde las formas, señor Krendler; hasta que decida cedérselo, está usted en mi despacho. Jack, tú y yo nos conocemos hace muchos años. El caballero del Departamento de Justicia ha recibido el nombramiento hace demasiado poco para entenderlo. Podrás decir lo que quieras. Ahora, déjanos y deja que Starling hable por sí misma —dijo Noonan, que se inclinó hacia Krendler y le susurró al oído algo que le sacó los colores.

Crawford miró a Starling. Todo lo que podía hacer era salir con el rabo entre las piernas.

—Gracias por venir, señor —le dijo ella.

El policía abrió la puerta a Crawford.

Al oír la puerta cerrarse a sus espaldas, Starling enderezó la espalda y se dispuso a enfrentarse sola a los tres hombres.

A partir de ese momento el procedimiento siguió adelante con la celeridad de una amputación del siglo XVIII.

Noonan era la autoridad del FBI de mayor rango en el despacho, pero el inspector general estaba por encima, y al parecer había enviado a Krendler como plenipotenciario.

Noonan cogió el expediente que tenía sobre la mesa.

—¿Quiere hacer el favor de identificarse para el atestado?

—Agente especial Clarice Starling. ¿Es que hay un atestado, director Noonan? Porque me gustaría que lo hubiera. —Al ver que no contestaba, añadió—: ¿Le importa que grabe la sesión?

Sacó una pequeña grabadora Nagra de su bolso.

A Krendler le faltó tiempo para saltar:

—Por lo general este tipo de encuentro preliminar debería tener lugar en el despacho del inspector general en el Departamento de Justicia. Lo celebramos aquí porque nos conviene a todos a causa de la ceremonia de hoy, pero rigen las reglas de la Inspección General. Es cuestión de un mínimo de sensibilidad diplomática. Nada de grabaciones.

—Comuníquele los cargos, señor Krendler —le indicó Noonan.

—Agente Starling, se la acusa de revelación ilegal de material reservado a un criminal en busca y captura —dijo Krendler, con el rostro bajo cuidadoso dominio—. Específicamente, se la acusa de poner este anuncio en dos periódicos italianos advirtiendo al fugitivo Hannibal Lecter de que se hallaba en peligro de ser apresado.

El policía federal entregó a Starling una fotocopia borrosa del periódico *La Nazione*. Ella la volvió hacia la ventana para leer lo que habían enmarcado con un círculo: «A. A. Aaron: Entréguese a las autoridades más próximas, los enemigos están cerca. Hannah».

—¿Cómo se declara?

—Yo no lo he puesto. Es la primera noticia que tengo.

—¿Cómo explica usted que el anunciante utilice un nombre en clave, «Hannah», que solo conocen el doctor Hannibal Lecter y este Bureau? ¿El nombre en clave que Lecter le pidió que usara?

—No lo sé. ¿Quién encontró esto?

—El Servicio de Documentación, en Langley, lo vio por casualidad mientras traducían la información sobre Lecter que venía en *La Nazione*.

—Si el nombre es un secreto dentro del Bureau, ¿cómo pudieron reconocerlo los del Servicio de Documentación? Ese servicio depende de la CIA. Preguntémosles quién les llamó la atención sobre «Hannah».

—Estoy seguro de que el traductor estaba familiarizado con el expediente del caso.

—¿Tan familiarizado? Lo dudo mucho. Preguntémosle quién le sugirió que se fijara en eso. ¿Cómo iba a saber yo que el doctor Lecter estaba en Florencia?

—Usted fue quien descubrió que habían entrado en el archivo VICAP de Lecter desde la Questura de Florencia —dijo Krendler—. El acceso se produjo varios días antes del asesinato de Pazzi. No sabemos cuándo lo descubrió usted. ¿Por qué iba la Questura de Florencia a interesarse por Lecter, si no?

—¿Y qué razón iba a tener yo para avisar al doctor Lecter? Director Noonan, ¿qué tiene de particular este asunto para que lo lleve la Inspección General? Estoy dispuesta a hacer la prueba del polígrafo en cualquier momento. Tráiganlo cuando quieran.

—Los italianos han presentado una protesta diplomática por el intento de advertir a un conocido criminal mientras se encontraba en su país —explicó Noonan, e indicó al individuo pelirrojo sentado a su lado—. Este es el señor Montenegro, de la Embajada de Italia.

—Buenos días, caballero. ¿Y cómo lo averiguaron los italianos? —preguntó Starling—. Supongo que no por los de Langley.

—La queja diplomática ha lanzado la pelota a nuestro tejado —intervino Krendler antes de que Montenegro pudiera abrir la boca—. Queremos dejar esto aclarado a satisfacción de las autoridades italianas, y a mi satisfacción y la del inspector general, y lo queremos ya. Será mejor para todos si estudiamos juntos los hechos. ¿Qué pasa con usted y el doctor Lecter, señorita Starling?

—Interrogué al doctor Lecter en varias ocasiones a las órdenes del jefe de sección Crawford. Después de la huida del doctor, he recibido dos cartas suyas en siete años. Ambas están en su poder —resumió Starling.

—De hecho, hay más cosas en nuestro poder —dijo Krendler—. Conseguimos esto ayer. Qué más haya podido recibir, lo desconocemos.

Krendler se dio la vuelta para coger una caja de cartón cubierta de sellos y maltratada por correos. Hizo como que se deleitaba con las fragancias que salían de la caja. Señaló la etiqueta de embarque con el dedo, sin molestarse en enseñársela a Starling.

—Dirigida a usted en su domicilio de Arlington, agente especial Starling. Señor Montenegro, ¿quiere decirnos qué son estos artículos?

El diplomático italiano removió los objetos envueltos en papel de seda haciendo destellar sus gemelos.

—Veamos, esto son lociones, *sapone di mandorle*, el famoso jabón de almendras·de Santa María Novella, en Florencia, de la farmacia del convento, y algunos perfumes. Es el tipo de cosa que se regala la gente cuando está enamorada.

—Han sido escaneados para comprobar las toxinas y los irritantes, ¿no, Clint? —preguntó Noonan al anterior supervisor de Starling.

Pearsall parecía avergonzado.

—Sí —respondió—. No tienen nada malo.

—Una prenda de amor —dijo Krendler con cierto regodeo—. Ahora vayamos a la epístola amorosa. —Desplegó la hoja de pergamino y la sostuvo haciendo visible la foto de periódico de Starling en el cuerpo de la leona alada; luego, le dio la vuelta para leer la letra redonda del doctor Lecter—. «¿Ha pensado alguna vez, Starling, en por qué los filisteos no la comprenden? Porque es usted la respuesta al acertijo de Sansón: usted es la miel en la boca del león.»

—*Il miele dentro la leonessa*, me gusta —dijo Montenegro, archivando la frase en la memoria por si se le presentaba la ocasión de usarla.

—¿Que le gusta? —se asombró Krendler.

Con un gesto de la mano, el italiano declinó contestarle, al darse cuenta de que Krendler era incapaz de oír la música de la metáfora de Lecter, o de percibir las evocaciones táctiles del regalo.

—El inspector general quiere que demos prioridad a esta cuestión, a causa de las ramificaciones internacionales —dijo Krendler—. El camino que se siga, el que los cargos sean administrativos o criminales, depende de lo que descubramos en nuestras pesquisas. Si el asunto toma la vía criminal, será visto por la Sección de Integridad Pública del Departamento de Justicia, que lo llevará a juicio. Se la informará con tiempo más que suficiente para que se prepare. Director Noonan…

Noonan respiró hondo y se dispuso a asestar el mazazo.

–Clarice Starling, queda en suspensión administrativa hasta el momento en que esta materia sea juzgada. Deberá entregar sus armas y su identificación del FBI. Se le revoca el acceso a cualquier dependencia del Bureau excepto a las públicas. Se la escoltará para salir del edificio. Por favor, entregue su arma reglamentaria e identificación al agente especial Pearsall. Adelante.

Al acercarse a la mesa, Starling vio a los hombres por un momento como bolos en una partida de campeonato. Hubiera podido cargarse a los cuatro antes de que ninguno llegara a echar mano a su arma. El momento pasó. Sacó su 45 y miró fijamente a Krendler mientras dejaba caer el cargador en la palma de la mano, lo depositaba sobre la mesa y hacía saltar el cartucho de la recámara. Krendler lo cogió en el aire y lo apretó en la mano hasta que los nudillos se le pusieron blancos.

La placa y la identificación fueron detrás.

–¿Tiene una segunda arma? –preguntó Krendler–. ¿Y un rifle?

–¿Starling? –la urgió Noonan.

–Bajo llave en mi coche.

–¿Otro equipo táctico?

–Un casco y un chaleco.

–Oficial, recupérelos cuando acompañe a la señorita Starling a su vehículo –dijo Krendler–. ¿Tiene un teléfono celular cifrado?

–Sí.

Krendler se volvió hacia Noonan con las cejas arqueadas.

–Devuélvalo también –dijo Noonan.

–Quiero decir algo, creo que estoy en mi derecho.

–Adelante –dijo Noonan mirándose el reloj.

—Esto es un montaje. Creo que Mason Verger intenta capturar al doctor Lecter por motivos personales. Creo que fracasó en Florencia. Creo que el señor Krendler puede estar actuando en combinación con Verger y quiere que los esfuerzos del FBI contra el doctor Lecter beneficien a Verger. Creo que Paul Krendler, del Departamento de Justicia, está obteniendo dinero de esto y que quiere destruirme para conseguir sus propósitos. El señor Krendler se ha comportado conmigo de una forma impropia con anterioridad y está actuando ahora movido por el despecho además de por intereses económicos. Esta misma semana me ha llamado «conejito de granja». Reto al señor Krendler a someterse conmigo a un detector de mentiras ante esta comisión. Estoy a su disposición. Podríamos hacerlo ahora mismo.

—Agente especial Starling, tiene usted suerte de no estar bajo juramento hoy... —empezó a decir Krendler.

—Pues tómemelo. Y jure usted también.

—Quiero asegurarle que, si no hay pruebas contra usted, tendrá derecho a reincorporarse a su puesto sin que quede constancia alguna en su expediente —dijo Krendler con su tono más amable—. Mientras tanto seguirá cobrando su sueldo y disfrutando de sus beneficios sanitarios y de su seguro. El cese administrativo no es en sí mismo punitivo, agente Starling, aproveche sus ventajas —continuó Krendler en un tono que se había vuelto confidencial—. De hecho, si quisiera aprovechar este lapso para que le quitaran esa mancha de la cara, estoy seguro de que nuestros médicos...

—No es ninguna mancha —dijo Starling—. Es pólvora. Aunque no me extraña que no sea capaz de reconocerla.

El policía federal esperaba con la mano tendida hacia ella.

—Lo siento, Starling —dijo Clint Pearsall, con el equipo de la agente en las manos.

Starling lo miró y él apartó la vista. Paul Krendler se le aproximó mientras los otros dejaban paso al diplomático para que saliera en primer lugar. Krendler empezó a decir algo entre dientes, la frase que tenía preparada:

—Starling, eres muy mayor para seguir…

—Perdone.

Era Montenegro. El esbelto diplomático se había dado la vuelta y se acercó a ella.

—Perdone —repitió Montenegro mirando a Krendler a los ojos hasta que este se apartó con el rostro alterado—. Lamento lo que le ha ocurrido. Y le deseo que la declaren inocente. Le prometo que presionaré a la Questura de Florencia para que investiguen cómo se pagó la *inserzione*, el anuncio, que apareció en *La Nazione*. Si se le ocurre algo… que merezca la pena investigar en mi esfera de competencias, por favor, dígamelo e insistiré personalmente en que se haga.

Montenegro le dio una tarjeta, pequeña, gruesa y con las letras en relieve, e hizo como que no veía la mano que le ofrecía Krendler cuando abandonaba el despacho.

Los reporteros, a los que se había permitido cruzar la entrada principal para asistir a la inminente ceremonia, abarrotaban el patio. Unos pocos parecían saber dónde estaba la auténtica noticia.

—¿Es necesario que me coja el codo? —le preguntó Starling al alguacil.

—No, señora, no lo es —respondió el policía, que le abrió paso entre la avalancha de micrófonos y el chaparrón de preguntas a voz en cuello.

Esta vez el del corte a navaja parecía estar al cabo de la calle. Las preguntas que le gritó fueron: «¿Es cierto que la han apartado del servicio por el caso Hannibal

Lecter? ¿Espera imputaciones criminales? ¿Qué tiene que decir sobre las acusaciones de los italianos?».

En el garaje, Starling entregó su chaleco antibalas, su casco, su rifle y su segunda pistola. El alguacil esperó mientras ella descargaba la pequeña pistola y la limpiaba con un trapo húmedo de aceite.

—La vi disparar en Quantico, agente Starling —le dijo—. Yo llegué a los cuartos de final representando a mi cuerpo. Limpiaré su 45 antes de guardarlo.

—Gracias, oficial.

Se quedó remoloneando cuando Starling ya había entrado en el coche. Entonces dijo algo que el motor del Mustang le impidió oír. Starling bajó la ventanilla y el hombre se lo repitió:

—No sabe cómo siento lo que le han hecho.

—Gracias, oficial. Es muy amable de su parte.

Un coche de la prensa esperaba a la salida del garaje. Starling aceleró el Mustang para dejarlo atrás y le pusieron una multa por exceso de velocidad a tres manzanas del edificio J. Edgar Hoover. Los fotógrafos hacían fotografías mientras el policía de tráfico la redactaba.

El director adjunto Noonan estaba sentado ante la mesa de su despacho después de la reunión, frotándose las señales que le habían dejado las gafas en el caballete de la nariz.

El hecho de acabar con la carrera de Starling no lo preocupaba demasiado; siempre había pensado que había un elemento emocional en las mujeres que a menudo las invalidaba para el trabajo en el Bureau. Pero le dolía ver menospreciado a Jack Crawford. Jack había sido uno de los mejores. Puede que sintiera debilidad por aquella chica, pero la vida tenía esas cosas, y además la mujer de Jack estaba muerta y todo eso. Noonan recordaba cierta semana en que no había podido quitarle los ojos de encima a una estenógrafa y tuvo que librarse de ella antes de que pudiera llegar a causar problemas.

Volvió a ponerse las gafas y bajó en el ascensor hasta la biblioteca. Crawford estaba sentado en la sala de lectura, con la cabeza apoyada en la pared. Noonan creyó que estaba dormido. Tenía la cara pálida y perlada de sudor. Abrió los ojos y resolló con la boca abierta.

−¿Jack? −Noonan le palmeó el hombro y le puso la mano en la pegajosa frente. Al instante resonó su voz en la biblioteca−: ¡Eh, bibliotecario, llame a un médico!

Se llevaron a Crawford a la enfermería del edificio, y de allí a la Unidad de Vigilancia Intensiva de Cardiología del Memorial Jefferson Hospital.

73

Krendler no hubiera podido desear una cobertura más amplia.

El nonagésimo cumpleaños del FBI incluía un recorrido de profesionales de los medios de comunicación por el nuevo centro de gestión de crisis. Los noticiarios televisivos aprovecharon al máximo aquella insólita posibilidad de acceso al edificio J. Edgar Hoover. La C-SPAN transmitió en directo la totalidad de las declaraciones del ex presidente Bush, junto con las del director. La CNN emitió resúmenes de todos los discursos, y el resto de las cadenas cubrieron la información para las noticias de la noche. Cuando los dignatarios descendieron del estrado, Krendler tuvo su oportunidad. El del corte a navaja, que esperaba junto al escenario, le hizo la pregunta del millón:

—Señor Krendler, ¿es cierto que la agente especial Clarice Starling ha sido relevada de la investigación en torno a Hannibal Lecter?

—Creo que sería prematuro, e injusto para la agente, hacer comentarios al respecto en este momento. Me limitaré a decir que la oficina del inspector general está estudiando el asunto relacionado con Lecter. Por ahora no se han puesto cargos contra nadie.

La CNN también se hizo eco del asunto:

—Señor Krendler, algunos medios de comunicación italianos especulan con la posibilidad de que el doctor Lecter haya recibido información de una fuente gubernamental, que le habría avisado para que huyera. ¿Es ese el motivo para la suspensión de la agente Starling? ¿Es esa la razón por la que la oficina del inspector general ha tomado cartas en un asunto que parece más bien competencia de la Oficina de Responsabilidad Profesional?

—No puedo hacer comentarios respecto a lo aparecido en la prensa extranjera, Jeff. Lo que sí puedo afirmar es que la oficina del inspector general está investigando alegaciones que hasta el momento no han sido probadas. Tenemos tantas responsabilidades con respecto a nuestros agentes como con respecto a nuestros amigos europeos —dijo Krendler, poniendo el índice tieso como un Kennedy—. El caso Hannibal Lecter está en buenas manos, no solo en las de Paul Krendler, sino también en las de expertos de todas las unidades del FBI y del Departamento de Justicia. Hemos puesto en marcha un proyecto que revelaremos a su tiempo, cuando haya dado los frutos apetecidos.

El casero alemán del doctor Lecter había equipado la casa con un enorme aparato de televisión Grundig, y había colocado un pequeño bronce de Leda y el Cisne encima de la ultramoderna caja del aparato, en un intento de integrarlo en el decorado de la sala.

El doctor Lecter estaba viendo una película titulada *Breve historia del tiempo*, sobre el gran astrofísico Stephen Hawking y su obra. La había visto muchas otras veces y aquella era su parte favorita, el momento en el que la taza de té se cae de la mesa y se hace añicos contra el suelo.

Hawking, retorcido en su silla de ruedas, comenta las imágenes con su voz generada por ordenador:

«¿En qué consiste la diferencia entre el pasado y el futuro? Las leyes de la ciencia no distinguen entre ambos. Y sin embargo, existe una enorme diferencia entre pasado y futuro en la vida corriente.

»Hemos visto muchas veces una taza de té que cae de una mesa y se rompe en mil pedazos al llegar al suelo. En cambio, nunca hemos visto que los pedazos se unan de nuevo y vuelvan a la mesa de un salto.»

La película muestra la misma secuencia de imágenes rebobinada, y los fragmentos de la taza se reúnen y saltan a la mesa. Hawking continúa hablando:

«La continua progresión del desorden, o entropía, es lo que distingue al pasado del futuro y proporciona de ese modo una dirección al tiempo».

El doctor Lecter sentía gran admiración por la obra de Hawking y la seguía tan de cerca como le era posible a través de las revistas especializadas en matemáticas. Sabía que Hawking había creído en sus comienzos que el universo dejaría de expandirse y volvería a encogerse, y que la entropía podría dar marcha atrás. Más tarde Hawking afirmó que se había equivocado.

Lecter era bastante competente en el área de las ciencias exactas, pero Stephen Hawking se encuentra en un plano inalcanzable para el resto de los mortales. Durante años Lecter le había dado mil vueltas al problema deseando con todas sus fuerzas que Hawking hubiera estado en lo cierto al principio; que el universo dejara de expandirse, que la entropía se enmendara a sí misma, que Mischa, devorada, volviera a estar entera.

El tiempo. El doctor Lecter detuvo la cinta de vídeo y puso las noticias.

Todos los días aparece una lista de los reportajes de televisión y las noticias de prensa referentes al FBI en la página web del Bureau abierto al público. El doctor Lecter lo visitaba a diario para asegurarse de que seguían utilizando su fotografía antigua en «Los diez más buscados». De esta forma se enteró del aniversario del FBI con suficiente antelación para no perderse la cobertura televisiva. Se sentó en el gran sillón con su esmoquin y su corbata inglesa y vio mentir a Krendler. Lo miraba con los ojos entrecerrados, haciendo girar con suavidad la copa de coñac bajo la nariz. No había visto aquel pálido rostro desde que Krendler estuvo ante su jaula en Memphis, siete años atrás, justo antes de su huida.

En la cadena local de Washington vio a Starling recibiendo una multa de tráfico con los micrófonos metiéndose por la ventanilla del Mustang. Para entonces la televisión ya acusaba a Starling de «haber abierto una brecha en la seguridad nacional» con relación al caso Lecter.

Los ojos marrones del doctor se abrieron de par en par cuando las cámaras la enfocaron, y en la profundidad de sus pupilas las chispas volaron en torno a la imagen del rostro femenino. Retuvo entera y perfecta su apariencia mucho después de que desapareciera de la pantalla, y procuró fundirla con otra imagen, Mischa; las apretó una contra otra hasta que, del corazón de rojo plasma de su fusión, las chispas ascendieron llevando consigo una sola imagen en dirección este, hacia el cielo nocturno, para que girara con las estrellas sobre el mar.

A partir de ese momento, si el universo decidía contraerse, si el tiempo revertía y las tazas de té rotas se reintegraban, existiría un hueco en el mundo para Mischa. El lugar más valioso que el doctor Lecter era capaz de imaginar: el lugar de Starling. Mischa podría ocupar el lugar de Starling en el mundo. Si eso ocurría, si aquel tiempo retrocedía, la desaparición de Starling habría dejado libre a Mischa un espacio tan puro y radiante como la bañera de cobre en el jardín.

74

El doctor Lecter aparcó su camioneta a una manzana del Hospital de la Misericordia de Maryland y limpió las monedas con un paño antes de introducirlas en el parquímetro. Vestido con el mono acolchado que usan los trabajadores para protegerse del frío y con una gorra de visera larga para protegerse de las cámaras de seguridad, entró al edificio por la puerta principal.

Habían pasado más de quince años desde la última vez que el doctor Lecter estuviera en el Hospital de la Misericordia, pero la disposición básica del centro no había cambiado. Encontrarse de nuevo en el lugar donde había iniciado su carrera médica no le produjo la menor emoción. Las áreas restringidas de los pisos superiores habían sufrido una renovación cosmética, pero debían de conservar prácticamente la misma distribución que en sus tiempos si las cianocopias de los planos que había visto en el Departamento de Inmuebles no mentían.

Un pase de visitante obtenido en el mostrador de la entrada le permitió acceder a las plantas de habitaciones. Recorrió el pasillo leyendo los nombres de los pacientes y los médicos en las puertas. Se encontraba en la unidad de convalecencia postoperatoria, a donde se trasladaba a los enfermos que habían sufrido una intervención cardiaca o craneal una vez que salían de cuidados intensivos.

Cualquiera que hubiera observado al doctor Lecter avanzar por el pasillo habría pensado que le costaba leer; movía los labios sin producir sonidos y se rascaba la cabeza de vez en cuando como un retrasado. Al cabo de un rato, se sentó en la sala de espera, desde donde podía ver la entrada al pasillo. Esperó hora y media entre ancianas que contaban tragedias familiares y soportó *El precio justo* en la televisión. Por fin vio lo que había estado esperando, un cirujano que aún tenía puesta la bata verde del quirófano haciendo en solitario su ronda de visitas. Aquel era… El cirujano entró en una de las habitaciones para ver a un paciente… del doctor Silverman. El doctor Lecter se levantó rascándose la cabeza. Cogió un periódico desarmado de una mesita y salió de la sala de espera. Dos puertas más allá había otra habitación ocupada por otro paciente del doctor Silverman. El doctor Lecter se deslizó adentro. La habitación estaba en penumbra, el paciente, completamente dormido, con la cabeza y un lado de la cara aparatosamente vendados. En el monitor un gusano de luz daba brincos con regularidad.

El doctor Lecter se quitó a toda prisa el mono aislante y se quedó en bata quirúrgica. Se puso fundas de plástico en los zapatos, gorro, mascarilla y guantes. Se sacó del bolsillo una bolsa blanca para la basura y la desplegó.

El doctor Silverman abrió la puerta con la cabeza vuelta hacia el pasillo mientras hablaba con alguien. ¿Lo acompañaría una enfermera al interior del cuarto? No.

El doctor Lecter cogió la papelera y se puso a echar su contenido en la bolsa de la basura dando la espalda a la puerta.

—Perdone, doctor, enseguida me voy —dijo.

—No se preocupe —respondió el doctor Silverman, cogiendo la tablilla a los pies de la cama—. Continúe con su trabajo, por favor.

—Gracias, así lo haré —dijo el doctor Lecter al tiempo que le propinaba un golpe en la base del cráneo con la porra de cuero, poco más que un capirotazo atizado con un simple giro de la muñeca, en realidad, y lo sujetaba por el pecho mientras se desplomaba. Siempre sorprendía ver al doctor Lecter sosteniendo un cuerpo; tamaño por tamaño, era tan fuerte como una hormiga. Arrastró al doctor Silverman hasta el cuarto de baño y le bajó los pantalones. Lo dejó sentado en la taza del inodoro.

El cirujano se quedó con el torso doblado sobre los muslos. El doctor Lecter lo incorporó el tiempo suficiente para mirarle las pupilas y hacerse con las diversas tarjetas de identificación prendidas en la pechera de la bata quirúrgica.

Reemplazó las credenciales del cirujano con su propio pase de visita, invertido. Se colocó el estetoscopio alrededor del cuello enroscado al estilo de los profesionales y las complejas lentes quirúrgicas de aumento en la frente. Se guardó la porra de cuero en la manga.

Ahora estaba listo para internarse en el corazón del Hospital de la Misericordia.

El centro cumplía estrictamente las directrices federales en cuanto al manejo de drogas narcóticas. En la enfermería de cada planta se guardaban en un armario bajo llave. Para abrirlo eran necesarias dos llaves, en poder de la enfermera jefe y su primer ayudante. Además, se llevaba un estricto libro de registro.

En la zona de quirófanos, la más segura del hospital, cada sala recibía las drogas necesarias para la siguiente intervención unos minutos antes de que se introdujera al paciente. Las del anestesista se guardaban en una vitrina con una zona refrigerada y otra a temperatura ambiente, cerca de la mesa de operaciones.

Las existencias se almacenaban en un dispensario quirúrgico aparte, próximo a la sala de esterilización, que contenía cierto número de preparados que no era posible encontrar en el dispensario general del primer piso: poderosos tranquilizantes y exóticos sedantes hipnóticos que permiten realizar operaciones a corazón abierto y practicar cirugía cerebral sobre pacientes conscientes con los que es posible mantener una conversación.

El dispensario quirúrgico siempre estaba vigilado durante la jornada laboral y los armarios no estaban cerrados con llave cuando el farmacéutico se encontraba allí. En una emergencia de cirugía cardiovascular no hay tiempo para buscar llaves. El doctor Lecter, con la mascarilla puesta, empujó las puertas de vaivén que daban paso a la zona de quirófanos.

En un intento de desdramatizar el ambiente, habían pintado las paredes con distintas combinaciones de colores brillantes que hubieran dado la puntilla a cualquier moribundo. Junto al mostrador, unos cuantos cirujanos firmaban la entrada e iban desfilando hacia la sala de esterilización. El doctor Lecter levantó la tablilla de firmas y movió la pluma sobre ella sin llegar a escribir.

El horario del tablero informaba de que la primera intervención de la jornada, la extirpación de un tumor cerebral en el quirófano B, comenzaría dentro de veinte minutos. En la sala de esterilización el doctor Lecter se quitó los guantes, se lavó escrupulosamente hasta la altura de los codos, se secó las manos, se las empolvó y volvió a ponerse los guantes. Salió de nuevo al vestíbulo. El dispensario debía de ser la puerta siguiente de la derecha. La puerta, rotulada con una A y pintada de color albaricoque, tenía el rótulo GENERADORES DE

EMERGENCIA. A continuación se encontraba la puerta de doble hoja del quirófano B. Una enfermera se colocó a su lado.

—Buenos días, doctor.

El doctor Lecter carraspeó bajo la mascarilla y murmuró un buenos días. Dio media vuelta hacia la sala de esterilización farfullando, como si hubiera olvidado alguna cosa. La enfermera se lo quedó mirando un momento y entró en el quirófano B. El doctor Lecter se quitó los guantes y los tiró al contenedor aséptico. Nadie le prestó atención. Cogió otro par. Su cuerpo seguía en la sala de esterilización, pero en realidad estaba recorriendo a toda velocidad el vestíbulo de su palacio de la memoria, pasando de largo junto al busto de Plinio y subiendo las escaleras que llevaban al Salón de Arquitectura. En una zona bien iluminada que dominaba la maqueta de Christopher Wren para la catedral londinense de San Pablo, las cianocopias del hospital lo esperaban sobre una mesa de dibujo. Los planos de los quirófanos del Hospital de la Misericordia, alineados uno junto a otro como en el Departamento de Inmuebles de Baltimore. Él estaba allí. El dispensario, ahí. No. Los planos estaban equivocados. La distribución debía de haber cambiado después de que se archivaran las cianocopias. Sobre el papel, los generadores aparecían al otro lado del vestíbulo, frente al quirófano A. Tal vez las etiquetas estuvieran confundidas. Tenía que ser eso. No podía permitirse dar vueltas de aquí para allá.

El doctor Lecter salió de la sala, empujó la primera puerta de la derecha y avanzó por el corredor que llevaba al quirófano A. La puerta de la izquierda. El rótulo decía «IRM». No, adelante. La siguiente puerta era el dispensario. Habían dividido el espacio en un laboratorio para imágenes por resonancia magnética y una zona separada para el almacenamiento de drogas.

La pesada puerta del dispensario estaba abierta, inmovilizada con una cuña. El doctor Lecter se coló en el interior rápidamente y cerró la puerta tras de sí.

Un farmacéutico rechoncho ordenaba cajas acuclillado junto a los aparadores.

—¿Puedo ayudarlo, doctor?

—Sí, por favor.

El joven empezó a erguirse, pero no pudo completar el movimiento. El falso cirujano le asestó un duro golpe, y el farmacéutico se desplomó soltando una ventosidad.

El doctor Lecter se levantó el faldón de la bata quirúrgica y se lo remetió en el mandil de jardinero que llevaba debajo.

Recorrió con la mirada los aparadores de arriba abajo leyendo las etiquetas a la velocidad del rayo: Ambien, amobarbital, Amytal, clorohidrato, Dalmane, fluracepán, Halcion... Se guardó docenas de frascos en los bolsillos. Luego registró el refrigerador: midazolán, Noctec, escopolamina, Pentotal, quacepán, solcidem... En menos de cuarenta segundos, el doctor Lecter estuvo de vuelta en el pasillo cerrando tras sí la puerta del dispensario.

Volvió a la sala de esterilización y se miró en el espejo para asegurarse de que no se notaban los bultos. Sin prisa, cruzó de nuevo la puerta de vaivén con las tarjetas de identidad vueltas deliberadamente del revés, la mascarilla puesta y las lentes sobre los ojos con los cristales levantados; no sobrepasaba las setenta y dos pulsaciones mientras cambiaba saludos ininteligibles con otros médicos. Bajó en el ascensor, un piso, y otro, otro más, sin quitarse la mascarilla y con la vista en la tablilla que había cogido al azar.

Es posible que los visitantes que se aproximaban al hospital se extrañaran de que aquel médico llevara la mascarilla puesta hasta bajar la escalinata y estar lejos de las cámaras de seguridad. Y puede que los desocupados que remoloneaban por la calle se sorprendieran al ver que un médico conducía una camioneta tan vieja y destartalada.

En la planta de quirófanos, un anestesista, después de aporrear la puerta del dispensario, encontró al farmacéutico aún inconsciente; pasaron otros quince minutos antes de que echaran en falta las drogas.

Cuando el doctor Silverman volvió en sí, se encontró tumbado junto al inodoro con los pantalones bajados. No recordaba haber entrado en la habitación y no tenía la menor idea de dónde estaba. Se le ocurrió que podía haber sufrido un desvanecimiento, tal vez un pequeño ataque ocasionado por la presión de un violento retortijón de tripas. Dudaba si moverse por miedo a que se desprendiera un coágulo. Se arrastró despacio hasta que consiguió asomarse al pasillo haciendo gestos con la mano. Un examen reveló una ligera conmoción.

El doctor Lecter hizo otro par de visitas antes de volver a casa. Se detuvo en una oficina de correos de los suburbios de Baltimore el tiempo necesario para recoger un paquete que había encargado a través de Internet a una empresa funeraria. Era un esmoquin con la camisa y la corbata cosidas a la chaqueta y la parte posterior abierta.

Todo lo que necesitaba ahora era el vino, algo muy, muy festivo. Para eso tenía que trasladarse a Annapolis. Hubiera sido estupendo poder hacer el viaje con el Jaguar.

75

Krendler se había abrigado para correr en la calle y había tenido que desabrocharse el chándal para evitar sobrecalentarse cuando Eric Pickford lo llamó a su casa de Georgetown.

—Eric, vaya a la cafetería y llámeme desde un teléfono público.

—¿Cómo dice, señor Krendler?

—Haga lo que le digo.

Krendler se quitó los guantes y la cinta del pelo, y los dejó sobre el piano del salón. Con un dedo tocó el tema principal de *Dragnet* hasta que volvió a sonar el teléfono.

—Starling ha sido agente técnica, Eric. A saber lo que ha hecho con los teléfonos de su despacho. Hay que proteger los asuntos del gobierno.

—Sí, señor. Starling me ha llamado, señor Krendler. Quería recoger su planta y sus otras cosas, como ese pájaro del tiempo ridículo que bebe de un vaso. Pero me ha explicado algo que funciona. Me ha dicho que me olvidara del último dígito de los códigos postales de las suscripciones a revistas si la diferencia es de tres o menos. Dice que el doctor Lecter podría estar usando varios apartados de correos que estuvieran convenientemente cerca unos de otros.

—¿Y?

—He conseguido un acierto de esa manera. La *Revista de Neurofisiología* va a una oficina de correos y el *Physica Scripta* y el *ICARUS* a otra. Están a unos quince kilómetros de distancia. Las suscripciones son a distintos nombres, pagados por giro postal.

—¿Qué es *ICARUS*?

—Es la revista internacional de estudios sobre el sistema solar. Lecter fue uno de los primeros suscriptores hace veinte años. Las oficinas postales están en Baltimore. Suelen recibir las publicaciones alrededor del diez de cada mes. Tengo otra cosa; hace un minuto se ha vendido una botella de Château… ¿cómo es, *Yiquin*?

—Sí, se pronuncia «III-kán». ¿Qué pasa con eso?

—Ha sido en una de las mejores licorerías de Annapolis. Introduje la venta en la base de datos y coincide con la lista de fechas significativas que elaboró Starling. El programa identificó el año de nacimiento de Starling. El año que hicieron ese vino es el mismo que nació Starling. El sujeto pagó trescientos veinticinco dólares en metálico y…

—¿Eso ha sido antes o después de que hablaras con Starling?

—Justo después, hace un minuto…

—Así que ella no sabe nada…

—No. Debería llamar…

—¿Me estás diciendo que el vendedor te ha llamado por la venta de una sola botella?

—Sí, señor. Ella tiene un montón de notas, solo hay tres botellas de ese vino en toda la costa este. Starling las tenía localizadas. La verdad, hay que quitarse el sombrero.

—¿Quién las ha comprado? ¿Qué aspecto tenía?

—Varón blanco, altura mediana, con barba. Iba muy arropado.

—¿Tiene cámara de seguridad esa tienda?

—Sí, señor, eso es lo primero que les pregunté. Les dije que enviaríamos a alguien para recoger la cinta. Pensaba hacerlo ahora. El dependiente que atendió a ese individuo no había leído el boletín, pero fue a decírselo al dueño por tratarse de una venta poco habitual. El dueño corrió afuera a tiempo para ver al sujeto, al menos cree que era él, subiendo a una camioneta vieja y marchándose. Gris con una prensa de tornillo en la parte trasera. Si se trata de Lecter, ¿cree usted que intentará entregarle la botella a Starling? Deberíamos ponerla sobre aviso.

—No —lo cortó Krendler—. No le digas nada.

—¿Puedo avisar a los del VICAP y actualizar el expediente Lecter?

—No —lo atajó Krendler, pensando deprisa—. ¿Ha habido respuesta de la Questura sobre el ordenador de Lecter?

—No, señor.

—Entonces no puedes poner al día el VICAP hasta que estemos seguros de que Lecter no puede acceder a él. Podría tener el código de acceso de Pazzi. O Starling podría leerlo y darle el soplo otra vez de alguna forma, como hizo en Florencia.

—Vaya, es verdad, no había caído en eso. La oficina federal de Annapolis podría recoger la cinta.

—De eso me encargaré yo personalmente.

Pickford le dictó la dirección de la licorería.

—Sigue con lo de las suscripciones —le ordenó Krendler—. Puedes informar a Crawford de esto cuando vuelva al trabajo. Yo organizaré la vigilancia de las oficinas de Correos a partir del día diez.

Krendler marcó el número de Mason; luego salió de su residencia de Georgetown y trotó hacia el parque Rock Creek.

En la penumbra cada vez más densa solo se veían la cinta Nike blanca para el pelo, las zapatillas Nike blancas y la raya blanca a lo largo del costado de su oscuro chándal Nike, como si no hubiera nadie bajo los emblemas comerciales.

Fue una carrera a paso vivo de media hora. Oyó el zumbido de las hélices cuando tuvo a la vista la pista de helicópteros próxima al zoo. Se agachó bajo las aspas y alcanzó la cabina sin necesidad de interrumpir el trote. El ascenso del aparato lo emocionó, la ciudad, los monumentos iluminados empequeñeciéndose mientras subía a las alturas que se merecía, en dirección a Annapolis para recoger la cinta y llevársela a Mason.

76

—¿Quieres enfocar el aparato de una puta vez, Cordell? —En la profunda voz de locutor de Mason, con sus consonantes sin labialidad, «aparato» y «puta» sonaban más bien como «ajarato» y «juta».

Krendler estaba a su lado en la parte oscura de la habitación para ver mejor el monitor elevado. En el calor de aquel cuarto de enfermo, se había atado la chaqueta de su chándal de *yuppie* a la cintura y lucía su camiseta de Princeton. La cinta del pelo y las zapatillas destacaban a la luz del acuario.

En opinión de Margot, Krendler tenía hombros de pollo. Cuando él entró, apenas intercambiaron un saludo.

No había contador de revoluciones ni de tiempo en la cámara de la licorería, y el ajetreo en vísperas de las Navidades era considerable. Cordell hizo correr la cinta de un cliente a otro a lo largo de un montón de ventas. Mason mataba el tiempo mortificando a todo el mundo.

—¿Qué dijiste cuando entraste en la tienda con tu chándal y enseñaste la chapa de hojalata, Krendler? ¿Que te estabas entrenando para la seguridad de las Olimpiadas? —Mason había acabado de perderle el respeto desde que Krendler había empezado a ingresar los cheques.

Krendler era incapaz de ofenderse cuando sus intereses estaban en juego.

—Dije que iba de incógnito. ¿Qué vigilancia le has puesto a Starling?

—Margot, explícaselo —dijo Mason, que al parecer prefería ahorrar su escaso aliento para los insultos.

—Doce hombres de nuestro servicio de seguridad de Chicago. Están en Washington. Han formado tres equipos, cada uno con un ayudante del sheriff en el estado de

Illinois. Si la policía los sorprende cogiendo a Lecter, dirán que lo reconocieron y que es una acción cívica y bla, bla, bla. El equipo que lo capture se lo entrega a Carlo. Se vuelven a Chicago y aquí no ha pasado nada.

La cinta de vídeo seguía corriendo.

—Un momento… Cordell, retrocede treinta segundos —dijo Mason—. Mirad eso.

La cámara de la licorería cubría el área que iba de la entrada a la caja registradora.

En la borrosa imagen sin sonido de la cinta, se veía entrar a un individuo con una gorra de visera larga, chaqueta de leñador y manoplas. Llevaba largas patillas y gafas de sol. Dio la espalda a la cámara y cerró la puerta.

El comprador explicó al dependiente lo que quería y lo siguió fuera de cámara, hacia los botelleros.

Pasaron tres minutos. Por fin, regresaron al encuadre. El dependiente limpió el polvo de la botella y la rodeó de borra antes de meterla en una bolsa. El cliente solo se quitó la manopla derecha y pagó en metálico. La boca del dependiente se movió diciendo «gracias» a la espalda del hombre, que se dirigía hacia la salida.

Una pausa de unos segundos, y el dependiente llamó a alguien que estaba fuera de cámara. Un individuo corpulento apareció a su lado y corrió hacia la puerta.

—Ese es el propietario, el que vio la camioneta —explicó Krendler.

—Cordell, ¿puedes hacer una copia y aumentar la cabeza del cliente?

—En un segundo, señor Verger. Pero será borrosa.

—Hazlo.

—No se quita la manopla izquierda —dijo Mason—. Puede que me hayan tomado el pelo con la radiografía que compré.

—Pazzi dijo que se había operado la mano, ¿no?, que ya no tenía el dedo de más —dijo Krendler.

—Puede que Pazzi tuviera el dedo metido en el culo, ya no sé a quién creer. Tú lo conoces, Margot, ¿qué dices? ¿Era Lecter?

—Han pasado dieciocho años —respondió Margot—. Solo asistí a tres sesiones con él y siempre se quedaba detrás de su escritorio, no daba paseos por el despacho. Era muy tranquilo. De lo que más me acuerdo es de su voz.

Se oyó la de Cordell en el interfono.

—Señor Verger, ha venido Carlo.

Carlo olía a cerdo, o peor. Entró en la habitación sosteniendo el sombrero contra el pecho y el hedor a embutido de jabalí rancio que emanaba de su cabeza obligó a Krendler a expulsar aire por la nariz. En señal de respeto, el secuestrador sardo inmovilizó en la boca el diente de venado que masticaba.

—Carlo, mira esto. Cordell, rebobina hasta el momento en que entra en la licorería.

—Ese es el *stronzo* hijo de la gran puta —dijo Carlo antes de que el sujeto del vídeo hubiera dado cuatro pasos—. La barba es reciente, pero tiene la misma forma de moverse.

—¿Le viste las manos en *Firenze*, Carlo?

—*Certo*.

—¿Cinco dedos en la izquierda, o seis?

—… Cinco.

—Has dudado.

—Porque tenía que decir *cinque* en inglés. Eran cinco, estoy seguro.

Mason separó las descarnadas mandíbulas, única forma de sonrisa que le quedaba.

—Me encanta. Lleva las manoplas para que los seis dedos sigan en su descripción —dijo.

Puede que la fetidez de Carlo hubiera penetrado en el acuario a través de la bomba de aireación. La anguila salió a echar un vistazo y se quedó fuera, dando vueltas y

más vueltas, trazando su infinito ocho de Moebius, enseñando los dientes al respirar.

—Carlo, puede que acabemos este asunto pronto —dijo
Mason—. Tú, Piero y Tommaso sois mi primer equipo.
Confío en vosotros, aunque no pudisteis con él en Florencia. Quiero que tengáis a Clarice Starling bajo constante
vigilancia el día anterior a su cumpleaños, el día de su
cumpleaños y el siguiente. Os relevarán cuando esté dormida en su casa. Os daré un conductor y una furgoneta.

—*Padrone* —dijo Carlo.

—¿Sí?

—Quiero un rato en privado con el *dottore*, por mi
hermano Matteo. —Carlo se santiguó al pronunciar el
nombre del difunto—. Usted me lo prometió.

—Comprendo tus sentimientos perfectamente, Carlo.
Tienes toda mi comprensión. Mira, quiero dedicarle al
doctor Lecter dos sesiones. La primera noche, quiero
que los cerdos le coman los pies con él viéndolo todo
desde el otro lado de la barrera. Y lo quiero en buena
forma para eso. Tráemelo en perfecto estado. Nada de
golpes en la cabeza, ni huesos rotos ni lesiones en los ojos.
Luego esperará una noche sin pies, para que los cerdos
acaben con él al día siguiente. Hablaré con él un ratito, y
después lo tendrás para ti solo durante una hora, antes de
la última sesión. Te pediré que le dejes un ojo y que esté
consciente para verlas venir. Quiero que les vea las caras
cuando le coman la suya. Si tú, por decir algo, decides ca-
parlo, lo dejo a tu discreción; pero quiero que Cordell esté
presente para cortar la hemorragia. Y lo quiero filmado.

—¿Y si se desangra el primer día en el corral?

—No se desangrará. Ni morirá durante la noche. Lo
que hará esa noche es esperar mirándose los muñones.
Cordell se ocupará de eso y reemplazará sus fluidos corporales, supongo que necesitará un gotero intravenoso
para toda la noche, puede que dos.

—O cuatro si hace falta —se oyó decir por los altavoces a la voz desencarnada de Cordell—. Puedo hacerle incisiones en las piernas.

—Y tienes mi permiso para escupir y mear en los goteros al final, antes de que lo lleves al corral —dijo Mason a Carlo con su tono más cordial—. O correrte en ellos, si lo prefieres.

El rostro de Carlo se iluminó al imaginarlo; luego se acordó de la musculosa *signorina* y le dirigió una mirada culpable de reojo.

—*Grazie mille, padrone.* ¿Podrá venir a verlo morir?

—No lo sé, Carlo. El polvo de los graneros me sienta fatal. Quizá tenga que verlo por la tele. ¿Me traerás a alguno de los cerdos? Quiero tocar uno.

—¿A esta habitación, *padrone*?

—No, ya me bajarán un momento conectado a la fuente de alimentación.

—Tendré que dormirlo, *padrone* —dijo Carlo dubitativo.

—Mejor una cerda. Tráela al césped, delante del ascensor. Puedes usar el elevador de carga sobre la hierba.

—¿Piensan hacerlo con la furgoneta o con la furgoneta y un coche? —preguntó Krendler.

—¿Carlo?

—Con la furgoneta sobra. Necesito un conductor.

—Tengo algo mejor para usted —dijo Krendler—. ¿Se puede dar más luz?

Margot accionó el interruptor y Krendler dejó su mochila sobre la mesa, junto al frutero. Se puso guantes de algodón y sacó lo que parecía un pequeño monitor con antena y una repisa para elevarlo, además de un disco duro externo y un compartimiento para las baterías recargables.

—Es difícil vigilar a Starling porque vive en un callejón sin salida y no hay donde esconderse. Pero tiene que salir, es una fanática del ejercicio al aire libre —los informó Krendler—. Ha tenido que apuntarse a un gimnasio privado porque no puede seguir usando el del FBI. La pillamos aparcada ante el gimnasio el jueves y le pusimos una baliza debajo del coche. Es una de esas con ánodo de níquel y cátodo de cadmio, y se recarga cuando el motor se pone en marcha, así que no la descubrirá por quedarse sin batería. El programa informático incluye estos cinco estados contiguos. ¿Quién va a manejarlo?

—Cordell, ven aquí —dijo Mason.

Cordell y Margot se arrodillaron junto a Krendler, y Carlo se quedó de pie junto a ellos, con el sombrero a la altura de las narices de los otros.

—Miren esto —dijo Krendler accionado el interruptor—. Es como el sistema de navegación de un coche, excepto que muestra dónde está el coche de Starling. —En la pantalla apareció un plano del centro de Washington—. Se hace zoom y se mueve el área con las flechas, ¿lo ven? Ahora no indica nada. Una señal de la baliza en el coche de Starling encendería este piloto y se oiría un pitido. Entonces se busca la fuente en la vista general y se utiliza el zoom. El pitido va más rápido conforme nos acercamos. Aquí está el barrio de Starling a escala de plano callejero. No hay señal del coche porque estamos fuera de cobertura. En cualquier punto del Washington metropolitano o de Arlington estaríamos dentro. Lo he sacado del helicóptero que me ha traído. Esto es el convertidor para el enchufe de corriente alterna de la furgoneta. Una cosa: tienen que garantizarme que este aparato no caerá en las manos equivocadas. Podría tener problemas, esto aún no se vende en las tiendas de espías. O me lo devuelven o lo tiran al fondo del Potomac. ¿Entendido?

—¿Lo has entendido, Margot? —preguntó Mason—. ¿Tú también, Cordell? Que cojan a Mogli de conductor y lo ponéis al corriente.

V

UNA LIBRA DE CARNE

77

Lo bonito de la escopeta de aire comprimido consistía en que podía dispararse con el cañón dentro de la furgoneta sin dejar sordo a nadie; no había necesidad de sacarlo por la ventanilla y arriesgarse a que cundiera el pánico.

La ventanilla de espejo bajaría los centímetros imprescindibles y el pequeño proyectil hipodérmico volaría cargado con una dosis considerable de acepromacine hacia la masa muscular de la espalda o el trasero del doctor Lecter.

No se oiría otro ruido que el semejante al chasquido de una rama seca al partirse, ninguna detonación ni estallido del proyectil subsónico que pudieran atraer la atención.

Tal como lo habían ensayado, cuando el doctor Lecter empezara a desplomarse, Piero y Tommaso, vestidos de blanco, lo «atenderían» y lo trasladarían a la furgoneta, mientras aseguraban llevarlo al hospital a los posibles mirones. Tommaso era el que mejor hablaba inglés, pues lo había estudiado en el seminario, aunque la hache de «hospital» se le hacía un poco cuesta arriba.

Mason no se equivocaba asignando a los italianos las fechas clave para capturar al doctor Lecter. A pesar del fiasco de Florencia, eran con mucha diferencia los más dotados para la caza del hombre y los que más garantías ofrecían de atrapar vivo al doctor.

Para realizar su misión, Mason no les permitía llevar más arma, aparte del rifle de aire comprimido, que la del conductor, Johnny Mogli, ayudante del sheriff en Illinois de permiso y miembro de la cuadra Verger desde siempre. Mogli se había criado hablando italiano en casa. Era un individuo que solía estar de acuerdo con todo lo que decían sus víctimas hasta un segundo antes de matarlas.

Carlo y los hermanos Piero y Tommaso disponían de una red, la pistola de aire comprimido, espray irritante y un buen surtido de ligaduras. Era más que suficiente.

Al amanecer estaban en su puesto, a cinco manzanas de la casa de Starling en Arlington, aparcados en una plaza para minusválidos de una calle comercial.

Ese día la furgoneta llevaba rótulos adhesivos en los que podía leerse: «TRANSPORTE MÉDICO PARA LA TERCERA EDAD». Una tarjeta colgada del retrovisor y la matrícula falsa colocada en el parachoques la identificaban como vehículo para el transporte de minusválidos. En la guantera guardaban el recibo de un taller de carrocería por el cambio reciente del parachoques, de forma que podían alegar una confusión del empleado del aparcamiento para salir del paso si alguien cuestionaba el número de la tarjeta. Los números de identificación del vehículo y la documentación eran auténticos. Como lo eran los billetes de cien dólares doblados en su interior como soborno.

El monitor, sujeto con velcro al salpicadero y alimentado a través del hueco del encendedor, brillaba mostrando un plano del barrio de Starling. El mismo satélite de posición global que ahora indicaba la situación de la furgoneta también señalaba el coche de Starling, un punto brillante frente a la casa.

A las nueve en punto de la mañana Carlo dio permiso a Piero para comer algo. Tommaso podría hacerlo a las diez y media. No quería que los dos tuvieran el estómago lleno al mismo tiempo, por si era necesaria una larga persecución a pie. También a mediodía se hicieron turnos para comer. A media tarde, mientras Tommaso revolvía en la nevera portátil buscando un sándwich, sonó el pitido.

La maloliente cabeza de Carlo se volvió con viveza hacia el monitor.

—Se está moviendo —dijo Mogli, e hizo girar la llave del contacto.

Tommaso volvió a tapar la nevera.

—Vamos allá, vamos allá… Va por Tindal hacia la carretera principal —dijo Mogli sumándose al tráfico.

Podía permitirse el lujo de seguir a Starling a tres manzanas de distancia, con lo que no había forma de que la mujer los descubriera. Eso impidió que Mogli viera la vieja camioneta gris que avanzaba una manzana detrás de Starling, con un árbol de Navidad sobresaliendo por la parte de atrás.

Conducir el Mustang era uno de los pocos placeres que nunca la decepcionaban. El potente vehículo, sin ABS ni dirección asistida, era impredecible en las calles resbaladizas la mayor parte del invierno. Pero cuando las carreteras estaban secas era un placer bombear combustible a los ocho cilindros en uve sin pasar de segunda y oír el rugido del motor.

Mapp, imbatible coleccionista de cupones, le había dado un fajo de vales junto con la lista de la compra. Querían preparar jamón, ternera estofada y dos asados con verduras. Los invitados traerían el pavo.

Celebrar su cumpleaños con un banquete era lo último que le apetecía. Pero no le quedaba más remedio, porque Mapp y un sorprendente número de agentes femeninas, a muchas de las cuales solo conocía de vista o no apreciaba especialmente, se habían empeñado en mostrarle su apoyo en aquellos momentos de infortunio.

Jack Crawford no se le iba de la cabeza. No podía visitarlo en cuidados intensivos ni tampoco llamarlo por teléfono. Le había ido dejando notas en el mostrador de la enfermera, simpáticas postales de perros con los mensajes más ligeros que se le habían ocurrido escritos al dorso.

Starling procuró olvidarse de su situación jugando con el Mustang, reduciendo dos marchas con un solo toque del embrague, empleando la compresión del motor para aminorar antes de girar hacia el aparcamiento del supermercado Safeway y pisando el freno tan solo para que los coches que la seguían vieran sus luces.

Tuvo que dar cuatro vueltas al aparcamiento para encontrar una plaza libre, aunque bloqueada por un carrito del supermercado. Se bajó a apartarlo. Cuando acabó de aparcar, otro comprador se había llevado el carrito.

Starling cogió uno junto a la puerta y lo empujó hacia la sección de alimentación.

Mogli había visto que giraba y se detenía en la pantalla del monitor, y a cierta distancia, a la derecha, distinguió el enorme Safeway.

—Está en el supermercado —dijo a los otros, y torció para entrar en el aparcamiento.

En unos segundos localizaron el coche. Una mujer joven empujaba un carrito hacia la entrada. Carlo la enfocó con los prismáticos.

—Es Starling. Es la mujer de las fotografías —aseguró, y le pasó los prismáticos a Piero.

—Me gustaría hacerle una foto —dijo este—. Tengo el zoom aquí.

Había una plaza libre para minusválidos separada del coche de Starling por el espacio para circular. Mogli se metió en ella adelantándose a un gran Lincoln con matrícula de minusválidos. El conductor, iracundo, hizo sonar el claxon un buen rato.

Desde la parte trasera de la furgoneta veían la cola del Mustang.

Tal vez porque los vehículos norteamericanos le eran más familiares, fue Mogli el primero que advirtió la vieja camioneta, estacionada en una plaza alejada, cerca del final del aparcamiento. Solo se veía la parte trasera, de color gris. Enseguida se la señaló a Carlo.

—¿Lleva un torno en la parte de atrás? ¿Recuerdas lo que dijo el tío de la licorería? Enfócalo con los prismáticos, el puto árbol no me deja verlo. *Carlo, c'è una morsa sul camione?*

—*Certo*. Sí, sí que lleva un torno. Está vacía.

—¿Entramos en el supermercado para vigilar a la mujer? —dijo Tommaso, que no solía hacer preguntas a Carlo.

—No, si lo hace será aquí fuera —respondió Carlo.

La lista empezaba por los productos lácteos. Starling, procurando aprovechar los cupones, eligió el queso y algunos panecillos preparados para calentar y servir. «Lo tienen claro si piensan que voy a hacer panecillos para una multitud», pensó. Al llegar al mostrador de la carnicería, se dio cuenta de que se había olvidado de la mantequilla. Dejó el carrito y dio media vuelta.

Cuando volvió a la sección de carnes, el carrito había desaparecido. Alguien había sacado los productos y los había dejado en un estante. Pero se había quedado con los cupones y con la lista.

—La madre que lo parió —dijo Starling, lo bastante fuerte para que lo oyeran los presentes.

Se puso a mirar a su alrededor, pero no vio a nadie con un fajo de cupones. Respiró hondo un par de veces. Podía quedarse junto a las cajas registradoras y tratar de reconocer su lista, si es que no la habían separado de los cupones. Bah, total por un par de dólares. No iba a dejar que le estropearan el cumpleaños por tan poca cosa.

No quedaban carritos libres dentro del supermercado. Salió a buscar uno por el aparcamiento.

—*Ecco!*

Carlo lo vio saliendo de entre los vehículos con el paso vivo y seguro que le recordaba. Vestía abrigo de pelo de camello y sombrero de fieltro de ala ancha y llevaba un regalo con caprichosa resolución.

—*Madonna!* Va hacia el coche de la chica.

El cazador que llevaba dentro se hizo cargo de la situación y Carlo empezó a controlar la respiración preparándose para el disparo. El diente de venado que mascaba apareció un instante entre sus labios.

Las ventanillas traseras eran fijas.

—*Metti in moto!* Retrocede y ponte de lado —ordenó Carlo.

El doctor Lecter se detuvo junto a la ventanilla del acompañante del Mustang, luego cambió de idea y fue a la del conductor, puede que con la intención de olfatear el volante.

Echó un vistazo a su alrededor y se sacó la varilla de la manga.

Ahora la furgoneta estaba de costado y Carlo, dispuesto para disparar el rifle. Pulsó el botón para bajar la ventanilla. No pasó nada.

—*Mogli, il finestrino!* —se oyó decir a Carlo con voz sobrecogedoramente tranquila ahora que estaba en plena acción.

Tenía que ser el seguro para los niños, y Mogli lo buscó a tientas.

El doctor metió la varilla por el espacio entre la puerta y la ventanilla e hizo saltar la cerradura. Abrió la puerta y se agachó para entrar.

Soltando un juramento, Carlo descorrió lo justo la puerta lateral y levantó el rifle. Piero hizo mecerse la furgoneta al apartarse unas décimas de segundo antes de que sonara el chasquido del rifle.

El dardo cortó el aire y con un crujido casi imperceptible atravesó la camisa almidonada del doctor Lecter y se le clavó en el cuello. La droga, una dosis abundante en un punto crítico, hizo su trabajo en cuestión de segundos. El hombre intentó erguirse pero las piernas no le respondieron. El envoltorio se le cayó de las manos y rodó bajo el coche. Aún pudo sacar la navaja del bolsillo y abrirla mientras se derrumbaba entre la puerta y el asiento con las piernas convertidas en agua por el tranquilizante.

—Mischa —murmuró mientras su visión se hacía borrosa.

Piero y Tommaso se deslizaron hasta él como dos gatos enormes y lo inmovilizaron entre los coches hasta estar seguros de que las fuerzas lo habían abandonado.

Mientras empujaba el segundo carrito del día por el aparcamiento, Starling oyó el chasquido y, al reconocerlo de inmediato como el ruido de un disparo, se agachó instintivamente mientras a su alrededor la gente seguía su camino. Era difícil saber de dónde procedía. Miró hacia su coche, vio las piernas de un hombre desapareciendo dentro de una furgoneta y pensó que se trataba de un secuestro.

Se golpeó la cadera huérfana de pistola y echó a correr hacia la furgoneta sorteando los coches aparcados.

El anciano del Lincoln había vuelto y estaba tocando el claxon para que la furgoneta se apartara de la plaza de aparcamiento que bloqueaba, ahogando así los gritos de Starling.

—¡Alto! ¡Deténganse! ¡FBI! ¡Alto o disparo! —gritó Starling, esperando que al menos le diera tiempo a ver la matrícula.

Piero la vio venir y, moviéndose a toda prisa, cortó la válvula del neumático del lado del conductor con la navaja de Lecter y corrió y se arrojó de cabeza al interior de la furgoneta. El vehículo pegó un bote sobre una mediana del aparcamiento y aceleró hacia la salida. Starling consiguió ver la matrícula. La apuntó con el dedo sobre una carrocería polvorienta.

Con las llaves ya en la mano, Starling oyó el silbido del aire que escapaba de la válvula antes de llegar al coche. Veía el techo de la furgoneta llegando a la salida.

Golpeó la ventanilla del Lincoln, que seguía tocando el claxon, ahora por ella.

—¿Tiene teléfono en el coche? FBI, por favor, ¿lleva teléfono en el coche?

—Arranca, Noel —dijo la mujer golpeando al conductor con la pierna y pellizcándolo—. No queremos problemas, esto es algún truco. Tú no te metas. —Y el coche salió disparado.

Starling corrió al teléfono público más cercano y marcó el novecientos once.

El ayudante del sheriff Mogli corrió al límite de velocidad a lo largo de quince manzanas.

Carlo arrancó el dardo del cuello del doctor Lecter, aliviado al ver que el agujero no sangraba. Bajo la piel se había formado un hematoma del tamaño de una moneda de veinticinco centavos. La inyección debía difundirse a través de una masa muscular grande. Aquel hijo de puta era capaz de morirse antes de que los cerdos pudieran acabar con él.

Nadie hablaba en el interior de la furgoneta; solo se oían las respiraciones y los graznidos de la radio de la policía bajo el salpicadero. El doctor Lecter yacía en el suelo envuelto en su distinguido abrigo, con el sombrero atrapado bajo la lustrosa cabeza y una mancha de sangre en el cuello de la camisa, elegante como un pavo en el escaparate del carnicero.

Mogli se metió en un garaje y subió hasta el tercer nivel, donde se detuvieron el tiempo justo para arrancar las pegatinas de los costados de la furgoneta y cambiar las matrículas.

No valía la pena. Mogli rió para sus adentros cuando la radio de la policía emitió el boletín. La operadora del novecientos once, malinterpretando al parecer la descripción de Starling, que le había hablado de «una furgoneta o minibús gris», emitió una llamada a todas las unidades para buscar un autobús de línea Greyhound. Se había de reconocer, no obstante, que había apuntado correctamente todos los números de la matrícula falsa excepto uno.

—Igual que en Illinois —dijo Mogli.

—Lo he visto sacar la navaja y he creído que se iba a matar para librarse de lo que le tenemos preparado —dijo Carlo a Piero y Tommaso—. Va a lamentar no haberse rebanado el pescuezo.

Mientras comprobaba las otras ruedas, Starling encontró el paquete junto al coche.

Una botella de Château d'Yquem de trescientos dólares y la tarjeta, escrita con aquella letra que le era tan familiar: «Feliz cumpleaños, Clarice».

En ese momento comprendió lo que había visto.

78

Starling sabía de memoria los números que necesitaba. ¿Conducir diez manzanas hasta casa para usar su propio teléfono? No, mejor volver al teléfono público, donde le quitó el pegajoso auricular a una chica que fue a buscar a un guardia de seguridad del supermercado a pesar de que Starling le había pedido disculpas.

Starling llamó a la brigada de intervención rápida de Buzzard's Point, el centro de operaciones de Washington.

En aquella brigada con la que había trabajado tantos años estaban al cabo de la calle sobre la situación de Starling, y la pusieron con el despacho de Clint Pearsall mientras ella se tentaba en busca de más monedas y discutía con el guardia de seguridad, emperrado en que se identificara.

Por fin oyó la voz de Pearsall al otro lado de la línea.

—Señor Pearsall, he visto a tres hombres, tal vez cuatro, secuestrar a Hannibal Lecter en el aparcamiento del Safeway hace cinco minutos. Me han pinchado una rueda y no he podido perseguirlos.

—¿Es lo del autobús, la llamada a todas las unidades de la policía?

—No sé nada de ningún autobús. Era una furgoneta gris, con matrícula para discapacitados —explicó, y le dio el número.

—¿Cómo sabe que era Lecter?

—Me… me ha dejado un regalo, estaba debajo del coche.

—Entiendo…

Pearsall se quedó callado y Starling perdió la paciencia.

—Señor Pearsall, usted sabe que es Mason Verger quien está detrás de esto. No hay otra explicación. Nadie más podría hacerlo. Es un sádico, lo torturará hasta matarlo y querrá verlo. Tenemos que emitir un boletín sobre todos los vehículos de Verger y hacer que el fiscal de Baltimore consiga una orden de registro de su propiedad.

—Starling… Por amor de Dios, Starling. Mire, se lo voy a preguntar una sola vez. ¿Está segura de lo que ha visto? Piénselo un segundo. Piense en todo lo bueno que ha hecho usted aquí. Piense en lo que juró. Luego no habrá marcha atrás. ¿Qué ha visto?

«Qué tendría que decirle… ¿Que no soy una histérica? Eso es lo primero que diría una histérica.»

Comprendió en un instante lo bajo que había caído en la confianza de Pearsall, y de qué material tan perecedero estaba hecha su confianza.

—He visto a tres individuos, puede que a cuatro, secuestrar a un hombre en el aparcamiento del Safeway. En el lugar de los hechos he encontrado un regalo del doctor Hannibal Lecter, una botella de vino Château d'Yquem, por mi cumpleaños, acompañada de una nota de su puño y letra. He descrito el vehículo. Ahora le estoy informado a usted, Clint Pearsall, director del centro de operaciones Buzzard's Point.

—Lo voy a llevar adelante como secuestro, Starling.

—Voy para allá. Puedo ser nombrada ayudante y acompañar a la brigada de intervención rápida.

—No venga, no la dejarán entrar.

Starling lamentó no haberse alejado de allí antes de la llegada de la policía de Arlington. Les costó quince minutos rectificar el boletín para las unidades sobre el vehículo. Una oficial obesa con bastos zapatos de suela gorda le tomó declaración. El cuadernillo de multas, la radio, el espray irritante, la pistola y las esposas sobresalían formando ángulos con su enorme trasero, y las costuras de la chaqueta parecían a punto de reventar. La oficial no sabía si rellenar la casilla sobre la profesión de Starling con «FBI» o «Ninguna». Cuando Starling consiguió irritarla anticipándose a sus preguntas, aminoró el ritmo del interrogatorio. Cuando le llamó la atención sobre las huellas de neumáticos para nieve y barro en el lugar donde la furgoneta había saltado sobre la mediana, resultó que nadie tenía una cámara. Prestó la suya a los policías y les enseñó a usarla.

Una y otra vez, mientras respondía a las preguntas, Starling se repetía mentalmente: «Tenía que haberlos perseguido, tenía que haberlos perseguido, tenía que haber echado a patadas a esos dos del Lincoln y haberlos perseguido».

79

Krendler se enteró de la declaración de secuestro de inmediato. Llamó a sus fuentes y después se puso en contacto con Mason por un teléfono seguro.

—Starling ha presenciado la captura; no habíamos contado con eso. Está armando jaleo en el centro de operaciones de Washington. Pidiendo una orden para registrar tu casa.

—Krendler… —Mason esperó que la máquina le proporcionara oxígeno, o tal vez estaba exasperado, Krendler no hubiera sabido decirlo—. Ya he puesto denuncias ante las autoridades locales, el sheriff y la oficina del fiscal por el acoso a que me está sometiendo esa Starling, que me llama a las tantas de la noche con amenazas absurdas.

—¿Lo ha hecho?

—Por supuesto que no, pero no podrá probarlo y servirá para enturbiar las aguas. Sobre lo otro, puedo invalidar cualquier orden en este condado y en este estado. Pero quiero que llames al fiscal de aquí y le recuerdes que esa puta histérica no me deja en paz. De los otros ya me ocupo yo, no sufras.

80

Cuando consiguió librarse de la policía, Starling cambió la rueda y volvió a casa, a sus teléfonos y su ordenador. Le hubiera venido de perlas el teléfono celular del FBI, al que aún no había encontrado sustituto.

En el contestador había un mensaje de Mapp: «Starling, sazona el estofado de ternera y ponlo a fuego lento. No se te ocurra echar la verdura todavía. Acuérdate de lo que pasó la última vez. Estaré en una vista de exclusión hasta las cinco aproximadamente».

Starling encendió su portátil e intentó acceder al archivo VICAP de Lecter, pero se le denegó la entrada, no ya a ese archivo, sino a toda la red informática del FBI. Tenía menos acceso que el alguacil del pueblo más perdido.

Sonó el teléfono. Era Clint Pearsall.

—Starling, ¿has estado incordiando a Mason Verger por teléfono?

—Nunca, se lo juro.

—Pues él asegura que lo has hecho. Ha invitado al she-riff a una visita por su propiedad, de hecho le ha pedido que acuda a recorrerla, y ahora mismo deben de estar haciéndolo. Así que no hay orden de registro que valga, ni la habrá en el futuro. Y no hemos conseguido encontrar más testigos del secuestro. Solo tú.

—Había un Lincoln blanco con una pareja de ancianos. Señor Pearsall, ¿por qué no comprueban las compras con tarjeta de crédito en el Safeway justo antes de los hechos? En los resguardos figura la hora de la venta.

—Ya veremos, pero eso…

—Eso necesitará tiempo —completó Starling.

—¿Starling?

—¿Señor?

—Entre nosotros. La tendré informada de lo importante. Pero manténgase al margen. Mientras dure la suspensión no es una agente de la ley, y se supone que no tiene información. Es usted una particular más.

—Sí, señor, ya lo sé.

¿Qué aspecto tenemos mientras intentamos tomar una decisión? La nuestra no es una cultura reflexiva, elevar la mirada no es nuestro estilo. La mayoría de las veces decidimos sobre las cosas más graves mirando el linóleo de un pasillo de hospital, o susurrando apresuradamente en una sala de espera con una televisión farfullando memeces.

Starling, que buscaba algo, cualquier cosa, atravesó la cocina y se dirigió a la tranquilidad y el orden de las habitaciones de Mapp. Miró la fotografía de la menuda y orgullosa abuela de Ardelia, la especialista en infusiones. Miró la póliza del seguro de la anciana enmarcada en la pared. En cada rincón de la zona de Mapp se respiraba la personalidad de su moradora.

Starling volvió a su parte de la casa. Tuvo la impresión de que allí no vivía nadie. ¿Qué había enmarcado ella? Su diploma de la Academia del FBI. No le quedaba ninguna fotografía de sus padres. Había vivido sin ellos demasiado tiempo y solo los conservaba en su mente. A veces, con los olores del desayuno o cualquier otro aroma, con un retazo de conversación o un coloquialismo apenas oído, Starling sentía las manos de sus padres posadas sobre ella. Se percataba de ello sobre todo con su sentido del bien y el mal.

¿Qué demonios era ella? ¿La había reconocido alguien alguna vez?

«Eres una guerrera, Clarice. Puedes ser tan fuerte como desees.»

Starling podía comprender la obsesión de Mason por matar a Hannibal Lecter. Lo hiciera con sus propias manos o por medio de alguien, ella lo hubiera comprendido. Mason tenía motivos.

Pero no podía soportar la idea de que torturaran al doctor Lecter hasta matarlo; la acobardaba como solo lo había conseguido la matanza de los corderos y de los caballos hacía tantos años.

«Eres una guerrera, Clarice.»

Casi tan horrible como el hecho en sí, era que Mason lo haría con la tácita aprobación de hombres que habían jurado defender la ley. Así era el mundo.

Semejante pensamiento la ayudó a tomar una sencilla decisión:

«El mundo no será así hasta donde alcance mi brazo.»

De pronto se vio ante el armario, subida a un taburete, buscando en lo más alto.

Bajó la caja que le había dado el abogado de John Brigham en otoño. Parecía que había ocurrido en un pasado inmemorial.

Hay una larga tradición y una mística profunda asociadas a la entrega de armas personales a un compañero de filas. Es un acto que tiene que ver con la continuidad de unos valores más allá de la muerte individual.

A los que les ha tocado vivir en unos tiempos en que su seguridad es salvaguardada por otros puede resultarles difícil de comprender.

La caja en la que las armas de John Brigham llegaron a las manos de Starling era un regalo por sí misma. Debía de haberla comprado en Oriente cuando estaba en la marina. Era un estuche de ébano con incrustaciones de madreperla en la tapa. Las armas eran puro Brigham, bien elegidas, bien conservadas e inmaculadamente limpias. Una pistola Colt 45 M1911A1, una versión Safari Arms del 45 recortada para ocultarla en el tobillo y un puñal de bota con uno de los filos dentados. Starling tenía sus propias fundas. La vieja insignia del FBI de John Brigham estaba montada en una placa de ébano. La de la DEA, suelta en la caja.

Starling arrancó la insignia del FBI con una palanca y se la echó al bolsillo. La 45 fue a parar a la pistolera yaqui, detrás de la cadera y cubierta por la chaqueta. Se metió la 45 corta en un tobillo y el puñal en el otro, dentro de las botas. Sacó su diploma del marco y se lo guardó doblado en el bolsillo. En la oscuridad podría pasar por una orden judicial. Mientras plegaba el grueso papel, se dio cuenta de que no era ella misma del todo, y se alegró.

Otros tres minutos ante el portátil. Tras navegar por Internet, imprimió un mapa a gran escala de Muskrat Farm y el parque nacional que la rodeaba. Se quedó mirando el imperio del magnate de la carne unos instantes, recorriendo sus límites con el dedo.

Los gases de los enormes tubos de escape del Mustang aplanaron la hierba mientras salía del camino de acceso de su casa para hacer una visita a Mason Verger.

81

Sobre Muskrat Farm reinaba una quietud que parecía el silencio del antiguo Sabbath. Mason estaba entusiasmado, terriblemente orgulloso de poder llevar a cabo aquel sueño. Para sí, comparaba su éxito con el descubrimiento del radio.

El libro de ciencias ilustrado era el que más recordaba de sus años de colegial; era el único lo bastante alto como para permitirle masturbarse en clase. Solía mirar una imagen de Madame Curie mientras se manipulaba, y ahora pensaba a menudo en ella y en las toneladas de pechblenda que había hervido para obtener el radio. Los esfuerzos de aquella mujer habían sido muy semejantes a los suyos, estaba convencido.

Mason se imaginó al doctor Lecter, producto de todas sus investigaciones y dispendios, reluciendo en la oscuridad como la redoma en el laboratorio de la Curie. Imaginó a los cerdos que se lo iban a comer yéndose después a dormir al bosque, con las panzas reluciendo como bombillas.

Era viernes por la tarde, casi de noche. Los obreros de mantenimiento se habían ido. Ninguno de los trabajadores había visto llegar la furgoneta, que no entró por la puerta principal, sino por el camino forestal que atravesaba el parque nacional y hacía las veces de carretera de servicio de Mason. El sheriff y sus ayudantes habían completado su registro rutinario y estuvieron lejos de la propiedad antes de que el vehículo llegara al granero. Ahora la entrada principal estaba custodiada y solo un mínimo retén de confianza permanecía en Muskrat.

Cordell estaba en su puesto en la sala de juegos, donde lo relevarían a medianoche. Margot y el ayudante

Mogli, que se había puesto su placa para despistar al sheriff y no se la había quitado, estaban con Mason. Y la banda de secuestradores profesionales se afanaba en el granero.

Antes de la noche del domingo todo habría acabado y las pruebas habrían ardido o estarían en proceso de digestión en las barrigas de los dieciséis cerdos. Mason pensó que podía darle a la anguila alguna exquisitez del doctor Lecter, tal vez su nariz. Luego, en los años por venir, contemplaría a la voraz cinta trazando su eterno ocho y sabría que el signo del infinito representaba a Lecter muerto para siempre, por los siglos de los siglos, amén.

No obstante, Mason sabía que es peligroso conseguir exactamente lo que se desea. ¿Qué haría después de haber matado al doctor? Podía malograr unos cuantos hogares adoptivos y atormentar a unos cuantos niños. Podía beber martinis hechos con lágrimas. Pero la diversión auténtica, ¿de dónde la sacaría?

Qué tonto sería si dejaba que el miedo al futuro le estropeara aquel tiempo de éxtasis. Esperó la rociada diminuta del ojo, esperó que se aclarara la lente, luego sopló en un tubo-conmutador: siempre que le apeteciera podría poner el vídeo y ver a su presa...

82

El olor del fuego de carbón en la guarnicionería del granero de Mason y los olores más arraigados de los animales y los hombres. El resplandor sobre el alargado cráneo del caballo de carreras *Sombra fugaz*, vacío como la Providencia, mirándolo todo con las anteojeras.

Carbones al rojo en la fragua del herrero, resplandeciendo y avivándose con el siseo del fuelle mientras Carlo calentaba una barra que ya había adquirido un rojo cereza.

El doctor Lecter pendía bajo la calavera como un retablo atroz. Tenía los brazos estirados en ángulo recto, fuertemente atados con sogas a un balancín, una pieza de roble macizo del carro de los ponis. El balancín le recorría la espalda como un yugo y estaba fijado a la pared con una argolla fabricada por el propio Carlo. Las piernas no tocaban el suelo. Las tenía atadas por encima del pantalón como patas de cordero asado, con muchas vueltas de cuerda espaciadas y con sendos nudos. No había cadenas ni esposas, ninguna pieza de metal que pudiera dañar los dientes de los cerdos y hacérselo pensar dos veces.

Cuando el hierro del horno estuvo al rojo blanco, Carlo lo llevó al yunque con las pinzas y lo golpeó con el martillo para darle forma de grillete, salpicando la semioscuridad de brillantes chispas que rebotaban en su pecho y en la figura colgante del doctor Hannibal Lecter.

La cámara de televisión de Mason, extraña entre las viejas herramientas, escrutaba al doctor Lecter desde su trípode metálico, que le daba aspecto de araña. En el banco de trabajo había un monitor apagado.

Carlo volvió a calentar el grillete y salió corriendo para colocarlo en el elevador de carga mientras seguía candente y maleable. El martillo resonaba en el alto granero, el golpe y su eco, bang-bang, bang-bang.

Se oyó un áspero chirrido procedente del piso superior, donde Piero trataba de sintonizar la retransmisión en diferido de un partido de fútbol en onda corta. El equipo de Cagliari jugaba en Roma contra la odiada Juventus.

Tommaso estaba sentado en un sillón de mimbre con el rifle de aire comprimido apoyado contra la pared. Sus oscuros ojos de sacerdote no se apartaban del rostro del doctor.

Tommaso detectó una alteración en la inmovilidad del hombre amarrado. Era un cambio sutil, de la inconsciencia a un autodominio sobrehumano, puede que tan solo una diferencia en el sonido de su respiración.

Tommaso se levantó de la silla y gritó hacia el granero.

—*Si sta svegliando.*

Carlo volvió a la guarnicionería con el diente de venado asomándole en la boca. Sostenía unos pantalones con las perneras llenas de fruta, verdura y trozos de pollo. Los frotó contra el cuerpo y las axilas del doctor.

Procurando mantener la mano lejos de su boca, lo agarró por el pelo y le levantó la cabeza.

—*Buona sera, dottore.*

Un chisporroteo en el altavoz del monitor de televisión. La pantalla se iluminó y mostró la cara de Mason…

—Enceded la luz de la cámara —dijo Mason—. Buenas noches, doctor Lecter.

El doctor abrió los ojos por primera vez.

Carlo hubiera jurado que en el fondo de los ojos del demonio volaban chispas, pero prefirió pensar que eran reflejos de la fragua. Se santiguó contra el mal de ojo.

—Mason —dijo el doctor a la cámara. Detrás de Mason podía ver la silueta de Margot, negra contra el acuario—. Buenas noches, Margot —añadió en un tono más cortés—. Es un placer volver a verte.

A juzgar por la claridad con que se expresó, se podría haber pensado que llevaba un rato despierto.

—Buenas noches, doctor Lecter —saludó la áspera voz de Margot.

Tommaso encontró el foco de la cámara y lo encendió. La luz cruda los deslumbró a todos durante unos segundos. Al cabo, se oyeron los profundos tonos de locutor de Mason:

—Doctor, en unos veinte minutos vamos a servir a los cerdos del primer plato, es decir, sus pies. Después de eso celebraremos una fiesta en pijama, usted y yo. Para entonces, podrá ponerse unos pantaloncitos cortos. Cordell va a mantenerlo vivo mucho tiempo...

Mason siguió hablando mientras Margot se inclinaba para ver mejor la escena del granero.

El doctor Lecter miró el monitor para asegurarse de que Margot lo estaba viendo. Entonces, con voz metálica y tranquila, le susurró a Carlo en la oreja:

—Tu hermano, Matteo, debe de oler peor que tú ahora mismo. Se cagó encima mientras lo abría en canal.

Carlo llevó la mano al bolsillo de atrás y sacó la aguijada eléctrica. A la brillante luz de la cámara, golpeó con ella el lado de la cabeza de Lecter. Luego, asiéndolo del pelo con una mano, apretó el botón del mango y sostuvo el instrumento ante los ojos del doctor mientras el potente arco voltaico chisporroteaba entre los electrodos.

—Vas a joder a tu madre —dijo, y le hundió el arco en el ojo.

El doctor Lecter no emitió el menor sonido. El único ruido salió del altavoz: Mason bramaba en la medida en que su respiración se lo permitía, mientras Tommaso, que se había abalanzado sobre Carlo, procuraba que soltara al doctor. Piero bajó del piso superior para ayudarlo. Por fin consiguieron sentarlo en el sillón de mimbre. Sin soltarlo.

—¡Si lo dejas ciego no veremos un dólar! —le gritaban al unísono, cada uno por una oreja.

El doctor Lecter ajustó las celosías de su palacio de la memoria para aliviar el terrible resplandor. Ahhhhh. Apoyó el rostro contra el fresco mármol del costado de Venus.

Volvió la cara para mirar directamente a la cámara y dijo con voz serena:

—No voy a aceptar el chocolate, Mason.

—Este hijoputa está loco. Bueno, después de todo ya lo sabíamos —dijo el ayudante del sheriff Mogli—. Pero ese Carlo está igual o peor.

—Baja ahora mismo y arréglalo —le ordenó Mason.

—¿Está seguro de que no tienen pistolas? —preguntó Mogli.

—Te pago para echarle cojones, ¿estamos? No. Solo el rifle tranquilizante.

—Déjame hacerlo a mí —pidió Margot—. No fastidies todo obligándolos a demostrar quién es más machote. Los italianos respetan a sus mamás. Y Carlo sabe que manejo el dinero.

—Que saquen la cámara y me enseñen los cerdos —exigió Mason—. ¡La cena será a las ocho!

—Yo no pienso quedarme —replicó Margot.

—¡Vaya si te quedarás! —zanjó Mason.

83

Margot respiró hondo antes de entrar en el granero. Si tenía la intención de matarlo, tenía que ser capaz de mirarlo. Pudo oler a Carlo antes de abrir la puerta de la guarnicionería. Piero y Tommaso flanqueaban a Lecter. No le quitaban ojo a Carlo, sentado en el sillón.

—*Buona sera, signori* —dijo Margot—. Sus amigos llevan razón, Carlo. Estropéelo ahora y se quedan sin dinero. Después de haber llegado tan lejos y de haberlo hecho tan bien.

Los ojos de Carlo no se despegaban del rostro del doctor Lecter.

Margot sacó un teléfono celular del bolsillo. Pulsó

unos números en la carcasa iluminada y acercó el aparato al rostro de Carlo.

—Lea. —Y lo sostuvo en la trayectoria de su mirada.

En la diminuta pantalla podía leerse: «BANCO STEUBEN».

—Ese es su banco de Cagliari, *signor* Deogracias. Mañana por la mañana, cuando todo haya acabado, cuando le haya hecho pagar por lo que le hizo a su valiente hermano, yo misma llamaré a este número, le diré a su banquero mi código y añadiré: «Entregue al señor Deogracias el resto del dinero que custodia para él». Su banquero se lo confirmará por teléfono. Mañana por la noche estará volando de vuelta a casa, convertido en un hombre rico. Como la familia de Matteo. Podrá llevarles los *coglioni* del doctor en una bolsa para que les sirvan de consuelo. Pero si el doctor Lecter no puede ver su propia muerte, si no puede ver a los cerdos cuando se acerquen para comerle la cara, usted se queda sin nada. Sea hombre, Carlo. Vaya a por sus cerdos. Yo me sentaré con ese hijo de puta. En media hora lo estará oyendo gritar mientras le devoran los pies.

Carlo echó atrás la cabeza y respiró con fuerza.

—*Piero, andiamo! Tu, Tommaso, rimani.*

Tommaso ocupó su sitio en el sillón de mimbre junto a la puerta.

—Todo controlado, Mason —dijo Margot dirigiéndose a la cámara.

—Querré llevarme a casa la nariz. Díselo a Carlo —refunfuñó Mason, y la pantalla se oscureció.

Trasladarse fuera de su habitación suponía un esfuerzo extraordinario tanto para Mason como para los que lo rodeaban; había que volver a conectar sus tubos a unos contenedores instalados en su camilla con ruedas especial y conectar su macizo respirador a un transformador de corriente alterna.

Margot escrutó el rostro del doctor Lecter.

El ojo destrozado estaba hinchado y cerrado entre las quemaduras negras que le habían producido los electrodos en los extremos de la ceja.

El doctor Lecter abrió el ojo bueno. Fue capaz de retener en su cara la frescura del costado mármoreo de Venus.

—Me gusta ese olor a linimento fresco y a limón —dijo el doctor Lecter—. Gracias por venir, Margot.

—Eso mismo me dijo cuando la matrona me hizo pasar a su despacho el primer día. Cuando estaban deliberando sobre Mason la primera vez.

—¿Eso dije? —Recién salido de su palacio de la memoria, donde había repasado sus entrevistas con Margot, sabía que era así.

—Sí. Yo estaba llorando, con miedo a contarle lo de Mason conmigo. También me daba miedo sentarme, pero usted en ningún momento me ofreció asiento, porque sabía que tenía suturas, ¿verdad? Paseamos por el jardín. ¿Se acuerda de lo que me dijo?

—Que no tenías más culpa por lo que había pasado...

—«... que si me hubiera mordido el trasero un perro rabioso», eso es lo que me dijo. Usted me hizo mucho bien en esa ocasión y durante las otras visitas, y le estuve agradecida durante algún tiempo.

—¿Qué más te dije?

—Que usted era mucho más raro de lo que yo sería nunca —le recordó Margot—. Dijo que ser raro estaba bien.

—Si lo intentaras, serías capaz de recordar todo lo que hablamos. ¿Te acuerdas...?

—Por favor, no me suplique —le salió, a pesar de que no tenía intención de decirlo de esa manera.

El doctor Lecter se movió ligeramente y las sogas crujieron.

Tommaso se levantó y se acercó a comprobar los nudos.

—*Attenzione a la bocca, signorina.* Cuidado con la boca.

Margot no supo si Tommaso se refería a la boca del doctor Lecter o a sus palabras.

—Margot, ha pasado mucho tiempo desde que te traté, pero me gustaría que hablaramos de tu historial médico, solo un momento, en privado —dijo señalando con el ojo bueno hacia Tommaso.

Margot lo pensó unos instantes.

—Tommaso, ¿podrías dejarnos solos un momento?

—No, *signorina*, lo siento mucho; pero me quedaré ahí con la puerta abierta. —Y salió con el rifle al granero, desde donde se quedó vigilando a Lecter.

—Nunca te haría sentirte incómoda suplicando, Margot. Me gustaría saber por qué haces esto. ¿Te importa explicármelo? ¿Es que has empezado a aceptar el chocolate, como le gusta decir a Mason, después de haber luchado contra él tanto tiempo? Entre nosotros no hace falta que finjamos que estás vengando la cara de Mason.

Y ella se lo contó. Lo de Judy, lo de que querían tener un hijo. No le costó más de tres minutos; se quedó sorprendida de lo fácil que le resultaba resumir sus problemas.

Unos sonidos lejanos, un chillido y la mitad de un grito. Fuera, apoyado contra la valla que había levantado en el extremo abierto del granero, Carlo estaba probando la grabadora para convocar a los cerdos de los pastos del bosque con los gritos de angustia de víctimas muertas o rescatadas hacía mucho tiempo.

Si el doctor Lecter lo había oído, no dio muestras de ello.

—Margot, ¿crees que Mason te dará así como así lo que te ha prometido? Eres tú la que está suplicando a Mason. ¿Te sirvió de algo suplicarle cuando te desgarró? Es lo mismo que aceptar su chocolate y dejarle salirse con la suya. Sabes que obligará a Judy a hacérselo. Y ella no está acostumbrada.

Margot no respondió, pero apretó las mandíbulas.

—¿Sabes lo que ocurriría si, en vez de arrastrarte ante Mason, simplemente le estimularas la próstata con la aguijada de Carlo? ¿La ves encima del banco de trabajo?

Margot empezó a levantarse.

—Escúchame —susurró el doctor Lecter—. Mason te lo negará. Sabes que tendrás que matarlo, lo has sabido durante veinte años. Lo has sabido desde que te dijo que mordieras el almohadón y no hicieras tanto ruido.

—¿Está diciendo que lo haría por mí? No podría fiarme de usted en la vida.

—No, claro que no. Pero podrías confiar en que yo nunca negaría haberlo hecho. En realidad sería mucho más terapéutico para ti hacerlo tú misma. Recordarás que te lo recomendé cuando aún eras una niña.

—«Espera hasta que puedas solucionarlo tú misma», me dijo. Eso me alivió mucho.

—Profesionalmente, ese es el tipo de catarsis que tenía que aconsejarte. Ahora eres lo bastante mayor. ¿Y qué más da otro cargo por asesinato contra mí? Sabes que tendrás que matarlo. Y cuando lo hagas, la ley seguirá la pista del dinero, que la llevará derecha hasta ti y el recién nacido. Margot, soy el único sospechoso que te queda. Si muero antes que Mason, ¿quién me sustituirá? Podrás hacerlo cuando más te convenga, y yo te escribiré una carta babeando sobre lo mucho que disfruté matándolo.

—No, doctor Lecter, lo siento. Es demasiado tarde. Ya tengo mis propios planes. —Observó el rostro del hombre con sus brillantes ojos azules de carnicera—. Puedo hacer esto y dormir después, sabe que soy capaz.

—Sí, sé que puedes. Eso es algo·que siempre me gustó de ti. Eres mucho más interesante, mucho más… capaz que tu hermano.

Ella se levantó para marcharse.

—Si le sirve de algo, doctor Lecter, lo siento.

Antes de que llegara a la puerta, él volvió a hablarle:

—Margot, ¿cuándo volverá a ovular Judy?

—¿Cómo? Dentro de un par de días, creo.

—¿Tienes todo lo que necesitas? Extensores, equipo de congelación rápida...

—Tengo todo el instrumental de una clínica de fertilización.

—Haz algo por mí.

—¿Sí?

—Maldíceme y arráncame un mechón de pelo, lejos de la frente, si no te importa. Llévate un trozo de piel. Acuérdate de ponérselo en la mano a Mason. Después de matarlo.

»Cuando llegues a casa, pídele a Mason lo que te prometió. A ver qué contesta. Tú me has entregado, tu parte del trato está cumplida. Sujeta el mechón en la mano y pídele lo que quieres. Y a ver qué dice. Cuando se te ría en las narices, vuelve aquí. Todo lo que has de hacer es coger el rifle tranquilizante y dispararle al que está ahí detrás. O golpearlo con el martillo. Tiene una navaja. Basta con que cortes las cuerdas de un brazo y me la des. Y te vayas. Yo me encargo del resto.

—No.

—¿Margot?

La mujer agarró el pomo de la puerta, dispuesta a rechazar otra súplica.

—¿Aún puedes cascar una nuez?

Se metió la mano en el bolsillo y sacó dos. Los músculos del antebrazo se arracimaron y las nueces reventaron.

—Excelente —dijo el doctor soltando una risita—. Con toda esa fuerza, y nueces. Puedes ofrecerle nueces a Judy para hacerle pasar el mal sabor de Mason.

Margot volvió sobre sus pasos con la expresión crispada. Le escupió al rostro y le arrancó una mata de pelo cerca de la coronilla. Era difícil saber con qué intención.

Mientras salía, Margot lo oyó tararear.

Mientras caminaba hacia la casa iluminada, la sangre pegaba el pequeño fragmento de cuero cabelludo a la palma de su mano, de la que el mechón colgaba sin que le hiciera falta cerrar los dedos a su alrededor.

Se cruzó con Cordell, que conducía un cochecito de golf cargado con el equipo médico necesario para preparar al paciente.

84

Desde el paso elevado a la altura de la salida treinta de la autopista, en dirección norte, Starling podía ver a un kilómetro de distancia la caseta iluminada de la entrada principal, el puesto de vigilancia más adelantado de Muskrat Farm. Starling había tomado una decisión en el trayecto hasta Maryland: entraría por la parte de atrás. Si se presentaba en la puerta principal sin credenciales ni orden judicial, la gente del sheriff la escoltaría fuera del condado, o hasta la cárcel del condado. Para cuando la soltaran, todo habría acabado.

No le preocupaba no tener permiso. Condujo hasta la salida 29, bien pasada Muskrat Farm, y volvió atrás por la carretera de servicio. El asfalto parecía muy oscuro después de las luces de la autopista. La carretera estaba limitada por la autopista a la derecha y a la izquierda por una cuneta y una alta valla de malla de alambre que la separaba de la sobrecogedora negrura del parque nacional. Starling descubrió en el mapa un camino forestal que se cruzaba con la carretera alquitranada dos kilómetros más adelante, en un lugar invisible desde la caseta de la de entrada. Era donde se había parado por error en su primera visita. Según el mapa, el camino forestal atravesaba el parque nacional y llegaba a Muskrat Farm. Hacía los cálculos con el odómetro del coche. El rugido del Mustang, más ruidoso que nunca circulando en primera, repercutía en los árboles.

Allí estaba, ante las luces delanteras, una pesada verja de tubos metálicos soldados coronada por alambre de espino. El cartel «ENTRADA DE SERVICIO» que había visto la otra vez había desaparecido. Los hierbajos habían crecido delante de la verja y en el paso sobre la zanja, que tenía una alcantarilla.

A la luz de los focos pudo apreciar que las hierbas estaban apisonadas por el paso reciente de algún vehículo. En un lugar en que la gravilla y la arena se habían desprendido del pavimento se distinguían la marcas de neumáticos sobre el barro y la nieve. ¿Serían iguales a las que había dejado la furgoneta en el aparcamiento del Safeway? No hubiera podido asegurarlo, pero era muy probable.

Una cadena y un candado de cromo aseguraban la verja. Nada de sudores. Starling miró en ambas direcciones de la carretera. No venía nadie. Un allanamiento de morada sin importancia. Se sentía una criminal. Comprobó los tubos en busca de cables sensores. Ninguno. Empleando dos horquillas y con la pequeña linterna entre los dientes, en cuestión de quince segundos consiguió abrir el candado. Condujo el coche al otro lado de la entrada y se internó entre los árboles antes de apearse para cerrar. Rodeó los tubos con la cadena y puso el candado por la parte de fuera. Todo parecía normal. Dejó los extremos sueltos por la parte de dentro de forma que pudiera abrir con facilidad embistiendo con el coche si era necesario.

Midiendo el mapa con el pulgar, había unos tres kilómetros de bosque hasta la granja. Avanzó bajo el oscuro túnel que cubría el camino forestal, con el cielo nocturno a ratos visible, a ratos oculto, cuando las ramas se cerraban en lo alto. Conducía en segunda, sin pisar apenas el acelerador, solo con las luces de estacionamiento, procurando mantener el Mustang tan silencioso como podía, con las hierbas secas barriendo la parte baja del coche. Cuando leyó en el odómetro que había recorrido dos kilómetros y un tercio, paró. Con el motor apagado, podía oír la llamada de un cuervo en la oscuridad. El cuervo se quejaba de mala manera. Rogó a Dios que fuera un cuervo.

85

Cordell entró en la guarnicionería con la viveza del verdugo y botellas de suero bajo los brazos, de los que colgaban las vueltas de los goteros.

—¡El doctor Hannibal Lecter! —exclamó—. Deseaba tanto aquella máscara suya para nuestro club de Baltimore. Mi chica y yo tenemos en casa una pequeña mazmorra, llena de argollas y arneses de cuero.

Dejó sus cosas en el soporte del yunque y puso un atizador a calentar en el fuego.

—Buenas noticias y malas noticias —dijo Cordell con su alegre voz de enfermero y su leve acento suizo—. ¿Le ha comunicado Mason el orden del día? El programa es el siguiente: dentro de un ratito bajaré a Mason aquí y los cerdos le comerán los pies. Luego esperará hasta mañana y entonces Carlo y sus hermanos lo meterán de cabeza entre los barrotes, para que los cerdos le puedan comer la cara, igualito que hicieron los perros con Mason. Yo lo mantendré vivo con intravenosas y torniquetes hasta el final. Está realmente jodido, ¿eh? Esas son las malas noticias.

Cordell miró hacia la cámara de televisión para asegurarse de que estaba apagada.

—La buena noticia es que no tiene por qué ser mucho peor que una visita al dentista. Eche un vistazo a esto, doctor —Cordell sostuvo una jeringuilla hipodérmica con una larga aguja ante la cara del doctor Lecter—. Hablemos como profesionales de la sanidad. Podría ponerme detrás de usted e inyectarle una epidural que le impediría sentir nada ahí abajo. Podría limitarse a cerrar los ojos y hacer oídos sordos. Lo único que sentiría serían sacudidas y tirones. Y una vez que Mason tenga bastante juerguecita por esta noche y se vaya a la casa, yo podría inyectarle algo para que le diera un ataque al corazón. ¿Quiere que se lo enseñe?

En la palma de Cordell apareció una botellita de Pavulon que sostuvo cerca del ojo sano del doctor Lecter, pero no lo bastante como para que pudiera morderlo.

El resplandor de la fragua jugaba en una de las mejillas de Cordell, que tenía una expresión ávida y un brillo de felicidad en los ojos.

—Usted, doctor Lecter, tiene montones de dinero. Todo el mundo lo dice. Yo sé cómo funcionan esas cosas, también yo coloco dinero aquí y allí. Sáquelo, muévalo, gástelo ahora que tanta falta le hace. Yo puedo mover el mío por teléfono, y apuesto a que usted también.

Cordell se sacó un teléfono celular del bolsillo.

—Llamaremos a su banquero, le dirá un código, él me dará la conformidad y yo lo arreglaré a usted en un periquete. —Levantó la inyección epidural—. Mire qué chorrito. ¿Qué me dice?

El doctor Lecter murmuró algo con la cabeza hundida en el pecho. «Cartera» y «consigna» fue todo lo que Cordell pudo oír.

—Vamos, vamos, doctor, y después podrá dormir…

—Billetes de cien sin marcar —dijo el doctor Lecter, y su voz se apagó.

Cordell se inclinó más cerca, y el doctor Lecter estiró el cuello hacia abajo tanto como pudo, atrapó una ceja de Cordell con sus pequeños y afilados dientes y le arrancó una buena porción aprovechando el tirón de Cordell. Luego le escupió la ceja a la cara como si fuera el pellejo de una uva.

Cordell se secó la herida y se puso dos tiras de esparadrapo que dieron a su cara una expresión de sorpresa. Luego guardó la jeringa.

—Todo este alivio, mal empleado —dijo—. Antes de que amanezca lo verá de otro modo. Puede imaginarse que tengo estimulantes para llevarlo justo por el otro camino. Y no se preocupe, no se me morirá antes de tiempo —aseguró mientras recogía el atizador del fuego—. Voy a engancharlo —terminó Cordell—. Si se resiste, lo quemaré. Mire, así es como se sentirá.

Aplicó el extremo candente del atizador al pecho del doctor Lecter y le tostó la tetilla a través de la camisa. Tuvo que apagar el círculo de fuego que se ensanchaba en la pechera del doctor.

El doctor Lecter no emitió el menor sonido.

Carlo hizo retroceder la carretilla elevadora hasta la guarnicionería. Piero y él descolgaron al doctor mientras Tommaso le apuntaba con el rifle; lo colocaron sobre la horquilla de carga y sujetaron el balancín a la parte delantera del vehículo.

El doctor Lecter quedó sentado en el centro de la horquilla elevadora, con los brazos atados al balancín y las piernas extendidas, cada una atada a uno de los dientes de la horquilla.

Cordell le insertó un catéter en el dorso de cada mano. Tuvo que subirse a una bala de paja para colgar las bolsas de plasma a ambos lados de la máquina. Luego retrocedió para admirar su obra. Era divertido ver al doctor Lecter allí tendido con una intravenosa en cada mano, como la parodia de algo que Cordell no acababa de recordar. Cordell amarró torniquetes con nudos corredizos justo encima de cada una de las rodillas con extremos lo bastante largos como para poder apretar los torniquetes por encima de la valla e impedir que el doctor Lecter muriera desangrado. De momento, los dejó flojos. Mason se pondría hecho un basilisco si a Lecter se le dormían los pies.

Había llegado el momento de bajar a Mason y meterlo en la furgoneta. El vehículo, aparcado tras el granero, estaba frío. Los sardos habían dejado su comida dentro. Cordell juró y arrojó fuera su nevera portátil. Tendría que pasar el aspirador al jodido montón de chatarra en la casa. También tendría que ventilarlo. Los putos sardos habían estado fumando allí dentro, y mira que se lo tenía prohibido. Habían vuelto a instalar el encendedor en el salpicadero, del que aún colgaba el cable eléctrico del monitor de la baliza.

86

Starling apagó la luz interior del Mustang y a continuación apretó el botón que abría el maletero antes de abrir la puerta.

Si el doctor Lecter estaba allí, si conseguía apoderarse de él, tal vez pudiera esposarlo de pies y manos y llevarlo metido en el maletero por lo menos hasta la cárcel del condado. Tenía cuatro juegos de esposas y bastante cuerda como para amarrarle los pies a las manos e impedir que pataleara. Más valía no pensar en lo fuerte que era.

Cuando puso los pies sobre la grava, se dio cuenta de que estaba cubierta por una fina escarcha. El viejo coche había crujido cuando Starling se apeó.

—Tenías que quejarte, ¿no, chatarra hija de puta? —susurró por debajo de su respiración.

De pronto se acordó de cuando le hablaba a *Hannah*, la yegua que montó la noche de su huida, cuando quiso alejarse de la matanza de los corderos. Se limitó a entornar la puerta del coche. Se guardó las llaves en un apretado bolsillo del pantalón para que no sonaran.

La noche era clara y la luna en cuarto creciente le permitía caminar sin encender la linterna cuando los árboles no ocultaban el cielo. Comprobó el borde de la grava y vio que estaba suelta y desigual. Lo más silencioso sería caminar sobre la huella de una rueda, donde la grava estuviera apisonada, con la cabeza ligeramente ladeada hacia la cuneta y manteniendo la carretera en la periferia del ángulo de visión para observar su trazado. Era como atravesar la blanda negrura; oía cómo sus pies hacían crujir la grava pero no podía verlos.

El momento más duro se produjo cuando estuvo lejos del Mustang pero podía seguir sintiendo su presencia tras ella. No quería dejarlo allí.

De pronto era una mujer de treinta y tres años, sola, con una carrera arruinada, sin rifle, caminando en medio de un bosque por la noche. Se vio con claridad meridiana, vio las patas de gallo que empezaban a formarse en las comisuras de sus ojos. Deseó desesperadamente volver a su coche. El siguiente paso fue más lento; luego se quedó inmóvil y pudo oír su respiración.

El cuervo volvió a graznar, la brisa agitó las ramas desnudas sobre su cabeza y en ese momento el grito desgarró el aire de la noche. Un alarido horrible y desesperado, que creció, decayó y murió convertido en una súplica pidiendo la muerte, prorrumpido por una voz tan torturada que podía ser la de cualquiera.

—*Uccidimi!* —Y un nuevo grito.

El primero le heló la sangre, el segundo la lanzó al galope con la 45 aún enfundada, una mano sosteniendo la linterna y la otra extendida por delante hacia la negrura. «No, Mason, no lo hagas. No lo conseguirás. Rápido. Rápido.» Se dio cuenta de que podía seguir el surco de grava apisonada si se guiaba por el sonido de sus pisadas y por las piedras sueltas de los bordes. El camino giraba y seguía a lo largo de una valla. Una buena valla, de tubos, de tres metros de altura.

Le llegaban sollozos aterrados y ruegos, el grito que crecía, y más adelante, al otro lado de la valla, percibió movimientos entre los matorrales, que se convirtieron en un trote, más ligero que el de un caballo y de ritmo más vivo. Oyó gruñidos que no tardó en reconocer.

Los gritos de agonía llegaban ahora de más cerca, claramente humanos aunque distorsionados, dominados por un solo alarido durante un segundo, y Starling supo que estaba oyendo una grabación o bien una voz amplificada con retroalimentación por un micrófono. Luz entre los árboles y la silueta del granero. Starling apretó la cabeza contra el frío hierro para mirar a través de la valla. Formas oscuras que corrían, largas, altas hasta la cintura de un hombre. A cuarenta metros de terreno despejado, el extremo de un granero, con las enormes puertas abiertas de par en par y una barrera con una puerta holandesa sobre la que pendía un espejo de marco recargado, que reflejaba la luz del granero proyectando un charco de claridad en el suelo. De pie en el césped sin árboles cercano al granero, un hombre corpulento con sombrero y un descomunal radiocasete. Se tapaba un oído con la mano mientras una retahíla de aullidos y sollozos salía por los altavoces.

De pronto, salieron de entre los arbustos. Cerdos salvajes con pavorosas jetas, rápidos como lobos, con largas patas y anchos pechos, peludos, cubiertos de grises cerdas puntiagudas.

Carlo volvió atrás a toda prisa y cerró la puerta holandesa tras sí cuando las bestias estaban todavía a unos treinta metros. Se pararon en un semicírculo y quedaron expectantes, con los grandes colmillos curvos arremangando los morros en un refunfuño permanente. Como delanteros esperando el lanzamiento del balón, echaban a correr, se paraban, entrechocaban, gruñendo y haciendo rechinar los dientes.

Starling había visto toda clase de ganado, pero nada parecido a aquellos cerdos. Una belleza terrible emanaba de ellos, todo gracia y velocidad. Vigilaban la portezuela, chocaban entre sí y echaban a correr, y después retrocedían, sin dejar de escudriñar la barrera que cerraba el extremo del granero.

Carlo dijo algo por encima del hombro y desapareció en el interior del granero.

La furgoneta retrocedió por el interior del granero hasta quedar a la vista. Starling reconoció el vehículo gris al instante. Se detuvo en ángulo junto a la barrera. Cordell salió de ella y abrió la puerta corrediza del costado. Antes de que apagara la luz superior, Starling pudo ver a Mason bajo el duro caparazón de su respirador, medio incorporado mediante almohadones y con el pelo enroscado sobre el pecho. Un asiento junto al ring. La luz de los focos se derramó sobre la portezuela.

Carlo cogió del suelo un objeto que Starling no consiguió reconocer al principio. Parecían unas piernas humanas, o toda la mitad inferior del cuerpo de una persona. Si se trataba de eso, Carlo tenía que ser tremendamente fuerte. Por un momento temió que fueran los restos del doctor Lecter, pero las piernas se doblaron de una forma que las articulaciones hubieran hecho imposible.

Solo podían ser las piernas de Lecter si lo hubieran atado a una rueda y descoyuntado, pensó durante un segundo funesto. Carlo gritó hacia el interior del granero. Starling oyó un motor poniéndose en marcha.

La carretilla elevadora apareció en el ángulo de visión de Starling conducida por Piero, con el doctor Lecter alzado en alto por la horquilla, los brazos extendidos en el balancín y las botellas de plasma balanceándose por encima de sus manos con el movimiento del vehículo. Levantado para que pudiera ver a los voraces cerdos, para que pudiera contemplar lo que estaba a punto de ocurrirle.

La carretilla avanzaba con una espantosa lentitud procesional, mientras Carlo caminaba a un lado y Mogli, armado, al otro.

Starling se fijó en la insignia de ayudante de Mogli. Una estrella, a diferencia de las insignias de aquel condado. Pelo blanco, camisa blanca, como el conductor de la furgoneta de los secuestradores.

La profunda voz de Mason resonó desde la furgoneta. Tarareó *Pompa y circunstancias* y se carcajeó.

Los cerdos, avezados a los ruidos, no se asustaron de la máquina, que más bien pareció excitarlos.

La carretilla se detuvo junto a la barrera. Mason dijo algo al doctor Lecter que Starling no pudo oír. Lecter no movió la cabeza ni mostró el menor signo de haber oído. Estaba más alto que el mismo Piero al volante del vehículo. ¿Miraba en dirección a Starling? Ella nunca lo sabría, porque había empezado a avanzar a toda prisa a lo largo de la valla, a lo largo de un lado del granero, hasta encontrar la gran puerta de dos hojas por la que la furgoneta había entrado marcha atrás.

Carlo arrojó los pantalones rellenos por encima de la barrera. Los animales se abalanzaron sobre el incompleto maniquí. Desgarraban, gruñían, tironeaban y rompían, sacaban pollos de los pantalones y hacían ondear las entrañas sacudiendo las cabezas con violencia. Una *mêlée* de lomos erizados.

Carlo les había preparado un aperitivo ligero, solo tres pollos y un poco de ensalada. En unos instantes habían hecho trizas los pantalones y con las fauces inundadas de saliva volvieron sus ávidos ojillos hacia la barrera.

Piero hizo descender la horquilla hasta casi el nivel del suelo. La mitad superior de la puerta holandesa mantendría a los cerdos lejos de los puntos vitales del doctor Lecter, por el momento. Carlo le quitó al doctor los zapatos y los calcetines.

—«Este cerdito lo encontróooo, este encendió el fueeeego, este lo vigilóooo —entonó Mason desde la furgoneta—, este echó la saaaal y este tan gordito... ¡se lo comióooo!».

Starling se estaba acercando a ellos por detrás. Todos miraban hacia el otro lado, hacia los cerdos. Pasó la puerta de la guarnicionería y avanzó hacia el centro del granero.

—No vayáis a dejar que se desangre —dijo Cordell, que estaba limpiando la lente de Mason con un paño, desde la furgoneta—. Estad atentos para apretar los torniquetes cuando yo os diga.

—¿Unas palabras antes del espectáculo, doctor Lecter? —dijo la profunda voz de Mason.

La cuarenta y cinco retumbó dentro del granero y de inmediato se oyó la voz de Starling:

—¡Las manos arriba y quietas! Apaga el motor.

Piero parecía no entender.

—*Fermate il motore* —dijo el doctor Lecter, siempre dispuesto a ayudar.

Ya solo se oían los apremiantes chillidos de la piara.

Starling no veía más que un arma, en la cadera del hombre canoso de la estrella, inmovilizada en la pistolera por una correa de cuero de las que se desabrochan con el pulgar. «Lo primero de todo es hacer que se tumben», dijo la voz del instructor de la Academia en la mente de Starling.

Cordell se deslizó detrás del volante con rapidez y la furgoneta se puso en marcha, con Mason gritando dentro. Starling empezó a girar, pero captó el movimiento del sujeto canoso con el rabillo del ojo, se volvió hacia él, que gritó «¡Policía!» y desenfundó, y le alcanzó dos veces en el pecho, que al instante vertió copiosos chorros de sangre.

La 357 de Mogli disparó dos veces contra el suelo, y él dio medio paso atrás mirándose el pecho, con la insignia agujereada por el grueso proyectil de la 45 que, desviado por ella, había horadado el corazón al bies.

Luego se desplomó hacia atrás y quedó inmóvil en el suelo.

En la guarnicionería, Tommaso había oído los disparos. Empuñó el rifle de aire comprimido y subió al pajar, se dejó caer sobre las rodillas en la paja suelta y gateó hacia el costado que dominaba el interior del granero.

—¡El siguiente! —amenazó Starling con un tono que no se conocía. Tenía que actuar deprisa para aprovechar el efecto de la muerte de Mogli—. Al suelo, con la cabeza hacia la pared. Tú, al suelo, con la cabeza hacia aquí.

—*Girati dall'altra parte* —explicó el doctor Lecter desde la carretilla elevadora.

Carlo alzó la vista hacia Starling, comprendió que lo mataría y se quedó quieto en el suelo. Ella los esposó deprisa con una mano, con las cabezas apuntando en direcciones opuestas, la muñeca de Carlo con el tobillo de Piero y el otro tobillo de Piero con la otra muñeca de Carlo, sin dejar de apoyar el cañón de la 45 en la oreja de este.

Se sacó el puñal de la bota y dio la vuelta a la carretilla elevadora para ponerse detrás del doctor Lecter.

—Buenas noches, Clarice —dijo cuando pudo verla.

—¿Puede andar? ¿Lo sostienen las piernas?

—Sí.

—¿Puede ver?

—Sí.

—Voy a cortar las cuerdas. Con el debido respeto, doctor, si intenta joderme le volaré la tapa de los sesos aquí mismo. ¿Lo ha entendido?

—Perfectamente.

—Sea bueno y no le pasará nada.

—Sigues hablando como una luterana.

Starling no había dejado de ocuparse de las ligaduras. El puñal estaba bien afilado. Se dio cuenta de que el filo dentado cortaba deprisa la resbaladiza cuerda nueva.

Lecter tenía el brazo derecho libre.

—Puedo hacer el resto si me das el puñal.

Starling dudó. Retrocedió fuera del alcance de su brazo y se lo dio. Ahora tenía que vigilarlo a él y a los dos hombres tumbados en el suelo.

—Mi coche está a unos doscientos metros en el camino forestal.

El doctor se había soltado una pierna. A continuación se puso a cortar la cuerda que retenía la otra, nudo a nudo.

—Cuando acabe de soltarse, no intente correr. No llegaría a la puerta —le dijo Starling—. Hay dos hombres esposados en el suelo detrás de usted. Hágalos arrastrarse hasta la carretilla y espóselos a ella para que no puedan llegar a un teléfono. Luego espósese usted con estas.

—¿Dos? —preguntó él—. Cuidado, tendría que haber tres.

Al tiempo que decía aquello el dardo disparado por el rifle de Tommaso trazó una línea plateada bajo los focos y se quedó vibrando en mitad de la espalda de Starling. Ella giró, ya un poco mareada y con la visión turbia, vislumbró el cañón al borde del pajar y disparó, disparó, disparó... Tommaso rodó hacia el interior con las astillas clavándosele en el cuerpo, mientras el humo giraba a la luz de los focos. Starling disparó otra vez con la vista completamente oscurecida y se llevó la mano a la cadera intentando coger un cargador, aunque las piernas ya no la sostenían.

El alboroto parecía haber excitado aún más a los cerdos, que viendo a los hombres en tan atractiva posición chillaban y gruñían empujando la barrera.

Starling se derrumbó de bruces y el cargador suelto cayó de la pistola y rebotó contra el suelo. Carlo y Piero levantaron las cabezas y empezaron a reptar unidos por las esposas, a arrastrarse torpemente como un murciélago enorme hacia el cadáver de Mogli, la pistola y las llaves de las esposas. Se oyó a Tommaso montar el rifle en el pajar. Le quedaba un dardo. Se levantó y se acercó al borde mirando por encima del cañón, buscando al doctor Lecter al otro lado del carro elevador.

Tommaso avanzó a lo largo del borde del sobrado; en cuestión de segundos no quedaría ningún lugar donde esconderse.

El doctor Lecter cogió en brazos a Starling y retrocedió rápidamente hasta la portezuela holandesa procurando mantener el elevador entre ellos y Tommaso, que avanzaba con precaución, vigilando sus pisadas por el borde del pajar. El sardo disparó el dardo, que, dirigido al pecho de Lecter, golpeó la espinilla de Starling. El doctor Lecter tiró de los cerrojos de la puerta holandesa.

Piero, frenético, agarró la cadena con las llaves de Mogli, mientras Carlo reptaba hasta la pistola y los cerdos trotaban en desbandada hacia la pitanza que intentaba erguirse. Carlo consiguió disparar la 357 una vez y uno de los animales rodó por el suelo, pero los otros saltaron por encima de su compañero sobre Carlo y Piero, y sobre el cadáver de Mogli. Otros atravesaron el granero y se perdieron en la noche.

El doctor Lecter, llevando a Starling, estaba detrás de la puerta holandesa cuando los cerdos pasaron como una exhalación.

Desde el pajar, Tommaso podía ver el rostro de su hermano en medio de la piara; al cabo de unos segundos, solo fue una masa sanguinolenta. Dejó caer el rifle sobre el heno. El doctor Lecter, tieso como un bailarín y sosteniendo en sus brazos a Starling, salió de detrás de la puerta y atravesó descalzo el granero, bordeando el mar de agitados lomos y chorros de sangre. Una pareja de grandes cochinos, uno de ellos la cerda preñada, cuadraron las patas y bajaron las testuces para embestirlo.

Cuando el hombre los miró y no pudieron husmear el miedo, volvieron grupas y regresaron trotando a los sencillos manjares del suelo.

El doctor Lecter no vio refuerzos procedentes de la casa. Una vez bajo los árboles del camino forestal, se paró para arrancarle los dardos a Starling y succionó las dos heridas. La punta clavada en la espinilla se había doblado contra el hueso.

Los cerdos agitaron los matorrales a poca distancia.

Le quitó las botas a Starling y se las puso él. Le apretaban un poco. Dejó la 45 en el tobillo de la mujer para poder alcanzarla sin tener que soltarla.

Diez minutos más tarde, el guarda de la entrada principal levantó la vista del periódico y la dirigió hacia un sonido distante, un ruido de desgarro, como el de un caza con motor de explosión en vuelo rasante. Era un Mustang de cinco litros que atravesaba el paso superior de la interestatal a cinco mil ochocientas revoluciones por minuto.

87

Mason gimoteaba y berreaba para que lo llevaran a su habitación, igual que en el campamento cuando alguno de los chicos o chicas más pequeños se le resistían y conseguían escapar unos cuantos lametones antes de que pudiera aplastarlos bajo su peso.

Margot y Cordell lo subieron a su ala en el ascensor y lo dejaron a buen recaudo en su cama, conectado a las fuentes de alimentación fijas.

Mason estaba tan encolerizado como Margot no recordaba haberlo visto, y las venas hinchadas le latían con fuerza sobre los huesos desnudos de la cara.

—Más vale que le dé algo —dijo Cordell cuando estuvieron en la sala de juegos.

—Aún no. Déjalo que piense un rato. Dame las llaves de tu Honda.

—¿Por qué?

—Alguien tiene que bajar y ver si hay alguien vivo. ¿Quieres ir tú?

—No, pero…

—Puedo llegar con tu coche hasta la guarnicionería, la furgoneta no cabe por la puerta. Ahora, dame las jodidas llaves.

Margot estaba delante del garaje cuando Tommaso salió corriendo del bosque y atravesó el prado, volviendo la cabeza de vez en cuando. «Piensa, Margot.» Miró su reloj. Las ocho y veinte. «A medianoche llegará el relevo de Cordell. Hay tiempo para hacer venir hombres desde Washington y que lo limpien todo.» Fue al encuentro de Tommaso conduciendo sobre el césped.

—He intentado alcanzar a ellos, un cerdo me golpea. Él… —Tommaso hizo la pantomima de Lecter cargando con Starling– la mujer. Van en el gran coche. Ella tiene *due* –le enseñó dos dedos– *freccette* –se señaló la espalda y la pierna–. *Freccette. Dardi*. Clavadas. Bam –hizo el gesto de disparar.

–Dardos –dijo Margot.

–Dardos, puede que demasiado narcótico. Puede que sea muerta.

–Entra –dijo Margot–. Tenemos que ir a comprobarlo.

Margot, acompañada por el sardo, condujo hasta la puerta de doble hoja por donde Starling había entrado en el granero. Chillidos, gruñidos y agitación de lomos erizados. Margot avanzó tocando el claxon e hizo recular lo suficiente a los cerdos como para comprobar que había tres despojos humanos, ninguno reconocible.

Entraron con el coche en la guarnicionería y cerraron las puertas.

Margot se dijo que Tommaso era la única persona viva que la había visto en el granero, aparte de Cordell.

Puede que aquella idea también se le pasara por la cabeza a Tommaso. Se mantuvo a prudente distancia sin apartar de ella sus inteligentes ojos oscuros. En sus mejillas había rastro de lágrimas.

«Piensa, Margot. No quieres ninguna mierda con los sardos. En el fondo saben que tú eres quien manejas el dinero. Te dejarán sin blanca en un segundo.»

Los ojos de Tommaso siguieron los movimientos de su mano mientras la metía en el bolsillo.

El teléfono celular. Marcó Cerdeña, donde eran las dos y media de la madrugada, y luego el número del domicilio particular del banquero Steuben. Le habló brevemente y pasó el teléfono a Tommaso. Este asintió, dijo algo, volvió a asentir y le devolvió el teléfono. El dinero era suyo. Trepó al pajar y recogió su mochila, junto con el abrigo y el sombrero del doctor Lecter. Mientras recogía sus cosas, Margot cogió la aguijada eléctrica, comprobó la corriente y se la guardó en la manga. También cogió el martillo de herrero.

88

Tommaso, al volante del coche de Cordell, se despidió de Margot delante de la casa. Dejaría el Honda en la zona de aparcamiento prolongado en el Aeropuerto Internacional Dulles. Margot le prometió que enterraría lo que quedaba de Piero y Carlo tan bien como fuera posible.

Había algo que él creía su deber decirle; se mentalizó y echó mano de su mejor inglés:

—*Signorina*, los cerdos, tiene que saberlo, los cerdos ayudan al doctor Lecter. Se apartan de él, dan un rodeo. Matan a mi hermano, matan a Carlo, pero no tocan el doctor Lecter. Yo creo lo respetan. —Tommaso se santiguó—. No debería usted volver perseguirlo.

Y a lo largo de toda su larga vida en Cerdeña, Tommaso lo contaría de esa forma. Cuando tenía sesenta años, decía que el doctor Lecter, llevando en brazos a la mujer, dejó el granero llevado por una piara de cerdos.

Cuando el coche desapareció en el camino forestal, Margot se quedó mirando las ventanas iluminadas de la habitación de Mason varios minutos. Veía la sombra de Cordell moverse por las paredes mientras se atareaba alrededor de la cama, instalando de nuevo los monitores que mostraban el pulso y la respiración de su hermano.

Deslizó el mango del martillo de herrero en la parte posterior del pantalón y pasó la falda de la chaqueta por encima de él.

Cordell dejaba la habitación con una brazada de almohadones cuando Margot salió del ascensor.

—Cordell, prepárale un martini.

—No sé si…

—Yo sí lo sé. Prepáraselo.

Cordell dejó los almohadones en el confidente y se arrodilló ante el frigorífico del bar.

—¿Queda zumo? —le preguntó Margot, acercándosele por la espalda.

Blandió el martillo y golpeó con fuerza la base del cráneo, que produjo un chasquido seco. La cabeza chocó contra el frigorífico, rebotó y el hombre cayó hacia atrás sobre los glúteos y se quedó mirando al techo con los ojos abiertos, una pupila dilatada, la otra no. Le ladeó la cabeza contra el suelo y con otro martillazo le hundió la sien mientras una sangre espesa le brotaba de las orejas.

Margot no sintió nada.

Mason oyó abrirse la puerta de su habitación e hizo girar el ojo bajo el protector. Había dormitado unos minutos con la luz al mínimo. También la anguila dormía bajo su roca.

Los macizos hombros de Margot llenaban el umbral. Cerró la puerta.

—Hola, Mason.

—¿Qué ha pasado allá abajo? ¿Por qué coño has tardado tanto?

—Abajo están todos muertos, Mason.

Margot se acercó hasta la cama, desconectó el cable del teléfono de Mason y lo dejó caer al suelo.

—Piero, Carlo y Johnny Mogli, todos están muertos. El doctor Lecter se ha ido llevándose a esa Starling con él.

Entre los dientes de Mason apareció un espumarajo mientras maldecía.

—He mandado a Tommaso a su casa con su dinero.

—¿Que has, quéeee? ¡Jodida puta estúpida! Ahora, escucha lo que voy a decirte, vamos a limpiarlo todo y a empezar de nuevo. Tenemos todo el fin de semana. No tenemos por qué preocuparnos de lo que ha visto Starling. Si la tiene Lecter, es como si ya estuviera muerta.

—A mí no me ha visto —replicó Margot encogiéndose de hombros.

—Llama a Washington y haz venir a cuatro de esos bastardos. Mándales el helicóptero. Enséñales la excavadora, enséñales… ¡Cordell! Ven aquí…

Mason soplaba en su zampoña. Margot apartó los tubos y se inclinó sobre su hermano, de forma que pudiera verle la cara.

—Cordell no va a venir, Mason. Cordell está muerto.

—¿Cómo?

—Acabo de matarlo en la sala de juegos. Ahora, Mason, vas a darme lo que me debes.

Quitó las barandillas de la cama y, levantando la gran rosca de pelo trenzado, dio un tirón a la ropa. Sus piernecillas no eran más gruesas que rollos de pasta para hacer bizcochos. La mano, única extremidad que podía mover, aleteó hacia el teléfono. El caparazón del respirador soplaba arriba y abajo a su ritmo regular.

Margot se sacó del bolsillo un condón sin espermicida y lo sostuvo ante las narices de su hermano. Se extrajo de la manga la aguijada eléctrica.

—¿Te acuerdas, Mason, de que solías escupirte en la polla para lubricarla? ¿Crees que podrías salivar un poco? ¿No? A lo mejor yo puedo.

Mason bramaba cuando la respiración se lo permitía emitiendo toda una gama de escalofriantes rebuznos, pero todo había acabado en medio minuto, y con completo éxito.

—Date por muerta, Margot. —El nombre sonó más bien como «Nargot».

—Oh, Mason, todos lo estamos. ¿No lo sabías? Pero estos, no —dijo remetiéndose la blusa sobre la bolsita caliente—. Están vivitos y coleando. Te lo enseñaré. Te enseñaré cómo colean… Vamos a jugar a imitar animales.

Margot cogió los espinosos guantes para coger pescado que había junto al acuario.

—Puedo adoptar a Judy —dijo Mason—. Podría ser mi heredera, y podríamos crear un fideicomiso.

—Claro que podríamos —dijo Margot sacando una carpa del vivero. Trajo una silla de la zona de visitas, se subió a ella y quitó la tapa del acuario—. Pero no lo haremos.

Se inclinó sobre el acuario con sus gruesos brazos dentro del agua. Sujetaba la cola de la carpa cerca de la gruta, y cuando la anguila asomó la aferró por debajo de la cabeza con su mano libre y la sacó limpiamente del agua. La robusta anguila se sacudía, gruesa y tan alta como Margot, haciendo relucir su hermosa piel. La agarró también con la otra mano y, cuando el animal empezó a dar sacudidas, Margot tuvo que emplear todas sus fuerzas para sujetarla con los guantes espinosos clavados en el cuello.

Bajó con cuidado de la silla y se acercó a Mason. La anguila, que no dejaba de contorsionarse, tenía la boca parecida a una cizalla en cuyo interior rechinaban aquellos dientes curvados hacia dentro de los que ningún pez escapaba nunca. Margot la dejó caer sobre el pecho de su hermano, encima del respirador, y sujetándola con una mano le enrolló con la otra la larga trenza.

—Colea, Mason, colea —dijo Margot.

Mientras sostenía a la anguila por detrás de la cabeza, tiró de la mandíbula de Mason con la otra mano y lo forzó a abrirla echando todo su peso sobre la barbilla del hombre, que se resistía con las fuerzas que le quedaban, hasta que la boca se le desencajó con un crujido.

—Debiste haber aceptado el chocolate —dijo Margot, y le metió en la boca las fauces de la anguila, que atrapó

456

la lengua con sus dientes afilados como navajas como si fuera un pez y no la soltó, mientras el cuerpo se agitaba enredado en la coleta de Mason. La sangre brotó por sus fosas nasales y empezó a ahogarlo.

Margot los dejó así, a Mason con la anguila, y a la carpa nadando a sus anchas en el enorme acuario. Se adecentó en el despacho de Cordell y observó los monitores hasta que las constantes vitales se convirtieron en líneas continuas.

La anguila seguía agitándose cuando Margot volvió a la habitación. El respirador subía y bajaba inflando su vejiga natatoria y bombeando espuma sanguinolenta de los pulmones de Mason. Margot lavó la aguijada en el acuario y la guardó en su bolso.

Se sacó de un bolsillo la bolsita que contenía el mechón y el fragmento de cuero cabelludo del doctor Lecter. Cogió los dedos de Mason y pasó las uñas por la sangre del cuero cabelludo, un trabajo difícil con la anguila aún agitándose, y le cerró los dedos sobre el pelo. Por fin, metió un pelo suelto en uno de los guantes para el pescado.

Margot salió de allí sin mirar siquiera el cadáver de Cordell y volvió a casa, donde la esperaba Judy, con su trofeo, guardado en un sitio que lo había mantenido caliente.

VI

UNA CUCHARA LARGA

Si dan a esa mujer una cuchara larga,
la meterá en el plato de un demonio.

GEOFFREY CHAUCER,
Los cuentos de Canterbury,
«El cuento del mercader»

89

Clarice Starling yace inconsciente en una gran cama bajo una sábana de lino y una colcha. Los brazos, cubiertos por las mangas de un pijama de seda, están sobre la colcha, atados con pañuelos de seda, solo lo bastante para que no pueda tocarse la cara ni el catéter del dorso de su mano.

Hay tres fuentes de luz en la habitación, la lámpara baja con tulipa y las puntas de aguja rojas en el centro de las pupilas del doctor Lecter, que la observa.

Está sentado en un sillón, con las palmas de las manos juntas y las puntas de los dedos sujetando la barbilla. Al cabo de un rato se levanta y le toma la tensión. Le examina las pupilas con una linterna de bolsillo. Mete la mano bajo las ropas de la cama y le encuentra un pie, lo saca fuera y, vigilándola de cerca, estimula la planta con el extremo de una llave. Se yergue un momento, al parecer absorto en sus pensamientos, sosteniendo el pie con delicadeza, como si tuviera un animalillo en su mano.

Ha averiguado la composición del tranquilizante poniéndose en contacto con el fabricante del dardo. Dado que el segundo la alcanzó en el hueso de la espinilla, cree muy probable que no recibiera dos dosis enteras. Le está administrando estimulantes con infinita precaución.

Entre cuidado y cuidado, se sienta en el sillón con un fajo de papel basto, haciendo cálculos. Las hojas están llenas de símbolos, tanto de astrofísica como de física subatómica. Se repiten una y otra vez los esfuerzos por encadenar los símbolos en una teoría coherente. Los pocos matemáticos que podrían seguirlo dirían que sus ecuaciones comienzan con brillantez y luego decaen, lastradas por una quimera: el doctor Lecter está empeñado en hacer revertir el tiempo, en lograr que la entropía en aumento deje de marcar la dirección del tiempo. En vez de eso, quiere que un orden en aumento señale el camino. Quiere que los dientecillos de leche de Mischa regresen del pozo ciego. Tras sus cálculos febriles hay un deseo desesperado de hacer sitio en el mundo para Mischa, tal vez el sitio ocupado hasta ahora por Clarice Starling.

90

Es por la mañana y un resplandor amarillo inunda la sala de juegos de Muskrat Farm. Los enormes animales de peluche contemplan con los botones que les hacen de ojos el cuerpo de Cordell, ahora cubierto con una sábana.

A pesar de que estamos en pleno invierno, una moscarda ha localizado el cadáver y se pasea por las zonas de la sábana en las que la sangre ha calado.

Si Margot Verger hubiera imaginado el efecto de desgaste que un homicidio tan cacareado por los medios podía tener sobre las acciones del asesino, puede que no hubiera introducido la anguila en la garganta de su hermano.

La decisión de no intentar arreglar el desastre de Muskrat Farm y limitarse a capear el temporal había sido un acierto. Ningún superviviente la había visto en Muskrat mientras Mason y los demás eran asesinados.

Su versión fue que la frenética llamada del enfermero

del relevo de medianoche la había despertado en la casa que compartía con Judy. Se puso en camino hacia el lugar de autos y llegó poco después que los primeros ayudantes del sheriff.

El investigador principal del departamento del sheriff, detective Clarence Franks era un jovenzuelo con los ojos un poco más juntos de lo normal, pero no tan estúpido como a Margot le hubiera gustado.

—¿Es que cualquiera puede subir como si tal cosa en este ascensor? Hace falta una llave, ¿me equivoco? —le había preguntado Franks.

La mujer y el detective estaban incómodamente sentados en el confidente.

—Supongo que sí, si es que entraron de esa forma.

—¿Ellos, señorita Verger? ¿Cree que podía tratarse de más de uno?

—No tengo la menor idea, señor Franks.

Había visto el cuerpo de su hermano soldado aún a la anguila y cubierto con una sábana. Alguien había desenchufado el respirador. Los criminalistas estaban tomando muestras del agua del acuario y de la sangre del suelo. En la mano de Mason pudo distinguir el mechón del pelo del doctor Lecter. Aún no lo habían visto. Los criminalistas le parecían idénticos como gotas de agua.

El detective Franks no paraba de garrapatear en su bloc de notas.

—¿Saben quiénes son las otras víctimas? —preguntó Margot—. Pobrecillos, ¿tenían familia?

—Lo estamos investigando —le respondió Franks—. Hemos encontrado tres armas que podremos rastrear.

De hecho, el departamento del sheriff no estaba seguro del número total de personas que habían muerto en el granero, pues los cerdos habían desaparecido en la profundidad del bosque llevándose los escasos restos para más tarde.

—En el curso de la investigación podríamos tener que pedirle a usted y a su… compañera que pasen la prueba del polígrafo; se trata de un detector de mentiras, ¿se prestaría a hacerlo, señorita Verger?

—Señor Franks, haré cualquier cosa para que capturen a esa gente. Para contestar más específicamente a esa pregunta, le diré que puede llamarnos a Judy y a mí cuando le parezca. ¿Debo hablar con el abogado de mi familia?

—No si no tiene nada que ocultar, señorita Verger.

—¿Ocultar? —Margot consiguió soltar unas lágrimas.

—Por favor, no tengo más remedio que hacer estas cosas, señorita Verger —se disculpó Franks, que había alargado la mano hacia el robusto hombro de la mujer, pero se lo pensó mejor.

91

Starling despertó en la olorosa semioscuridad sabiendo de una forma instintiva que estaba cerca del mar. Se movió ligeramente en la cama. Sintió un profundo escozor en todo el cuerpo y enseguida volvió a caer en la inconsciencia. Cuando volvió a despertar, una voz suave le hablaba ofreciéndole una taza caliente. Tomó unos sorbos y el sabor le recordó los tés curativos que la abuela de Mapp mandaba a su nieta.

Pasó la mañana, y luego la tarde, y entre el aroma a flores recién cortadas apenas fue consciente de otra cosa que la débil punzada de una aguja. Como el silbido y la explosión de distantes fuegos artificiales, los residuos de miedo y dolor estallaban en el horizonte, pero no cerca, nunca cerca. Estaba en el jardín del ojo del huracán.

—Despierta. Despierta, tranquila. Despierta en esta hermosa habitación —dijo una voz.

Oyó una suave música de cámara.

Se sentía muy limpia y la piel le olía a menta, alguna crema que procuraba un profundo y agradable calor.

Starling abrió los ojos de par en par.

El doctor Lecter estaba de pie a poca distancia, muy quieto, tanto como lo había estado en su celda la primera vez que lo vio. Nosotros ya nos hemos acostumbrado a verlo libre. No nos sorprende encontrarlo en un espacio abierto con otra criatura mortal.

—Buenas noches, Clarice.

—Buenas noches, doctor Lecter —respondió ella en consonancia, sin tener una idea real del momento del día.

—Si te sientes incómoda, son solo cardenales que te hiciste en una caída. Te pondrás bien. Pero me gustaría asegurarme de una cosa. Por favor, ¿podrías mirar hacia aquí?

El doctor Lecter se inclinó sobre ella con una pequeña linterna. Olía a seda limpia.

Hizo un esfuerzo para mantener abiertos los ojos mientras él examinaba sus pupilas antes de volver a erguirse.

—Gracias. Hay un cuarto de baño muy bien equipado, justo ahí. ¿Quieres probar a levantarte? Las zapatillas están junto a la cama, me temo que tuve que tomar prestadas tus botas.

Estaba y no estaba despierta. El cuarto de baño era realmente cómodo y no faltaba de nada. En los días que siguieron disfrutó de largos baños en él, pero no se molestó en contemplarse en el espejo, tan ajena a sí misma se sentía.

92

Días de conversaciones, a veces oyéndose a sí misma y preguntándose quién era aquella mujer que hablaba con un conocimiento tan íntimo de sus pensamientos. Días de sueño, caldos espesos y tortillas.

Y un día el doctor Lecter dijo:

—Clarice, debes de estar harta de las batas y los pijamas. En el armario hay varias cosas que tal vez te gusten. Puedes ponértelas, aunque solo si te apetece. —Y en el mismo tono añadió—: He puesto tus cosas, el bolso, la pistola y la cartera, en el cajón de arriba de la cómoda, por si las necesitas.

—Gracias, doctor Lecter.

En el armario había ropa de todo tipo, vestidos, trajes chaqueta, un brillante vestido de noche con la parte superior de cuentas. Los pantalones de cachemira y los jerséis la atraían. Eligió un conjunto de cachemira marrón claro y mocasines. En el cajón estaba su cinturón con la pistolera yaqui, vacía desde la pérdida de la 45, pero la funda del tobillo estaba allí, junto al bolso, con la pistola recortada. El cargador estaba repleto de gruesos cartuchos y la recámara, vacía, tal como solía llevarla en la pierna. Y allí estaba también el puñal para la bota, en su vaina. Dentro del bolso encontró las llaves del coche.

Starling era y no era ella misma. Cuando pensaba en todo lo ocurrido, era como si lo contemplara tras una barrera, y se veía a sí misma a distancia.

Se sintió feliz al ver su coche en el garaje cuando el doctor Lecter la acompañó afuera. Echó un vistazo a los limpiaparabrisas y decidió que debía cambiarlos.

—Clarice, ¿a que no sabes cómo nos siguieron los hombres de Mason hasta el aparcamiento del supermercado?

Starling se quedó mirando el techo del garaje, pensativa.

Le costó menos de dos minutos encontrar la antena atravesada entre los asientos traseros y el portaequipajes, y no tuvo más que seguir el cable para encontrar la baliza.

La apagó y la llevó hasta la casa cogiéndola por la antena como hubiera podido llevar una rata sujeta por la cola.

—Buena calidad —dijo—. Muy moderno. Bastante bien instalado, también. Apostaría a que tiene las huellas del señor Krendler. ¿Puede darme una bolsa de plástico?

—¿Podrían localizarla desde un avión?

—Ahora ya está apagada. No podrían rastrearla con un avión a menos que Krendler haya admitido que la ha empleado. Y ya sabe que no lo ha hecho. Pero Mason sí podría hacerlo con su helicóptero.

—Mason está muerto.

—Vaya —dijo Starling—. ¿Podría tocar para mí?

93

Paul Krendler osciló entre el fastidio y un pánico en aumento durante los días que siguieron a los asesinatos. Se las arregló para obtener informes directos del centro de operaciones local de Maryland.

Se sentía razonablemente a salvo en caso de una auditoría de los libros de Mason, porque el trasvase de dinero a su cuenta numerada disponía de una tapadera casi infalible en las Islas Caimán. Pero con Mason muerto, era un hombre con grandes planes y sin mecenas. Margot Verger sabía lo de su dinero, y que había comprometido la seguridad de los expedientes del FBI sobre Lecter. Cruzaba los dedos para que tuviera la boca cerrada.

El monitor para la baliza del coche no se le iba de la cabeza. Lo había sacado del edificio de Ingeniería Electrónica de Quantico sin firmar la salida, pero su nombre figuraba en el libro de registro de visitas al edificio en esa fecha.

El doctor Doemling y el enorme enfermero, Barney, lo habían visto en Muskrat, pero solo en un papel legítimo, hablando con Mason Verger sobre la mejor manera de atrapar a Hannibal Lecter.

El alivio general se produjo la cuarta tarde posterior a las muertes, cuando Margot Verger hizo escuchar a los investigadores del sheriff un mensaje grabado recientemente en su contestador automático.

En el dormitorio, los policías escucharon en éxtasis la voz del demonio con los ojos sobre el lecho que Margot compartía con Judy. El doctor Lecter se regodeaba contando la agonía de Mason y aseguraba a su hermana que había sido extremadamente dolorosa y prolongada. Ella sollozó tapándose la cara con las manos, mientras Judy la sostenía por los hombros.

—Lo mejor es que no vuelva a oírlo —le aconsejó Franks sacándola de la habitación.

Con los buenos oficios de Krendler, el contestador fue trasladado a Washington y un analizador de voz confirmó que se trataba de Lecter.

Pero el mayor alivio le llegó a Krendler en forma de llamada telefónica la noche de aquel cuarto día.

El comunicante no era otro que el congresista por Illinois Parton Vellmore.

Krendler había hablado con el político en contadas ocasiones, pero la voz le era familiar por sus apariciones en televisión. El simple hecho de la llamada ya era tranquilizador; Vellmore estaba en el Subcomité Judicial de la Cámara y olía la mierda a kilómetros; hubiera huido de Krendler como de la peste si el ayudante del inspector general estuviera jodido.

—Señor Krendler, tengo entendido que conocía bien a Mason Verger…

—Así es, señor.

—Lo que ha ocurrido es vergonzoso. Ese sádico hijo de puta le había arruinado la vida a Mason, lo había mutilado, y ahora vuelve y lo mata. No sé si tiene conocimiento de ello, pero uno de mis electores murió también en esa tragedia. Johnny Mogli, que sirvió al pueblo de Illinois durante años en las fuerzas de la ley.

—No, señor, no tenía conocimiento de ello. Lo siento.

—La cuestión es, Krendler, que debemos mirar hacia adelante. El legado de filantropía de los Verger y su agudo interés por los asuntos públicos sobrevivirán. Trascienden la muerte de un hombre. He estado hablando con varias personas del distrito veintisiete y con la familia Verger. Margot Verger me ha puesto al corriente de que está usted interesado en el servicio público. Extraordinaria mujer. Tiene un innegable sentido práctico. Nos vamos a entrevistar muy pronto, una reunión informal y tranquila, para hablar de lo que podemos hacer el próximo noviembre. Queremos que esté presente. ¿Cree que podrá encontrar un hueco en su agenda para asistir?

—Por supuesto, señor congresista. Sin la menor duda.

—Margot lo llamará para darle los detalles, será en los próximos días.

Krendler colgó el auricular con el alivio pintado en el rostro.

El descubrimiento en el granero de la Colt 45 registrada a nombre del difunto John Brigham, y propiedad actual de Clarice Starling, como todo el mundo sabía, puso al Bureau en una situación realmente incómoda.

Starling figuraba como desaparecida, pero el caso no se estaba investigando como secuestro, pues no quedaba nadie vivo para confirmar que la habían raptado contra su voluntad. Ni siquiera se trataba de una agente que se hubiera ausentado del servicio activo. Starling era una agente suspendida cuyo paradero se desconocía. Se hizo circular un boletín con la matrícula y el número de identificación de su vehículo, pero no se hizo especial hincapié en la identidad del propietario.

Un secuestro exige de las fuerzas del orden muchos más esfuerzos que un caso de persona desaparecida. La clasificación puso tan rabiosa a Mapp que escribió una carta de renuncia al Bureau; después lo pensó mejor y consideró preferible esperar y trabajar desde dentro. Se dio cuenta de que iba una y otra vez a la parte de Starling en la casa para buscarla.

Mapp examinó el archivo VICAP de Lecter y los expedientes del Centro Nacional de Información sobre el Crimen y los encontró enloquecedoramente insustanciales, con adiciones puramente triviales: la policía italiana había conseguido por fin localizar el ordenador de Lecter; al parecer, los *carabinieri* habían estado jugando a Super Mario en su sala de descanso. Para cuando los investigadores pulsaron la primera tecla, la máquina se había purgado a sí misma.

Mapp importunaba a cualquiera con influencia en el Bureau que se le pusiera a tiro desde que Starling había desaparecido.

Sus repetidas llamadas a casa de Jack Crawford no habían obtenido respuesta. Llamó a la Unidad de Ciencias del Comportamiento y le dijeron que Crawford seguía ingresado en el Memorial Jefferson Hospital con fuertes dolores en el pecho. No quiso llamarlo allí. En el Bureau, él era el último ángel de la guarda que le quedaba a Starling.

94

Starling había perdido la noción del tiempo. Por encima de los días y las noches estaban las conversaciones. Se oía hablar a sí misma durante mucho tiempo, y también escuchaba.

A veces reía al escuchar sus propias confidencias, revelaciones sin malicia que antaño la hubieran mortificado. Las cosas que contó al doctor Lecter la sorprendían a menudo, y en algunos casos hubieran resultado desagradables para una sensibilidad normal; pero fueron auténticas en todo momento. Y el doctor Lecter también hablaba. En voz baja y uniforme. Expresaba interés y aliento, en ningún caso sorpresa ni censura.

Le habló de su niñez, de Mischa.

Algunas veces miraban juntos un mismo objeto brillante para iniciar sus conversaciones, casi siempre con una sola fuente de luz en la habitación. En cada sesión cambiaban de objeto brillante.

Ese día empezaron mirando el único reflejo en la pared de la tetera, pero conforme avanzaba el diálogo el doctor Lecter presintió que se acercaban a una galería inexplorada de la mente de su compañera. Tal vez oía a seres sobrenaturales luchando al otro lado de un muro. Sustituyó la tetera con la hebilla de plata de un cinturón.

—Era de mi padre —dijo Starling dando una palmada como si fuera una niña.

—Sí —le confirmó el doctor Lecter—. Clarice, ¿te gustaría hablar con tu padre? Tu padre está aquí. ¿Te gustaría hablar con él?

—¡Mi padre está aquí! ¡Estupendo! ¡Sí!

El doctor Lecter puso las manos en los lados de la cabeza de Starling, sobre sus lóbulos temporales, capaces de proporcionarle todo lo que pudiera necesitar de su padre. Luego la miró profundamente a los ojos.

—Sé que prefieres hablar con él en privado. Ahora me iré. Sigue mirando la hebilla, y dentro de unos minutos lo oirás llamar a la puerta. ¿De acuerdo?

—¡Sí! ¡Fantástico!

—Bien. Solo tienes que esperar unos minutos.

La insignificante punzada de una aguja finísima, que ni siquiera hizo bajar la vista a Starling, y el doctor Lecter abandonó la habitación.

Ella se quedó mirando la hebilla hasta que oyó la llamada en la puerta, dos firmes golpes de nudillos, tras los cuales su padre apareció en el umbral tal como lo recordaba, alto, con el sombrero en las manos y el pelo húmedo y recién peinado, como cuando se sentaba a la mesa para cenar.

—¡Hola, cariño! ¿A qué hora se cena en esta casa?

No la había abrazado desde hacía veinticinco años, los que habían transcurrido desde su muerte, pero cuando la recibió en su pecho los botones de perla de su camisa le produjeron la misma sensación de antaño, percibió los mismos olores a jabón fuerte y tabaco, volvió a sentir los latidos del enorme corazón de su padre.

—¿Cómo estás, pequeña? ¿Qué te pasa, corazón? ¿Es que te has caído?

Era igual que cuando la levantó del suelo del patio después de que ella se hubiera empeñado en cabalgar una cabra.

—Lo estabas haciendo muy bien hasta que la muy traidora ha dado ese respingo. Vamos a la cocina, a ver lo que encontramos.

Dos cosas en la mesa de la diminuta cocina de su infancia, un envoltorio de celofán de SNO BALLS y una bolsa de naranjas.

El padre de Starling abrió su navaja Barlow con la punta desmochada y peló un par de naranjas haciendo que la piel formara un largo rizo sobre el hule. Se sentaron en sillas con respaldo de travesaños; él dividió las naranjas en cuatro y fue comiéndose un gajo y dándole otro a Starling. Ella escupía las semillas en la mano y las dejaba en la falda. Sentado seguía pareciendo muy alto, como John Brigham.

Su padre masticaba más por un lado que por otro, y uno de sus incisivos tenía una funda de metal blanco como era moda en la práctica de los odontólogos militares de los años cuarenta. Brillaba cuando se reía. Se comieron las dos naranjas y un SNO BALL cada uno, y se contaron unos cuantos chistes de los de «Llaman a la puerta y...». Starling había olvidado la maravillosa sensación del dulce y blando relleno bajo el coco. La cocina desapareció y se pusieron a hablar como dos adultos.

—¿Cómo van las cosas, cariño?

—Tengo muchos problemas en el trabajo.

—Ya lo sé. Son todos esos burócratas, corazón. No ha habido nunca un hatajo de sinvergüenzas más... grande. Nunca le has disparado a nadie por capricho.

—Ya lo sé. Pero hay otra cosa.

—No mentiste sobre lo que pasó...

—No, padre.

—Salvaste al niño.

—No sufrió el menor daño.

—Me sentí muy orgulloso.

—Gracias, padre.

—Cariño, tengo que irme. Ya hablaremos.

—¿No puedes quedarte?

Posó la mano en la cabeza de Starling.

—Nunca podemos quedarnos, hija. Nadie puede quedarse donde le gustaría.

La besó en la frente y salió de la habitación. Podía ver el agujero de bala en el sombrero mientras él le decía adiós con la mano, alto en el vano de la puerta.

95

Era evidente que Starling quería a su padre tanto como
se pueda querer a otra persona, y no hubiera vacilado en
enfrentarse a cualquiera que intentara mancillar su recuerdo. No obstante, en conversación con el doctor Lecter,
bajo la influencia de una potente droga hipnótica, le contó lo siguiente:

—A pesar de todo, me cabrea lo que hizo. Quiero decir:
¿qué pintaba él detrás de un puto *drugstore* en mitad de la
noche? ¿Por qué tuvo que toparse con aquellos dos yon-
quis que lo mataron? Vació su vieja escopeta y se quedó
indefenso. Ellos no valían una mierda, pero pudieron
con él. No sabía lo que estaba haciendo. Nunca aprendió
nada.

Le hubiera gustado abofetear a alguien mientras lo
decía.

El monstruo se recostó una micra en su asiento. «Ah,
por fin hemos llegado al meollo de la cuestión. Tanto recuerdo de colegiala empezaba a empalagarme.»

Starling intentó balancear las piernas bajo el asiento
como una niña, pero le habían crecido demasiado.

—Tenía aquel trabajo, iba a donde le decían y hacía lo
que le mandaban, salía de ronda con aquel maldito reloj
de vigilante, hasta que lo mataron. Y mamá tuvo que lavar
la sangre de su sombrero para enterrarlo con él. ¿Vino
alguien a casa? Nadie. Después bien pocos SNO BALLS
hubo, ya se lo puede creer. Mamá y yo, limpiando habitaciones de motel. La gente que dejaba condones usados
en las mesillas. Lo mataron y nos dejó solas porque era
un jodido estúpido. Tenía que haberles dicho a los sopla-
pollas del Ayuntamiento que se metieran el trabajo donde les cupiera.

Cosas que jamás habría dicho, cosas proscritas en la superficie de su cerebro.

Desde el comienzo de su relación, el doctor Lecter la había provocado llamando a su padre «el vigilante nocturno». Ahora se transformó en Lecter, el protector de la memoria paterna.

—Clarice, él nunca deseó otra cosa que tu bienestar y tu felicidad.

—Pon las buenas intenciones en una mano y la mierda en la otra, a ver cuál de las dos se llena antes —le espetó.

Aquella expresión del orfanato hubiera debido resultarle especialmente chabacana viniendo de una mujer tan atractiva, pero el doctor Lecter parecía complacido, incluso satisfecho.

—Clarice, quiero pedirte que me acompañes a otra habitación —dijo—. Tu padre te ha hecho una visita, que ha dependido de ti. Ya has visto que, a pesar de tu intenso deseo de que se quedara contigo, no ha podido. Él te ha visitado a ti. Ahora te ha llegado el momento de visitarlo a él.

Un largo pasillo hacia una habitación de invitados. La puerta estaba cerrada.

—Espera un momento, Clarice —le pidió el doctor, y entró.

Starling se quedó en el pasillo con la mano en el pomo y oyó el roce de una cerilla.

El doctor Lecter abrió la puerta.

—Clarice, sabes que tu padre está muerto. Lo sabes mejor que nadie.

—Sí.

—Entra y míralo.

Los huesos de su padre estaban en una de las dos camas gemelas, y el contorno del tórax y los huesos largos destacaban bajo la sábana blanca, como el ángel de nieve de un niño.

El cráneo, que habían dejado limpio los diminutos carroñeros oceánicos de la playa del doctor Lecter, reseco y blanco, descansaba sobre el almohadón.

—¿Dónde está su estrella, Clarice?

—Se la quedó el condado. Dijeron que valía siete dólares.

—Esto es él, esto es todo lo que queda de él. A esto lo ha reducido el tiempo.

Starling miró los huesos. Se dio la vuelta y dejó el cuarto con viveza. No era una retirada, y Lecter no la siguió. Esperó en la semioscuridad. No tenía miedo, pero la oyó volver con los oídos tan alerta como los de una cabra atada a una estaca. Algo metálico y brillante en la mano de la mujer. Una insignia, la placa de John Brigham. La puso sobre la sábana.

—¿Qué te importa una insignia, Clarice? Le hiciste un agujero de bala a una en el granero.

—A él le importaba más que ninguna otra cosa. Eso fue todo lo que aprendió.

La última palabra salió distorsionada de su boca, que se curvó hacia abajo.

Cogió el cráneo de su padre y se sentó en la otra cama, mientras lágrimas calientes le afloraban a los ojos y resbalaban por las mejillas.

Como una criatura, cogió el faldón de su jersey, se lo llevó a la cara y sollozó; las amargas lágrimas golpeteaban en la parte superior del cráneo, que reposaba en su regazo con el diente enfundado reluciendo.

—Quiero a mi papá, fue tan bueno conmigo como supo. Fue la mejor época de mi vida.

Y era cierto, no menos cierto que antes de que dejara fluir su cólera.

Cuando el doctor Lecter le dio un pañuelo de papel, se limitó a cogerlo y apretarlo en el puño, y fue él quien le secó la cara.

—Clarice, voy a dejarte a solas con estos restos. Restos, Clarice. Si gritas tu dolor dentro de esas órbitas, no te contestará nadie. —Puso las manos sobre las sienes de Starling—. Lo que necesitas de tu padre está aquí, en tu cabeza, y sometido a tu juicio, no al suyo. Ahora te dejaré sola. ¿Quieres que deje las velas?

—Sí, por favor.

—Cuando salgas, trae solo lo que necesites.

La esperó en la sala, ante el fuego. Pasó el rato tocando su *theremin*, moviendo las manos en el campo electrónico para crear la música, haciendo planear las manos que había puesto en la cabeza de Clarice Starling como si estuviera dirigiendo la música. Adivinó que ella estaba de pie a sus espaldas momentos antes de acabar la melodía.

Cuando se volvió, vio que su sonrisa era suave y triste, y que tenía las manos vacías.

El doctor Lecter siempre buscaba un patrón.

Sabía que, como toda criatura sensible, a partir de sus experiencias tempranas, Starling había creado matrices, estructuras mediante las cuales comprendía las percepciones posteriores.

Cuando habló con ella a través de los barrotes de su celda del manicomio, hacía ya tantos años, descubrió una de las más importantes para Starling, la matanza de los corderos y los caballos en el rancho que fue su hogar adoptivo. El sufrimiento de aquellos animales la había dejado marcada para siempre.

El aguijón que la había estimulado durante su obsesiva y victoriosa persecución de Jame Gumb no había sido otro que el sufrimiento de su víctima.

No era otro el motivo por el que lo había salvado a él de la tortura.

Estupendo. Comportamiento según un patrón.

Buscando como siempre la reproducción de roles, el doctor Lecter llegó a la conclusión de que Starling había visto en John Brigham las cualidades positivas de su padre; además de heredar las virtudes paternas, el infortunado Brigham había sido investido con el tabú del incesto. Brigham, y probablemente Crawford, tenían los buenos atributos del padre. ¿Dónde estaban los malos?

El doctor Lecter buscaba el resto de aquella matriz partida. Mediante drogas y técnicas de hipnosis elaboradas por su experiencia terapéutica, estaba descubriendo en la personalidad de la mujer nódulos duros y resistentes, como nudos en la madera, y antiguos resentimientos tan inflamables como la resina.

Dio con escenas de implacable brillantez, muy antiguas pero cuidadas con mimo y llenas de detalles, que hacían relampaguear una ira primaria a través del cerebro de Starling, como rayos recorriendo la masa de cúmulos que precede a una tormenta.

La mayor parte tenían que ver con Paul Krendler. El resentimiento por las injusticias reales que había sufrido a manos de aquel individuo estaba cargado con la cólera que sentía hacia su padre y que nunca podría reconocer. Nunca podría perdonarle que hubiera muerto.

Había abandonado a su familia, había dejado de pelar naranjas en la cocina. Había condenado a la madre al plumero y la fregona. Había dejado de estrechar a Starling contra su pecho con su enorme corazón retumbando como el de *Hannah* cuando yegua y muchacha cabalgaron hacia la noche.

Krendler era el icono del fracaso y la frustración. La persona más a propósito para cargar con las culpas. Pero ¿sería ella capaz de desafiarlo? ¿O tenía Krendler, y cualquier otra autoridad o tabú, el poder suficiente para confinar a Starling a lo que el doctor Lecter consideraba una vida insignificante y falta de horizontes?

Pero había un signo de esperanza. Aunque estaba marcada por la insignia, Clarice era capaz de agujerear una de un disparo y matar a su portador. ¿Por qué? Porque había decidido actuar, había identificado a quien la llevaba con un criminal y emitido la sentencia, sobreponiéndose al tabú que la estigmatizaba. Flexibilidad potencial. La corteza cerebral gobernaba. ¿Significaba aquello que dentro de Starling había sitio para Mischa? ¿O era tan solo una buena cualidad más del sitio que Starling tendría que desalojar?

96

Barney, de regreso a su apartamento de Baltimore, de vuelta a su rutinario trabajo en el Misericordia, tenía el turno de tres a once. Se detuvo para comer un plato de sopa en un bar que le cogía de camino y poco antes de medianoche entró en el apartamento y encendió la luz.

Ardelia Mapp estaba sentada a la mesa de la cocina. Apuntaba una pistola negra semiautomática al centro de su rostro. Por la boca del cañón, Barney calculó que se trataba de un calibre 40.

—Siéntate, enfermera —le ordenó Mapp. Tenía la voz ronca y los ojos color naranja alrededor de las negras pupilas—. Pon una silla en aquel rincón, inclínala contra la pared y siéntate.

Lo que más lo asustó no fue el enorme quitapenas que empuñaba, sino la otra pistola, posada en el tapete individual que la mujer tenía ante sí. Era una Colt Woodsman 22 con una botella de plástico, como silenciador, sujeta al cañón con cinta aislante.

La silla crujió bajo el peso de Barney.

—Si se parten las patas no vaya a dispararme, yo no tengo la culpa —le dijo.

—¿Sabes algo de Clarice Starling?

—No.

Mapp cogió la pistola de pequeño calibre.

—Mira, tío, no he venido aquí para jugar a médicos contigo. En cuanto me huela que me estás mintiendo, enfermera, te pinto la cocina de rojo, ¿te enteras?

—Sí —Barney se dio perfecta cuenta de que no fanfarroneaba.

—Voy a preguntártelo otra vez. ¿Sabes algo que pudiera ayudarme a encontrar a Clarice Starling? En la oficina de Correos aseguran que te mandaron la correspondencia a la choza de Mason durante un mes. ¿Qué coño significa eso, Barney?

—Trabajé allí. Cuidaba a Mason Verger, y también le conté lo que sabía sobre Lecter. No me gustó el sitio y me largué. Mason era bastante hijo de puta.

—Starling ha desaparecido.

—Lo sé.

—Puede que se la llevara Lecter, o puede que se la comieran los cerdos. Si hubiera sido él, ¿qué le habría hecho?

—Voy a ser completamente sincero: no lo sé. Ayudaría a Starling si pudiera. ¿Por qué no iba a hacerlo? A mí ella siempre me ha caído bien, y además iba a conseguir que borraran mis antecedentes. Busque en sus informes o en sus notas, o…

—Ya lo he hecho. Quiero que entiendas una cosa, Barney. Esta es una oferta única. Si sabes algo, más te vale que me lo digas ahora. Si descubro alguna vez, da igual dentro de cuánto tiempo, que te guardaste algo que podría haberme ayudado, volveré aquí y esta pistola será lo último que veas. Te la meteré por tu asqueroso culo negro. ¿Te has enterado?

–Sí.

–¿Sabes alguna cosa?

–No.

El silencio más largo que Barney pudiera recordar.

–Quédate ahí bien sentadito hasta que me haya ido.

A Barney le costó hora y media dormirse. Se quedó tumbado mirando el techo, con la frente, ancha como la de un delfín, a ratos perlada de sudor, a ratos seca. Barney pensaba en futuras visitas. Antes de apagar la luz, entró en el cuarto de baño y cogió un espejo de acero inoxidable de su estuche de aseo, uno de sus recuerdos del cuerpo de marines.

Fue a la cocina, abrió el cajetín de los fusibles y pegó el espejo en el interior de la tapa.

Era todo lo que podía hacer. Pataleó en sueños como hacen los perros.

Al finalizar la siguiente jornada laboral, se llevó a casa una bolsita de las que entregaban a las mujeres violadas.

97

El doctor Lecter no podía mejorar mucho la casa del alemán conservando el mobiliario. Las flores y los biombos ayudaban. Los toques de color producían efectos sorprendentes sobre los muebles macizos y la oscuridad del techo; era un contraste antiguo y sobrecogedor, como el de una mariposa posada en la manopla de una armadura.

Según todas las evidencias, su lejano casero tenía una fijación con Leda y el Cisne. El bestial acoplamiento estaba representado en no menos de cuatro bronces de distinta calidad, el mejor de los cuales era una reproducción de Donatello, y en ocho pinturas. Una de ellas, la debida a Anne Shingleton, le encantaba por su extraordinaria precisión anatómica y su calenturienta versión de la jodienda. Las otras las cubrió con sábanas, y también la horrible colección de bronces cinegéticos del alemán.

A primera hora de la mañana el doctor Lecter puso la mesa para tres personas con sumo cuidado, la observó desde distintos ángulos con un dedo apoyado en una aleta de la nariz, movió los candelabros un par de veces y sustituyó los tapetes individuales de damasco por un mantel pequeño con el fin de reducir a un tamaño más adecuado la enorme mesa oval.

El oscuro y amenazador bufete dejaba de parecerse a un portaaviones al ponerle encima piezas de servicio altas y relucientes calentadores de cobre. Además, el doctor Lecter había abierto varios cajones y los había llenado de flores para conseguir un efecto de jardines colgantes.

Se dio cuenta de que había demasiadas flores en la habitación, y decidió que convenía añadir más para corregir el efecto. Demasiado era demasiado, pero más que demasiado estaba bien. Dispuso dos centros de mesa florales: un montículo bajo de peonías blancas como SNO BALLS en una bandeja de plata y un amplio y alto ramo de apretadas campanillas de Irlanda, lirios holandeses, orquídeas y tulipanes papagayo que ocultaban la parte vacía de la mesa y creaban un espacio más íntimo.

La cristalería se alzaba ante los platos como una pequeña tormenta de hielo, pero la cubertería de plata estaba en un calentador esperando ser llevada a la mesa en el último momento.

Como cocinaría el primer plato en la mesa, dejó preparados los infiernillos de alcohol y dispuso a su alrededor el *fait-tout* de cobre, la sartén, la sartén para salteados, los condimentos y la sierra para autopsias.

Podría coger más flores a la vuelta. Clarice Starling no se inquietó cuando le dijo que iba a salir. El doctor le sugirió que siguiera durmiendo.

98

En la tarde del quinto día después de los asesinatos, Barney acababa de afeitarse y estaba frotándose las mejillas con alcohol cuando oyó pasos en las escaleras. Casi era la hora de salir hacia el trabajo.

Unos nudillos aporreando la puerta. Margot Verger estaba en el descansillo. Llevaba un bolso grande y una pequeña mochila. Parecía cansada.

—Hola, Barney.

—Hola, Margot. Pasa.

Le ofreció una silla ante la mesa de la cocina.

—¿Quieres una Coca?

Entonces recordó que habían encontrado a Cordell con la cabeza en el frigorífico, y lamentó el ofrecimiento.

—No, gracias —respondió.

Se sentó a la mesa frente a ella. La mujer recorrió sus brazos con la mirada como si fuera un culturista rival, y luego volvió a mirarlo a la cara.

—¿Estás bien, Margot?

—Eso creo —respondió.

—Parece que no tienes de qué preocuparte, al menos por lo que he leído.

—A veces recuerdo nuestras conversaciones, Barney. Y me ha dado por pensar que tal vez tuviera noticias tuyas cualquier día de estos.

Barney se preguntó dónde llevaría el martillo, si en el bolso o en la mochila.

—Solo las tendrías si alguna vez me apetece saber qué tal te va, si es que te parece bien. No porque quisiera meter las narices en nada. Margot, yo te aprecio.

—Ya me conoces, Barney, nunca me han gustado los cabos sueltos. Y no es que tenga nada que ocultar…

En ese momento Barney supo que había conseguido el semen. Cuando el embarazo se anunciara, si es que se producía, Margot tendría motivos para preocuparse por él.

—Quiero decir que su muerte fue un regalo de Dios, no pienso mentir al respecto.

La velocidad con que hablaba sugirió a Barney que estaba intentando tomar impulso.

—Creo que sí quiero una Coca —dijo Margot.

—Antes de que te la traiga, déjame que te enseñe una cosa que tengo para ti. Créeme, puedo tranquilizarte por completo y no te costará un dólar. Es un segundo. No te vayas.

Cogió un destornillador de una lata llena de herramientas que había en la encimera. Consiguió hacerlo sin darle la espalda.

En una pared de la cocina había lo que parecían dos cajetines de fusibles. En realidad uno de ellos había reemplazado al otro al cambiar la instalación y solo el de la derecha estaba en servicio.

Al encararlos, Barney no tuvo más remedio que dar la espalda a Margot. Abrió el de la izquierda tan deprisa como pudo. Ahora podía verla por el espejo empotrado en la tapa. Ella metió la mano en el bolso grande. La metió, pero no la sacó.

Después de desenroscar los cuatro tornillos, Barney pudo quitar el panel desconectado. Tras él había un hueco en el muro.

Metió la mano con cuidado y sacó una bolsa de plástico.

Percibió un alto en la respiración de Margot cuando extrajo de la bolsa el objeto que contenía. Era un rostro tan famoso como brutal: la máscara que ponían al doctor Lecter en el Hospital Psiquiátrico Penitenciario de Baltimore para impedir que mordiera a alguien. Aquel era el último y más valioso artículo del botín de recuerdos de Lecter que Barney conservaba.

—¡Guau! —dijo Margot.

Barney depositó la máscara en la mesa, boca abajo sobre un papel encerado, bajo la brillante lámpara de la cocina. Sabía que al doctor Lecter nunca le habían permitido limpiarla. La saliva seca estaba incrustada en la parte interior de la abertura para la boca. En uno de los remaches que fijaban las correas a la máscara había tres pelos arrancados de raíz.

Un vistazo a Margot le permitió comprobar que la mujer estaba pendiente del objeto.

Barney sacó la bolsita para mujeres violadas del armario de la cocina. Contenía bastoncillos de algodón, agua esterilizada, gasas y frascos de píldoras vacíos.

Con infinito cuidado limpió las escamas de saliva con un bastoncillo húmedo. Metió el bastoncillo en uno de los frascos. Arrancó los cabellos de la máscara y los guardó en otro.

Imprimió el pulgar en la parte pegajosa de dos trozos de cinta adhesiva dejando una huella dactilar nítida en ambas ocasiones, y selló los tapones de los frascos. Los metió en la bolsita y se los entregó a Margot.

—Supongamos que me meto en algún lío, pierdo la cabeza e intento sacarte pasta. Pongamos que intentara contar a la policía alguna historia tuya para librarme de unos cuantos cargos. Ahí tienes pruebas de que fui al menos un cómplice en la muerte de Mason Verger, y hasta puede que lo hiciera todo yo solo. Como mínimo te habría proporcionado el ADN.

—Te concederían la inmunidad para que me traicionaras.

—Por complicidad, tal vez. Pero no por tomar parte físicamente en un asesinato tan sonado. Me prometerían inmunidad como cómplice y después me joderían en cuanto se figuraran que había participado. Estaría jodido para siempre. Lo tienes ahí, entre tus manos.

Barney no estaba seguro de lo que decía, pero sonaba bien.

Además, Margot tenía la posibilidad de colocar el ADN de Lecter en la ficha con los antecedentes de Barney en caso de necesidad, y ambos lo sabían.

Se lo quedó mirando con sus brillantes ojos azules de carnicera durante unos instantes que a Barney le parecieron eternos.

Luego dejó la mochila sobre la mesa.

—Aquí dentro hay un montón de dinero —dijo—. Suficiente para ver todos los Vermeer del mundo. Una vez. —Parecía un tanto aturdida, y extrañamente feliz—. Tengo el gato de Franklin en el coche, he de irme. Franklin, su madre adoptiva, su hermana Shirley, un tipo llamado Stringbean y Dios sabe cuánta gente más van a venir a Muskrat en cuanto el crío salga del hospital. Me ha costado cincuenta dólares conseguir el puto gato. Estaba viviendo en la casa de sus antiguos vecinos con un nombre falso.

No guardó la bolsita de plástico en el bolso. Se la llevó en la mano libre. Barney supuso que prefería no enseñarle las otras opciones que contenía el bolso.

—¿Crees que me merezco un beso? —le preguntó Barney en la puerta.

Ella se puso de puntillas y le dio un beso rápido en los labios.

—Tendrás que conformarte con eso —dijo Margot, muy formal.

Las escaleras crujieron mientras bajaba.

Barney cerró la puerta con llave y se quedó varios minutos con la frente apoyada contra la frescura del frigorífico.

99

Al despertarse, Starling oyó lejana música de cámara y aspiró los penetrantes olores de la cocina. Se sentía como nueva y con apetito. Un golpecito en la puerta, y el doctor Lecter entró vestido con pantalones oscuros, camisa blanca y una corbata inglesa. Le traía un vestido largo en una bolsa y un *cappuccino* caliente.

—¿Has dormido bien?

—De miedo, gracias.

—El *chef* me comunica que comeremos en hora y media. Los cócteles se servirán dentro de una hora; ¿le parece bien a la señora? He pensado que tal vez te guste esto; mira a ver cómo te está —dijo el doctor Lecter; luego colgó la bolsa en el armario y salió sin hacer ruido.

Starling no miró en el armario hasta después de darse un largo baño, pero cuando lo hizo se sintió muy complacida. Encontró un vestido largo de seda color crema, con un escote estrecho pero profundo, debajo de una exquisita chaqueta adornada con cuentas.

En el tocador había un par de pendientes con colgantes de esmeraldas pulidas pero sin tallar. Las piedras despedían un intenso fuego verde a pesar de no tener facetas.

El pelo nunca le había dado problemas. Físicamente se sentía muy cómoda con aquella ropa. Aunque no estaba acostumbrada a vestir con tanta elegancia, no se entretuvo ante el espejo; se limitó a mirarse en él para comprobar que todo estaba en su sitio.

El casero alemán había hecho construir unas chimeneas desproporcionadas. En la sala de estar ardía un único tronco enorme cuando Starling se acercó a la calidez del hogar haciendo suspirar la seda.

Música proveniente del clavicémbalo de un rincón. Sentado al instrumento, el doctor Lecter, en esmoquin.

El doctor alzó los ojos y, al verla, contuvo el aliento. Sus manos también se detuvieron, abiertas sobre el teclado. Las notas del clavicémbalo apenas duran y, en el repentino silencio de la sala, Starling pudo oírlo inspirar.

Ante el fuego los esperaban dos copas. Lillet con una rodaja de naranja. El doctor se acercó a cogerlas y le tendió una.

—Aunque pudiera verte cada día, siempre recordaría este momento —le dijo él, mientras sus oscuros ojos la envolvían.

—¿Cuántas veces me ha visto, que yo no sepa?

—Solo tres.

—Pero aquí…

—Esto está fuera del tiempo, y lo que haya podido ver mientras cuidaba de ti no compromete tu intimidad. Está guardado en el lugar que le corresponde, con las mediciones de tu temperatura y tu tensión arterial. Aunque tengo que confesarte que es un placer verte dormida. Eres muy hermosa, Clarice.

—El aspecto es un accidente, doctor Lecter.

—Si el atractivo fuera un premio a los merecimientos, seguirías siendo hermosa.

—Gracias.

—No me des las gracias.

Un movimiento imperceptible de la cabeza le bastó para expresar su incomodidad tan bien como si hubiera arrojado la copa al fuego.

—Lo he dicho como lo siento —aseguró Starling—. ¿Hubiera preferido que dijera «Me alegro de que me vea así»? Hubiera sido más original, e igual de cierto.

Starling se llevó la copa a los labios bajo su tranquila mirada de campesina, que no ocultaba nada.

En ese momento el doctor Lecter comprendió que, a pesar de todos sus conocimientos y su perspicacia, nunca sería capaz de predecir sus reacciones totalmente, o de poseerla por completo. Podía alimentar la oruga, podía susurrar a través de la crisálida, pero lo que surgiera después obedecería a su propia naturaleza y estaría fuera de su control. Se preguntó si llevaría la 45 en la pierna, bajo el vestido.

Clarice Starling le sonrió, las esmeraldas captaron el resplandor de la chimenea y el monstruo, desarmado, se felicitó por su exquisito gusto y su astucia.

—Clarice, la cena llama al gusto y al olfato, los sentidos más antiguos y los más próximos al centro de la mente. El gusto y el olfato tienen su asiento en zonas de la mente que preceden a la piedad, y la piedad no tiene cabida en mi mesa. Al mismo tiempo, las ceremonias, imágenes y conversaciones de la cena juegan en la cúpula de la corteza cerebral como milagros pintados en el techo de una iglesia. Puede ser mucho más atractivo que el teatro. —Acercó su rostro al de ella y leyó en sus ojos—. Quiero que comprendas qué riquezas aportas tú a todo eso, y cuáles son tus títulos. Clarice, ¿has observado tu reflejo últimamente? Me parece que no. Dudo que lo hayas hecho alguna vez. Ven al vestíbulo, ponte ante el espejo de cuerpo entero.

El doctor Lecter cogió un candelabro del mantel.

—Mira, Clarice. Esa imagen encantadora eres tú. Esta noche vas a verte desde una cierta distancia durante un rato. Verás lo que es justo, verás lo que es verdadero. Nunca te ha faltado el coraje para decir lo que pensabas, pero las restricciones te impedían ver claro. Te lo diré una vez más, la piedad no tiene cabida en esta mesa.

»Si oyes cosas que pudieran resultarte desagradables, enseguida te darás cuenta de que el contexto puede hacer de ellas algo entre absurdo e irresistiblemente cómico. Si se dicen cosas dolorosamente ciertas, comprenderás que son verdades pasajeras que cambiarán. —El doctor Lecter tomó un sorbo de su copa—. Si sientes que el dolor germina dentro de ti, no tardará en florecer convertido en alivio. ¿Me comprendes?

—No, doctor Lecter, pero recordaré todo ese rollo sobre la jodida autosuperación. Ahora me gustaría disfrutar de una cena agradable.

—Eso, te lo prometo —dijo el doctor sonriendo, una visión capaz de poner los pelos de punta a muchos.

Ninguno de los dos volvió la vista hacia la imagen de la mujer en el cristal, que se había empañado; se miraron mutuamente entre las brillantes llamas del candelabro mientras el espejo los miraba a ambos.

—Mira, Clarice.

Ella contempló las rojas chispas que giraban en la profundidad de sus ojos y sintió la impaciencia de un niño que avizora una feria lejana.

El doctor Lecter buscó en el bolsillo de su chaqueta, sacó una jeringuilla con la aguja tan fina como un cabello y, sin mirar, guiándose solo por el tacto, la hundió en el brazo de la mujer. Cuando la extrajo, la diminuta herida ni siquiera sangró.

—¿Qué estaba tocando cuando entré?

—*Si el amor nos gobernara.*

—¿Es muy antiguo?

—Enrique VIII la compuso hacia 1510.

—¿La tocará para mí? —le pidió—. ¿La acabará ahora?

100

La brisa que produjeron al entrar en el comedor agitó las llamas de las velas y los calentadores. Starling no había visto aquella sala más que de pasada y era maravilloso contemplar la transformación. Brillante, acogedora. La esbelta cristalería reflejaba las llamas de las velas sobre la mantelería color crema, y una pantalla de flores creaba un espacio íntimo y lo aislaba del resto de la gran mesa.

El doctor Lecter había sacado la plata de los calentadores poco antes y cuando Starling se puso a juguetear con sus cubiertos percibió un calor parecido a la fiebre en el mango del cuchillo.

El doctor le sirvió vino y un pequeño *amuse-gueule* como entrante, una sola ostra Belon y una porción de embutido; luego entretuvo la espera ante media copa de vino, admirando a Starling en el marco de la mesa que había decorado.

La altura de los candelabros era perfecta. Las llamas iluminaban las profundidades del escote y el vestido no tenía mangas que vigilar.

—¿Qué comeremos?

Él se llevo un dedo a los labios.

—Nunca preguntes, estropea la sorpresa.

Hablaron de la mejor manera de cortar plumas de cuervo y de su efecto sobre el sonido del clavicémbalo, y por un instante ella se acordó del cuervo que le robó a su madre los productos de limpieza en el balcón de una habitación de motel. Contemplándolo desde cierta distancia, juzgó el recuerdo irrelevante en un momento tan agradable, y lo apartó de su mente.

—¿Tienes hambre?

—¡Sí!

—Entonces, vamos con el primer plato.

El doctor Lecter cogió una bandeja del bufete y la colocó en la mesa; luego acercó un carrito que transportaba sus sartenes, infiernillos y pequeños cuencos de cristal con los condimentos.

Encendió los infiernillos, echó un buen pedazo de manteca de Charente en la *fait-tout* de cobre y la hizo girar para que se derritiera y adquiriera la tonalidad avellana de una *beurre-noisette*. Luego la retiró del fuego y la dejó sobre un salvamanteles de metal.

Sonrió a Starling dejando ver sus dientes inmaculados.

—Clarice, ¿recuerdas lo que hemos dicho sobre comentarios agradables y desagradables, y sobre cosas que en su debido contexto resultan divertidas?

—Esa mantequilla huele de maravilla. Lo recuerdo, sí.

—Y ¿recuerdas a la persona que has visto en el espejo, y lo espléndida que parecía?

—Doctor Lecter, no se lo tome a mal, pero esto empieza a parecerse a *Dick and Jane*.* Lo recuerdo perfectamente.

—Estupendo. El señor Krendler nos va a acompañar durante el primer plato.

El doctor Lecter cogió el centro de mesa grande y lo dejó sobre el bufete.

El ayudante del inspector general, Paul Krendler en carne y hueso, estaba sentado a la mesa en un sillón de roble macizo. Krendler abrió los ojos de par en par y miró a su alrededor. Tenía puesta la cinta para el pelo que usaba cuando corría y un elegante esmoquin funerario, con la camisa y la corbata cosidas a la chaqueta. Como el traje estaba abierto por la parte de atrás, al doctor Lec-

* Popular libro de texto con el que los niños norteamericanos aprendían a leer hasta no hace mucho. Los protagonistas son una niña y un niño que conversan con la ingenuidad que cabe suponer. (*N. del t.*)

ter no le había costado mucho ponérselo de forma que ocultara los metros de cinta aislante que lo sujetaban al sillón.

Puede que los párpados de Starling se movieran un milímetro y que sus labios se contrajeran imperceptiblemente, como solían hacer en la galería de tiro.

A continuación el doctor Lecter cogió un par de pinzas de plata del bufete y arrancó la cinta que amordazaba a Krendler.

—Buenas noches otra vez, señor Krendler.

—Buenas noches.

Krendler no parecía el de otras veces. Su servicio de mesa tenía una pequeña sopera.

—¿No le gustaría dar las buenas noches a la señorita Starling?

—Hola, Starling —dijo, y pareció animarse—. Siempre deseé verte comer.

Starling lo consideró a distancia, como hubiera hecho el viejo y sabio espejo de cuerpo entero.

—Hola, señor Krendler —lo saludó, y volvió la mirada hacia el doctor Lecter, que seguía atareado con sus sartenes—. ¿Cómo ha conseguido capturarlo?

—El señor Krendler se dirige a una importante entrevista relacionada con su futuro en la política —dijo el doctor Lecter—. Margot Verger lo ha invitado como un favor hacia mí. Algo así como un toma y daca. El señor Krendler trotaba hacia la pista para helicópteros del parque Rock Creek para subir al de los Verger. Pero en lugar de eso ha decidido dar un paseíto conmigo. ¿Le gustaría bendecir la mesa antes de que cenemos, señor Krendler? ¿Señor Krendler?

—¿Bendecir la mesa? Sí, claro. —Krendler cerró los ojos—. Padre, te damos las gracias por los alimentos que estamos a punto de recibir, y los dedicamos a Tu servicio. Starling es una chica demasiado mayor para estar jodiendo con su padre, por más que sea del sur. Por favor, perdónala por ello y empújala a mi servicio. En el nombre de Cristo, amén.

Starling observó que el doctor Lecter mantenía los ojos piadosamente cerrados durante la oración.

—Paul —dijo Starling, que se sentía tranquila y rápida de reflejos—, tengo que reconocer que el apóstol Pablo no lo hubiera hecho mejor. Odiaba a las mujeres tanto como usted.

—Esta vez la has cagado del todo, Starling. Nunca te readmitirán.

—¿Era una oferta de trabajo lo que ha colado en la bendición? Nunca había visto semejante tacto.

—Voy a ir al Congreso. —Krendler sonrió desagradablemente—. Acércate por el cuartel general de la campaña, tal vez encuentre algo para ti. Podrías ser chica de oficina. ¿Sabes escribir a máquina y llevar un archivo?

—Por supuesto.

—¿Y escribir al dictado?

—Utilizo un programa de reconocimiento de voz —replicó Starling, y continuó en tono más serio—: Si me perdona por hablar de negocios en la mesa, no es usted lo bastante rápido para colarse en el Congreso. Jugar sucio no basta para compensar una inteligencia de segunda. Duraría más como chico de los recados de un mafioso.

—No nos espere, señor Krendler —le urgió el doctor Lecter—. Vaya probando el caldo antes de que se enfríe. —Y levantó el *potager*, de cuya tapa sobresalía una pajita, hacia los labios de Krendler.

—Esta sopa no está buena —se quejó Krendler poniendo cara de asco.

—En realidad tiene más de infusión de perejil y tomillo que de otra cosa —le explicó el doctor—, y es más para nosotros que para usted. Sorba un poco más y déjelo circular.

Starling parecía sopesar algo remedando con las manos los platillos de la Justicia.

—¿Sabe, señor Krendler? Cada vez que usted me miraba de soslayo, tenía la incómoda sensación de que había hecho algo para merecerlo. —Movió las palmas arriba y abajo muy seria, como si estuviera haciendo pasar un Muelle Mágico de una a otra—. Y no lo merecía. Cada vez que escribía algo negativo en mi expediente, conseguía hacerme daño y que me sintiera culpable. Dudaba de mí misma un momento, e intentaba aliviarme ese picor insidioso que no dejaba de decirme: «Papá sabe lo que te conviene».

»Pero usted no sabe lo que me conviene, señor Krendler. De hecho, no sabe nada de nada. —Starling bebió un sorbo del excelente borgoña blanco, y se volvió hacia el doctor Lecter—: Me encanta este vino. Pero creo que deberíamos sacarlo de la cubitera. —Y se volvió, como una anfitriona atenta, hacia el invitado—. Siempre será usted un… patán, y carente de atractivo —dijo con un tono benévolo—. Y ya hemos hablado bastante de usted en esta mesa tan agradable. Ya que es el invitado del doctor Lecter, espero que disfrute de la cena.

—Pero ¿quién eres tú? —dijo Krendler—. Tú no eres Starling. Tienes la misma mancha en la cara, pero no eres Starling.

El doctor Lecter echó cebollinos a la mantequilla caliente y dorada y en el instante en que el aroma empezó a flotar en el aire añadió alcaparras desmenuzadas. Sacó la sartén del fuego y puso en su lugar la sartén para salteados. Cogió un gran cuenco de cristal con agua helada y una bandeja de plata y los dejó al lado de Krendler.

—Tenía planes para esa boquita tan grande —dijo Krendler—, pero ya no te contrataré en la vida. ¿Quién crees que te dará trabajo ahora?

—No espero que cambie completamente de actitud,

como hizo el otro Pablo, señor Krendler –dijo el doctor Lecter–. No lo veo en el camino de Damasco, ni siquiera en el camino hacia el helicóptero de los Verger.

El doctor Lecter le quitó la cinta del pelo como hubiera retirado la etiqueta de una lata de caviar.

–Todo lo que le pedimos es que mantenga la mente abierta.

Con cuidado, empleando ambas manos, el doctor Lecter levantó la tapa de los sesos de Krendler, la dejó sobre la bandeja y trasladó esta al bufete. Apenas cayó una gota de sangre de la limpia incisión, pues previamente el doctor había soldado los vasos principales y sellado escrupulosamente los otros utilizando anestesia local. Había aserrado el cráneo en la cocina media hora antes de la cena.

El método que había utilizado para retirar la parte superior del cráneo de Krendler era tan antiguo como la medicina egipcia, claro que el doctor Lecter disponía de una sierra para autopsias con una hoja especial para el cráneo, una llave craneal y mejores medios anestésicos. El cerebro propiamente dicho no había sufrido.

La cúpula gris y rosa del cerebro de Krendler sobresalía del cráneo truncado.

De pie al lado de Krendler con un instrumento que parecía una cuchara para las amígdalas, el doctor Lecter cortó una tras otra cuatro rebanadas del lóbulo prefrontal. Los ojos de Krendler miraban hacia arriba como si estuviera siguiendo la operación. El doctor Lecter introdujo las rebanadas en el cuenco de agua helada, acidulada con zumo de limón, para que adquirieran solidez.

–«Qué bonito, mecerse en una estrella –cantó Krendler de repente–, y llenar con luz de luna una botella.»

En la cocina clásica, los sesos se empapan, se aplastan y se dejan a la intemperie durante la noche para que se endurezcan. Cuando uno ha de vérselas con el producto fresco, el reto es conseguir que la materia no se desintegre y se convierta en un puñado de grumosa gelatina.

Con una destreza apabullante, el doctor colocó las rebanadas endurecidas en un plato, las rebozó levemente con harina sazonada y luego las empanó con migajas de *brioche* tierno.

Ralló una trufa negra sobre la salsa de la sartén y dio el toque final con un chorrito de zumo de limón.

Sin perder tiempo, pasó las rodajas por la sartén lo justo para que se doraran por ambos lados.

—¡Huele que resucita! —soltó Krendler.

El doctor Lecter las depositó sobre sendas rodajas de pan tostado en los platos recién sacados de los calentadores, las bañó con la salsa y espolvoreó trocitos de trufa. Las decoró con perejil y alcaparras con sus tallos, y con un capullo de berro para darles un poco de altura, completó la presentación.

—¿Cómo está? —preguntó Krendler, que hablaba a voz en cuello tras las flores, como suele ocurrir con los lobotomizados.

—Verdaderamente exquisito —dijo Starling—. Es la primera vez que pruebo las alcaparras.

Al doctor Lecter el brillo de la salsa de mantequilla en los labios de Starling le pareció irresistible.

Krendler cantaba oculto tras los ramos, en general canciones de guardería, y los animaba a pedirle la que quisieran oír.

Sin prestarle atención, el doctor Lecter y Starling hablaban de Mischa. Starling estaba al tanto del destino que había corrido la hermana del doctor Lecter por sus conversaciones sobre el dolor de la pérdida; pero en esa ocasión él habló de forma esperanzada sobre la posibilidad de hacerla regresar. En medio de semejante velada, a Starling no le pareció descabellado que Mischa consiguiera volver, y expresó su esperanza de llegar a conocerla.

—Nunca podrías contestar los teléfonos de mi oficina —gritó Krendler entre las flores—. Suenas como un conejito de granja.

—Fíjate a ver si sueno como Oliver Twist cuando pida un poco más —le replicó Starling, y el doctor Lecter apenas pudo contener su regocijo.

Una segunda ración consumió casi por entero el lóbulo frontal y se aproximó por la parte posterior hasta el córtex premotor. Krendler se vio reducido a observaciones irrelevantes sobre objetos de su campo de visión inmediato y al monótono recitado de un poema obsceno e interminable.

Absortos en su charla, Starling y Lecter no se sentían más incómodos que si un grupo en la mesa vecina de un restaurante hubiera cantado; pero cuando el volumen del poema empezó a ser excesivo el doctor Lecter se levantó y fue a por la ballesta, que estaba en un rincón.

—Me gustaría que escucharas el sonido de este instrumento de cuerda, Clarice.

Esperó a que Krendler se callara un momento y disparó una saeta que voló sobre la mesa y atravesó las flores.

—Si vuelves a oír este particular vibrato de la cuerda de ballesta en cualquier situación futura, ten por seguro que significa tu completa libertad, paz e independencia —dijo el doctor Lecter.

Las plumas y parte del astil asomaban entre las flores y se movían más o menos al ritmo de una batuta dirigiendo un corazón. La voz de Krendler calló de golpe y al cabo de unos pocos latidos la batuta se inmovilizó.

—¿Es más o menos un re por debajo de medio do?

—Exacto.

Al cabo de un momento Krendler emitió un gorgoteo al otro lado del telón vegetal. No era más que un espasmo en la laringe debido a la creciente acidez de su sangre a causa de lo reciente de su muerte.

—Vamos con el segundo plato —propuso el doctor—. Pero antes, un pequeño sorbete para refrescarnos el paladar para dar paso a la codorniz. No, no, no te levantes. El señor Krendler me ayudará a despejar la mesa, si eres tan amable de disculparlo.

Dicho y hecho. Tras la pantalla de flores, el doctor Lecter se limitó a vaciar los platos sucios en el cráneo de Krendler y luego los amontonó en su regazo. Volvió a taparle el cráneo y, cogiendo la cuerda atada al pie rodante que sostenía el sillón, lo llevó hasta la cocina.

Una vez allí el doctor Lecter volvió a montar la ballesta. Usaba el mismo tipo de pilas que la sierra para autopsias, lo cual no dejaba de ofrecer ventajas.

Las codornices tenían la piel crujiente y estaban rellenas de *foie gras*. El doctor Lecter habló de Enrique VIII como compositor y Starling, de diseño asistido por ordenador para crear sonidos sintéticos, de la réplica de los vibratos.

Tomarían el postre en la sala de estar, anunció el doctor Lecter.

101

Un *soufflé* y copas de Château d'Yquem ante la chimenea de la sala de estar, con el café preparado en una mesita en la que Starling apoyaba un codo. El fuego bailaba en el vino dorado, que difundía su aroma sobre las profundas tonalidades del tronco incandescente.

Hablaron de tazas de té y del discurrir del tiempo, y sobre las leyes del desorden.

—Y así fue como llegué a creer —concluyó el doctor Lecter— que debía haber un lugar en el mundo para Mischa, un buen lugar que alguien dejaría vacante para ella, y llegué a pensar, Clarice, que el mejor lugar del mundo era el que tú ocupabas.

El resplandor del fuego no sondeaba las profundidades de su escote tan satisfactoriamente como la luz de las velas, pero era maravilloso verlo jugar sobre los huesos de su cara.

Starling se quedó pensativa unos instantes.

—Déjeme preguntarle algo, doctor Lecter. Si Mischa necesita un lugar de primera calidad en el mundo, y no digo que no sea así, ¿por qué no el suyo? Está bien ocupado y sé que usted no se lo negaría. Ella y yo podríamos ser como hermanas. Y si, como usted dice, hay espacio en mí para mi padre, ¿por qué no hay sitio en usted para Mischa?

El doctor Lecter parecía complacido, si por la idea o por la astucia de Starling, sería imposible decirlo. Tal vez sintiera una vaga preocupación al comprender que sus esfuerzos habían dado mejores frutos de lo que nunca hubiera imaginado.

Al dejar la copa en la mesita que tenía al lado, Starling empujó su taza de café, que se rompió contra el hogar. Ni siquiera la miró.

El doctor Lecter observó los fragmentos, que permanecieron inmóviles.

—No creo necesario que tome una decisión en este mismo instante —dijo Starling.

Sus ojos y las esmeraldas brillaban a la luz del fuego. Un suspiro del fuego, la tibieza que atravesaba su vestido, y un recuerdo repentino acudió a la mente de Starling. El doctor Lecter, hacía ya tanto tiempo, preguntando a la senadora Martin si había amamantado a su hija. En la calma sobrenatural de Starling se produjo un movimiento rodeado de destellos: por un instante innumerables ventanas se alinearon en su mente y pudo ver mucho más allá de su propia experiencia.

—Hannibal, ¿tu madre te dio de mamar?

—Sí.

—¿Sentiste alguna vez que habías tenido que ceder el pecho a Mischa? ¿Sentiste alguna vez que te lo arrebataban para dárselo a ella?

Un latido.

—No lo recuerdo, Clarice. Si se lo cedí, lo hice con alegría.

Clarice Starling se llevó la mano al profundo escote de su vestido y liberó sus pechos. El aire endureció los pezones al instante.

—No tienes por qué renunciar a estos.

Sin dejar de mirarlo a los ojos, humedeció el dedo de apretar el gatillo en el Château d'Yquem caliente de su boca y una gota gruesa y dulce quedó suspendida del pezón como una joya dorada, temblando al ritmo de la respiración.

Él abandonó la silla sin dudarlo, dobló una rodilla ante ella e inclinó la cabeza, reluciente al resplandor de la chimenea, sobre el coral y la crema del busto indefenso.

102

Buenos Aires, Argentina, tres años más tarde.

Barney y Lillian Hersh paseaban cerca del Obelisco de la avenida 9 de Julio al atardecer. La señorita Hersh, profesora en la Universidad de Londres, disfrutaba su año sabático. Ella y Barney se habían conocido en el Museo Antropológico de la ciudad de México. Se habían gustado y llevaban dos semanas viajando juntos, aprendiendo a conocerse día a día. Cada vez se lo pasaban mejor y no parecía que fueran a cansarse el uno del otro.

Habían llegado a Buenos Aires demasiado tarde para ir al Museo Nacional, donde se exponía un Vermeer en préstamo. A Lillian Hersch, la misión de ver todos los Vermeer del mundo que Barney se había impuesto le resultaba simpática, y no era un obstáculo para divertirse. Barney había visto una cuarta parte de los cuadros, así que quedaban un montón de sitios a los que ir.

Estaban buscando un sitio agradable en el que pudieran cenar en la terraza.

Las limusinas estaban aparcadas ante el Teatro Colón, el espectacular teatro de la ópera de Buenos Aires. Se detuvieron un momento para admirar a los amantes del *bel canto* que entraban.

Se representaba *Tamerlán* con un reparto extraordinario, y los asistentes a una noche de estreno en Buenos Aires son una multitud digna de ver.

—Barney, ¿te mola la ópera? Estoy segura de que fliparías. Anda, invito yo.

A Barney lo divertía oírla usar las palabras de argot que aprendía de él.

—Si consigues que entre ahí, ya lo creo que fliparé —le dijo—. ¿Crees que nos dejarán entrar?

En ese momento, un Mercedes Maybach, azul oscuro y plata, se deslizó como un suspiro hasta estacionarse junto al bordillo. Un portero se apresuró a abrir la puerta.

Un hombre con esmoquin, delgado y elegante, salió del coche y ofreció la mano a una mujer. Al verla, la multitud que se apretaba junto a la entrada emitió murmullos de admiración. Su pelo formaba un gracioso casco de platino y llevaba un suave vestido ajustado color coral y un chal de tul blanco, como una capa de escarcha sobre los hombros. Las esmeraldas despedían destellos verdes alrededor de su garganta. Barney solo la vio un instante entre las cabezas de la gente antes de que la corriente de los que entraban la arrastraran a ella y a su pareja.

Sin embargo, había podido ver mejor al hombre. Su cabeza era lustrosa como la piel de una nutria y la nariz tenía el mismo arco imperioso que la de Perón. Su compostura le hacía parecer más alto de lo que era.

—¿Barney? Eh, Barney —estaba diciendo Lillian—, cuando bajes de las nubes, si es que lo consigues, ya me dirás si quieres que entremos. Si nos dejan entrar de ropilla. Bueno, ya lo he dicho, aunque no sea muy apropiado. Siempre había querido decir que iba de ropilla.

Cuando vio que Barney no le preguntaba qué quería decir «de ropilla», lo miró de arriba abajo. Siempre se lo preguntaba todo.

—Sí —dijo Barney, ausente—. Invito yo.

Barney tenía mucho dinero. No era un manirroto, pero tampoco mezquino. De todas formas, los únicos asientos disponibles estaban en el gallinero, entre los estudiantes.

Previendo la distancia, Barney alquiló anteojos en el vestíbulo.

El enorme teatro es una mezcla de Renacimiento italiano y estilos clásico y neoclásico, pródigo en latón, dorados y felpa roja. Las joyas relucían en la muchedumbre como los flashes en un partido de fútbol.

Lillian le explicó el argumento antes de que empezara la obertura susurrándole al oído.

Justo antes de que las luces de la sala se apagaran e hicieran desaparecer el patio de la vista de los asientos baratos, Barney localizó a la rubia platino y su acompañante. Acababan de atravesar las cortinas doradas de un decorado palco próximo al escenario y se disponían a tomar asiento. Las esmeraldas de la garganta femenina destellaron heridas por las luces de la sala cuando se inclinó.

Barney no había podido más que vislumbrar su perfil derecho cuando entraba en el teatro. Ahora había visto el izquierdo.

Los estudiantes que le rodeaban, veteranos de las alturas operísticas, se habían provisto de todo tipo de artilugios para no perder detalle. Uno tenía un catalejo tan largo que despeinaba al espectador de delante. Barney se lo cambió por sus anteojos para enfocar el lejano palco. Era difícil volver a localizarlo con el reducido campo de visión de aquella antigualla, pero cuando lo consiguió la pareja parecía sorprendentemente cercana.

La mujer tenía un antojo en la mejilla en la posición que los franceses llaman «coraje». Mientras Barney la espiaba, la mujer paseó la vista por la sala, la detuvo un momento sobre el gallinero y luego siguió su recorrido. Parecía contenta y su boca coralina se movía en animada charla. Se inclinó hacia su acompañante, le dijo algo y ambos se echaron a reír. Puso su mano sobre la de él y se quedó cogiéndole el pulgar.

—Starling —dijo Barney conteniendo el aliento.

—¿Qué? —susurró Lillian.

A Barney le costó un triunfo seguir el primer acto de la ópera. En cuanto se encendieron las luces para el primer intermedio, volvió a dirigir el catalejo hacia el palco. El caballero cogió una copa de champán de la bandeja que le tendía un camarero y se la pasó a la señora; después cogió otra para él. Barney enfocó el catalejo en su rostro y observó la forma de sus orejas.

Lo deslizó a lo largo de los brazos desnudos de la mujer. No tenían marcas, y sus ojos de experto apreciaron el buen tono muscular.

Mientras Barney estaba mirando, el hombre volvió la cabeza como para captar un sonido lejano y miró hacia el gallinero. Se llevó los gemelos a los ojos. Barney hubiera jurado que le apuntaban. Se puso el programa de mano ante la cara y se arrellanó en el asiento intentanto quedar por debajo de los que lo rodeaban.

—Lillian —dijo—, desearía pedirte un gran favor.

—Uy —le respondió ella—, si es tan grande como alguno de los otros, más vale que lo oiga antes.

—Nos iremos en cuanto apaguen las luces. Vuela conmigo a Río esta misma noche. Sin preguntas.

El Vermeer de Buenos Aires es el único que Barney no llegó a ver nunca.

103

¿Seguimos a esta pareja tan atractiva fuera de la ópera? De acuerdo, pero con sumo cuidado…

A finales del milenio, Buenos Aires sigue poseído por el tango, y sus noches tienen un encanto especial. El Mercedes, con las ventanillas bajadas para dejar entrar la música de las salas de baile, ronronea a través del barrio de La Recoleta hacia la avenida Alvear, y desaparece en el patio de un exquisito edificio modernista próximo a la embajada francesa.

El aire es suave y en la terraza del ático los espera una cena tardía, pero la servidumbre ya se ha ido.

Entre los criados de la casa reina un excelente estado de ánimo, pero también una disciplina férrea. Tienen prohibido entrar en el piso superior de la mansión antes de mediodía. O después de haber servido el primer plato de la cena.

El doctor Lecter y Clarice Starling suelen hablar durante la cena en idiomas distintos al inglés materno de la mujer. Clarice adquirió las bases del francés y el español en la universidad, y se ha dado cuenta de que tiene buen oído. Durante las comidas hablan sobre todo italiano; ella se siente extrañamente libre con los matices visuales de esa lengua.

En ocasiones nuestra pareja baila a la hora de la cena. Otras veces no acaban de cenar.

Su relación tiene mucho que ver con la perspicacia de Clarice Starling, que la acepta y la cultiva con avidez. Tiene mucho que ver con la sabiduría de Hannibal Lecter, que va mucho más allá de los límites de su experiencia. Es posible que Clarice Starling lo asuste un poco. El sexo es una magnífica estructura que añaden a cada día.

Clarice Starling ha empezado a erigir su propio palacio de la memoria. Comparte algunas habitaciones con el doctor Lecter, que la ha sorprendido en ellas varias veces, pero crece a su propio ritmo. Está lleno de cosas nuevas. En él puede visitar a su padre. *Hannah* pace allí. Puede encontrar en él a Jack Crawford cada vez que desea verlo inclinado sobre su escritorio. Al mes de haber recibido el alta del hospital, los dolores de pecho le volvieron durante la noche. En lugar de llamar una ambulancia y volver a pasar por el mismo calvario, prefirió darse la vuelta y buscar refugio en el lado de la cama que había ocupado su esposa.

Starling se enteró del fallecimiento de Jack Crawford durante una de las visitas regulares del doctor Lecter a la página web del FBI abierto al público para contemplar su imagen entre los «Diez más buscados». El Bureau sigue usando una fotografía que lleva dos cómodos rostros de retraso.

Tras leer la esquela de Crawford, pasó la mayor parte del día caminando sola, y se alegró de volver a casa a la caída de la tarde.

Un año antes había hecho engastar una de sus esmeraldas en un anillo. En la parte interior hizo grabar la inscripción AM-CS. Ardelia Mapp lo recibió en un envoltorio que no revelaría nada, con una nota. «Querida Ardelia: Estoy bien, mejor que bien. No me busques. Te quiero. Siento haberte asustado. Quema esta nota. Starling.»

Mapp fue con el anillo a la orilla del río Shenandoah, donde Starling solía correr. Anduvo largo rato apretándolo en el puño, colérica, con los ojos ardiendo, dispuesta a arrojarlo al agua, imaginando la curva que describiría en el aire y el pequeño ¡plop! Al final se lo puso en el dedo y forzó al puño a meterse en el bolsillo. Mapp no acostumbra a llorar. Caminó largo rato, hasta que consiguió calmarse. Cuando volvió al coche, había oscurecido.

Es difícil saber lo que Starling recuerda de su antigua vida, lo que ha elegido guardar. Las drogas que la sostuvieron durante los primeros días no han formado parte de sus vidas desde hace mucho tiempo. Ni las largas conversaciones con una sola fuente de luz en la habitación.

Ocasionalmente y a propósito, el doctor Lecter deja caer una taza de té para que se haga añicos contra el suelo. Se siente satisfecho al comprobar que la taza no se recompone. Hace meses que no ha soñado con Mischa.

Tal vez algún día una taza se recomponga. Tal vez en algún sitio Starling oiga vibrar la cuerda de una ballesta y despierte sin querer, si es que ahora duerme.

Ahora nos retiraremos, mientras ellos bailan en la terraza; el prudente Barney ya ha abandonado la ciudad y a nosotros nos conviene seguir su ejemplo. Pues si cualquiera de los dos nos descubriera el resultado sería fatal para nosotros.

Podemos estar contentos de seguir vivos después de lo que hemos visto.

AGRADECIMIENTOS

Para intentar comprender la estructura del palacio de la memoria del doctor Lecter, me fue de inestimable ayuda el notable libro de France A. Yates *The Art of Memory*, así como *The Memory Palace of Matteo Ricci* de Jonathan D. Spence.

La traducción del Robert Pinsky del *Infierno* de Dante fue un regalo y un placer como lectura, así como las notas de Nicole Pinsky. La expresión «festiva piel» procede de la traducción de Pinsky.

«En el jardín del ojo del huracán» es una frase de John Ciardi y el título de uno de sus poemas.

Los primeros versos que Clarice Starling recuerda en el hospital psiquiátrico pertenecen al poema «Burnt Norton» de T. S. Eliot, de su libro *Cuatro cuartetos*.

Doy las gracias a Pace Barnes por sus ánimos, apoyo y sabios consejos.

Carol Baron, mi editora y amiga, me ayudó a hacer de este un libro mejor.

Athena Varounis y Bill Trible en Estados Unidos, y Ruggero Perugini en Italia me enseñaron lo mejor y más brillante de las fuerzas del orden. Ninguno de ellos es un personaje de este libro, como no lo es ninguna otra persona viva. La maldad que hay en él es de mi propia cosecha.

Niccolo Capponi compartió conmigo su profundo conocimiento de Florencia y de sus tesoros artísticos, y autorizó al doctor Lecter a usar el *palazzo* de su familia. Igualmente, agradezco a Robert Held haber puesto sus muchos conocimientos a mi disposición, y a Caroline Michahelles su agudeza.

El personal de la biblioteca pública Carnegie, en el condado de Coahoma, Mississippi, buscó todo tipo de información para mí durante años. Gracias.

Mi deuda con Marguerite Schmitt es impagable. Con una trufa blanca y la magia de su corazón y sus manos, nos enseñó las maravillas de Florencia. Es demasiado tarde para darle las gracias; en este momento de culminación, quiero decir su nombre.

Esta obra, publicada por
GRIJALBO MONDADORI,
se terminó de imprimir en los talleres
de Novoprint, S.A., de Barcelona,
el día 1 de junio
de 2001